LIOUBA

Pierre Rey est né à Courthezon, dans le Vaucluse. Il a fait les Beaux-Arts à Paris. A dix-sept ans, il vendait des « cartoons » et des dessins humoristiques (notamment au New Yorker*). Il travaille au magazine* Arts *et entre à* Paris-Presse *et* Paris-Jour *où il est « chroniqueur parisien ». Il obtient le Prix de la Chronique parisienne. A trente-trois ans, il est directeur de* Marie-Claire. *Il est l'auteur des romans suivants :* Le Grec *(1972),* La Veuve *(1976),* Out *(1977),* Palm Beach *(1979),* Sunset *(1988),* Bleu Ritz *(1990),* Liouba *(1992) et de deux pièces de théâtre :* La mienne s'appelait Régine, *jouée aux États-Unis par Anthony Quinn et Ava Gardner et* L'Opéra du Fou *(1984). Pierre Rey est passionné de psychanalyse et de linguistique. Il a publié aux Editions Robert Laffont* Une saison chez Lacan *(1989).*

Avril 1976 : Moscou, Université Lomonossov. Trois garçons de vingt ans – Oleg, Andreï et Vitaly – amoureux fous de la vie et de la même femme : Liouba.
Février 1977 : pour menées subversives, Oleg, Andreï et Vitaly sont condamnés à quinze ans de goulag et déportés en Sibérie.
Décembre 1991 : Moscou, transformée en Chicago des années 30, est un vaste champ de bataille où s'affrontent les gangs. A la tête d'un immense empire criminel édifié sur les ruines du communisme, deux hommes règnent sur la ville : Oleg et Andreï. Cent fois leur amitié sans faille leur a sauvé la vie. Jusqu'au jour où, par hasard, ils retrouvent Liouba... Alors, Moscou explose. Pour mettre fin au massacre, un pari insensé : l'arbitrage de la mafia américaine. Trois jours avant Noël, un avion en provenance de New York atterrit à Moscou sur l'aérodrome de Cheremetievo. Entourant le « parrain » Angelo Gatto, cinq hommes en débarquent. Parmi eux, un interprète aux yeux bleus : on l'appelle le Russe.

Dans Le Livre de Poche :

LE GREC.
SUNSET.
BLEU RITZ.

PIERRE REY

Liouba

ROMAN

FIXOT

Meurs aujourd'hui, je mourrai demain.

Devise des goulags de Sibérie.

Prologue

Ils étaient enfermés dans une cage de fer.

La cage ne leur permettait ni de se mettre debout, ni de s'allonger, pas même de s'asseoir. Ils ne pouvaient que rester accroupis pendant que le train roulait dans la lumière irréelle d'un ciel bouché de crépuscule, sans ligne d'horizon. Ils ignoraient combien de jours durerait le voyage. Et même s'il aurait une fin. Aucun instrument pour indiquer le temps, la température, le lieu, la direction. Aucun repère. Ils savaient seulement qu'ils étaient au centre de nulle part. Et qu'il faisait si froid qu'ils ne sentaient plus le froid. Les jours précédant le départ, beaucoup d'entre eux étaient morts en sortant des baraques. Ils s'affaissaient doucement dans la neige. Nul n'aurait pu affirmer qu'ils avaient souffert – pour souffrir, encore faut-il être vivant. Or, presque tous ceux du camp étaient bien au-delà de toute souffrance, morts déjà, plongés dans une hébétude végétale où les nerfs et le cerveau n'enregistraient plus les stimuli extérieurs. Et lorsqu'ils urinaient, l'urine bouillante se figeait en un jet de glace avant d'avoir touché le sol.

On savait alors qu'il faisait – 40° C.

Dans sa cage, Oleg le sentait à ses mains. Il les gardait enfouies contre la peau de son ventre sous les lainages raidis de crasse qui, jour et nuit, lui collaient au corps depuis des semaines. Dans la galaxie du goulag, l'eau n'existe pas. L'eau devient glace. L'air, gel. Toute lumière, plomb fondu.

Les premiers jours de sa détention, ne pas se laver lui avait paru monstrueux. La nuit, ils étaient empilés à quinze ou seize sur un bat-flanc de bois, sans couverture. Au début, avant qu'il ne sente la sienne, l'odeur des autres lui avait soulevé le cœur. Ensuite, comme chacun dans la baraque, pour ne pas mourir de froid, il s'était blotti contre son voisin.

Un mois plus tard, sa crasse, comme ses cheveux ou ses dents, faisait partie intégrante de sa personne.

On les avait déportés le 22 février 1977.

On était aujourd'hui le 8 janvier 1983.

Six ans déjà. Un autre monde, un autre temps...

C'était si loin...

Il colla son œil entre deux plaques de métal mal ajustées.

Une fente d'à peine deux millimètres de large, hérissée d'éclats de rouille. Il vit défiler le paysage minéral de brouillard glacé, de neige morte. La nuit allait tomber. Il dégagea ses mains et s'appliqua à en faire jouer tous les doigts, l'un après l'autre.

Lorsqu'il fut certain que ses articulations fonctionnaient, du coude, il frappa légèrement sur la paroi de fer le séparant de la cage voisine. Deux coups lui répondirent : Andreï, à son tour, avait prévenu Viktor. Ils étaient prêts.

À partir de cet instant, tous allaient devoir accomplir simultanément les mêmes gestes. La survie de chacun dépendait désormais du synchronisme des trois autres.

L'énigme, c'était Vitaly. Quand on les avait fourrés dans le wagon, on l'avait fait entrer à coups de knout dans une cage qui n'était pas adjacente à la leur. Viktor avait-il pu prévenir le déporté qui s'intercalait par hasard de lui transmettre le signal ?

Et merde ! On verrait bien…

De la paume de la main, Oleg entreprit de déblayer la plaque de fer formant plancher de la couche d'immondices, de poussière grasse et de débris de rouille qui la recouvrait.

Centimètre par centimètre, il explora la surface de métal jusqu'à ce qu'il sente sous ses ongles le relief des rivets fixant la plaque au châssis du wagon. Il en compta neuf.

Il sortit de la doublure de son bonnet une mince cornière d'acier et se mit au travail.

Inondé de sueur, Andreï se battait depuis un long moment contre une tige de fer récalcitrante. Il l'avait pourtant dégagée en partie de son logement. Brusquement, elle refusait de bouger. Il eut peur : sa vie n'allait pas cesser d'être pour un stupide morceau de métal ! Du bout de ses doigts en sang, il poussa de toutes ses forces : aucun effet. Il prit son équilibre sur un avant-bras et, avec rage, martela la vis à coups de talon. Des papillons rouges dansèrent devant ses yeux. Il les connaissait bien : il avait faim. Et la faim rend fou. Au camp 129 – les goulags de Sibérie n'avaient jamais de nom, mais un numéro –, il avait vu des détenus se mutiler pour une gamelle de soupe. Ils s'attachaient les testicules à la poignée de leur cellule, hurlaient pour alerter un gardien qui ouvrait la porte à la volée, provoquant ainsi l'arrachement des organes génitaux.

Certains avalaient ce qui leur tombait sous la main, fourchettes, lames de rasoir, ciseaux. D'autres se blessaient volontairement à coups de couteau et infectaient la plaie avec de la boue, des excréments, de l'urine.

S'ils avaient de la chance, on les transportait à l'hôpital où ils pouvaient enfin manger. Mais leur espoir à tous était d'être déportés d'un camp à un autre. Le transfert s'effectuait dans des trains-prisons spéciaux. Chaque wagon se composait d'alvéoles exiguës d'un mètre cube bordées par un long couloir où veillaient des gardes armés et des chiens. De mirador en mirador, des rumeurs circulaient. On racontait qu'en dévissant le plancher des cages on pouvait se laisser glisser sur la neige, entre les deux voies. Certes, nul n'était jamais revenu au camp pour le confirmer, mais les plus anciens juraient qu'en cours de voyage des déportés avaient réussi à disparaître sans laisser de trace. Pour aller où ? Personne ne le précisait : on ne faisait que sortir d'une petite prison pour se perdre dans une grande.

Chaque camp était isolé au cœur d'un désert glacé couvrant des milliers de kilomètres. Comment survivre aux loups, aux ours, aux hommes ? Tout prisonnier porté manquant déclenchait l'envol d'hélicoptères qui rasaient le sol jusqu'aux confins de la steppe. Mais Andreï s'en foutait.

D'abord, sortir de la cage. Ensuite, éviter d'être écrasé par les roues du train. Enfin, espérer que le bas du dernier wagon ne serait pas équipé de la lame de fer qui coupait en deux tout homme tombé du train.

Sur un dernier coup de pied, le rivet céda.

Andreï passa les doigts dans les orifices de la plaque, la fit pivoter et la cala contre la paroi. L'air glacé s'engouffra dans le cube de fer. Suffoqué par sa violence, il s'en emplit les poumons avec volupté pour jouir de la brûlure du froid.

Russes, Français, Anglais, Allemands, Italiens, Espagnols, Vitaly avait lu tous les poètes. En retour, les poètes l'avaient protégé. À l'aube, quand il avait envie de vomir à l'idée du jour qui se levait sur un nouveau cauchemar, ou plus tard, lorsque ses mains se pétrifiaient de froid sur le manche de la pioche, trois vers d'Apollinaire, de Dante ou de Lorca, lui donnaient le courage de ne pas s'abandonner.

Onde, où t'en vas-tu ?
Je m'écoule en riant
Jusqu'au bord de la mer...

Des mots. Rien que des mots. Mais les mots libéraient une énergie effroyable. C'est pour des mots que Vitaly avait pris quinze ans de goulag. Dans son malheur, il avait de la chance.

D'autres étaient morts de les avoir prononcés. Les mots menaient le monde. Ils étouffaient la Russie depuis cinquante ans. Ils broyaient des millions d'hommes.

Mais ce matin, d'autres mots lui étaient venus aux lèvres : « Ce 8 janvier 1983 sera mon dernier jour de bagne : quoi qu'il arrive, je n'y retournerai pas. » Accroupi dans la cellule, il cherchait à se protéger des trombes de vent qui lui transperçaient le corps et le collaient à la paroi. Cinq minutes plus tôt, il avait réussi à ôter la plaque. Les autres en avaient-ils fait autant ? Comment le savoir ? Il était coupé d'eux.

Au moment où ils passaient du quai à la cage, par caprice, un milicien l'avait séparé à coups de schlague d'Oleg et d'Andreï. Même Viktor, qu'Oleg et Andreï, Dieu sait pourquoi, avaient tenu à emmener dans la cavale, était enfermé deux cages plus loin. Entre Vitaly et lui, un détenu fourré là par hasard. Ce n'était certainement pas lui qui allait lui transmettre le signal. Dommage, car il avait décidé de sauter quand même. Seul. Il fit un signe de croix et banda ses muscles pour le grand bond solitaire : ça ou une balle dans la tête, autant mourir à l'air libre !

Brusquement, il tressaillit : se distinguant nettement des tornades de vent, des grincements et des cahots du train, deux coups frappés sur la paroi lui parvenaient.

Le visage de Vitaly s'illumina : ils avaient réussi !

Sa vie n'avait été que grisaille. Il était né n'importe où de père inconnu. Un soir, sa mère n'était pas rentrée. Il devait avoir sept ans. Il l'avait attendue sans manger pendant plusieurs jours. Puis, des gens étaient venus. On l'avait placé dans un organisme d'État prenant en charge les enfants abandonnés. À huit ans, on l'avait confié à des paysans qui exploitaient une ferme, dans l'Ouzbékistan. Il y avait appris à manier la pelle et la fourche. À dix-sept ans, il ne savait pas lire. On l'avait enrôlé dans l'armée. Il s'était retrouvé en prison militaire. De là, au goulag. Pourquoi ? Il l'ignorait.

Peut-être à cause de ce type en civil du Politburo, qui s'était dérangé en personne de Moscou pour leur parler de Lénine.

Viktor était debout avec ses camarades, devant l'estrade, à l'écouter. Blague ou tentative de séduction ? Son plus proche voisin lui avait pris la main pour la poser sur sa verge sortie de son pantalon. Sidéré, Viktor avait crié : « Connard ! »

À cet instant précis, l'orateur prononçait le nom de Lénine.

Viktor avait été sorti du rang, entraîné dans le poste et roué de coups. Après la réunion, sommé de s'expliquer, il n'avait pas osé révéler la cause de sa révolte. L'officier politique qui l'interrogeait avait pris son silence pour un blasphème supplémentaire contre l'idéologie socialiste.

Aujourd'hui encore, Viktor ne comprenait toujours pas pourquoi on l'avait condamné à dix ans de détention dans un camp de travail à régime sévère. Pas davantage les raisons de l'amitié subite que lui témoignaient Andreï Talasski et Oleg Vlassov. Andreï et Oleg portaient l'uniforme rayé des RPD, les Récidivistes particulièrement dangereux. À l'intérieur du camp 129, tout le monde savait qu'ils avaient tué un homme à coups de pelle.

Mais personne n'en parlait. Les kapos eux-mêmes ne se seraient pas hasardés à y faire allusion. Andreï et Oleg faisaient peur. Viktor, qui redoutait leur violence et leurs railleries – on racontait qu'Oleg et Andreï avaient fait des études –, n'en était pas revenu lorsqu'ils avaient daigné lui adresser la parole, comme s'il existait vraiment. Ils lui avaient même offert un paquet de cigarettes ! D'où venaient-elles ? Mystère.

En revanche, Vitaly, leur autre copain, quoique plus réservé, lui avait adressé des petits signes amicaux depuis le début de leur détention. Mieux : quand Viktor parlait, il l'écoutait.

Il lui avait même posé des questions sur son enfance, ses parents, les raisons de sa présence au goulag. Pourtant, Vitaly ne partageait pas la même baraque que lui. Un jour que les prisonniers se moquaient de Viktor parce qu'il ne savait pas lire, Vitaly était venu à son secours. « Il est moins con que vous tous réunis ! » leur avait-il lancé. Viktor avait toujours eu des difficultés avec les mots. Il les entendait très bien, mais leur sens ne parvenait à son cerveau qu'avec un temps de retard, plus ou moins long selon les circonstances. Mais là, à chaud, il comprit presque tout de suite que Vitaly venait de lui rendre un hommage public.

Ainsi, il y en avait de plus cons que lui !

S'il ne l'avait pas entendu de la bouche de Vitaly, comment aurait-il pu le savoir ? Autre découverte exaltante : depuis que le trio s'intéressait à lui, nul au camp n'osait plus l'importuner. Ensuite, l'éblouissement : Andreï et Oleg lui avaient confié qu'ils allaient tenter la belle avec Vitaly et qu'il serait du voyage ! Lorsqu'il y repensait, cet excès d'honneur le faisait rougir de honte et d'orgueil.

Il allongea la jambe à travers l'orifice que la plaque avait laissé à découvert. Des éclats de neige volèrent dans la cage.

Deux coups retentirent contre la paroi : le signal. Viktor laissa pendre son autre jambe dans le vide. Au-dessous de lui, dans le noir, il devinait le sol qui défilait à une vitesse folle dans les rafales de vent. Pas une seconde, il ne lui vint l'idée qu'il pouvait passer sous les roues du train. Andreï et Oleg lui avaient affirmé qu'il ne risquait rien. Pourquoi ne les aurait-il pas crus ? De leur bouche, il aurait même cru à l'existence de Dieu. Ils lui avaient dit aussi : « Viktor, pour réussir notre coup, ta présence est indispensable. » La phrase avait suffi pour que Viktor soit prêt à leur sacrifier sa vie. Au moment du départ, il avait même réussi à étrangler discrètement le type que les gardes avaient fourré dans la cage voisine, où aurait dû prendre place Vitaly. « Quand je frapperai à la paroi, tu frapperas aussi de l'autre côté. Sinon, tu meurs à l'arrivée. – Oui... oui... » avait bredouillé le type en se frottant la gorge.

Muscles tendus, il attendait maintenant les deux autres coups lui indiquant de sauter.

Ils résonnèrent. Viktor transmit le message à la cage voisine et, sans l'ombre d'une hésitation, se laissa glisser pour être avalé par le vide.

Le vent s'était levé. C'était leur chance.

Impossible d'y voir à cinq mètres devant soi. Les flocons tournoyaient dans l'air glacé, repartaient dans l'espace en spirales tourbillonnantes. Le vent semblait souffler de tous les côtés à la fois. Andreï, Oleg et Vitaly marchaient devant. Viktor les suivait avec allégresse. À bord du train, quand les gardes feraient l'appel des déportés, ils donneraient l'alerte.

On lâcherait la troupe et les chiens sur leurs traces. Mais de traces, il n'y en aurait pas. Comme le sable dans le désert, la neige effaçait tout. Aucun hélicoptère ne pouvait décoller.

Pour l'instant, la tempête était leur complice.

Ils ne risquaient rien des hommes. Plus les jours passeraient, plus les recherches seraient difficiles.

– Andreï..., hasarda Viktor.

– Oui, dit Andreï sans ralentir.

– Tu sais où on va ?

– Évidemment, dit Andreï avec gentillesse. On va voir les putes.

Viktor eut un gloussement de courtoisie mais insista.

– On n'y voit rien. Comment tu peux te repérer ?

– T'inquiète pas, dit Oleg en riant. Il a une boussole dans les couilles.

Cette fois, Viktor éclata franchement de rire. Il était fier d'être à leurs côtés. Il brûlait de se dévouer. Pour leur faire plaisir, il les aurait volontiers portés sur son dos pendant des milliers de kilomètres. Il ne voulait pas les importuner, mais d'autres questions le tenaillaient. Une, surtout.

– Oleg, dit-il, pourquoi m'avez-vous choisi ?

– Ferme-la, dit Oleg sèchement.

La bêtise n'était pas son fort. Mais ce type débordait d'une telle tendresse humble qu'il risquait d'éprouver pour lui quelque chose ressemblant à de la sympathie. Et éprouver quoi que ce soit d'humain dans l'univers concentrationnaire vous condamnait à mort. À plus forte raison, au cours d'une cavale qui n'avait même pas une chance sur cent d'aboutir.

– Parce qu'on t'aime bien, corrigea Andreï.

– Moi aussi, je vous aime bien, dit Viktor.

Oleg s'arrêta brusquement et empoigna Viktor par les revers de sa vareuse pourrie.

– Tu vas la fermer ou je te casse la tête ?

Il reprit sa marche dans la neige. Andreï le suivit. Vitaly tapota l'épaule de Viktor.

– Allez ! viens...

Oleg et Andreï avaient décidé de s'éloigner nord-nord-est le plus loin et le plus vite possible de la voie ferrée.

Il fallait donc se déplacer à marche forcée au cours de la première semaine. Ils dormiraient de jour, pendant deux heures, dans le moindre abri que leur offrirait la steppe.

Quand le jour se leva, ils marchaient toujours.

La neige continuait à tomber en rafales.

– On arrête, dit Andreï.

Harassés, ils se laissèrent tomber entre deux congères au pied de quelques bouleaux chétifs. Pendant plusieurs minutes, personne ne parla. Ils reprenaient leur souffle.

Puis, ils avalèrent de la neige qui fondit dans leur bouche.

Andreï sortit un morceau de pain de l'amas de loques qui le couvraient. Il le coupa en quatre. Chacun prit sa part.

C'est alors que Viktor posa sa deuxième question.

– Qu'est-ce qu'on va bouffer les jours prochains ?

Coup d'œil aigu d'Oleg à Andreï : c'était la seule question à laquelle, en aucun cas, ni l'un ni l'autre ne pouvaient répondre.

Allongé dans la neige les yeux clos, Vitaly semblait ne rien entendre.

– Toi, dit Oleg.

Viktor les dévisagea à tour de rôle. Il éclata de rire et mordit dans son morceau de pain. La bouche pleine, il leur fit un clin d'œil et se mit à fredonner avec bonne humeur la rengaine désespérée des taulards.

Maman, je ne te blâme pas
Trois condamnés à mort se sont évadés
Au huitième jour, les chiens les ont rattrapés
Et les soldats les ont flingués…

Bouche bée, Oleg et Andreï l'écoutaient. Ils allaient devoir parcourir des milliers de kilomètres dans des conditions épouvantables de fatigue, de famine, de froid.

Et ce cinglé chantait. Ils en éprouvaient presque de la gêne.

Car Viktor était leur « vache ».

En argot de goulag, la « vache » est celui qu'on sacrifie pour avoir une chance de survivre soi-même.

Il fallait donc se fermer à tout sentiment de compassion.

On a beau avoir faim : il est dur de manger ceux qu'on aime.

La nuit venait de tomber. Vitaly rêvait qu'un immeuble écroulé lui écrasait le thorax. Il ouvrit un œil et constata qu'il était recouvert d'une épaisse couche de neige.

Il s'ébroua. La première chose qu'il vit fut le visage d'Andreï qui lui souriait.

– Qu'est-ce que tu dirais d'un café bien chaud et de quelques blinis au caviar ? dit Andreï.

Vitaly se leva et s'étira. Ses muscles étaient aussi raides que si on l'avait roué de coups. Ensevelis sous la neige, Oleg et Viktor dormaient encore.

Vitaly prit une poignée de neige et s'en frotta vigoureusement le visage.

– Dis donc, Andreï... c'est sérieux ce qu'Oleg a dit ce matin ?

– Qu'est-ce qu'il a dit ?

– À propos de Viktor ?

– Évidemment. En dehors de Viktor, qu'est-ce que tu veux qu'on bouffe ?

Du coin de l'œil, Vitaly désigna les silhouettes allongées.

– Il faut que je te parle, dit-il.

Il s'éloigna. Andreï le suivit. Ils firent quelques mètres jusqu'à la lisière des bouleaux. Vitaly s'arrêta. Andreï en fit autant. Ils furent face à face.

– Je ne marche pas, dit Vitaly.

Andreï le dévisagea avec surprise.
– Qu'est-ce que ça veut dire ?
– Vous ne m'avez pas prévenu.
– Pourquoi se serait-on embarrassé de lui ?
– Et Oleg est d'accord ?
– On a eu l'idée ensemble.
– Ne comptez pas sur moi pour laisser massacrer ce pauvre type.
– Où tu te crois ? Dans un salon de thé ou à un cours de philo ? Que ce con meure ou non, quelle importance ? Tu es son ami, son frère, sa mère ? Sans lui, tu crois pouvoir t'en sortir ?
– J'ai vu trop de merde dans ce camp. Je ne paierai pas ma liberté d'un assassinat.
– Ta liberté ? Qui te dit que tu vas survivre ?
Vitaly prit une profonde aspiration.
– Je ne veux pas qu'on y touche.
– Tu as quelque chose de mieux à proposer? railla Andreï.
– Tu pars de ton côté avec Oleg. Moi, je file du mien avec Viktor.
– Pas question, explosa Andreï. Qu'est-ce que tu crois qu'on va bouffer ? On ne laissera personne nous condamner à crever de faim ! Même pas toi !
Vitaly lui tourna le dos et se mit en marche.
– Je vais le prévenir.
Il eut à peine le temps de faire deux pas. Comme dans son rêve, il sentit la masse d'Andreï s'abattre sur lui. Déséquilibré, il s'effondra dans la neige. Il ouvrit la bouche pour alerter Viktor. Il n'en eut pas le temps. Sauvagement, Andreï roulait sur lui de tout son poids et appuyait de ses deux pouces sur sa carotide. La fureur aveugla Vitaly. Dix fois, il s'était battu au camp, contre des détenus, contre des gardes. Des batailles sales. Il s'agissait de sauver sa peau. Tous les coups étaient permis. Index et médius en fourche,

sa main partit vers les yeux d'Andreï. Andreï poussa un hurlement mais ne lâcha pas sa prise. Suffoqué, Vitaly essaya de lui atteindre le bas-ventre à coups de genou.

Soudain, Andreï cessa de peser sur sa poitrine.

– Arrêtez tous les deux ! Vous êtes cinglés ?

D'une poussée, Oleg venait de faire basculer Andreï.

Vitaly se redressa comme un ressort. En une fraction de seconde, il enregistra simultanément plusieurs éléments de la scène dont il était le centre. Loin de lui, la silhouette de Viktor, debout dans la neige, interdit. Tout près, le tenant par le bras, Oleg... Et sur lui de nouveau, fonçant à la vitesse d'un bélier, Andreï, le visage tordu de souffrance, bras levé, brandissant une lourde branche de bois mort couverte de neige.

– Tue-le, il veut prévenir l'autre con ! gronda sourdement Andreï.

La branche s'abattit. Vitaly détourna la tête et eut l'impression que le coup lui brisait l'épaule... Oleg le secouait durement sans chercher à retenir Andreï.

– C'est vrai, Vitaly ?... C'est vrai ?

– Salauds ! cracha Vitaly. Moi vivant, vous n'y toucherez pas !

Ce furent ses derniers mots. Au même instant, la branche s'abattit sur sa nuque. Il s'écroula. Lorsqu'il fut au sol, Andreï s'acharna férocement sur lui.

– Arrête ! cria Oleg. Tu ne vois pas qu'il est mort ?

Mais Andreï continuait à frapper le corps inerte. Un filet de sang coulait du nez et des oreilles de Vitaly. Oleg se pencha sur lui, écarta ses vêtements et colla son oreille contre son cœur. Plusieurs secondes s'écoulèrent. Oleg se releva.

– Foutons le camp, dit il.

– Qu'est-ce qu'il a fait ? demanda craintivement Viktor.

Il s'était approché sans qu'Andreï et Oleg l'aient vu.

– Toi, ta gueule, dit Oleg.

Sans un regard pour Vitaly que la neige recouvrait déjà d'une mince pellicule, il se mit en marche.

Au bout de quelques mètres, leurs trois silhouettes se fondirent dans la tourmente et dans la nuit.

Livre 1

LIOUBA

1

Les petites filles avaient entre six et douze ans. Elles s'arc-boutaient gracieusement, accrochées à la barre qui filait le long d'un immense miroir formant pan de mur. Une vieille pianiste déroulait inlassablement les mêmes gammes.

Installée à califourchon sur sa chaise, sa légendaire canne d'argent à la main, Irina Chostakova les regardait. Elle était en pantalons, le buste emmitouflé de plusieurs couches de lainages aux couleurs vives. Son visage, bouffi par les ans et le plâtre d'un maquillage excessif, s'illuminait d'un étonnant regard vert aux cernes de rimmel. Jadis, elle avait été l'étoile du ballet Kirov de Leningrad. En près d'un demi-siècle de carrière active, elle avait usé des milliers de paires de chaussons, épuisé des générations de partenaires. Des princes l'avaient aimée, des ducs s'étaient suicidés pour elle, ses amants ne se comptaient plus et, au cours de ses voyages à travers le monde, des magnats, pour la retenir, l'avaient couverte d'or, de joyaux et de roses.

Mais la Chostakova n'avait qu'une passion, la danse.

Et, lorsqu'elle voyait ses élèves danser, c'était leur sang jeune et frais qui coulait dans son corps désormais hors d'usage.

Elle avait ouvert l'école cinq ans plus tôt. Son nom

prestigieux avait fait le reste. On se battait pour assister à ses cours. Combien, parmi ses élèves, deviendraient des étoiles ?

– Natacha, arrondis ton mouvement ! Tu ressembles à un fagot de bois sec !

– Bien, madame.

Celle-là irait loin. Elle avait la grâce.

– Recommence, Natacha.

La pianiste reprit sa gamme où elle l'avait laissée. Natacha se jucha sur les pointes et leva le bras.

– Non, non ! gémit la Chostakova.

Péniblement, elle s'arracha à sa chaise. S'appuyant sur sa canne, elle traversa la salle, regardant avec une grimace de dérision sa propre image s'avancer vers elle dans le miroir.

Elle enlaça la taille de Natacha.

Les petits rats s'immobilisèrent pour regarder le maître.

– Vas-y maintenant...

Elle saisit le bras de Natacha et, le maintenant solidement, lui fit accomplir une souple trajectoire circulaire.

– Pas encore ça, Natacha... Le mouvement d'un muscle commence d'abord dans la tête... Imagine que tu sois un cerceau... Regarde...

Elle accrocha sa canne à la barre. Elle avait de l'arthrite. La pianiste crut qu'elle allait tomber et repoussa sa chaise pour lui venir en aide. La Chostakova la foudroya du regard.

– Qu'est-ce que tu attends pour jouer, toi ?

De nouveau, les notes du *Lac des cygnes*, massacrées mécaniquement, voltigèrent jusqu'aux cintres. La Chostakova se plia autant qu'elle le put, leva le bras en un arc de cercle parfait et chacune des élèves, à cet instant, comprit dans son corps ce que n'avaient pu faire passer les mots. Quand elle eut achevé le mouvement, la Chostakova reprit sa canne, lâcha la barre et, se tenant le plus droit possible, retourna vers sa chaise sous l'œil admiratif des petits rats. À travers les carreaux de la porte vitrée, elle vit un homme traverser le hall en direction de l'escalier. Il en passait souvent. Ils ne s'arrêtaient jamais, pas davantage qu'ils ne jetaient un regard sur la salle de cours.

Elle n'était pas plus curieuse qu'eux. Lorsqu'elle avait pris possession des lieux, on lui avait vaguement expliqué que les étages supérieurs comportaient des bureaux et des salles de conférences. Elle n'était jamais allée plus haut que le rez-de-chaussée. L'immeuble, admirablement placé rue Sobinovsky entre le théâtre Maïakovski et la Maison de l'amitié, à deux pas du boulevard Kalinine et de l'agence Tass, la changeait de son deux-pièces de la rue Stankevitcha, encombré des inutiles symboles de son passé, photos dédicacées, chaussons historiques, affiches, bibelots. D'anciens soupirants, chargés de sucreries, de tulipes et de vieux souvenirs, venaient lui faire une cour radoteuse. Ils lui racontaient toujours la même histoire. Ils étaient vieux comme elle. Mais enseigner, sentir encore la vibration d'une salle de danse, parler, montrer, être encore quelqu'un entouré de jeunesse, quelle volupté !

« Madame Chostakova, nous mettons l'immeuble à votre disposition. Aimeriez-vous créer une école de danse ? »

De joie, elle avait failli faire un entrechat. Tous les matins, une voiture venait la prendre chez elle. En arrivant au cours, elle ne se lassait jamais de lire son nom gravé sur la plaque de cuivre ornant la porte d'entrée :

ÉCOLE DE DANSE IRINA CHOSTAKOVA

Chaque mois, on lui versait 3 000 roubles pour ses « frais ». Le prix de ses leçons triplait la somme.

Après cinq années de fonction, elle ignorait toujours si elle devait ces largesses à un organisme d'État en reconnaissance de services rendus, ou à des philanthropes fous de ballet. En fait, elle s'en foutait. Rue Sobinovsky, elle était chez elle.

Un soir, après le théâtre, elle était passée par hasard devant l'immeuble. Curieusement, presque toutes les pièces du haut étaient éclairées. Que pouvait-on faire à cette heure dans des bureaux ?

Le silence soudain l'alerta. Les élèves l'observaient. Elle frappa dans ses mains. Le cours était fini. Des adultes attendaient derrière les portes. Ils envahirent la salle. Irina Chostakova appréciait cette heure, ces sourires pleins de respect et le doux murmure flatteur qui montait vers elle.

Du coin de l'œil, elle observa parmi les groupes la jeune femme élégante qui venait chercher Natacha à la fin du cours.

Elle l'avait repérée depuis longtemps. Grande, racée, pommettes bien dessinées, port de cou souverain, les yeux bleus rehaussés par une frange blond cendré qui balayait un front immense, elle dégageait, sans avoir l'air de le savoir, une aura mystérieuse qui attirait le regard. La Chostakova lui fit un petit signe.

La jeune femme s'approcha.

– Vous êtes la maman de Natacha ? demanda la Chostakova.

– Sa tante.

– Elle est en progrès. Puis-je vous poser une question ?

– Je vous en prie, madame.

– Vous avez fait de la danse ?

– Autrefois, un peu. J'étais très moyenne.

– Vous bougez comme une ballerine. Je donne un cours de décrassage pour adultes le samedi soir. Pourquoi ne pas venir ?

– Je veux bien, bredouilla la jeune femme, peut-être…

La Chostakova savait qu'on la considérait comme un monument national. Elle intimidait ceux qui l'approchaient.

Son visage plâtré s'éclaira d'un sourire bienveillant.

– Comment vous appelez-vous ?

Liouba, dit la jeune femme, Liouba Karpova.

Hans Kreiper tournait et retournait le chèque entre ses doigts : 100 000 dollars libellés à son ordre, adressés par une banque britannique, la Westminster. Un coup de fil à Londres lui avait suffi pour vérifier qu'il était bon. Maintenant, il s'agissait de comprendre. Certes, il en était le destinataire et n'avait qu'à l'encaisser. Toutefois, un détail le chiffonnait : il n'avait pas la moindre idée de son expéditeur. Or, même à Zurich, il n'était pas d'usage qu'un avocat soit payé à l'avance par un client dont il ne savait rien, et plus étrange encore, pour un service non précise. Il y avait aussi ce messager bizarre, un type en parka marron, qui attendait une réponse dans l'antichambre. Hans Kreiper devait se décider tout de suite, et il était déconcerté. Pourtant, il avait une longue pratique des dingues. Il avait assez d'expérience pour savoir qu'au-delà d'une fortune de 50 millions de dollars – et en fait, il s'embarrassait rarement de clients au-dessous de ce chiffre – chacun se comportait comme s'il était roi du monde.

À juste titre : peu de chose leur résistait. Il fallait que soient assouvis sur l'instant leurs caprices, leurs pulsions, leurs lubies. En revanche, il y avait des contreparties souveraines.

Dès lors qu'ils obtenaient satisfaction, ils ne lésinaient jamais sur l'extravagance des honoraires.

Perplexe, il abandonna son fauteuil et alla jusqu'à la fenêtre. Il faisait irrésistiblement penser à un cheval auquel on aurait fait chausser des lunettes d'écaille. Grand, massif, la quarantaine opulente, le front haut ceint d'une couronne de cheveux noirs qui retombaient sur sa nuque en crinière, il s'habillait toujours de serge bleue, avait une démarche cambrée et passait pour être bel homme.

Il brandit rêveusement le chèque, le retourna en tous sens, le fit claquer entre ses doigts, le considéra en transparence.

À ses yeux, tout chèque approvisionné à son nom était aussi beau qu'un Van Gogh : difficile de renoncer...

Trois étages plus bas, la Limatt roulait le miroir de ses eaux limpides et vertes où paressaient des algues souples. Il relut le mot rédigé en anglais : « Pour vos premiers frais. » Et plus bas : « Nous vous attendons ce soir, jeudi 10 octobre, à Moscou, pour consultation urgente. Vous logerez au *Cosmos* et nous dînerons à l'*Aragvi* dans la vieille tradition géorgienne. Vous serez de retour à Zurich demain soir. » Suivaient deux signatures illisibles. Évidemment, il ne s'agissait pas d'une approche traditionnelle, mais 100 000 dollars pour les « premiers frais »... Il brancha l'interphone.

– Ute... Faites entrer la personne qui m'attend.

Presque instantanément, la porte s'ouvrit et l'homme en parka marron fut dans la pièce.

– Asseyez-vous, dit Hans Kreiper. Je ne pense pas avoir très bien saisi votre nom...

– Golotine. Mikhaïl Golotine.

Hans nota que, malgré son nom russe, Golotine parlait allemand sans aucun accent.

– Enchanté, monsieur Golotine. Je suppose que vous êtes en contact avec les personnes qui vous envoient ?

– Certes.

– Pouvez-vous me dire qui sont ces personnes ?

– Je l'ignore, monsieur. Je suis simplement payé pour vous apporter le message, me mettre à votre disposition et vous conduire à l'aéroport où leur avion vous attend.

– Parfait, dit Kreiper avec une pointe d'agacement. Faites-leur donc savoir que je les remercie pour leur confiance, mais que je décline l'invitation.

– Vous refusez ? dit Golotine.

– Absolument. Je suis très occupé et vos informations sont insuffisantes.

Golotine tira de sa poche une enveloppe identique à celle qu'il lui avait déjà remise.

– S'il vous plaît, Maître, voulez-vous l'ouvrir ?

Hans Kreiper la déchira. Son visiteur s'éloigna discrètement jusqu'à la fenêtre, colla son nez au carreau et s'absorba dans la contemplation des immeubles qui bordaient la berge opposée de la rivière du côté de la Stampfenbachstrasse.

L'enveloppe contenait deux morceaux de papier.

Sur l'un, cinq mots manuscrits : « Avec l'espoir que vous changerez d'avis. »

L'autre était un chèque de 500 000 dollars libellé à l'ordre de Hans Kreiper sur la même banque !

L'avocat leva la tête et considéra avec stupéfaction le dos de Golotine. Il appuya sur un bouton. Ute passa la tête. D'un signe, il lui demanda d'approcher, lui remit le chèque et lui glissa à voix basse :

– Vérifiez.

Une minute s'écoula. Dans le bureau, personne ne bougeait. L'homme à la parka ne regardait pas Kreiper, et Kreiper ne songeait pas davantage à lui adresser la parole.

La porte se rouvrit. Ute eut un battement de cils : le second chèque était bon !

Hans Kreiper toussota.

Natalia s'empara du couteau et entreprit de découper la viande.

– On pourrait en donner un morceau à maman ? fit remarquer Liouba.

– Figure-toi que j'y ai pensé. Je le lui apporterai demain. Où est Vassili ?

– Avec son métier, va savoir... Il y a deux jours, il est rentré à cinq heures du matin.

– Si le mien me faisait un coup pareil, je serais morte d'inquiétude. Tu étais inquiète ?

– Je dormais.

Lorsqu'on les voyait côte à côte, il était évident que Liouba et Natalia étaient sœurs. Liouba était légèrement plus grande.

Natalia, presque aussi jolie qu'elle mais plus carrée de visage, les pommettes plus saillantes, était son aînée de cinq ans. Malgré leur différence de taille, beaucoup de gens, lorsqu'elles étaient de dos, les prenaient l'une pour l'autre.

– Si tu dormais, insista Natalia d'une voix neutre, comment as-tu su qu'il était cinq heures ?

Liouba lui jeta un regard aigu.

– J'ai un sommeil très léger en ce moment.

Natalia enveloppait le reste du gigot dans la serviette.

– Pourquoi cette question ? s'étonna Liouba.

– Pour rien, dit Natalia. Tu as une cigarette ?

Liouba sortit son paquet de la poche de son peignoir.

Comme Natalia s'essuyait les mains, elle lui en glissa une entre les lèvres et lui tendit un briquet allumé.

– Tu sais, dit Natalia en exhalant la fumée, on a parlé avec Anna, Elena et Ariana...

Elles étaient cinq filles. Cinq sœurs : les sœurs Karpova.

– Parlé de quoi ? demanda Liouba avec méfiance.

– De toi...

– Et alors ?

– De toi... de Vassili...

– Dis-moi, Natalia, s'insurgea Liouba. Est-ce que je m'occupe de ta vie avec Youri ?

– On se fait de la bile.

– Mais de quoi vous mêlez-vous !

– Tu n'es pas la première femme qui ait des problèmes dans son couple.

– Moi, des problèmes ? Mais vous êtes cinglées ! Où tu prends ça ?

– Eh voilà ! Je veux t'aider et tu m'agresses.

Liouba écrasa sa cigarette dans un cendrier.

– Natacha fait de gros progrès. La Chostakova m'a répété qu'elle était très douée...

– Je suis au courant, la coupa Natalia avec impatience. Je ne te parle pas de ma fille, je te parle de Vassili, ton mari !

Liouba fourra les mains dans les poches de son peignoir et se mit à arpenter la cuisine.

Puis, brusquement, elle se planta devant sa sœur.

– Je veux le quitter, Natalia !

Enfant, Anatoli Peminiakov était déjà venu dans l'église. Il devait avoir six ou sept ans. Il ne se souvenait plus très bien s'il s'agissait d'obsèques, de mariage ou de baptême. Il serrait avec crainte la main de sa mère, écrasé par les rites de la cérémonie, la lueur des mille cierges illuminant la nef, l'odeur d'encens, les dorures, les gestes du prêtre. Les chants liturgiques l'avaient bouleversé. Puis, la liberté de culte avait été interdite par le Parti. Un grand nombre d'églises, dynamitées sur-le-champ, avaient laissé la place à des squares vides dans des faubourgs Lénine déserts. D'autres, fermées, étaient devenues biens d'État. Certaines avaient été transformées en ateliers de confection textile, les dernières, en centres d'accueil pour prisonniers. Il s'agissait de faire disparaître tout ce qui aurait pu rappeler le souvenir de la foi. Lénine y veillait personnellement : « Il ne doit plus rester un seul lieu de prière sur la terre, et l'idée de Dieu doit être chassée comme une survivance médiévale. » Au début des années 30, un certain Iaroslavsky, président de la Ligue des Sans-Dieu, avait même fait entériner par les autorités un Plan quinquennal de l'athéisme : fallait-il que les Sans-Dieu aient peur de Dieu !

En bon communiste, Anatoli ne pensait jamais à Dieu.

Sauf en ce moment même, peut-être parce que ceux qui lui bourraient les reins du canon de leur pistolet avaient bizarrement choisi de l'amener dans cet endroit désaffecté qui s'appelait jadis, si sa mémoire était bonne, l'église de Toutes-les-Détresses. Là où était l'autel s'alignaient une succession de cuves derrière lesquelles il lui sembla discerner les tuyauteries de cuivre d'un alambic. Au fond de la nef, le chœur se perdait dans l'obscurité. Les murs étaient couverts de graffitis obscènes.

Ne subsistaient, de la splendeur passée, que des débris de vitraux calés par des planches dans l'embrasure des fenêtres.

Comme des milliers de passants, Anatoli avait arpenté cent fois la rue Teterinski sans se demander ce qu'abritaient ces murs qu'on finissait par ne plus voir à force de les avoir sous le nez. Il eut la certitude qu'en faisant recenser tous les anciens lieux de culte de Moscou il obtiendrait de nouvelles pistes pour la drogue et l'alcool de contrebande. La ville en était inondée.

La nuit tombée, certaines rues ressemblaient à des asiles de pochards. Étendus à même le sol, les ivrognes cuvaient leur infâme vodka à base d'alcool à brûler. Ils ronflaient. Les drogués, eux, ne ronflaient plus : à l'aube, beaucoup d'entre eux étaient morts. Anatoli avait instantanément classé dans la catégorie des petits voyous les trois types qui l'avaient abordé dans la rue.

Il éprouvait un mépris incommensurable pour cette race de roquets à la dégaine arrogante. Dans son bureau de la rue Nezdanovoï, il en avait fait craquer des dizaines. Sitôt qu'ils n'étaient plus sous la protection du groupe, ils semblaient brusquement privés de pensée. En quelques heures, les plus durs se transformaient en délateurs, vendant leurs meilleurs copains en échange de quelques promesses vagues. D'autres essayaient de marchander leur liberté perdue en échange de n'importe quoi, leur mère, leur femme, leur fille. Depuis vingt ans qu'il était procureur général, Anatoli Peminiakov en avait envoyé des centaines au bagne. À ses yeux, la vie d'un malfrat ne valait que le prix de la balle qu'on lui logeait dans la tête.

Mais le bon vieux temps de Brejnev était loin. La perestroïka avait fait des ravages. Aujourd'hui, il fallait juger les gens avant de les condamner. Le libéralisme rongeait la ville comme une lèpre. Elle crevait tellement de pourriture qu'en 1991, un 9 octobre, au cœur de Moscou, à sept heures du soir, on se permettait d'enlever un procureur général de l'Union soviétique alors qu'à dix mètres de là à peine, la foule des passants arpentait la rue !

La fureur l'empourpra.

– Écoutez-moi bien, minables, vous allez me dire tout de suite ce qu'on est venu faire ici ?

– Boire un coup, répondit l'un d'eux sans sourire.

Ils le poussèrent contre une cuve, l'installèrent de force sur un tabouret et le ligotèrent. Anatoli n'avait pas encore peur.

– Crie ! dit le plus petit des trois.

Il portait une casquette, un blouson de similicuir et des leggins de l'armée américaine.

Anatoli lui adressa un regard chargé de dégoût.

– Crie ! répéta l'homme.

Il accompagna son ordre d'une lourde taloche.

Anatoli poussa un hurlement sauvage dont la sonorité fit vibrer l'espace jusqu'aux cintres.

– Tu vois, dit le petit, tu peux gueuler tant que tu veux. Personne ne peut t'entendre.

De ses deux mains, il lui ouvrit la bouche. Anatoli sentit un objet métallique lui entrer dans la gorge. L'extrémité d'un entonnoir. Il bloqua sa respiration pour ne pas avaler le liquide froid qui lui envahissait le palais. Les trois hommes se mirent à rire. Quand Anatoli fut au bord de la suffocation, il prit une aspiration désespérée pour faire entrer l'air dans ses poumons : il avala sa première gorgée de vodka.

– Bois, dit l'un des trois hommes, c'est de la bonne !

Anatoli essaya de ruer. Les cordes le rivaient au tabouret.

Le petit, assis sur ses genoux, lui caressait la tête maternellement, comme à un nourrisson, pendant que les autres continuaient à verser le contenu d'une bouteille dans l'entonnoir. Il comprit qu'ils allaient le tuer à l'alcool. Il ne reverrait plus sa femme. Ni son bureau de la rue Nezdanovoï. Ni son chien. Ni rien du tout, ni personne : il allait mourir.

Ensuite, en pleine nuit, ils jetteraient son corps sur le trottoir. Les conclusions de l'enquête seraient simples : le procureur général Anatoli Peminiakov serait mort dans la rue d'un excès d'alcoolémie.

Maintenant, le liquide débordait de sa bouche pour inonder sa chemise. Il toussait, vomissait, s'étouffait. Mais la vodka, inexorablement, coulait dans sa gorge. Le petit à casquette continuait à lui caresser la nuque.

Il rapprocha ses lèvres de l'oreille d'Anatoli.

– Maintenant, je veux que tu saches pourquoi tu meurs.

Déjà annihilé par l'alcool, le cerveau d'Anatoli Peminiakov n'enregistrait plus grand-chose. Pourtant, il entendit les mots que lui murmurait son bourreau.

Ce furent les derniers qui lui parvinrent.

Après quoi, tout se brouilla dans sa tête alors que tournaient follement devant ses yeux exorbités des millions de voûtes de l'église de Toutes-les Détresses.

Puis, tout devint noir.

2

Les grands discours sur l'égalité avaient le don de faire rire Liouba. Elle avait compris depuis longtemps qu'il s'agissait de phrases dont on s'enduisait comme d'un baume.

Des mots… Pourtant, aucun mot ne pouvait réparer l'injustice suprême : il n'y a pas de justice du désir. Or, Liouba n'avait jamais désiré Vassili. Comment aurait-elle pu le savoir avant de l'avoir épousé ? Des millions de couples fonctionnent ainsi. On s'accommode, on fait semblant, on continue. Cela s'appelle un mariage. Mais Liouba était trop entière pour pouvoir tricher à l'infini. Et un détail changeait tout : elle ne pouvait plus supporter le contact de sa peau.

Un soir, six ans plus tôt, il était entré dans sa chambre. Elle avait rallumé la lumière, s'était assise sur une chaise, loin du lit. Tout était préférable à cette culpabilité latente qui la rongeait, il fallait qu'elle parle. Ce jour-là, elle avait appris que dire la vérité était plus facile que prévu. Les mots étaient venus tout seuls. Et, à mesure qu'elle les prononçait, ils la libéraient.

– À quoi bon continuer à se mentir, Vassili ? Ce qui se passe ne dépend pas de moi.

– Tu es amoureuse d'un autre homme ?

– Non, Vassili. Personne.

À l'extérieur, il avait la réputation d'être un flic féroce.

Mais là, au cœur de cette lumière tamisée, dans cette chambre douce, il était désemparé, sans défense. Elle le voyait de profil. Il était blond et lisse, les cheveux fins coupés court.

Il avait croisé sur ses genoux ses mains puissantes.

– Tu en es sûre ?

– Je t'en donne ma parole. Depuis que nous sommes mariés, je n'ai connu que toi.

Curieusement, il avait eu l'air soulagé.

Pourtant, même d'une façon détournée, c'était la pire chose qu'une femme puisse dire à un homme : « Je ne t'aime pas. »

– Pendant toutes ces années, tu as donc fait semblant de m'aimer…

– Mais je t'aime !

Le mot « aimer » avait tellement de sens…

Comment lui expliquer qu'elle l'aimait à sa façon, comme un frère, comme un ami ? Qu'elle l'estimait, le respectait, appréciait sa présence, avait confiance en lui ? Était-ce donc sans valeur ?

– Tu m'aimes, dit-il avec amertume, mais tu ne veux pas que je t'approche.

– C'est différent !

– Veux-tu qu'on se sépare ?

– À toi de me le dire, Vassili.

– Non. Tu es ma femme.

Il était toujours assis sur le lit. Elle aurait tellement voulu ne pas lui faire de mal… Prise de remords vagues, elle se leva de sa chaise, vint s'asseoir auprès de lui et lui passa la main dans les cheveux.

– Je voulais aussi te dire…, balbutia-t-elle.

– Me dire quoi ? Que je te dégoûte ?

Elle haussa les épaules.

– Tu es un homme, Vassili. Je comprendrais très bien

que tu cherches ailleurs ce que tu ne peux pas avoir avec moi.

Il l'avait repoussée doucement et était sorti de la chambre.

Voilà. C'est comme ça que les choses s'étaient passées.

Liouba y repensait souvent. Parfois, elle espérait qu'il avait suivi son conseil, qu'il avait des maîtresses. Secrètement, elle le souhaitait. En tout cas, depuis ce jour, ni l'un ni l'autre n'avait fait allusion à cette conversation.

Il avait fallu que Natalia, deux heures plus tôt, ravive la blessure qu'elle croyait refermée : elle était toujours ouverte.

Liouba venait de l'apprendre en entendant les mots qui sortaient de sa bouche : « Je veux le quitter. »

Pourquoi ne l'avait-elle pas formulé plus tôt ? Combien de temps peut-on endurer les choses sans s'avouer qu'elles vous étouffent ? Et, lorsqu'on se décide à les dire, depuis combien de temps sont-elles terminées ?

Pour la deuxième fois, elle s'imprégnait aussi du sentiment de liberté que donne le courage de les dire.

Elle ne pouvait plus tricher avec sa vie. Elle aurait aimé que Vassili ouvre la porte à l'instant même pour lui faire part de sa décision. Où irait-elle ensuite ? Que ferait-elle ?

Une idée la traversa : du moment qu'elle ne serait plus en porte-à-faux avec elle-même, c'était sans importance.

Hans Kreiper pénétra dans le salon de sa suite. Il y avait des fleurs partout, une profusion de roses rouges. Sur une commode, une bouteille de champagne rafraîchissait dans un seau à glace à côté d'une énorme boîte de caviar ouverte. Pas russe. Iranien. Le meilleur, le caviar de feu le shah baptisé par les connaisseurs « Gros grains blancs de la réserve impériale », introuvable depuis la révolution. Des toasts, du beurre, posés dans de petites assiettes d'argent ciselé.

Bouche bée, Hans se retourna vers les deux femmes en uniforme rouge qui l'avaient accompagné.

– On se croirait au *Ritz*, dit-il.

Il avait parlé en allemand. À leur sourire, il vit qu'elles n'avaient pas compris un mot. C'était la première fois qu'il se rendait à Moscou. Il avait des clichés plein la tête, la misère, le manque, la pauvreté… Au lieu de ces horreurs, il avait été accueilli à l'aéroport par un chauffeur aussi compassé qu'un majordome anglais. La limousine noire était digne des voitures utilisées à Hollywood pour les parades de stars. Il y avait même trouvé, dans un minibar en ébène que jouxtait un petit réfrigérateur, des bouteilles aux plus grandes marques de whisky. Ils avaient glissé sur une route bordée d'arbres majestueux et, en le déposant devant le *Cosmos*, le chauffeur lui a avait précisé que ses hôtes viendraient le chercher dans une heure pour dîner. Et maintenant, ces fleurs, ce caviar, ce champagne… Sans parler de la beauté des deux jeunes femmes qui l'avaient chouchouté à bord du jet privé.

À l'arrivée à Moscou, les douaniers semblaient l'attendre : aucune formalité, pas la moindre question. Un policier l'avait aimablement escorté jusqu'à la sortie de l'aéroport.

Au cour du vol, il avait fait cent suppositions sur l'identité de ces flamboyants clients qui l'avaient choisi comme consultant. Dans l'hypothèse la moins absurde, il ne pouvait s'agir que des plus hauts responsables de l'État.

Eltsine ? Gorbatchev ? Après tout, Hans était l'un des juristes internationaux les plus sollicités d'Europe. Il avait déjà mené à bien des négociations subtiles entre États, réussi des accords magistraux pour de grandes compagnies pétrolières, conclu des arrangements vertigineux entre banques nationales et gouvernements débiteurs.

Il était huit heures du soir. Il entra dans la salle de bains, se déshabilla et se mit sous la douche. Quand il en sortit, il fit la grimace en considérant la chemise froissée qu'il avait laissée sur le sol. Il était parti les mains vides. Même pas une brosse à dents. Il ouvrit la petite armoire en miroir au-dessus du lavabo.

Elle semblait contenir tout ce qu'un homme raffiné peut rafler dans une pharmacie au rayon des objets de toilette. Saisi d'une intuition, il passa un peignoir, se rendit dans la chambre et ouvrit l'armoire : tous les tiroirs regorgeaient de linge, caleçons, chaussettes, chemises. Au dos du col, il vérifia leurs mesures : c'étaient les siennes !

Il ouvrit la penderie. Elle contenait deux élégants complets bleus accrochés à des cintres. Il y avait aussi un manteau, une profusion de cravates…

Renonçant à comprendre, il s'empara d'une chemise et retourna dans la salle de bains. Ses hôtes allaient arriver d'un instant à l'autre. Après les signes de bienvenue qu'ils lui manifestaient, il pouvait difficilement les recevoir à poil !

– Tu es seule ?

– Oui.

– Et Vassili ?

– Je l'attends.

– C'est vrai, ce que m'a raconté Natalia ?

Liouba poussa un gros soupir.

– Entre…

– Il paraît que tu veux le quitter, fit Elena.

Tout marchait de travers dans Moscou. Sauf la vitesse de propagation des nouvelles.

– Ne reste pas plantée devant la porte, lâcha Liouba avec résignation. Viens t'asseoir. Tu as dîné ?

– Évidemment. Il est plus de dix heures.

– Moi, pas.

Elle se mit à table. Deux couverts étaient posés sur la nappe rouge. Elena s'installa à la place de Vassili. Autant qu'entre Liouba et Natalia, la ressemblance d'Elena et de sa sœur était frappante. À les voir ainsi face à face, on aurait presque pu croire que l'une des deux était installée devant un miroir. Elena était légèrement plus châtain, mais leur teint, aussi clair, leurs yeux bleus, identiques, et les pommettes hautes, au dessin pur, trahissaient l'évidente filiation des sœurs Karpova.

– Tu es venue spécialement pour ça? demanda Liouba en grignotant une feuille de salade.

– Qu'est-ce que tu lui reproches, à Vassili?

– Rien.

– Ça, c'est très grave, approuva Elena. Il se soûle?

– Moins qu'un autre.

– Il te bat?

Liouba haussa les épaules.

– Il oublie tes anniversaires?

– Je n'en ai qu'un par an.

– Vous faites l'amour?

Liouba repoussa brusquement son assiette.

– Je n'ai pas envie d'en parler, Elena.

– Liouba, si je faisais une bêtise, tu serais la première à venir me le dire. Tout le monde est au courant. Anna, Ariana, Natalia, moi!

– Je te dis que je ne veux pas en parler!

Elle se leva et alla coller son nez à la fenêtre. Elena la rejoignit. Liouba lui tournait le dos. Elena lui enlaça les épaules.

– C'est sérieux?

Liouba garda le silence.

– Tu sais que je t'aime, Liouba. On t'aime toutes. Mais moi, j'ai peur pour toi. J'ai de la peine.

– Pas tant que moi, dit Liouba.

– Tu vois, ici, il fait chaud…

La fille éclata de rire. Ils étaient dans l'immense chambre froide d'un entrepôt frigorifique et l'autre idiot lui racontait qu'il faisait chaud ! Il est vrai qu'au-dehors, c'était pire, – 30 ou – 40° C. Ils étaient enlacés contre une carcasse de bœuf qui tanguait comme un berceau. Avec des milliers d'autres, la carcasse était suspendue à un crochet d'acier coulissant sur une poutrelle de trente mètres de long.

– Comment tu t'appelles ? dit l'homme.

– Douniachka.

En réalité, elle s'appelait Anna, mais ne le mentionnait jamais. Elle changeait de nom au gré de ses clients de rencontre.

Elle avait dit « Douniachka » parce que c'était le prénom de sa grand-mère. Parfois, elle était Alexandra, Sophie, Katerina, Irina, Elena. À d'autres moments, lorsqu'elle levait un diplomate ou le fonctionnaire subalterne d'une mission étrangère, il lui arrivait de s'affubler d'un prénom européen, Margaret, Daisy, Carmen, Marion.

Quelle importance que les putains soient mythomanes ?

Elles ne revoyaient jamais deux fois le même client.

– Et toi, c'est quoi ton nom ?

– Vladimir.

Elle n'aimait pas les Russes. Ils étaient pauvres. Et, quand ils avaient trois sous, c'étaient des roubles. En dehors des crève-la-faim crasseuses qui faisaient des passes dans les toilettes des gares, qui pouvait bien accepter des roubles à Moscou ? Avec des roubles, on n'avait rien. Les étrangers, eux, payaient en dollars.

Toute la soirée, elle avait fait vainement le pied de grue au bar du *Metropol*. Elle avait vu passer beaucoup d'hommes mais, soit ils étaient accompagnés, soit ils ne lui avaient pas adressé la parole. Elle était restée dans son fauteuil du fond de la salle, jambes haut croisées, visage de plus en plus maussade à mesure que les heures passaient. À plusieurs reprises, le concierge du *Metropol* était discrètement venu vérifier ce qu'elle fabriquait. Il l'avait à la bonne. Il ne lui prenait que 10 pour 100 de ses gains. Mieux, il lui rabattait des clients. Il faut dire qu'en échange, Anna lui prodiguait, à titre gracieux et sur simple demande, des éblouissements qui l'entraînaient à des années-lumière de ses étreintes conjugales. Mais Anna était à part. Marginale. Elle travaillait en solo et ne se pliait à aucune loi. Les autres filles avaient moins de chance. Pour les laisser entrer au bar et racoler, il prélevait 30 pour 100 de leur chiffre d'affaires. Ensuite, elles devaient verser 60 pour 100 au maquereau qui contrôlait le quartier pour le compte de mystérieux commanditaires. Elles ne s'en plaignaient pas. Le reste était pour elles. Certains soirs de mélancolie et de vodka, il arrivait même aux plus sensibles de trouver indécent de gagner davantage en une heure que leur père en trois mois. L'une d'elles avait confié à Anna que sa grand-mère la confortait vigoureusement dans sa vocation : « Je suis fière que tu sois une prostituée, ma petite-fille. Se servir de son corps n'a rien de honteux. Ce qui est honteux, c'est la misère. Sans toi, tes frères et tes sœurs ne pourraient même pas aller à l'école. Ton père s'est tué toute sa vie au travail, regarde où ça l'a mené ! »

Douniachka, la vraie grand-mère d'Anna que toute la famille appelait affectueusement « Baboussia », serait tombée raide morte si elle avait appris de quelle façon sa petite-fille gagnait son argent de poche. Question de culture, d'éducation, de génération. Mais Anna n'avait aucun complexe vis-à-vis de l'argent, ni d'état d'âme. Ce soir, elle avait bu beaucoup. Elle allait rentrer bredouille lorsque ce type l'avait abordée en lui proposant un verre. Avant même qu'il ouvre la bouche, elle avait vu qu'il était russe. Il était vêtu d'un somptueux manteau de fourrure, portait une cravate mauve et ses chaussures, brillantes comme des miroirs, n'avaient visiblement pas été fabriquées dans une usine d'État : de véritables objets d'art.

L'ensemble puait l'apparatchik et le trafiquant.

Quand elle l'avait vu agiter sous son nez une liasse de dollars roulés en cylindre, elle l'avait suivi.

Au lieu d'atterrir dans une chambre, comme elle s'y attendait, ils s'étaient retrouvés rue Miusskaia, dans un entrepôt frigorifique... « Je dois vérifier un truc », lui avait-il dit en riant. Sans explication superflue. Après tout, s'il tenait à faire l'amour dans une chambre froide, libre à lui, chacun son fantasme.

Maintenant, à petits coups de reins, il la pressait contre la carcasse de bœuf. Il avait quitté ses gants en arrivant. Anna sentait sur son corps ses mains brûlantes. Ce serait donc ici même, et sur-le-champ, qu'elle allait devoir mériter la liasse de dollars qu'en un geste galant il lui avait glissé dans le corsage avant de quitter le *Metropol*. À son tour, elle s'activa.

– Tu crois que tu vas pouvoir, debout dans le froid contre une carcasse de bœuf ? ironisa-t-elle.

Il eut un grognement de joie.

– Je pourrais même en enfer sur le ventre du diable !

De la main droite, elle explora un endroit précis de son corps.

– Ma parole, mais c'est vrai !

De la gauche, elle tira discrètement de sa poche un préservatif. Du bout des doigts, elle en déchira l'enveloppe.

C'est alors que les portes de l'entrepôt explosèrent.

Bouche bée, Anna vit débouler dans la salle deux camions-citernes. Plusieurs hommes étaient debout sur leurs flancs et balayaient à la lance d'arrosage les carcasses de bétail d'un jet de liquide. C'était si extravagant, si soudain, que tous deux restèrent figés pendant plusieurs secondes. Vladimir réagit le premier. Sans songer à agrafer son pantalon, il l'entraîna à toute vitesse avec une force de brute.

Ni l'un ni l'autre ne se souciaient d'être vus.

D'abord, sauver sa peau. Ils coururent vers le fond de l'entrepôt. Pleins phares, les camions filaient en vrombrissant dans les allées, virevoltant à angle droit en une ronde démente, fonçant dans les carcasses de bœuf qui se décrochaient, voltigeaient dans l'espace et passaient sous les roues des poids lourds dans un giclement d'éclats d'os, de glace et de lambeaux de viande.

– Je sais pour qui travaillent ces fumiers !... Les salauds !

– Quoi ? demanda-t-elle.

– Ta gueule !

Ils étaient accroupis contre un mur, derrière un chariot à moteur, terrifiés maintenant à l'idée qu'on les découvre.

Brusquement, avec la même soudaineté qu'ils étaient arrivés, les camions se dirigèrent vers la sortie. Quand ils eurent franchi les portes qu'ils avaient défoncées, ils marquèrent un temps d'arrêt. N'osant respirer, Anna et Vladimir virent un homme seul revenir sur ses pas et jeter quelque chose sur le sol de béton. Illuminant la silhouette de l'homme qui s'enfuyait, des flammes jaillirent partout à la fois dans un embrasement d'une fulgurance inouïe.

Puis, il y eut le bruit des camions qui démarraient rue Miusskaia dans un ronflement de moteur suraigu.

– Et maintenant, tu pourrais toujours ? murmura Anna machinalement.

Ils étaient réellement en enfer. Les flammes voltigeaient jusqu'au plafond. Trop tard pour gagner la sortie. Elle savait qu'ils allaient mourir. Autant dire ça qu'autre chose.

Une écœurante odeur d'essence et de viande brûlée

envahit l'entrepôt. Contre toute raison, Vladimir lui crocheta la main et fonça en zigzaguant vers la porte. Ils en étaient très loin encore lorsque tous deux s'écroulèrent, asphyxiés, au milieu des carcasses de bœuf qui flambaient comme des torches.

Impossible de dormir. Liouba avait beau appréhender le retour de Vassili, elle ne pouvait plus différer ce qu'elle avait à lui dire. Sitôt qu'elle essayait de ne plus y penser, elle était assaillie par d'autres souvenirs qui lui broyaient le cœur. Non qu'ils fussent désagréables, mais parce qu'ils semblaient appartenir à l'autre vie d'une autre femme, et qu'ils risquaient de rendre les choses encore plus difficiles. Les vers de Dante lui montèrent aux lèvres :

Il n'est pire douleur que de se souvenir des jours heureux dans la misère.

Elle se leva et alla chercher dans un placard, sous une pile de vieux pull-overs, une boîte bleue en carton décoré qui avait jadis contenu une « matriochka », une poupée gigogne. Elle y enfermait toutes ces petites choses sans valeur qui font que la vie est précieuse, lettres, photos, menus objets dont chacun était lié à un événement de son enfance, une dent de requin offerte en talisman par un grand-oncle matelot, les rubans de sa première paire de chaussons de danse, une mèche de cheveux du temps où elle avait six ans, deux ou trois billets doux de son adolescence.

Elle allait se remettre au lit avec ses trésors lorsqu'on gratta à la porte. Elle repoussa précipitamment la boîte bleue sous les lainages.

– Entre, dit-elle.

Vassili passa la tête.

– Tu ne dors pas ?

– Non. Je rangeais de vieux trucs…

Elle se glissa entre les draps. Il vint s'asseoir sur le lit dans une position qui lui était familière et lui prit la main. Elle abandonna la sienne avec passivité, se mordilla les lèvres et baissa les yeux. Elle ne pouvait plus attendre : c'était maintenant !

– Vassili…

Mais il était perdu dans ses pensées, il arrivait chargé de ses problèmes : il la coupa.

– Ça barde ! Je vais peut-être me retrouver dehors…

– Mais tu viens juste d'être nommé grand patron !

Il esquissa une moue désabusée.

– Pour le moment… J'ai peut-être été nommé trop tôt. Ça pue la fin de règne. Les nouveaux vont me prendre pour un vrai communiste, pur et dur.

Il se mit à lui pétrir les mains.

– Si ça arrive, plaisanta-t-il, on ira vivre en Floride, tous les deux… Il paraît qu'il y a des palmiers, là-bas. J'ai toujours su distinguer un carburateur d'une pompe à huile. J'ouvrirai un garage. Mécanique, réparations en tous genres. Tu tiendras la caisse… Tu as déjà vu des palmiers, toi ?

Liouba sentit son cœur se serrer. S'il continuait sur ce ton sarcastique et amer, elle n'aurait plus le courage de le briser davantage.

– Vassili, il faut que je te parle…

Le téléphone sonna. Vassili changea d'expression mais ne bougea pas d'un pouce.

– Je t'écoute, dit-il.

La sonnerie continuait à leur vriller les oreilles.

– Va répondre, dit Liouba d'une voix tendue.

Il se leva. Gorge nouée, elle le vit disparaître dans la pièce à côté. La sonnerie s'arrêta. Elle entendit que Vassili disait quelque chose. Visage soucieux, il revint dans la chambre.

– Une urgence, dit-il. Les entrepôts de la rue

Miusskaia sont en feu. Tout le quartier brûle ! Il y a des morts.

Il lui baisa furtivement le front.

– Rêve à la Floride..., dit-il dans un sourire.

Il tourna les talons. Liouba entendit la porte claquer.

Pendant quelques secondes, elle demeura figée.

Puis, elle se leva, enfila un peignoir, passa dans le salon, alla jusqu'à la fenêtre et regarda la rue.

Neuf étages plus bas, elle vit Vassili sortir en courant de l'immeuble et s'engouffrer dans une voiture de police qui l'attendait déjà.

*

La même nuit du 9 octobre, une cinquantaine de chauffeurs de taxi furent hélés dans le centre de Moscou par des clients qui leur donnèrent une adresse de banlieue au sud de la ville, du côté de Kolomenskoie. Pour chacun d'eux, le scénario fut à peu près identique. Arrivés non loin de leur destination supposée, leur client braqua que une arme sur leur nuque et leur intima l'ordre de virer à droite, en direction de Bitcevski Park. Deux camions bâchés les y attendaient, garés dans une ruelle coincée entre des hangars lépreux. On les fit descendre de leur voiture. Malgré leurs protestations, des hommes les entassèrent dans les camions sous la menace de leurs armes. Puis, on leur banda les yeux et les camions démarrèrent. Ils roulèrent longtemps. Les cahots et les virages secs indiquaient des changements de direction fréquents. Il était évident qu'on ne souhaitait pas qu'ils se souviennent du lieu où on les conduisait.

Certains ouvrirent la bouche pour poser des questions. On les matraqua sauvagement. Les autres se le tinrent pour dit et le reste du trajet se déroula sans un murmure. Au bout d'une heure, les camions s'arrêtèrent. Les chauffeurs entendirent grincer des portes. Puis, les yeux toujours bandés, on les poussa hors des camions. Ils attendirent en silence, debout.

– Enlevez vos bandeaux, dit une voix.

Ils étaient dans une cour pavée protégée par de hauts murs d'enceinte. On les poussa vers un bâtiment à la façade rongée de suie où ils pénétrèrent entre deux haies de mitraillettes. L'intérieur était aussi sinistre que la façade. Il s'agissait probablement de ce qui avait dû être l'atelier de montage d'une usine désaffectée. Les rails qui le parcouraient étaient mangés de rouille. Au fond, posé sur un établi dans l'ombre d'une machine métallique, on distinguait la masse sombre d'un cercueil autour duquel brûlaient plusieurs cierges. On les força à se ranger autour, en demi-cercle. Deux hommes apparurent dans la flaque de lumière dure que jetaient sur cette scène macabre des ampoules nues.

L'un se tint discrètement à l'écart. L'autre prit la parole.

– Vous êtes nos invités. Nous vous avons conviés à un spectacle.

Il eut un long regard circulaire sur l'assistance.

Puis, il ajouta :

– Regardez, écoutez, et n'oubliez plus jamais.

Il se tourna vers le cercueil.

– Comment tu t'appelles ?

Une voix étouffée s'éleva des quatre planches.

– Fedor Malidanov.

– Ta profession ?

– Chauffeur de taxi.

– Ta station ?

– Devant l'Oukraïna.

– Tu charges donc beaucoup de touristes ?

– Oui.

– Tu les rabats sur des putes ?

– Oui.

– Qu'est-ce que la pute te donne pour ça ?

– 20 pour 100 de la passe.

– Combien dois-tu nous reverser là-dessus ?

– La moitié.

– Tu le fais ?

– Pas toujours.

– Ça coûte très cher de nous blouser.

– Je demande pardon. Laissez-moi sortir !

Sur un signe discret de celui qui posait les questions, le second personnage actionna un bouton. Il y eut un feulement et, dans l'air, l'éclat de la lame de la scie qui descendait. Muets d'horreur et d'incrédulité, les chauffeurs entendirent les hurlements désespérés du condamné qui avait compris que quelque chose d'atroce se préparait. Avant que quiconque ait pu réagir, la lame attaquait les parois de bois agitées de soubresauts.

En quelques secondes, le cercueil et son contenu furent coupés en deux. Du sang se répandit sur l'établi.

Le ronflement de la scie s'arrêta.

Dans le silence revenu, la voix de l'organisateur résonna pour une oraison en forme d'avertissement ultime.

– Voilà comment finiront tous ceux qui trichent.

3

Alla Karpova piétinait depuis cinq heures dans la queue qui s'allongeait devant le *Magasin de produits 18* de la rue Platovskaia. Depuis trois jours, plus par désœuvrement et habitude que par manque réel, elle s'installait dans la foule qui prenait d'assaut les boutiques de Moscou, toutes les boutiques, dans l'espoir de pouvoir acheter quelque chose. Quoi ? N'importe quoi. Les étalages étaient vides. On ne savait jamais de quoi on allait manquer, ni ce qu'on allait dénicher, mais comme on manquait de tout… On racontait que la mafia raflait les denrées sur les lieux de production pour les revendre entre dix et cent fois leur prix au marché noir. Mais Alla ignorait dans quels mystérieux emplacements on pratiquait le marché noir. Elle avait besoin d'œufs, de lait et de farine. Le deuxième lundi de chaque mois, elle offrait le thé à ses cinq filles. Quels que soient les aléas de leur vie privée, aucune d'elles, jamais, n'avait dérogé à cette tradition familiale qui les replongeait dans le doux cocon de l'enfance. Ni les maris ni les enfants n'étaient admis. Pendant deux heures, alors qu'elles se passaient la théière de main en main, les sœurs Karpova, croquant les gâteaux secs confectionnés par leur mère, oubliaient qu'elles avaient grandi.

Refleurissaient alors les tendres confidences de

l'adolescence, les blagues, les fous rires ou les vacheries décochées aux membres extérieurs au clan. Alla feignait de s'en offusquer. Mais secrètement, elle était ravie de cette liberté de ton qu'elle avait su maintenir entre elles depuis leur enfance.

Elle changea son cabas de main pour détendre ses doigts engourdis de froid malgré ses gants de laine noire.

La cérémonie du thé aurait lieu dans cinq jours: aurait-elle le temps de trouver les ingrédients nécessaires ?

N'eussent été ces petites angoisses du quotidien, Alla n'avait pas à se plaindre. Depuis la mort de Karel, son mari, ses cinq filles l'entouraient d'attentions, de prévenances. Toutes étaient belles, ce qui leur valait autant d'admirateurs que de jalousies secrètes. En dehors d'Anna, qui avait rompu ses fiançailles depuis longtemps et préférait vivre seule, chacune d'elles avait fait un mariage honorable.

Elena avait épousé un ingénieur, Natalia, un responsable des téléphones, Ariana, un professeur de gymnastique. Quant au mari de Liouba, il venait d'être promu chef de la police !

– Vous croyez qu'il restera quelque chose ? lui demanda le type qui dansait d'un pied sur l'autre à son côté.

– Je ne sais pas, dit Alla.

Ils approchaient de l'entrée du magasin. Juste devant elle, il y eut une bousculade. Elle vit deux femmes qui tournoyaient en s'étreignant. Puis, il y eut un grand cri, un visage plein de sang, une des deux femmes qui s'enfuyait.

Le voisin d'Alla se figea d'horreur.

– Elle lui a bouffé le nez ! dit-il d'une voix stupéfaite.

Submergée de dégoût, Alla Karpova baissa les yeux sur un morceau de chair sanguinolente gisant sur le sol.

La femme mutilée avait lâché son sac et se tenait le visage à deux mains en gémissant. C'était horrible. Moscou devenait une jungle préhistorique. Pour une bouchée de nourriture, les gens se comportaient comme des bêtes sauvages. Soutenue par un homme, la femme quitta la queue en titubant.

Simultanément, Alla aperçut, en arrière-plan, l'intérieur du magasin où une jeune fille en blanc, debout sur un comptoir, accrochait un énorme écriteau au-dessus des étalages déserts :

IL N'Y A PLUS RIEN À VENDRE.

Ivan Koranov se leva lourdement du divan où il restait prostré, ouvrit le tiroir de la commode et en tira une bouteille de vodka. Elle était cachetée. Il la gardait là depuis trente ans, sans savoir pourquoi. Il n'avait jamais bu d'alcool.

Le moment était venu. Il parcourut les trois mètres qui le séparaient de la cuisine, ouvrit le réfrigérateur, orgueil de tout apparatchik, mit quelques glaçons dans un verre, décapsula la bouteille et la flaira avec méfiance. Il revint dans le salon, considéra le portrait de Lénine qui trônait dans un cadre d'acajou au-dessus de la commode. En janvier 1918, il avait dit : « Un sur dix parmi ceux qui sont coupables de parasitisme doit être exécuté sur-le-champ. » Depuis qu'il était en fonction, Ivan Koranov s'était efforcé de mettre la recommandation en pratique. En qualité de conseiller spécial du chef du Comité pour la sécurité d'État sous Brejnev, Andropov, Tchernenko et Gorbatchev, il avait fait arrêter des générations d'opposants au régime, marginaux déviationnistes, intellectuels, voleurs, individualistes, philosophes et illuminés.

Certes, il n'était pas interdit de penser en ces temps-là. Mais Ivan Koranov n'admettait pas qu'on puisse penser *contre* le régime. Il aimait son pays. Une seule idée l'avait guidé dans l'exercice de son devoir : éliminer les ennemis intérieurs de l'Union soviétique.

Il leva son verre.

– À toi, camarade !

Sa vie durant, Lénine avait été son maître, son modèle, son Dieu. Comment réagirait-il aujourd'hui en voyant ce qu'on faisait de son œuvre ? En quelques années, la ville était devenue un cloaque de corruption. Miliciens, policiers, commissaires politiques, notables du Parti, du haut en bas de la hiérarchie, chacun voulait participer à la curée de l'empire qui avait fait trembler le monde.

Il trempa ses lèvres dans le verre. Le seul contact de la vodka sur les papilles de sa langue lui donna la nausée. Il retourna dans la cuisine, cracha dans l'évier, y vida le contenu de la bouteille et se lava la bouche à l'eau du robinet. Il entra dans sa chambre. En dehors du lit double – où il dormait toujours seul – et d'une photo de sa défunte mère, agrémentée, selon la tradition, d'un rameau de saule, aucun ornement. Vaguement camouflé par une tenture murale, un énorme coffre d'acier. Il n'était pas nécessaire de le cacher. Ivan Koranov symbolisait la menace. Il était la Loi. Il faisait peur. Personne n'aurait eu l'idée suicidaire de s'attaquer à ses biens ou à lui-même. Depuis des décennies, il entassait dans le coffre, protégé par sa combinaison inviolable, le double des dossiers de son bureau sur des milliers de micro-films. Sans parler d'autres documents compromettants sur les grands pontifes du KGB, de l'armée et de la Nomenklatura.

À quoi bon désormais ?

La fin du siècle marquait l'inexorable avènement de la racaille démocratique sur les décombres du socialisme.

On ne respectait plus rien. Raïssa elle-même, la propre femme de Gorbatchev, était victime de la glasnost criminelle prêchée par son mari. À Voronej, en Russie centrale, des *paparazzi* avaient pénétré dans l'hôpital psychiatrique où était interné son frère, Eugène Titarenko, son cadet alcoolique, dont elle avait réussi jusqu'alors à cacher l'existence. Le lendemain, dans le *Moskovsky Komsomolets,* on pouvait voir s'étaler la photo du beau-frère du président, une épave avachie, bouffie, chauve, blafarde, mégot à la main. Une humiliation pareille aurait-elle été possible quelques années plus tôt ? On aurait fusillé sans procès ces ennemis du peuple. Les excès de la liberté engendraient leurs habituels ravages, homicides, attaques à main armée, bagarres, morts par overdose, comas alcooliques, tortures et règlements de compte entre gangs rivaux.

Le matin même, dans la grande tradition des années 60 où la bande du Mongol exécutait les réfractaires au racket, on avait découvert devant l'Oukraïna, en plein centre-ville, un chauffeur de taxi coupé en deux à la scie. Il gisait dans sa voiture inondée de sang, le haut du corps installé au volant, le bas, sur la banquette arrière.

À l'évidence, on ne l'avait pas découpé sur place.

Ailleurs, rue Miusskaia, un immense entrepôt de viande s'était volatilisé en fumée. Incendie criminel. Parmi les casses de bœufs, les restes carbonisés de deux corps humains dont l'identification était impossible.

Mais tout cela n'était rien.

Aux premières lueurs de l'aube, des flics avaient ramassé dans une rue déserte le cadavre d'Anatoli Peminiakov.

Le procureur Peminiakov. son frère d'armes, son ami.

Militant fervent, il avait dénoncé pendant des années les abus du relâchement des mœurs dans la

Sotsiologuitcheskaia Zakonnost, la revue de la procurature. De son côté, Ivan Koranov lui adressait les délinquants dont il pensait qu'ils relevaient de la Sécurité de l'État. Ensemble, ils formaient une équipe de répression sans faille.

D'après l'inspecteur qui l'avait prévenu, Anatoli avait succombé à une embolie consécutive à une absorption massive d'alcool. À première vue, banal. Sur les trottoirs de Moscou, on ramassait tous les matins des ivrognes foudroyés de vodka ou d'alcool à brûler.

« Mort naturelle », avait stupidement ajouté l'inspecteur.

L'imbécile de service ignorait un simple détail : le procureur Peminiakov n'avait jamais bu que de l'eau.

La conclusion coulait de source. Il s'agissait d'un assassinat maquillé en coma éthylique pour déshonorer, d'une pierre deux coups, Anatoli Peminiakov. La préméditation ne laissait rien présager de bon. D'abord, les tueurs étaient sûrs d'échapper à la police – même aujourd'hui, nul ne se serait risqué à liquider un procureur général de l'Union soviétique sans l'assurance d'une impunité absolue.

Ensuite, il ne pouvait s'agir que d'une vengeance.

Enfin, puisqu'ils se croyaient intouchables, les criminels n'allaient pas tarder à s'en prendre à leur prochaine victime.

Pas besoin d'être sorcier pour deviner qui : lui-même. Ivan Koranov...

La plupart des hommes qu'il avait envoyés au goulag avec l'appui du procureur n'en étaient jamais revenus.

D'autres, brisés à vie par leur détention, étaient incapables de concevoir, encore moins de mener à bien, le moindre projet de représailles. Alors, qui ? On racontait que certains évadés avaient réussi à passer aux États-Unis ou en Amérique du Sud. Ils y avaient pris une identité nouvelle. Des chirurgiens leur avaient refait un visage. En fait, ces survivants n'existaient peut-être qu'à l'état de fantasme collectif.

Nul ne les avait jamais rencontrés.

Quelques années plus tôt, un autre bruit incontrôlable avait couru : des rescapés des camps se cachaient dans la ville.

À l'époque, Ivan Koranov avait conduit personnellement l'enquête : aucun résultat. Des rumeurs... Il n'y avait pas le moindre exemple concret qu'une évasion ait jamais réussi. Les distances, la steppe et le froid étaient infiniment plus dangereux que les miliciens les plus féroces. Dans leur immense majorité, les déportés avaient été repris et exécutés. Les autres étaient morts de faim, leurs restes dévorés par les loups. Une infime phalange s'était simplement évanouie dans la nature. Aucune trace physique. Fallait-il en déduire qu'ils s'en étaient tirés ?

Un instant, Koranov envisagea l'hypothèse d'improbables miraculés profitant du bordel de la perestroïka pour régler les comptes du passé. Ridicule. Mais autant le vérifier. Il avait dans son coffre la liste complète des tentatives d'évasion des goulags sibériens depuis le début de leur création. Il n'avait qu'à y rechercher les noms de ceux qui avaient disparu et remonter la piste. La réponse était là.

Simple question de temps. Ce soir, il s'y mettrait...

Il passa son lourd manteau de loutre, enfonça son chapeau sur sa tête et prévint son chauffeur qu'il descendait. Il jeta vers le coffre un regard de regret, verrouilla la porte derrière lui et descendit à pied les trois étages. Dans la rue, l'air était froid et sec. Il faisait beau. Il monta dans la Zil dont le chauffeur lui tenait la portière ouverte. Une heure plus tôt, sous le choc de l'indignation et de la colère, il avait exigé, et obtenu, un rendez-vous immédiat avec Vassili Montachev, nouveau patron de la Division contre le crime organisé. Montachev, en poste depuis dix jours, avait été nommé en remplacement d'Alexandre Gourov, limogé deux semaines plus tôt. Gourov n'avait pas fait long feu dans ses fonctions, deux ans à peine.

Les dirigeants valsaient comme des quilles. Quel merdier !

Koranov n'avait encore jamais rencontré Montachev.

Peut-être appartenait-il à cette nouvelle génération de fonctionnaires qui faisaient passer leur personne, leur famille et leurs biens avant le service de l'État et de l'idéal socialiste ?

Pour le savoir, il n'aurait qu'à regarder son visage lorsqu'il lui parlerait de l'assassinat du procureur Peminiakov.

Rien qu'en observant ses yeux, il verrait tout de suite s'il était intègre. Ou alors s'il était, comme tant d'autres de ses collègues, déjà pourri par la mafia.

Le type était resté debout sur une colonne à vingt mètres du sol, en équilibre, sans bouger, pendant quarante ans. Un système de ficelles permettait aux passants de lui faire parvenir quelques vivres et de l'eau, placés dans un panier. Par le même moyen, Siméon faisait redescendre vivants les vers qui lui couvraient les jambes. À cause de la gangrène. Certes, il leur retirait l'aliment de sa chair mais refusait qu'on leur fasse du mal. À ses yeux, tout être vivant, éléphant ou papillon, homme ou moustique, avait droit au respect de la vie que chacun de nous doit aux créatures de Dieu.

À ce prix, il était devenu un saint…

C'était cher payé. Liouba y pensait chaque jour en passant devant l'église Saint-Siméon-Stylite. Attendrissante à force d'être minuscule, elle disparaissait entre les deux énormes buildings faisant l'angle de la rue Vorovski. Le quartier n'était plus ce qu'il était. La place de l'Arbatskaya avait pris l'apparence d'un Luna-Park soviétique pour touristes au rabais. De faux peintres y tiraient le portrait des passants, des clodos y faisaient la manche devant la station de métro, toutes sortes de petits trafics y prospéraient et, le long du square, des gosses de quatorze ans à tête de vieillards lorgnaient vers le sac à main des femmes seules. L'appartement de Liouba se trouvait dans l'une des cinq résidences de béton écrasant de leur masse la grâce fragile de l'église. Là où s'élevaient jadis les maisons de bois et les échoppes d'artisans, s'étalaient désormais les froides vitrines du supermarché *Gastronom,* des magasins de vêtements *Moskvitchka* et *Syntetica,* des gadgets photographiques *Jupiter,* du restaurant Arbat où se nourrissaient simultanément deux mille personnes en transit pour les deux salles gigantesques du cinéma *Octobre*. Mais tous les amis de Liouba lui répétaient qu'elle avait « une chance folle de vivre là ».

S'ils avaient pu savoir... Elle n'avait pas revu Vassili depuis la veille. Le matin, il lui avait fait téléphoner par un de ses subordonnés. Il était débordé. Il rentrerait plus tard.

Dans le hall d'entrée, elle se demanda si elle allait prendre l'ascenseur – il s'arrêtait à tous les niveaux – ou monter à pied les neuf étages. Repensant à ce que lui avait dit la Chostakova, elle attaqua l'escalier au petit trot : était-il possible qu'elle puisse encore pratiquer la danse ? Elle constata qu'elle n'était même pas essoufflée lorsqu'elle ouvrit la porte de son salon.

Vassili était là, debout contre la fenêtre. Il se retourna.

Elle fut frappée par son visage fermé, ses yeux rougis de manque de sommeil.

– J'ai une mauvaise nouvelle, dit-il.

En un éclair, Liouba pensa à sa mère.

– Un drame horrible, Liouba. Aie du courage.

Elle le regardait fixement. Il se rapprocha d'elle.

– Anna, ajouta-t-il en détournant les yeux.

Brusquement, tout s'effaçait, tout ce qui concernait sa propre vie devenait secondaire. Vassili tira de sa poche une boule de papier journal. Il la déplia. Liouba retint son souffle.

Apparut une bague.

Liouba reconnut l'anneau d'or surmonté d'une opaline qu'elle avait tant convoité avant que leur grand-mère, Douniachka, ne l'offre à Anna, sa plus jeune sœur.

– Elle a été bloquée cette nuit dans l'incendie de la rue Miusskaia. C'est tout ce qui reste d'elle.

– Elle a pu la donner à quelqu'un d'autre ! se révolta Liouba.

Avec douceur, il la prit dans ses bras. Elle pleurait.

– Comment est-ce arrivé, Vassili ? Comment ?

– Je ne sais pas encore, murmura-t-il.

Curieusement, il se sentait envahi par ce sentiment bizarre dont il avait déjà entendu parler sans l'avoir jamais éprouvé : la compassion.

Liouba se dégagea soudain et lui fit face, les yeux étincelants de fureur.

– Qu'est-ce qu'Anna faisait dans cet entrepôt en pleine nuit ?

Vassili détourna la tête.

– Tu es flic ! s'emporta Liouba en lui frappant la poitrine. À quoi ça te sert ? Je veux savoir ce qui est arrivé à ma sœur, tu m'entends ! Dis-moi ce qu'il lui est arrivé !

Vassili la prit doucement par les poignets.

– Liouba, pour le moment, je l'ignore, mais je le saurai. Je te jure que je le saurai !

Liouba se jeta sur le fauteuil et y enfouit son visage.

– Ma sœur… ma petite sœur, balbutia-t-elle avec des sanglots convulsifs. Anna…

Dans son chagrin, elle le rendait presque responsable de son malheur. N'osant intervenir, il la laissa pleurer.

– Donne-moi la bague.

Il la lui tendit. Elle se la passa au doigt.
– Je ne la quitterai plus jamais, dit-elle.

Une coupe de champagne à la main, Hans Kreiper, unique passager du jet privé qui le ramenait à Zurich, jeta un dernier regard sur la piste de l'aéroport Domodedovo.

Nuit comprise, il n'était même pas resté vingt-quatre heures à Moscou. Il lui semblait pourtant qu'il y séjournait depuis des semaines. Dépaysement, personnages presque irréels à force d'être en marge, brutalité des événements, il n'aurait su dire pourquoi. Mais, quelle que soit la suite que le hasard lui réservait, il savait qu'il n'oublierait plus ce voyage.

À Moscou, il s'était senti *exister* beaucoup plus que dans toute son existence. Ce qu'on lui avait demandé était énorme, à la limite de l'impossible, dangereux, fou. Et lui, Hans Kreiper, citoyen helvétique, protestant de vieille souche et notable de Zurich, avait sauté de plain-pied dans cette folie, heureux de la vivre comme un défi où tout son savoir professionnel, accumulé en un quart de siècle, était soudain mis à l'épreuve par deux cinglés dotés d'une intuition hors du commun.

La soirée avait commencé rue Gorki, à l'*Aragvi*, devant une table royale où abondaient le saumon et le caviar. Le directeur avait tenu à ce qu'il goûte à toutes les spécialités maison, chachlyk, soulougouni, satsivi, khache, dans un tourbillon d'orchestre géorgien et de flots de vodka.

Hans y avait très peu touché. Il voulait garder la tête claire.

Pas de politesses excessives.

Dès le départ, ils étaient entrés dans le vif du sujet.

– Ce n'est pas par hasard que nous nous sommes adressés à vous. Ce que nous allons vous demander est difficile.

– De quoi s'agit-il ?

– Un contrat. Nous voulons signer un contrat, un contrat... pas comme les autres.

– Un contrat exceptionnel...

Il était frappé par leur jeunesse. Ils brûlaient d'une fièvre contenue et parlaient à tour de rôle, chacun complétant la phrase de l'autre comme si leurs deux corps étaient traversés par une pensée unique.

– Nous voulons vous donner pleins pouvoirs pour nous couvrir légalement. L'argent est sans importance. Si vous refusez, vous devrez oublier cette conversation.

– Je vous écoute.

Ils lui avaient alors développé les grandes lignes de leur projet. Au début, Hans faillit se boucher les oreilles et partir : trop dangereux ! Ils avaient senti sa réticence. Hans aurait même juré qu'ils l'avaient prévue. Car apparemment, ils prévoyaient tout. Plus tard, dans le salon de son appartement où la discussion s'était prolongée jusqu'à trois heures du matin, par jeu dialectique, il se fit l'avocat du diable, s'acharnant à démolir tout ce qu'ils avançaient. Jusqu'au moment où, à court d'arguments, il s'aperçut que tout le bazar, aussi insensé soit-il, pouvait, *théoriquement*, tenir le coup.

Dès lors, piqué au vif, il se surprit à mettre autant de passion dans ses réponses que ses interlocuteurs dans leurs questions.

– Pourquoi n'êtes-vous pas venus directement me voir à Zurich ? leur demanda-t-il en les raccompagnant jusqu'à la porte. Rien ne vous empêchait de sortir d'Union soviétique ?

Ils éclatèrent de rire.

– En sortir, peut-être. Mais pouvoir y revenir, c'est une autre histoire !

Hans avait quinze jours pour établir la rédaction des contrats.

Normalement, en y travaillant à plein temps avec

toute son équipe, il lui en aurait fallu trente. Mais rien n'était normal dans cette affaire. Ni ce qu'ils se proposaient de faire, pas davantage le nouveau chèque de 400 000 dollars qu'ils lui avaient remis en le quittant. Machinalement, à travers l'étoffe de sa veste, il tâta le portefeuille où il l'avait rangé. Ajoutés aux 600 000 qu'il avait reçus, il avait déjà touché 1 million de dollars avant même de commencer le travail !

Malgré le ronflement des réacteurs, il lui sembla entendre battre son cœur.

– Nous décollons, dit l'hôtesse. Voulez-vous, je vous prie, attacher votre ceinture ?

Elle lui tendit une coupe de champagne.

« Attacher sa ceinture » : après ce qu'il venait de vivre, et avant ce qui allait se déclencher, on ne pouvait dire mieux !

En entrant dans l'entrepôt, Liouba jeta un long regard à Vassili et lui prit la main. En silence, il l'entraîna vers l'endroit où l'on avait retrouvé Anna carbonisée.

Malgré les portes que les flics, après les pompiers, avaient laissé ouvertes, l'air était empuanti d'une odeur indéfinissable, lourde, écœurante. Relents de graisse grillée, de cendres froides... elle suintait du sol, des poutrelles noircies, des murs calcinés.

Des inspecteurs s'écartaient respectueusement sur leur passage. Le bruit de leurs pas sur les dalles de béton trouvait curieusement un écho dans la carcasse des cintres ravagés par les flammes. Le matin, les services de voirie avaient dégagé la plus grande partie des quartiers de viande noircie jonchant le sol.

– Voilà, dit Vassili, c'est ici.

Liouba s'immobilisa. Du coin de l'œil, il vit qu'elle luttait pour ne pas pleurer. Elle s'accroupit. Du bout de l'index, elle caressa doucement le béton dans un lent va-et-vient.

Mal à l'aise, Vassili lui posa la main sur l'épaule.
– À quelle heure a eu lieu l'incendie ? demanda Liouba.
– Vers une heure du matin.
– Est-ce qu'Anna était seule ?
– Avec un homme.
– Qui ? demanda Liouba en se relevant.
Il secoua la tête en signe d'ignorance.
Elle pétrissait convulsivement la bague à l'opaline passée à l'annulaire de sa main gauche.
– Vassili… Qui a fait ça ?
Il détourna le regard avec gêne.
– Je sais que tu le sais, Vassili. Dis-moi la vérité. Qui ?
– La mafia, lâcha-t-il à contrecœur.
Elle eut un regard abasourdi.
– La mafia ?
– Je viens de l'apprendre, dit-il.
– Et Anna ? Qu'est-ce qu'Anna faisait dans l'entrepôt ?
– Je l'ignore, Liouba.
Elle le dévisageait sans comprendre. Ce n'était vraiment pas le moment. Mais, presque malgré lui, il lui posa la question qui lui brûlait les lèvres depuis la veille.
– Liouba, tu voulais me parler, hier soir. Qu'est-ce que tu voulais me dire ?
– J'ai oublié, murmura-t-elle.
Elle ouvrit son sac, en tira une rose rouge, la déposa sur le béton, se releva et se dirigea vers la sortie sans un mot.

4

Vassili Montachev ne l'avait pas fait attendre, mais lorsque Koranov était entré dans son bureau, il avait eu un petit geste déplaisant pour lui montrer qu'il était très occupé, écartant ostensiblement une liasse de documents posés sur son bureau.

– Que puis-je faire pour vous, camarade ?

Mauvais début. Koranov eut un mince sourire. C'était lui, Ivan Koranov, qui pouvait, en bien ou en mal, changer le destin de Montachev. Le faire limoger, par exemple. Dans la hiérarchie des pouvoirs, le KGB avait barre sur tout. Même sur les grands patrons de la police.

– C'est moi qui peux faire quelque chose pour vous, camarade.

Semblant ne pas l'entendre, Montachev désigna la pile de feuilles sur le dessus de sa table.

– Ce charnier, quelle histoire !

– Quel charnier, camarade ? demanda Koranov d'un air pincé.

– Un charnier de bouddhistes, en Mongolie. Les cadavres de milliers de bouddhistes, à Moron. Peut-être des dizaines de milliers. On vient de les mettre au jour.

Ivan Koranov se réjouit qu'on en eût tué autant. En 1924, ses prédécesseurs communistes de la République de Mongolie avaient organisé la destruction de centaines de monastères et entrepris la chasse aux moines. Aujourd'hui encore, elle restait ouverte. Race de punaises. On avait beau les massacrer, il y en avait toujours autant. Aux yeux de Koranov, le maréchal Choibalsan, qui avait organisé le génocide, n'en avait pas éliminé assez.

– Et alors ? dit Koranov avec froideur.

– On a commis beaucoup d'atrocités, sous Staline.

– Vous accusez Staline ?

– Pas moi, camarade, mais un des bourreaux. Ish Teren, quatre-vingt-trois ans. Il était le chef des brigades d'exécution. Il a cassé le morceau.

Koranov connaissait bien Ish Teren. Des années plus tôt, il l'avait ébloui en se vantant devant lui d'avoir fait exécuter plus de seize mille déviationnistes.

– De quand date ce charnier ?

– Cinquante ans.

Koranov regarda sévèrement Montachev. Il remarqua ses yeux rougis, ses traits tirés, la barbe dure qui envahissait ses joues.

– Vous n'avez rien de plus urgent à faire ?

– J'ai reçu des ordres, camarade.

Le visage de Koranov devint glacial.

– Un de mes amis a été assassiné cette nuit. Anatoli Peminiakov. Mais après tout, il ne s'agit que d'un procureur de l'Union soviétique. Vous n'êtes peut-être pas au courant ?

– Tout Moscou est au courant.

– Où en êtes-vous de votre enquête ?

– Elle est close, camarade. Mort naturelle.

– Vous vous foutez de moi ? s'étrangla Koranov.

Montachev regarda autour de lui comme s'il craignait la présence d'oreilles indiscrètes.

– Vous dites que vous étiez un de ses amis ? Voulez-vous que je vous révèle de quoi est réellement mort le procureur Peminiakov ?

– Je vous en serais extrêmement reconnaissant, dit Koranov sur un ton de menace glaciale.

– Vodka. La vodka l'a tué, confia Montachev en baissant la voix. Rien d'autre, ni personne. Pour les types du labo qui ont fait l'autopsie, il en a absorbé plus de deux litres !

Ivan Koranov se leva brusquement. Il alla jusqu'à la fenêtre et regarda les voitures défiler trois étages plus bas, dans la rue Petrovka. Jamais personne n'avait osé le défier de la sorte. Il respira un grand coup, se composa un visage impassible et revint faire face au provocateur qui venait de signer son arrêt de mort.

– J'ai travaillé pendant trente ans avec Anatoli. En trente ans, je ne l'ai jamais vu boire une goutte d'alcool.

– Il avait peut-être des problèmes, camarade.

Koranov fit un effort désespéré pour ne pas lui sauter à la gorge. Maîtriser sa voix... Il avait peur qu'elle ne parte dans les aigus dès qu'il ouvrirait la bouche.

– Montachev, je ne veux même pas discuter avec vous ! Vous êtes trop con ! Peminiakov a été assassiné ! Je veux savoir par qui, comment, et pourquoi ! Est-ce que je me fais bien comprendre ?

Montachev eut un soupir résigné.

– Parfaitement, camarade. Je vais donner des ordres.

– C'est moi qui vous donne un ordre ! Vous allez vous en occuper personnellement, et sur-le-champ ! Je veux vos premières conclusions ce soir !

Montachev se racla la gorge avec embarras.

– Difficile, camarade. Le charnier...

– Votre charnier, vous vous le foutez au cul ! Et sachez autre chose, Montachev. Je n'aime pas votre attitude. Je vais immédiatement en référer au chef du Comité pour la sécurité d'État !

Nouveau soupir de Montachev, haussement des sourcils et expression faussement navrée.

– Il n'y a plus de chef du Comité pour la sécurité d'État, camarade.

Malgré la rage qui le submergeait, Ivan Koranov ne put s'empêcher de tressaillir.

– Expliquez-vous, dit-il sèchement.

– Le KGB est dissous depuis deux heures, répondit Montachev d'une voix suave.

Koranov sentit un goût de rouille lui envahir la bouche.

Montachev enfonça le clou.

– Le KGB n'existe plus.

En arrivant à l'appartement, Liouba était toujours en état de choc. Les choses étaient allées si vite qu'en dehors d'elle-même et de Vassili, personne encore n'était au courant de la disparition d'Anna. Comment l'annoncer à sa mère ?

Elle passa dans la salle de bains, s'aspergea longuement le visage d'eau froide, rencontra par hasard son reflet dans un miroir et fut terrifiée : elle avait le teint d'une morte. Il fallait pourtant qu'elle prenne une décision, prévienne sa famille.

Ses sœurs... D'abord ses sœurs ! Elena, Ariana, Natalia...

Elle les appela les unes après les autres. À chacune, un seul mot : « Viens. » Vingt minutes plus tard, elles étaient à ses côtés.

– Anna..., balbutia Liouba.

C'est tout ce qu'elle put dire : les sanglots l'étouffèrent.

Quand il arriva au 2 de la place Dzerjinsky, des miliciens montaient la garde devant la masse ocre jaune du KGB. Ivan Koranov jeta machinalement un regard consterné vers le socle de la statue de Felix Dzerjinsky, fondateur historique du Komitet Gosudarstvennoï

Bezopasnosti, déboulonnée un mois plus tôt au lendemain de l'échec du putsch. Il s'apprêtait à franchir le porche du bâtiment, comme il le franchissait tous les jours depuis plus de trente ans, lorsque deux miliciens s'interposèrent.

– Vous avez un laissez-passer, camarade ?

Ébahi, Koranov les toisa. Il était chez lui. On ne lui avait jamais demandé une chose pareille. Trop sidéré pour s'indigner, il sortit une carte de sa poche. L'un des miliciens nota soigneusement son nom sur un registre et lui ouvrit le passage. Au quatrième étage, Koranov croisa dans le couloir plusieurs personnes qu'il ne connaissait pas. Le cœur battant, il poussa la porte de son bureau : deux hommes s'y trouvaient déjà. L'un d'eux, en blouson de cuir et col roulé, était installé dans son fauteuil ; l'autre, en chemise rouge sans cravate, assis nonchalamment sur un coin de sa table.

– Bonjour, camarade, dit le blouson.

– Salut, lança l'autre en écho.

Koranov les considéra froidement.

– Qu'est-ce que vous faites ici ?

– Camarade Ivan Koranov ?

– Lui-même.

– Pouvez-vous nous montrer une pièce d'identité ?

Koranov tira de sa poche la carte qu'il avait déjà exhibée aux miliciens. Mais, au lieu de la tendre, il la garda dans le creux de sa main.

– Qui êtes-vous ?

D'un même geste, les deux hommes lui mirent leur propre carte sous le nez. Elles portaient les signatures manuscrites de Vadim Bakatine, le libéral félon nommé récemment à la tête du KGB, et de Gorbatchev lui-même.

– Nous sommes chargés par le président de liquider les affaires courantes.

– C'est-à-dire ?

– Vous prévenir que le KGB est dissous, camarade Koranov. Pour l'instant, vous êtes en disponibilité. Votre salaire vous sera versé jusqu'à nouvel ordre. En attendant, inutile de revenir à votre bureau. Interdiction de toucher à quoi que ce soit dans cette pièce.

– Savez-vous qui je suis ? demanda Koranov.

Sans la lâcher, il brandit sa carte. Le blouson y jeta un bref coup d'œil.

– Parfaitement, camarade.

– J'ai des dossiers à prendre dans mon coffre, dit sèchement Koranov.

– Impossible, camarade. Nous sommes là pour faire l'inventaire.

Bouillant de rage contenue, Koranov s'empara du téléphone intérieur.

– Ici, Ivan Koranov. Passez-moi le camarade Bakatine. C'est urgent.

Les deux autres le considéraient placidement, sans la moindre expression sur leur visage. Koranov attendit.

Jusqu'alors, il n'avait jamais eu à attendre pour s'adresser directement au patron du KGB, quel qu'il fût.

L'homme qui lui avait parlé revint en ligne.

– Pouvez-vous me répéter votre nom, camarade ?

– Ivan Koranov ! cracha Koranov avec mépris. Quel est le vôtre ?

– Le camarade Bakatine est en congé de longue maladie, dit l'inconnu sans daigner décliner son identité. Pour l'instant, conformez-vous aux instructions des officiers qui sont dans votre bureau.

Koranov s'empourpra. Il voulut répondre : l'autre lui avait déjà raccroché au nez. Sentant la terre se dérober sous ses pieds, il passa devant les « officiers » en tenue de loubard qui l'observaient en silence, se dirigea le plus naturellement du monde vers son coffre et en fit jouer la combinaison.

Les deux autres ne bronchèrent pas. La porte s'ouvrit.

Instantanément, la chemise rouge se plaça de façon qu'il ne puisse la refermer. Le blouson sortit un carnet de sa poche.

– Quel chiffre avez-vous composé, camarade ?

Koranov le communiqua.

À quoi bon se révolter ? Ils avaient les moyens de forcer le coffre quand ils voulaient. Dans sa détresse, il se félicita d'avoir transféré chez lui depuis longtemps les documents les plus confidentiels qu'il contenait. Mais il avait besoin d'une ultime certitude. Il avança la main vers un dossier. Un ordre claqua.

– Vous ne devez toucher à rien, camarade ! Je croyais vous l'avoir déjà dit.

Koranov suspendit son geste, hocha la tête et quitta la pièce sans un mot. Il se retrouva dans la rue : sa voiture n'était plus là. Un milicien l'informa qu'elle avait été remise à la disposition des nouveaux services.

– Et mon chauffeur ? bredouilla Koranov.

– Le camarade chauffeur a reçu l'ordre de rejoindre son unité d'origine.

Ivan Koranov tourna lentement les talons et s'éloigna d'un pas lourd, le regard fixé droit devant lui : les carottes étaient cuites.

Liouba leva la tête vers la façade lépreuse de l'immeuble.

C'était là, au troisième. Simultanément, elle aperçut les silhouettes de Natalia et Elena qui l'attendaient dans l'ombre du hall d'entrée. Elle les rejoignit. Presque aussitôt, Ariana apparut. Sans dire un mot, les quatre sœurs s'engagèrent dans l'escalier gris aux murs rongés de vieillesse, où flottaient de vagues odeurs de cuisine et d'humidité. Parvenues sur le palier du troisième, elles s'avancèrent dans un long corridor étroit et sombre au bout duquel, par un entrebâillement, on pouvait apercevoir une cuisine où séchait du linge. Deux ou trois femmes très âgées bavardaient devant l'antique fourneau à gaz encore utilisé par quelques occupants de l'étage. Quatre casseroles mijotaient sur le fourneau – quatre repas différents pour quatre familles.

Elles arrivaient maintenant au bout du corridor.

Liouba, qui menait la marche, s'arrêta devant la dernière porte. Elle regarda ses sœurs. Toutes étaient très pâles.

La gorge sèche, elle frappa.

Elles la surprenaient dans une tâche quotidienne. Elle avait installé sur la toile cirée de la table son matériel de couture et abandonné, pour leur ouvrir, la vieille robe noire qu'elle ravaudait. En voyant Liouba, son visage s'éclaira d'un sourire. Puis, elle aperçut ses trois autres filles, figées un pas en arrière : d'instinct, elle sut que quelque chose était arrivé.

– Où est Anna ? dit-elle sur la défensive.

Est-ce pour moins souffrir ? Aux heures de peine, on pense à des choses bizarres. On y pense peut-être en une seconde, comme en un film prodigieusement accéléré, mais pourtant, elle peut contenir des années d'existence. Ne pouvant ni parler ni soutenir le regard de sa mère, Liouba fixait au-dessus de son épaule une gravure qu'elle avait accrochée un jour, pour rire, au-dessus du buffet de la salle à manger. La gravure représentait une tomate mûre, bien rouge, surmontée de la légende : *La tomate, c'est la santé !* Derrière la salle à manger se situaient la chambre et une minuscule cuisine où trônait un énorme poêle dont leur grand-père avait trafiqué les tuyaux pour leur faire traverser tout l'appartement et y répandre leur chaleur.

Bien entendu, pas de salle de bains. Pour faire sa toilette, sa mère utilisait une grande bassine d'eau chaude qu'elle parfumait de plantes aromatiques. Comme dans tous les immeubles d'un certain âge, les commodités étaient au-dehors, dans le couloir. Il arrivait, de grand matin, que les usagers refassent le monde sur le palier, en attendant leur tour.

– Entrons, maman, murmura Liouba. Ne restons pas là…

– Où est Anna ? répéta Alla Karpova.

Mais elle avait déjà compris.

Natalia, Ariana et Elena, pétrifiées jusque-là, retrouvèrent soudain l'usage de leurs mouvements.

– Viens, maman, viens…, dirent Natalia et Ariana.

Elles prirent leur mère par les épaules et la repoussèrent doucement dans la pièce pendant qu'Elena refermait la porte et s'y adossait, suffoquée de chagrin.

– Un grand malheur, maman, dit Liouba en ravalant ses larmes, un horrible malheur…

Le visage d'Alla se ferma.

– Dis-le-moi tout de suite. Tout droit !

– Anna, maman.

– Anna est morte ?

Liouba se cacha le visage dans les mains.

– J'aurais voulu mourir à sa place, maman, pour ne pas avoir à te le dire !

– Quand ?

– Hier, dans la nuit.

– Comment ?

– Un incendie.

Brusquement, Liouba se jeta dans ses bras. À leur tour, ses sœurs entourèrent leur mère, lui étreignirent les mains.

Alla Karpova les repoussa avec brusquerie.

– Où est-elle ? demanda-t-elle d'une voix dure. Je veux la voir !

– C'est impossible, maman… Impossible ! dit Natalia.

– Je vous dis que je veux la voir ! Je veux voir ma fille ! Emmenez-moi auprès d'elle !

En sanglotant, Liouba retira la bague de son doigt et la lui glissa dans la main.

– Oh, maman, c'est affreux ! Il ne reste rien d'elle !

Alla la regarda sans comprendre.

– Il ne reste rien d'elle ? bégaya-t-elle.

Ses yeux allaient de l'une à l'autre si vite que, l'espace d'un instant, toutes quatre crurent que leur mère était devenue folle. C'était un spectacle insoutenable. Pour ne pas hurler, Liouba détourna la tête. Puis, brusquement, le corps d'Alla Karpova se raidit. Elle poussa un cri inhumain et s'abattit dans les bras de ses filles.

Arrivé à pied au 9 de la rue Stanislavski, Ivan Koranov pénétra dans le hall d'entrée, monta dans l'ascenseur et appuya sur le bouton du troisième étage. Il tira sa clef de sa poche, sortit sur le palier. Ce qu'il vit en ouvrant la porte de son appartement le figea : Katerina, la vieille femme de ménage qui prenait soin de son intérieur depuis vingt-cinq ans, était assise par terre. En larmes. En l'apercevant, elle ne songea même pas à changer de position. Koranov avait encaissé tellement de coups depuis le matin qu'il repoussa le pressentiment qui lui traversait l'esprit : si, par malheur, il avait raison, il ne lui restait plus qu'à mourir. Il entra dans son bureau. Rien ne semblait y avoir bougé. À un détail près : son coffre, où dormaient les secrets d'État qui établissaient son pouvoir, était grand ouvert. Luttant contre la nausée, il considéra d'un œil atone l'inviolable masse d'acier. On l'avait forcée comme une simple boîte de fer-blanc. Refusant de croire ce qu'il voyait, il se rapprocha en titubant : le coffre était absolument vide.

Comme un automate, il alla prendre un verre dans la cuisine. Revint dans le salon. Se versa une rasade de vodka et l'avala cul sec.

Certains boivent, d'autres crient. Mais quand Liouba avait mal, elle essayait, pour se protéger, de se concentrer sur des souvenirs heureux. Il était deux heures du matin.

Écrasé de fatigue, Vassili dormait dans sa chambre.

Soudain, Liouba n'avait plus pu supporter de garder les yeux ouverts dans le noir. Elle avait rallumé la lumière, sorti la boîte bleue de son placard et étalé son contenu sur le lit. Une photo la bouleversait. Elle y était adossée contre un arbre dénudé recouvert de neige. Elle riait, la tête appuyée sur l'épaule d'un jeune homme blond qui lui enlaçait la taille en la couvant du regard : Vitaly. Elle avait dix-sept ans. Lui, vingt. Les deux autres aussi avaient vingt ans. Elle se souvenait très bien du jour et des circonstances où on l'avait prise. Andreï tenait l'appareil. À son côté, Oleg faisait le pitre. Les cours étaient finis. Ils venaient de prendre un verre au foyer de l'université de Lomonossov. Tous les quatre étaient si inséparables que les autres étudiants les avaient baptisés « Les trois mousquetaires ».

Oleg voulait être économiste. Andreï était le matheux de la bande. Et Vitaly, qui la tenait dans ses bras, s'était juré de fonder le premier grand quotidien libre d'Union soviétique.

Rêves de gosses…

Tous trois étaient amoureux d'elle. Séparément, chacun d'eux le lui avait dit, comme on le dit à cet âge, en plaisantant, de peur d'être repoussé. À défaut d'une relation plus intime à laquelle elle se refusait, ils la traitaient comme leur petite sœur.

Ils passaient des heures à refaire le monde, à rêver de l'Occident, à se projeter dans l'avenir. Et il y avait les bals. Tour à tour, chacun, sous le prétexte de la danse, lui frôlait le visage de ses cheveux. Pas étonnant que les autres filles jalousent Liouba.

Oleg, Andreï et Vitaly étaient parmi les garçons les plus séduisants de l'université. Lequel des trois avait le plus de charme, on n'aurait pu le dire. Simplement, ils étaient différents. Quelque chose d'énigmatique qui tenait du magnétisme, de l'aura. Oleg, trapu, blond, épaules carrées, éclatait d'énergie et d'intelligence. Andreï, brun aux yeux bleus, sidérait des auditoires ébahis en leur expliquant que la théorie de la relativité était fausse, et que Einstein était un âne.

Bien entendu, il n'en pensait pas un mot, mais il avait une telle force de conviction, une expression de sérieux si naturelle et une agilité rhétorique si percutante qu'il parvenait à détruire ce qu'il venait de prouver, et à rendre évident ce qu'il avait pourtant démoli cinq minutes plus tôt.

En apparence, Vitaly était le rêveur du groupe. Plus long, plus fin, il avait des yeux verts qui troublaient le regard. Liouba ne l'aurait confié à personne, mais c'est lui qu'elle préférait.

Secrètement, elle bâtissait des projets d'avenir à ses côtés.

Il allait vivre à New York. Il devenait le patron d'une chaîne de télé. On l'admirait. Ils avaient trois enfants pourvus d'un passeport américain qui leur permettait de voyager partout...

Quant à lui, à l'époque, il faisait semblant de n'avoir que du rêve terre à terre. Pendant que la neige ensevelissait Moscou d'un brouillard glacé, il lui racontait ce qu'il appelait son « fantasme capitaliste » :

– C'est très simple, Liouba... Imagine... Le ciel est bleu. J'ai plein d'argent dans les poches. Je suis avec une sublime blonde dans une voiture phénoménale...

– Quelle blonde ?

Il lui jetait un regard narquois.

– Quelle importance, la blonde ? Les blondes, ça se ramasse à la pelle ! Mais la voiture !... Une voiture unique, Liouba. Une Rolls Corniche décapotable bordeaux !

– Bordeaux ? Pourquoi bordeaux ?

– Justement, c'est ça mon fantasme ! Rouler dans cette Rolls décapotable bordeaux !…

– Et tu vas où, dans ta Rolls bordeaux ?

Il clignait de l'œil.

– Tu verras…

Ils éclataient de rire…

Elle regarda l'inscription au dos de la photo : « 20 janvier 1977. » On était en 1991, deux mois et demi avant Noël : quinze ans, dix siècles, des milliards d'années-lumière…

Le 22 février 1977, presque un mois jour pour jour après que la photo eut été prise, Andreï, Oleg et Vitaly étaient déportés pour « menées subversives ». Leur tort : avoir collaboré, sous l'égide de Vitaly, à une feuille ronéotypée vantant les mérites du monde libre. Pas de quoi fouetter un chat. Des trucs d'étudiants… Ils se la passaient de main en main, sous le manteau. Presque une blague : quinze ans de goulag.

Aucun des trois n'en était revenu. Liouba n'avait dû son salut qu'à une relation de sa famille, Vassili Montachev, spécialiste du droit qui venait de démarrer une brillante carrière dans la police criminelle. Il était fou amoureux d'elle. Grâce à son intervention et à un tripatouillage du dossier, elle avait pu échapper à la prison et continuer des études de psychologie, interrompues deux ans plus tard pour cause de mariage.

Elle avait harcelé Vassili pour qu'il fasse des recherches.

Mais l'administration pénitentiaire de la sinistre Gouitou, la Direction générale des établissements de redressement par le travail, était aussi muette qu'une pierre tombale. Sitôt incarcérés, une chape de silence définitif ensevelissait ceux qu'on appelait les « zeks », les condamnés du goulag. Nul ne les revoyait jamais.

Pendant longtemps, Liouba avait refusé l'idée qu'ils aient pu mourir, comme les autres. Puis les années avaient passé : elle s'était résignée à l'évidence.

Elle avait maintenant trente et un ans.

Le sort avait décidé qu'elle ne casserait plus ses chaînes.

Désormais, sa vie continuerait comme avant, étriquée, *prévisible*. Chaque jour qui suivrait ressemblerait à celui qui venait de finir.

Les larmes lui montèrent aux yeux. Elle enfouit son visage dans l'oreiller et se mit à pleurer.

Livre 2

L'ARCHIPEL DES BROUILLARDS

5

À un moment, il y eut une longue trouée dans les nappes de brouillard et de nuages bas qui rasaient la côte. Oleg et Andreï aperçurent alors, à l'infini, une grève noire fouettée furieusement par les vagues dont les rafales de vent déchiquetaient la crête. Sa courbe s'inclinait en un demi-cercle parfait.

– La baie de la Baleine-Bleue, dit le colonel.

Pris dans un tourbillon, l'hélicoptère effectua une longue glissade au-dessus de ce paysage de fin du monde, inhumain de sauvagerie grandiose.

– Cent vingt kilomètres de long, reprit le colonel. L'une des plus belles de la planète.

– Il pleut toujours ? demanda Oleg.

– L'été, pluie et brouillard. L'hiver, gel et brouillard. Mais aujourd'hui, considérez qu'il fait beau. La preuve, on vole. Parfois, avec le crachin, on n'y voit pas à dix mètres. Les tempêtes peuvent durer un mois.

L'appareil revint à la verticale de la côte. Ils passaient maintenant à l'aplomb de baraquements militaires. Puis, gisant sur des roches noires, ils aperçurent des carcasses métalliques rouillées, des détritus, des bateaux éventrés, des monceaux de poutres noircies que la vague rejetait sur la roche.

Le colonel surprit le regard d'Andreï et Oleg.

– Les bagarres habituelles entre pêcheurs, dit-il avec un sourire. Nos navires qui arraisonnent les bâtiments japonais ou taïwanais. Après tout, nous sommes dans les eaux territoriales soviétiques.

– Quelle longueur fait l'archipel ? demanda Oleg.

– Entre le Kamtchatka et Hokkaidó, mille quatre cents kilomètres. Les indigènes l'appellent l'« Archipel des brouillards ».

– Combien d'îles ?

– Très exactement, cinquante-six. Certaines ne sont que des îlots. Les plus grandes, Etorufu, celle que nous survolons en ce moment, plus de trois mille kilomètres carrés. Ensuite, Kunashiri, un peu moins étendue, à peu près la moitié. Shikotan, deux cent cinquante kilomètres carrés. Et les Habomaï, un groupe qui en couvre environ une centaine. Ensuite…

Le colonel eut un geste évasif de la main. Oleg et Andreï savaient aussi bien que lui ce qu'il signifiait : stratégiquement, le reste n'avait plus beaucoup d'importance.

– Ce n'est pas déprimant de vivre à longueur d'année dans ce climat ? demanda Andreï.

– On s'y fait. Au bout de quelques jours, on n'y prête plus attention. Les habitants des îles s'en foutent. Les pêcheurs aussi. La plaie, c'est la boue. À Kunashiri, sur les soixante kilomètres qui séparent Iujno-Kourilsk, la capitale, de Golovnino, un hameau de la pointe Sud, la route est impraticable. La boue. Un fleuve de boue. Même en Jeep, on s'y casse la gueule. À l'aéroport, les pistes d'atterrissage sont en tôles d'acier perforées. Le sol est composé de poussière volcanique. Alors, avec la pluie…

Du doigt, il désigna des quais, des embarcadères.

– C'est d'ici, en 1941, que sont partis l'amiral Yamamoto et son escadre. Direction, Pearl Harbor…

À la faveur d'une nouvelle trouée, barrant l'horizon

sur leur gauche, Oleg et Andreï distinguèrent un hémicycle de montagnes dominées par la masse impressionnante d'un pic recouvert de neige.

– Tebenkora, dit le colonel. Le volcan est toujours en activité. Voulez-vous qu'on le survole ?

– Non, dit Andreï. Suivons la mer.

– Ah ! j'oubliais, s'esclaffa le colonel. Il y a aussi les tremblements de terre. Pratiquement en permanence. On a l'impression d'être des nains juchés sur la cellulite d'une obèse. Une vraie gelée. Ça tremblote tout le temps...

Andreï et Oleg eurent un rire poli.

– En matière de raz de marée, on a même un record du monde, enchaîna le colonel. La plus formidable vague de l'histoire. Trente mètres de haut. Il est vrai que c'était en 1737.

– Vous êtes nombreux ? demanda Oleg.

– Sur la base ? Environ dix mille hommes opérationnels nuit et jour. Une vingtaine d'hélicos, une trentaine de Mig.

Il allait continuer à parler, mais suspendit sa phrase. Après tout, sur l'ordre de mission que lui avaient confié les deux hommes, il n'était pas précisé qu'il devait leur donner le détail du matériel balistique entreposé par l'Armée rouge sur le sol de l'île Etorufu. Il devait simplement se mettre à leur disposition avec un hélicoptère et les balader où bon leur semblerait.

Il fallait qu'ils soient importants : il était tout à fait exceptionnel que la hiérarchie militaire accorde à des civils l'autorisation de survol des îles Kouriles. L'archipel, truffé de bases militaires secrètes, était non seulement une zone stratégique à deux pas des côtes japonaises, mais aussi, depuis près d'un demi-siècle, l'objet d'un contentieux entre l'Union soviétique et le Japon qui en revendiquait farouchement la restitution. Quelques semaines plus tôt, le 11 septembre, Rouslan Khasboulatov, président par intérim du Soviet suprême, s'était rendu à Tokyo pour déclarer au vice-Premier ministre japonais que Boris Eltsine était «prêt à lever tous les obstacles à la conclusion d'un traité de paix soviéto-nippon, y compris la dispute sur les îles Kouriles». En échange, bien entendu, d'une aide économique «massive». Quelle blague! Le colonel, lui, savait très bien qu'on ne rendrait jamais l'archipel.

Staline l'avait confisqué aux Japonais au lendemain de la guerre. Depuis, les Kouriles, que les Japonais appelaient «Territoires du Nord», et les Russes, «Kouriles du Sud», empoisonnaient les rapports des deux pays. En fait, le litige durait depuis le XVIIIe siècle. Les Japonais, les premiers, y avaient posé le pied. En 1738, une expédition russe débarquait, suivie de beaucoup d'autres. En 1855, à la suite d'une magouille, les Japonais récupéraient les lieux en contrepartie des droits sur les îles Sakhalines.

– Vous allez construire quoi, exactement? interrogea le colonel.

– Des complexes de traitement du poisson, dit Oleg. On pêche, on prépare, on expédie. Une très grosse usine. Du travail pour un millier d'hommes.

– Quand allez-vous commencer?

– Le plus vite possible. Dès qu'on aura reconnu les lieux.

– Le poisson, c'est pas ce qui manque, observa le colonel. C'est à cause des courants convergents. Eau froide, eau chaude. Il paraît que ça les attire.

Il leur jeta un regard à la dérobée: qui pouvaient-ils être?

Ils ressemblaient autant à des industriels qu'une strip-teaseuse de bastringue à Mère Teresa. La veille, aussitôt après leur arrivée dans un avion militaire – autre passe-droit inouï pour des civils –, il avait discrètement vérifié à Moscou que l'ordre de mission de ces deux étranges visiteurs était bien authentique. On lui avait sèchement répondu de s'en tenir à ce qui était écrit. Ils ne se ressemblaient pas du tout mais, curieusement, semblaient issus du même moule, comme si des expériences vécues en commun leur avaient conféré quelque chose d'identique. Peut-être le regard ? Pas agressif, mais sûr de lui, laissant filtrer une force intérieure qui s'affirmait d'elle-même. Les yeux de ceux qui n'ont pas beaucoup d'efforts à faire pour être obéis. Bleus. Le plus grand des deux hommes était brun. Le plus costaud, blond. Ils ne parlaient pas beaucoup, mais rien ne semblait leur échapper. Peut-être n'étaient-ils là que pour espionner la base ? On racontait que le gouvernement avait l'intention de renvoyer dans ses foyers le tiers des effectifs cantonnés sur les trois îles principales. Allez savoir !... Qui, aujourd'hui, pouvait se vanter de contrôler quoi ? Quant aux Kouriles... Dans les deux camps, il s'agissait d'une affaire où dignité nationale, prestige et rivalités séculaires l'emportaient haut la main sur les intérêts économiques ou stratégiques.

– Ne vous inquiétez pas, on veut réellement construire une usine, dit le blond.

Le colonel rougit jusqu'aux oreilles. Il se retourna d'un bloc et rencontra le regard gentiment railleur de celui qui avait lu dans ses pensées. Simultanément, lui vint à l'esprit qu'il n'avait pas rougi depuis l'âge de sept ans – son maître l'avait surpris à copier en classe –, ce qui eut pour effet d'empourprer encore plus son visage. Avec gêne, il détourna les yeux pour s'absorber dans la contemplation de la nuque du pilote.

On arrivait à la pointe Sud de la baie.

– Colonel... Si vous le voulez bien, on peut rentrer au camp, dit Andreï.

– On rentre, cria le colonel au pilote.

Instantanément, le paysage bascula. L'appareil se coucha à la verticale dans un grand froissement de pales et fit demi-tour plein nord.

Andreï eut un demi-sourire. Oleg lui adressa un clin d'œil. Ils n'avaient plus rien à faire ici. Ils avaient vu ce qu'ils voulaient : ils savaient désormais ce qu'il leur restait à faire pour devenir les premiers Russes les plus riches du monde.

6

On était le 11 novembre, un lundi. Malgré la mort d'Anna, survenue presque un mois plus tôt jour pour jour, Alla Karpova, plus que jamais, avait voulu maintenir la tradition du thé, le thé du deuxième lundi du mois.

Comme à l'ordinaire, les quatre sœurs Karpova s'étaient rendues chez leur mère. Chacune avait apporté un petit cadeau. Liouba, un bouquet de tulipes rouges, Elena, une douzaine d'œufs, Natalia, des bonbons au chocolat, Ariana, un napperon blanc. Alla plaça la théière sur la table.

Avec un embarras instantanément perçu par ses filles, elle se rendit compte qu'elle avait déposé six tasses sur la toile cirée aux motifs d'anges joufflus sur fond de verdure : six au lieu de cinq.

Une de trop.

Elle sentit peser sur elle le regard de ses filles.

– Laisse-la, maman ! intervint Liouba.

Elle savait très bien ce que signifiait ce geste inconscient : sa mère refusait la mort d'Anna. Elle la niait.

– Je ne l'ai pas fait exprès, s'excusa Alla.

Liouba lui prit la main et la porta furtivement à ses lèvres.

– Tu as très bien fait, maman. C'est ta façon à toi de

dire que tu l'aimais. Pour nous aussi, Anna est toujours là.

Ses sœurs approuvèrent. Alla servit le thé. L'assiette de petits gâteaux secs passa de main en main.

– D'où sors-tu cette robe ? demanda Elena à Natalia pour faire diversion.

– C'est Youri qui me l'a offerte.

– Elle a dû coûter cher.

– C'est un cadeau que lui a fait la gérante d'un magasin de fringues.

– En quel honneur ?

– Youri a fait avoir le téléphone à son mari. Sans lui, ils auraient pu attendre dix ans.

– Ça c'est la version Youri, ironisa Ariana.

– Qu'est-ce que tu veux dire ?

– Devine...

– Il est bel homme, Youri, laissa tomber Elena avec une pointe d'ironie. Peut-être que cette gérante, il la connaît très bien ?

– Si tu la voyais, dit Natalia. Elle a de la moustache et pèse cent kilos. À propos de mari, tu ferais mieux de surveiller le tien...

– Vladimir ?

– Vladimir ! J'ai mes sources.

– Tu en as trop dit ou pas assez, Natalia ! Explique-toi !

Pour la première fois depuis la tragédie, l'ombre d'un sourire effleura les lèvres d'Alla Karpova.

– Qui veut encore du thé ? lança-t-elle.

Voilà. Tels étaient les jeux de ses filles...

Des chamailleries provoquées, des attaques simulées, des volte-face légères, des feintes et des parades, qui ne visaient rien d'autre qu'à amortir les choses trop graves de la vie. Et aussi, une manière différente de se dire « je t'aime, il fait chaud, on est bien ensemble, on fait corps, je ne veux pas te quitter ».

Les unes et les autres avaient assez vécu pour savoir qu'au-dehors, le monde était dur, hostile, incertain, sans amour.

C'était ça, une famille. En tout cas, c'était celle d'Alla. La sienne : le clan Karpova.

– C'est votre dernier mot, Monsieur le Ministre ?

– Croyez bien que j'en suis désolé. Mais pour l'instant, malgré notre désir d'aboutir, je ne peux que rejeter les propositions de votre gouvernement. Elles sont parfaitement irréalistes.

Boris Pankine se leva, remarqua au passage que la jeune interprète avait les cheveux blond cendré et se dirigea vers la baie vitrée. Taro Nakayama resta parfaitement immobile.

Mains derrière le dos, Pankine laissa errer son regard sur les collines qui dévalaient jusqu'à la mer où se nichait le port de Nakhodka. Tous deux étaient arrivés à l'hôtel sans escorte, sous des noms d'emprunt. Chacun, maître absolu de la diplomatie de son pays, avait accepté de faire la moitié du chemin séparant Moscou de Tokyo pour qu'ait lieu leur rencontre secrète : une fois de plus, c'était raté. Depuis quarante-six ans, aucun de leurs prédécesseurs n'avait réussi à régler le litige.

Toujours le même : les Kouriles.

À cause des Kouriles, l'Union soviétique et le Japon n'avaient même pas réussi à normaliser leurs relations depuis la fin de la guerre ! Les Japonais posaient comme préalable à la signature d'un traité de paix la reconnaissance de leur souveraineté sur l'archipel. Après quoi, mais après seulement, ils accepteraient d'accorder leur aide financière à Moscou.

Quoique pris à la gorge, les Soviétiques, de leur côté, refusaient de brader à la hâte leur seul moyen de pression sur le Japon. Mais le temps travaillait contre eux. L'hiver était là. Pas de marchandises. Plus d'argent. Et dans les campagnes ou les rues des grandes villes, la foule, n'ayant rien à se mettre sous la dent, menaçante, grondante, prête à tous les éclats. Sans parler de l'armée, dont on ignorait comment on allait payer la solde.

Boris Pankine revint à la table et considéra Nakayama avec amertume.

– Je vais rendre compte, Monsieur le Ministre.

– Moi aussi, Monsieur le Ministre, répondit Nakayama.

La réunion était terminée. Ils se levèrent ensemble. L'interprète en fit autant. Nakayama s'inclina. Pankine lui serra la main.

Cette fois, c'était bien fini : une fois de plus, la manne japonaise disparaissait dans les brumes des Kouriles.

– Tu t'amuses encore à ces conneries ? se moqua Oleg en entrebâillant la porte.

Andreï était installé dans son bureau devant une étrange machine en mouvement trônant sur une immense table. Des courroies entraînaient des poulies minuscules sur lesquelles défilaient de fins rubans semblables à des tapis roulants miniatures. Des filins de soie frémissaient, des godets emplis de liquide se déversaient sur des plate-formes lilliputiennes qui imprimaient leurs soubresauts à des engrenages dont la rotation, à son tour, donnait vie à d'autres relais de transmissions grimpant dans l'espace jusqu'au point le plus haut de l'architecture de la machine, avant de redescendre, dans l'autre sens cette fois, par le même circuit fermé. Même au goulag, Andreï n'avait pas renoncé à ses recherches sur le mouvement perpétuel. Il lui arrivait d'y penser entre deux coups de trique et un séjour au cachot. Aujourd'hui encore, malgré la multiplicité de ses affaires, il trouvait le temps de s'y consacrer. Rien de tel pour se vider le cerveau avant une action capitale. Théoriquement, il était arrivé à l'équation absolue où un système clos, tirant sa propre dynamique de lui-même, pouvait fonctionner indéfiniment sans aucun apport d'énergie extérieure.

La pratique était toute différente.

– Quelqu'un a-t-il déjà réussi ?

– Non, jamais.

– Tu ne t'es pas demandé pourquoi ?

– J'y arriverai, s'entêta Andreï.

– Tout transfert d'énergie implique une perte. Le problème est donc sans solution. La vérité, c'est que tu n'admets pas que quelque chose te résiste.

– Tu m'emmerdes ! dit Andreï en éclatant de rire. On y va ?

– On y va !

Ils se regardèrent droit dans les yeux, se frappèrent deux fois dans la paume de la main et levèrent simultanément leur pouce : un vieux truc de taulards pour attirer la chance.

La même idée les frappa : ils allaient en avoir besoin !

– Vous voulez me dire que je mens ? s'étrangla Gregory Iavlinsky.

– Je n'ai rien dit de tel, rétorqua Alexandre Orlov en essayant de garder son calme. Simplement, vous vous trompez. Contrairement à ce que vous affirmez, il n'y a plus un seul gramme d'or dans toutes les réserves de l'Union soviétique.

– Deux cent quarante tonnes ! s'entêta Iavlinsky.

– Trois cent soixante-quinze, corrigea Viktor Guerachtchenko.

– Montrez-les-moi ! éclata Orlov.

Georgy Matioukine tenta une diversion.

– Est-il vrai que cinq tonnes ont été vendues à l'exportation sur votre ordre ?

– Où est-ce que vous avez pris ça ? s'étonna Yvan Silaiev.

– L'information a été publiée par les *Izvestia.*

– Stupide ! s'énerva Silaiev. Cinq tonnes d'or... Pour quoi faire ? En dollars, à peine 50 millions. Par rapport à nos dettes, une goutte d'eau !

Le brain-storming durait depuis deux heures. Il opposait les six grosses têtes chargées de gérer le désastre économique qui ravageait le pays. Outre Iavlinsky, l'économiste responsable de la stratégie pour les réformes du marché, Alexandre Orlov, président de la Commission de contrôle du Parlement soviétique. Face à Viktor Guerachtchenko, gouverneur de la Gosbank, Georgy Matioukine, son homologue détesté de la Banque centrale de Russie, mis en poste par Eltsine pour le supplanter. Aux deux extrémités de la table, Stanislas Kouliakov, vice-président de la Vnechekonombank, la VEB, chargée de gérer la circulation des devises extérieures en Union soviétique, et Yvan Silaiev, à la fois ministre des Finances, Premier ministre et président du Comité économique interrépublicain. Ils n'étaient d'accord que sur un point : les caisses étaient vides. L'une après l'autre, Ukraine, Russie, Biélorussie, les Républiques faisaient sécession, proclamaient leur indépendance, prétendaient pouvoir contrôler les armes nucléaires disséminées sur leur territoire et ne versaient plus un sou au pouvoir central dont on ignorait qui le détenait. Gorbatchev, qui vacillait, Eltsine, qui l'enfonçait, l'armée, qui grondait, ou le peuple, prêt à prendre les armes ?

Voyant qu'on ne leur payait même plus les intérêts des emprunts déjà consentis, les créanciers occidentaux fermaient le robinet. Au cours de l'année 1991, l'inflation avait atteint le chiffre prodigieux de 400 % . La dette extérieure s'élevait à 100 milliards de dollars. La planche à billets tournait à plein régime.

Au lieu des 7 milliards de roubles prévus par les économistes, on en avait déjà imprimé 83 en cours d'année et 30 autres allaient suivre pour les seuls mois de novembre et décembre. Par rapport au dollar, les taux de change du rouble variaient de 1 à 100. Et d'après Alexandre Orlov, les réserves d'or avaient disparu des coffres !

– Messieurs, dit Silaiev, si je ne dispose pas de 60 milliards de roubles pour payer les fonctionnaires dans les quarante-huit heures, je ne réponds plus de rien. Ni de la police, ni de la rue, ni de l'armée !

La réunion se tenait au Kremlin, dans la salle du Grand-Conseil où, jadis, les caciques figés du communisme remettaient des médailles aux héros méritants du travail...

Douce époque de certitudes !

La porte grinça. Toutes les têtes se tournèrent d'un bloc. Un huissier se faufila jusqu'à Stanislas Kouliakov, lui glissa une lettre dans la main, murmura quelque chose à son oreille et disparut par où il était venu. Kouliakov déchira l'enveloppe, parcourut des yeux le papier qu'elle contenait. Ce qu'il lut était si absurde qu'il faillit éclater d'un rire nerveux. Il eut envie brusquement de se détendre, d'échapper, ne fût-ce qu'une minute, à cette ambiance de passion impuissante.

– Excusez-moi, dit-il. Je reviens.

De peur qu'on ne le retienne, il se leva sans regarder personne et se dirigea vers les portes matelassées de l'antichambre.

À son tour, Ivan Silaiev se leva.

– Je propose une suspension de séance de quinze minutes, dit-il.

Tous s'ébrouèrent avec soulagement : quinze minutes de sursis, c'était toujours bon à prendre.

– Si c'est pour votre démission, Maréchal, je n'en veux pas. Le gouvernement non plus. On ne quitte pas le navire en pleine tempête. Trop facile !

Ivan Silaiev était à bout de nerfs. Il avait peut-être parlé avec un peu trop de condescendance à l'homme dont, peut-être, dépendait réellement le sort du pays, le maréchal Evgueni Chapochnikov, récemment nommé commandant en chef transitoire des armées. Il se présentait à lui en grand uniforme, comme si ses étoiles pouvaient donner plus de poids à l'argumentation qu'il allait développer: « L'armée se sent orpheline, coupée du pays, délaissée, abandonnée, mal aimée... »

À deux reprises déjà, il avait offert sa démission. On l'avait envoyé paître. Aujourd'hui, il tombait encore plus mal: Silaiev n'avait ni le temps, ni l'argent, ni l'humeur.

– Ce qui se prépare est sans commune mesure avec ma démission, camarade Premier Ministre...

Silaiev réprima un sourire. Chapochnikov maniait toujours le « camarade » comme si le Comité central n'avait pas été dissous six semaines plus tôt. Il est vrai qu'au niveau du langage, soixante-dix ans de pratiques communistes ne s'effaçaient pas par enchantement en quelques jours.

– J'ai pensé, continua Chapochnikov, qu'il était de mon devoir de vous prévenir, camarade Premier Ministre. L'armée n'a pas été payée depuis deux mois. Des centaines de milliers d'hommes sont cantonnés dans leur casernement. Leurs femmes ne reçoivent plus d'argent. Leurs enfants manquent de tout. J'ai là un rapport secret...

Il le tira de sa vareuse. Silaiev s'en empara, le garda en main sans le déplier.

– Que dit ce rapport, Maréchal?

– Ce que je savais déjà. Ce n'est même plus une question de jours, mais d'heures: si la solde n'arrive pas, rien au monde ne pourra empêcher que l'armée prenne le pouvoir.

À son expression, Silaiev vit qu'il ne plaisantait pas.

– C'est si grave que ça?

– Pire, camarade Premier Ministre. Je vous informe que je viens de transmettre le même rapport aux présidents Gorbatchev et Eltsine. En ce qui me concerne, je ne réponds plus de rien. Tout va sauter !

– De quel délai pouvons-nous disposer ?

– Pratiquement aucun.

– Huit jours, deux mois ?

– Si je n'annonce pas la nouvelle à mon État-Major aujourd'hui même…

– Où voulez-vous que je prenne l'argent ? se révolta Silaiev. Il n'y a plus un rouble dans les caisses !

– Alors, nous sommes perdus, camarade Premier Ministre. C'est le chaos !

7

Tous les banquiers se ressemblent. Stanislas Kouliakov n'échappait pas à la règle : il ne pouvait être que banquier. Oleg et Andreï en eurent simultanément l'intuition au moment où il pénétrait dans l'antichambre. Quelque chose dans le regard, une façon spéciale de jauger l'interlocuteur, de supputer, d'évaluer. Il les toisa d'un air neutre.

– Qui êtes-vous ? dit-il.

– Oleg Vlassov, dit Oleg en se levant.

Andreï fit de même.

– Andreï Talasski.

– Qui vous a laissés entrer ? demanda Kouliakov.

– Des amis, répondit Andreï sans ciller.

Kouliakov ignorait à qui il avait affaire, mais il avait assez d'instinct pour savoir que ces deux hommes étaient dangereux.

Ils avaient vu la mort de près. Ils ne la craignaient pas.

Il leur mit sous le nez le morceau de papier qu'ils lui avaient fait parvenir. Pas besoin de le relire. Les mots qu'il contenait étaient gravés dans sa tête : « Nous détenons la solution de tous vos problèmes. »

– Je voudrais des explications.

– Nous allons vous les fournir, dit Oleg. Si, toutefois, ce que nous vous avons écrit correspond à votre attente.

– Quelle attente ?

Oleg et Andreï restèrent silencieux, mais leurs regards convergèrent vers la salle d'où venait de sortir Kouliakov.

– Que voulez-vous dire ? insista-t-il.

Oleg esquissa un sourire aussitôt réprimé.

– Écoutez, s'impatienta Kouliakov, je ne vous connais pas, je suis en pleine réunion et on m'attend. Soyez bref et clair. Qu'est-ce que vous voulez ?

– De combien d'argent avez-vous besoin ? dit Andreï sans le lâcher de l'œil.

– Pardon ?

– Vous m'avez très bien entendu. Quelle somme vous faut-il pour éviter que le système explose ?

Le visage de Kouliakov se ferma.

– Je vais vous faire raccompagner.

– Je crois que vous auriez plutôt intérêt à nous écouter, dit calmement Oleg.

– Sortez, gronda Kouliakov d'une voix menaçante.

– Dommage, lâcha Oleg. Excusez-nous de vous avoir dérangé pour rien.

Kouliakov tourna les talons. En passant devant l'huissier, il lui glissa quelque chose à l'oreille. L'huissier regarda dans la direction d'Oleg et Andreï et se dirigea vers eux. Kouliakov, déjà au bout de l'antichambre, s'apprêtait à ouvrir la porte de la salle du Conseil.

– Kouliakov ! cria Andreï.

Kouliakov se figea. Andreï écarta l'huissier qui essayait vaguement de s'interposer et rejoignit le banquier.

– J'aimerais que vous jetiez un coup d'œil sur ces documents, dit-il en lui tendant une enveloppe.

Kouliakov s'en empara avec réticence.

Elle n'était pas fermée. Il sortit le jeu de photos qu'elle contenait, y jeta un coup d'œil distrait et blêmit.

– Gardez-les, dit Andreï avec gentillesse. Je vous en

fais cadeau. Un jour, vos enfants seront ravis de les contempler dans l'album de famille.

Kouliakov fourra machinalement les photos dans sa poche et demeura immobile. Andreï pensa à ces arbres qu'on coupe dans les forêts, à l'ultime instant où ils sont encore debout avant de s'abattre de toute leur masse.

– Au revoir, camarade, dit-il en lui tournant le dos.

Il allait arriver à la hauteur d'Oleg. Stanislas Kouliakov fit volte-face, le rattrapa.

– Je crains de ne pas avoir très bien compris ce que vous désiriez, dit le banquier.

Oleg et Andreï échangèrent un bref regard.

– Y a-t-il un endroit où l'on puisse s'asseoir ? demanda Oleg.

Sans un mot, Kouliakov se dirigea vers une enfilade de chaises alignées contre un mur au fond de la salle.

Oleg et Andreï s'assirent. Kouliakov, lui, s'effondra.

– Combien ? dit-il d'une voix absente.

– Il n'a rien compris, déplora Andreï avec un soupir.

– Nous ne voulons rien, enchaîna Oleg. Au contraire, nous désirons simplement vous rendre service. Mon ami et moi aimons notre pays. Nous voulons vous donner de l'argent.

– De combien avez-vous besoin pour tirer la Russie du merdier ? répéta patiemment Andreï.

Kouliakov se demanda s'ils étaient fous. Il s'agissait de dizaines de milliards de roubles. Et le temps n'était pas si loin où, pour les échanges commerciaux, un rouble valait l'équivalent d'un dollar. Avec des masses monétaires aussi énormes, aucune improvisation n'était possible. Aucun organisme financier au monde ne pouvait les extraire d'un chapeau de magicien. Dans ces conditions, que pouvaient donc faire ces deux cinglés ? Qui étaient-ils ? D'où sortaient-ils ?

Comment étaient-ils en possession de ces photos qui le crucifiaient ?

Brusquement, il se sentit très fatigué. Tout lui était égal.

– Pour les deux, trois semaines qui viennent, il faudrait un relais de 100 milliards de roubles, ânonna-t-il d'une voix monocorde.

– Eh bien ! il fallait le dire ! reprocha Oleg.

– Nous les avons, dit tranquillement Andreï.

Kouliakov réagit comme sous l'effet d'un électrochoc.

– Vous avez 100 milliards de roubles ? bégaya-t-il.

– Exactement, dit Oleg.

– D'où les sortez-vous ?

– Ce n'est pas votre affaire.

L'espace d'un instant, le banquier redevint banquier : il en oubliait presque sa détresse, ces deux types au visage dur, et les autres, tous les pontes de la Russie au grand complet, qui l'attendaient à côté, dans la salle du Grand-Conseil.

– Disponibles quand ?

– Sous quarante-huit heures, dit Andreï.

Kouliakov sortit un mouchoir de sa poche et s'épongea le front. Au point où il en était, autant faire comme si tout cela était normal.

– Qu'est-ce que vous voulez en échange ?

– Etorufu. La plus grande des îles Kouriles.

Il les dévisagea avec horreur : les Kouriles faisaient partie intégrante du territoire national.

– Mais c'est un bien d'État ! s'étrangla-t-il.

– Et alors ? L'argent qu'on vous propose, il va où ?

– Mes collègues n'accepteront jamais ! Nous avons toujours refusé de les rendre aux Japonais !

– Vous n'avez pas compris, expliqua patiemment Oleg. Il ne s'agit pas pour vous de les rendre, mais de les vendre.

– Même pas, renchérit Andreï. Simplement d'en louer une, une seule, Etorufu. Ce que nous proposons est très simple : contre 100 milliards de roubles, nous voulons que le gouvernement nous signe un bail pour la jouissance exclusive d'Etorufu.

– Un bail ? bégaya Kouliakov.

– Un bail. Un peu comme Hong Kong et la Chine.

– Un bail de quelle durée ?

– Quatre-vingt-dix-neuf ans.

Chaque mot résonnait dans le crâne de Kouliakov comme un signal d'alerte.

– Qui me prouve que vous les avez ? bredouilla-t-il.

– Personne, dit Oleg.

– 100 milliards de roubles, c'est une somme, surenchérit Andreï. Vous devriez comprendre qu'il s'agit d'une offre généreuse que vous n'êtes pas en état de refuser.

– Mes collègues vont me rire au nez ! L'île est bourrée de nos bases militaires !

– Ne vous inquiétez pas. Tout est prévu dans le contrat.

– Quel contrat ? s'affola Kouliakov.

– Celui que nous signerons lorsque vous aurez convaincu vos collègues.

– Je ne vous connais pas. Je ne peux pas m'engager sur si peu.

– Mais si..., distilla Oleg avec un sourire cruel.

– Tout ce que vous avez à faire, enchaîna Andreï, est de leur soumettre notre proposition.

– Et s'ils refusent ? bredouilla Kouliakov.

– Nous ne l'envisageons même pas, conclut Oleg.

– Prévenez-nous quand ils auront accepté, ajouta Andreï. Nous vous communiquerons tous les détails légaux ainsi que les garanties à prendre de part et d'autre. Où peut-on vous joindre de jour et de nuit ?

Kouliakov griffonna un numéro sur une feuille de papier.

– Et moi, où puis-je vous contacter ?

Andreï lui glissa une carte. Koulakiov la prit, baissa la tête et avala sa salive.

– Et pour les photos? balbutia-t-il d'une voix mourante.

Oleg le toisa d'un air dur.

– On s'en fout de vos photos! Vous croyez peut-être que vous êtes le premier haut responsable à vous faire enculer par un tankiste?

Que peut-on faire lorsqu'un adolescent de dix-sept ans se drogue? Le visage tordu d'angoisse, Antonina se le demandait. Elle avait vu Nikita traverser le salon en coup de vent. Il ne l'avait même pas regardée, elle, sa mère. Il gardait une main sur sa bouche. Il était livide. Il s'était réfugié dans la salle de bains dont il avait claqué la porte. Et maintenant, elle attendait, ne sachant comment réagir. Devait-elle prévenir son mari? Il lui avait bien demandé de ne pas l'appeler. Il serait en conférence, impossible de répondre. Comment réagirait-il, quand il saurait? Nikita était leur fils unique. Il avait reçu la meilleure éducation, il n'avait jamais manqué de rien, il avait été choyé, aimé, protégé. À la rigueur, s'ils avaient été pauvres, Antonina aurait pu admettre. Le désœuvrement, les mauvaises fréquentations... Mais là? Eux, que tout le monde enviait? C'était décourageant.

Au début, elle avait simplement remarqué qu'il arrivait à Nikita d'avoir des espèces de bouffées agressives. Il quittait une pièce, très calme, l'air boudeur. Il y revenait dix minutes plus tard, l'œil mauvais, le sarcasme à la bouche. Puis, le tic l'avait alertée: très souvent, Nikita se frottait le nez. Or, Antonina ne pouvait ignorer que ce geste trahissait les consommateurs de cocaïne. Elle avait vu dix émissions de télé là-dessus. Stanislas, son mari, ne s'était aperçu de rien. Il faut dire qu'il ne remarquait plus grand-chose. Il passait la majorité de son temps au bureau – où il demeurait parfois jusqu'à des heures avancées de la nuit – et, quand il était à la maison, il s'enfermait avec des piles de dossiers en demandant qu'on ne le dérange pas. C'était ainsi depuis la naissance de Nikita : chambre à part, rêves à part, vie à part. Un bruit venu de la salle de bains la fit sursauter : comme un gémissement. Elle traversa le couloir à pas de loup et colla son oreille à la porte. Le bruit avait cessé…

– Nikita…

Pas de réponse.

– Nikita… Est-ce que je peux t'aider ?

– Fous le camp !

Antonina se raidit sous l'insulte. Jamais encore son fils ne lui avait parlé de la sorte. Elle allait s'éloigner. C'est alors qu'elle l'entendit vomir. Des quintes de vomissements atroces, comme si chaque hoquet allait lui faire rendre l'âme. Ses scrupules s'envolèrent. Elle fonça jusqu'au salon, s'empara du téléphone, forma un numéro et jeta d'une voix angoissée :

– Passez-moi Stanislas Kouliakov immédiatement !

– Qui le demande ? lui répondit-on.

– Sa femme, Antonina Kouliakov.

– Ne quittez pas… je vais voir.

Stanislas était un bon père, mais assez froid, très strict sur les principes, un peu distant. Il aurait peut-être une réaction de fureur en apprenant la catastrophe ? Elle s'affola à l'idée qu'il puisse le mettre à la porte. L'angoisse lui noua la gorge : que deviendrait Nikita ?

– Madame… Vous êtes là ?

– Oui ?

– Je suis désolé, madame… Impossible de déranger le vice-président en ce moment. Il est en conférence avec le Premier ministre. Puis-je lui transmettre un message ?

– Non, merci… Inutile de lui dire que j'ai appelé… C'est sans importance…

– Messieurs, lança Ivan Silaiev d'un air lugubre, j'ai de mauvaises nouvelles.

La récréation était terminée. Tous avaient repris leur place autour de la table. À voir leurs visages tendus, il était clair qu'aucun miracle ne s'était produit pendant la pause.

– Je viens d'avoir un entretien avec le maréchal Chapochnikov. Il m'a remis un rapport terrifiant. Dans certaines unités, les hommes n'ont pas reçu leur solde depuis trois mois. D'après lui, un nouveau coup d'État est imminent. Un groupe d'officiers supérieurs complote.

– Le putsch du 19 août aurait dû les guérir ! le coupa Viktor Gueratchenko.

– En août, ils défendaient une idée. Aujourd'hui, ils veulent sauver leur peau. C'est tout à fait différent !

– Qu'est-ce qu'il faut faire ? demanda Iavlinsky.

– Les payer !

– Avec quoi ?

– Certainement pas avec des promesses, dit Silaiev. Chapochnikov est formel. Si la solde n'est pas versée, l'armée prend le pouvoir. C'est une question d'heures.

Un long silence s'ensuivit.

– De quelle marge de manœuvre disposons-nous ? dit Georgy Matioukine.

– Aucune, vous ne comprenez pas ? Aucune !

Matioukine se mordit les lèvres et regarda ailleurs.

– Combien faudrait-il pour les calmer ? demanda Iavlinksy.

– Au moins 10 milliards de roubles. Avec 10 milliards, nous payons les arriérés et nous gagnons un mois.

– Un mois, soupira Orlov. Un mois nous sauverait. C'est le temps qu'il nous faut pour débloquer les capitaux d'Europe de l'Ouest, des États-Unis, et passer à l'économie de marché.

– En attendant ? insista Gueratchenko.

De nouveau, le silence.
– Le Japon ? dit soudain Matioukine.
Silaiev eut un haussement d'épaules désabusé.
– Boris Pankine arrive de Nakhodka. Il a rencontré Taro Nakayama. C'est foutu. Le Japon n'accepte de discuter que si on lui restitue les Kouriles.
– Qu'est-ce qu'on attend pour leur rendre ces trois bouts de roche pelée noyée de brume ! s'emporta Guerachtenko.
Matioukine prit un visage de glace.
– Les Kouriles font partie intégrante de notre territoire. Trois générations de Soviétiques y sont nés. Même contre des yen, on ne brade pas l'honneur d'un empire !
– Gardez vos tirades pour vos clients, Matioukine ! Vous vous trompez d'endroit et d'époque. Demain, quand tout le bazar aura foutu le camp, vous vous retrouverez caissier !
Alexandre Orlov se tourna vers Silaiev.
– Vraiment aucun espoir ?
– Aucun, Orlov, dit sombrement Silaiev. Croyez bien que, si c'était possible, j'aurais déjà sauté sur l'occasion.
Chacun s'abîma dans ses réflexions moroses.
Soudain, la voix neutre de Kouliakov s'éleva.
– Je peux peut-être vous la fournir.
On s'aperçut alors qu'il n'avait pas encore prononcé un mot depuis la reprise de séance.
– J'ai un acheteur, ajouta-t-il.
Ce qu'il disait était énorme !
– Expliquez-vous, intima Silaiev.
– À mon avis, il s'agit d'une solution très satisfaisante, Monsieur le Premier Ministre. Je veux dire… dans l'intérêt de notre pays. Une solution qui nous octroie un triple avantage : payer instantanément l'armée, avoir le temps de voir venir, et doubler les Japonais.
Bouche bée, Silaiev le dévisageait.
– Vous avez un acheteur pour les Kouriles ?

– Mieux qu'un acheteur, Monsieur le Premier Ministre. Il n'est pas du tout question de les vendre. Mais seulement d'octroyer un bail de quatre-vingt-dix-neuf ans sur l'une d'elles, une seule, Etorufu.

Matioukine eut le tort de tenter un baroud d'honneur.

– Etorufu ! Êtes-vous sérieux, Kouliakov ? Et nos bases ? Toutes nos bases militaires ?

– Puisque vous n'êtes pas foutu de les payer, ayez la pudeur de ne pas les mettre en avant ! lui dit sèchement Silaiev.

Tendu d'excitation contenue, il dévisagea Kouliakov.

– Combien vous propose-t-on en échange de ce bail ?

– 100 milliards de roubles, Monsieur le Premier Ministre.

C'est à huit heures du soir qu'Andreï et Oleg reçurent le coup de fil. Pour la centième fois, ils relisaient fiévreusement les contrats préparés par Hans Kreiper : du solide.

– Tu crois qu'ils peuvent encore nous baiser ?

– Nous baiser, non. Nous faire descendre, oui.

Les contrats étaient établis au nom d'une société suisse, la Development Trade Company, qui avait un holding au Liechtenstein, lui-même holding d'une compagnie panaméenne filiale d'un trust domicilié aux Antilles néerlandaises. Dans cette affaire, le moindre paradoxe n'était pas que des particuliers puissent réussir là où, nécessairement, les États ne pouvaient qu'échouer. Vieille méthode des marchands d'armes quand un blocus leur interdisait de livrer canons et munitions à un pays frappé d'embargo : par un simple jeu d'écritures, un individu se substituait à une nation pour acheter, à titre privé, la marchandise interdite. Après quoi, moyennant une commission honorable, il n'avait plus qu'à la « revendre » aux acheteurs d'origine qui lui avaient fourni l'argent pour l'acheter. Ainsi, à la satisfaction générale, les lois étaient respectées, les armes livrées, les pourcentages versés, la morale sauve.

Il n'y avait que les gogos pour s'imaginer qu'une décision politique pouvait l'emporter sur les impératifs ordinaires du négoce, du bakchich et du profit. Pour ces raisons, Oleg et Andreï avaient tenté le coup : réussir ce que le Japon et l'Union soviétique n'avaient pu concrétiser en un demi-siècle de palabres, de marchandages et d'humiliations. Puis, la nouvelle inouïe confirmée à l'instant par Stanislas Kouliakov : les Soviétiques acceptaient de vendre !

En entendant sa voix, Oleg et Andreï avaient branché l'amplificateur.

– J'ai une réponse...

Oleg, qui tenait l'appareil, aurait pu le tuer pour le faire parler plus vite. Mais il eut la force de se taire, d'attendre la suite sans relance.

– C'est oui, dit finalement Kouliakov.

– Bien. Le gouvernement a donné son aval ?

– Oui.

– Félicitations. J'en prends bonne note. Nous vous contacterons demain à midi pour une première mise au point. La signature, les dates, le versement de l'argent, etc. D'accord ?

– D'accord.

– Est-ce vous qui restez notre interlocuteur ?

– C'est moi.

– Parfait. À demain.

Andreï raccrocha. Il considéra Oleg une seconde, puis tous deux se livrèrent à leur exorcisme habituel, deux claques dans les mains, pouces dressés et cris de joie.

– Appelle Tokyo, jubila Oleg.

Andreï composa un numéro. Il eut quelqu'un en ligne.

– Hanssaku ? dit-il.

– Oui.

– C'est fait.

Il y eut un borborygme approbatif. On raccrocha.

Hanssaku était le grand *capo* de la Yakuza, la mafia japonaise. S'ils l'avaient pu, Andreï et Oleg auraient évité comme la peste de croiser sa route.

Mais il représentait un pion capital de leur parcours.

– Qu'est-ce qu'il a dit ? demanda Oleg.

Andreï imita le grognement du cochon. Oleg grimaça un sourire. La phase suivante les inquiétait. Elle allait se dérouler dans deux heures sur leur terrain, ici même, dans leur quartier général de la rue Sobinovsky. Elle était, de très loin, la plus dangereuse. Pour une raison très simple : en cette fin de siècle, on pouvait dominer le vent, détourner les fleuves, arracher des mourants à la mort, fabriquer des bébés-éprouvettes, calmer les tempêtes, aller dans la lune, changer du plomb en or. Mais personne, jusqu'à présent, n'avait réussi à contrôler la folie. La vraie folie des fous.

8

C'était un superbe rassemblement de voyous.

Aucun de ceux qui se trouvaient autour de la table n'aurait été accepté dans la finale d'un championnat mondial de crapules, car chacun, d'entrée de jeu, aurait été déclaré hors concours. Menteurs, voleurs, arnaqueurs, violents, avides, impitoyables, rusés et assassins, leurs forfaits, eussent-ils été jugés collectivement, leur auraient valu des milliers d'années de prison. Seul, le corset de fer de la dictature communiste n'avait pas permis à leurs qualités de se déployer dans leur plénitude. La justice et son inéluctable trilogie, goulag, hôpital psychiatrique ou exécution pure et simple, étouffaient dans l'œuf de prometteuses vocations de truands. Les délits singuliers se perdaient dans la spirale des génocides collectifs organisés depuis plus d'un demi-siècle par le système en place.

Les cinquante ou soixante millions de morts dont le socialisme avait jonché les fosses communes de Sibérie ne laissaient nulle place à l'artisanat du crime. Puis, la perestroïka était venue. La pègre avait proliféré. Le mot « liberté » se faisait jour, les lois du système craquaient comme des cordages pourris et le citoyen de base, qui commençait à entrevoir qu'il n'avait qu'une vie, recherchait plutôt les bonheurs décadents du capitalisme, la bouffe, les fringues, les voitures et le bien-être, que les médailles du travail.

Ainsi se créait ce que les économistes, en termes de marché, appellent une « demande ». Il fallait de l'alcool, de la drogue et des putes. Il fallait ne plus travailler pour rien, mais en faire le moins possible pour un maximum de profit. Il fallait jouir avant de mourir. Les plus jeunes se fichaient des vieux ouvriers au visage de pierre, les femmes voulaient ressembler aux mannequins des magazines qui commençaient à circuler, la pornographie s'affichait à la devanture des kiosques et, avec un peu d'argent, on trouvait facilement tous les produits contingentés, viande, vodka, cigarettes, sucre, cocaïne, armes, voitures. Les premiers pionniers du trafic n'arrivaient plus à satisfaire la demande. Peu à peu, les voyous étaient passés de l'artisanat à l'industrie lourde, essayant tant bien que mal, à coups de meurtres, d'intimidations et de massacres, de s'organiser pour la répartition des territoires et des bénéfices.

Depuis 1982, les gangs avaient proliféré dans Moscou. Obéis au doigt et à l'œil par plus de cinq mille « soldats », une dizaine de caïds se partageaient la ville.

Au début, le gouvernement leur avait opposé l'appareil d'État, police, KGB, armée, milice. Les gangs avaient riposté par la corruption. Elle régnait déjà parmi les apparatchiks mais cette fois, la peur du Parti ne jouant plus son rôle de frein, les moyens déployés avaient gangrené de haut en bas la hiérarchie sociale. Tout le monde trafiquait, vendait, achetait, dénonçait. Les plus forts et les plus avides tuaient. À cet instant de l'histoire, en ce mois de novembre 1991, le Moscou de l'ultime décennie du siècle était devenu un tel chaudron de violence que, par comparaison, le Chicago des années 20, prohibition, Al Capone et Dillinger compris, faisait figure d'un jardin d'enfants.

À deux détails près. La rumeur en parvenait à peine

aux oreilles du monde occidental. Et les Russes avaient faim.

– Mangez ! dit Oleg Vlassov avec un grand rire. Buvez, allez-y !

Pensant que cette délicate attention pourrait détendre l'atmosphère, il avait fait disposer sur la table des bouteilles de vodka prises dans un étau de glace, des montagnes de pirojki, de saumon, de caviar, de blinis et d'esturgeons entiers. Mais personne n'y touchait. Pas davantage qu'à la vodka. Peut-être avaient-ils peur d'être empoisonnés ? Chacun épiait les autres, les mains bien à plat sur la table. Avant d'entrer dans la salle de conférences, les gardes du corps des différents clans les avaient soigneusement palpés pour s'assurer qu'aucun d'entre eux n'était porteur d'une arme. Quelques-uns étaient trop impulsifs pour ne pas céder à cette tentation première, lorsque la discussion s'échaufferait, de dire à coups de couteau ce qu'ils ne pouvaient dire avec des mots. Une grande partie des invités était analphabète. Aussi, les chefs de chaque tendance étaient flanqués d'un conseiller, chargé de traduire en termes clairs et courtois opinions, desiderata et réserves éventuelles. Seuls, Oleg Vlassov et Andreï Talasski étaient sortis de la célèbre université Lomonossov. Oleg comme économiste se destinant à la finance internationale. Andreï comme mathématicien.

Malheureusement, le goulag avait interrompu leur brillant cursus universitaire. Mais en dehors des deux intéressés, aucun des participants ne le savait. L'eussent-ils appris, cela ne leur aurait fait ni chaud ni froid. La dialectique n'était pas leur fort. Les problèmes se réglaient au mieux à coups de mitraillette, ce qui conférait le triple avantage de réduire les palabres, d'éviter les pertes de temps et d'être sûr d'avoir raison.

Parmi tous les regards posés sur lui, Oleg sentit l'un d'eux peser plus lourd que les autres. Il jeta un coup d'œil furtif dans la direction d'où venait sa vibration.

Il buta contre le sourire froid de Pavel Lyssenko.

Il leva son verre.

– *Za vaché zdorovié !* À ta santé !

Parmi tous les fauves réunis autour de la table, Pavel était peut-être l'un des plus dangereux. Il mesurait près de deux mètres et, lorsqu'il se déplaçait dans une pièce, sa fabuleuse corpulence créait un appel d'air. Il était aussi bête que violent, aussi rusé que colossal. Il avait une autre particularité : on ne pouvait le regarder que dans les yeux. Non qu'ils eussent quoi que ce soit de spécial, mais à cause de ses sourcils. Au lieu de se séparer au-dessus du nez, comme tous les sourcils qui se comptent par deux, ils n'en formaient qu'un seul, barrant son front d'une brosse continue de la pointe d'une arcade à l'autre.

À la fois gênés et fascinés, ses interlocuteurs ne pouvaient détacher leur regard de ce point précis où leur trajectoire aurait dû s'interrompre.

– *Spassiba !*

À son tour, il leva son verre qui prit, dans sa main herculéenne, la consistance fragile d'une dragée. Entre Oleg Vlassov et lui, il s'agissait de passion, c'est-à-dire de haine pure.

Dès lors que l'un d'eux faisait un pas, il butait dans les pattes de l'autre. La ville avait beau être vaste, elle était trop petite pour eux. Aucun n'ignorait que l'un des deux devait disparaître. Oleg but son verre cul sec. Pavel en fit seulement le simulacre. Oleg se leva.

– Bienvenue à tous !

Des yeux, il fit le tour de l'assistance et s'offrit le plaisir d'un silence qu'il prolongea jusqu'au malaise. Quelques-uns changèrent de position. Des chaises craquèrent.

– Vous savez tous pourquoi nous sommes réunis, dit-il enfin. Il s'agit de Moscou. Il s'agit de nos affaires, de nos intérêts et de notre tranquillité.

– Accouche, l'interrompit Aliocha Kaliguine d'une voix glacée. On m'attend ailleurs.

Oleg vit que son conseiller tirait discrètement par la manche celui que ses pairs avaient baptisé « le Fou ». Car Kaliguine était réellement fou. Peut-être pas au départ. Mais il avait subi des années d'internement psychiatrique où on l'avait traité à l'aménasine et au galoperibol. Il en avait gardé d'irréversibles séquelles. On lui prêtait aussi, ce qui n'arrangeait rien, une intense consommation de cocaïne provoquant l'incapacité de se concentrer plus de quelques secondes, et des crises de rage subite qui le faisaient exploser, tuer qui lui résistait ou se cogner le crâne contre un mur. Ce mépris de lui-même et des autres terrifiait ceux qui l'approchaient. Le langage n'avait aucune prise sur lui. Le mot « attendre », aucun sens.

Il était petit, frêle d'apparence, teint maladif, visage grêlé barré par une mèche brune qu'il remontait constamment en un inquiétant tic nerveux. Chose étonnante, ses yeux, presque jaunes, étaient plus pâles encore que sa peau.

– Personne ne t'oblige à rester, répondit Oleg avec une douceur dangereuse.

Chacun eut l'intuition que la réunion allait tourner court avant même d'avoir commencé. Fou de peur, le conseiller de Kaliguine, qu'on connaissait sous le nom de Matychov, plaqua un sourire crispé sur son visage, se pencha vers son chef et lui murmura quelques mots à l'oreille. Aliocha le repoussa avec impatience.

– Aliocha Kaliguine, s'interposa Matychov, a voulu dire qu'il était souhaitable d'entrer dans le vif du sujet.

– Ta gueule ! dit Aliocha. Je ne te paie pas pour répéter ce que je viens de dire !

Oleg vit toutefois qu'il ne bougeait pas de sa place.

– Andreï et moi, nous voulons la paix, enchaîna-t-il. Y en a-t-il un parmi vous qui ne veuille pas la paix ?

Personne ne pipa.

– Alimentation, drogue, transports, bars, boîtes de nuit, immobilier, brasseries, restaurants, confection, alcool et prostitution, Moscou est comme une vache qui ne demande qu'à se laisser traire. Encore faut-il que les bergers ne s'égorgent pas entre eux. Ces dernières semaines, il y a eu des dizaines de morts parmi nous. Beaucoup trop de morts. Vieilles méthodes stupides. Andreï et moi avons bien mieux à vous proposer…

– Une espèce de pacte, ajouta Andreï. La paix entre nous. Et l'affaire de votre vie.

Une onde de méfiance parcourut la salle. Elle se trouvait au dernier étage du 9, rue Sobinovsky. Andreï et Oleg avaient acheté l'immeuble cinq ans plus tôt. Évidemment, pas en leur nom propre. Un attaché culturel de l'ambassade d'Italie, soudoyé à coups de dollars, de femmes et d'héroïne, avait servi d'entremetteur à La Haye pour les autorisations légales accordées à la société hollandaise « philanthropique » montée de toutes pièces pour les besoins de l'opération. À l'époque, Oleg et Andreï, sans le savoir, avaient agi en précurseurs.

« Milosérdié », la charité, reprenait du poil de la bête. Le bonheur des citoyens étant garanti par l'État, avouer la moindre défaillance serait revenu, jusqu'alors, à faire insulte au système.

Par conséquent, tout le monde était heureux. Heureux à en mourir. Pourtant, au cours des trois dernières années, on avait créé différentes formes de secours. À Leningrad, Association de charité. À Moscou, Fonds soviétique de charité et de santé et Fondation pour les innovations sociales. Rue Sobinovsky, deux œuvres de haute tenue morale avaient permis d'accélérer les formalités et de servir de paravent aux trafics vertigineux d'Oleg et Andreï. Le rez-de-chaussée était divisé en deux secteurs. À droite, un centre de consultations gratuites au service d'enfants handicapés, à gauche, l'école de danse de la célébrissime Irina Chostakova pompeusement baptisée Formation, aide morale et matérielle au profit des jeunes talents de la chorégraphie soviétique.

Le premier étage était dévolu aux Secours d'urgence aux adolescents en difficulté, drogués, inadaptés sociaux, jeunes délinquants. Le second, aménagé en bureaux, très officiellement consacré à l'administration et à la gestion de l'entreprise. Au troisième, Oleg et Andreï s'étaient réservé la moitié de la surface pour édifier leur repaire et leurs bureaux privés, le reste étant transformé en salle de conférences. Discrétion assurée : un grand va-et-vient donnait le change. Le plus naturellement du monde, on entrait et on sortait de l'immeuble qui comportait, outre la porte principale, une issue connue des seuls initiés, sans parler de deux autres, tout à fait secrètes, à l'usage personnel d'Oleg et Andreï, l'une par les toits, l'autre au sous-sol – elle débouchait deux rues plus loin, dans l'arrière-boutique d'un magasin de chaussures où l'on vendait également des légumes et des conserves. Les travaux d'aménagement avaient duré deux ans.

– La paix entre qui et qui ? demanda Pavel Lyssenko avec une fausse innocence accusée par le roulement latéral de son sourcil unique. Personne n'est en guerre.

Oleg le dévisagea, poussa un profond soupir et enchaîna.

– Savez-vous qui gagne toujours les guerres ? La police.

– La police je chie dessus ! vitupéra Kaliguine en remontant sa mèche. L'armée, les flics, les politiques, je les ai tous à ma botte !

Oleg et Andreï échangèrent un bref regard. Oleg se rassit.

Andreï se leva.

– Tu n'es pas seul, Aliocha, dit Andreï. Ce qui arrive à chacun de nous concerne tous les autres.

– Ah, oui ? Et quoi par exemple ?

– Je vais te l'expliquer. Ce matin, sur instructions de Boris Eltsine, on a créé une nouvelle banque. La Banque de Russie.

– Et alors ? dit le Fou avec insolence.

– On l'a créée, continua Andreï avec calme, à l'emplacement du ministère de l'Intérieur.

Pavel Lyssenko éclata de rire.

– Vous voyez, les amis, ça prouve que nos nouveaux dirigeants sont comme nous ! Entre les flics et le pognon, ils choisissent le pognon !

Tout le monde s'esclaffa et, pendant une seconde, on put se croire plongé dans la réunion d'une amicale d'anciens élèves. Andreï fit chorus tout en les dévisageant tour à tour.

Fedor Grichine, « le Taureau », avant-bras massifs, cou puissant, front bas. Quartier général, Dolgoproudni, au nord-ouest de la ville. Avenues grises, stupides, rectilignes, béton et bars à bière d'où opérait son gang de racket, d'innombrables équipes de truands « protégeant » toutes les boutiques du coin.

Tout commerçant refusant de payer sa dîme voyait son négoce réduit en cendres dans les vingt-quatre heures. Ou, comme cela était déjà arrivé, se retrouvait pendu à un croc de boucher, à l'étal, gorge ouverte.

À sa droite, séparé de lui par son « conseiller », Piotr Gratchev, propriétaire d'un cheptel de prostituées. Inventeur de la méthode qui portait son nom, la Méthode Gratchev…

Formées à la va-vite par des « essayeurs » qui les mettaient au tapin au bout de deux jours à coups de torgnoles, les filles, jeunes vachères illettrées séduites avec une paire de bas, étaient recrutées par des « soldats » bellâtres dans la neige des campagnes. Gratchev en contrôlait des centaines. Le plus bouffon, on ne lui connaissait aucune liaison. On le soupçonnait même d'être homosexuel, mais devant ses yeux durs d'anthracite, personne ne se serait hasardé à lui poser la question. Plus loin, Dimitri Loukianov, insignifiant d'apparence mais pesant lourd sur la cote des produits alimentaires du marché Rijsky. Technique : contraindre les commerçants, postés devant leurs comptoirs de faïence blanche, à tripler ou quadrupler le prix des denrées mises en vente pour les taxer en conséquence. Dans un premier temps, tout contrevenant à la loi de Loukianov n'était plus livré.

Le deuxième avertissement était définitif : la mort.

Konstantin Kania, son vis-à-vis, était plus énigmatique. Légèrement voûté, le cheveu rare, il gardait en permanence sur les lèvres un sourire indulgent. Il y avait de quoi. En quelques années, il s'était taillé un empire qui lui valait, dans l'univers de la drogue, l'admiration respectueuse de ses pairs. Ses hommes étaient dressés pour transformer en dealers ceux qui naissaient de la rue, passants, portiers d'hôtel, barmen, garçons de restaurants, employés de boîtes de nuit, militaires, lycéens, athlètes. La provenance de ses arrivages restait un mystère. Mais tout le monde savait que, dans le pays même, la culture clandestine du pavot couvrait plus de deux cent mille hectares de terre, Asie centrale comprise. Et qu'à Moscou, le nombre d'adolescents toxicomanes avait décuplé en cinq ans.

Restaient trois hommes qui touchaient à tout. Gregori Lermontov, surnommé « Krestianine », « le Paysan », à cause du contraste entre ses ongles noirs et le soin obsessionnel apporté à sa tenue, cravate en soie, chaussures anglaises, vaste manteau de vison et bagues en or à quatre doigts. Stanislas Klimovitch, drogue, rackets en tous genres et prostituées. Et Leonid Chataline, qui bourrait les bars de machines à sous et truffait de casinos la moindre station balnéaire. Ce n'était même pas illégal : il n'y avait plus de lois du tout. Ni textes. Ni directives.

Et eussent-ils existé, il n'y aurait eu personne pour les faire respecter. Depuis la dissolution des structures soudant le système, la mafia soviétique avait eu beau jeu d'occuper l'immensité du vide administratif. Chacun agissait à sa guise. Personne ne demandait la permission. Les profits étaient proportionnés à l'audace de ceux qui osaient entreprendre. Pendant ce temps, le citoyen de base pouvait toujours s'acheter quatre paquets de Winston avec ses 200 roubles de revenu mensuel.

– La Banque de Russie ? s'étonna Konstantin Kania. En quoi ça nous concerne ?

– C'est notre condamnation à mort, répondit Andreï. À tous.

– Parle plus clairement, dit Gregori Lermontov.

Andreï eut un long regard circulaire.

– À combien s'élève la fortune personnelle de chacun d'entre vous ?

Tous les visages se fermèrent : un homme d'affaires bien élevé ne posait pas de question pareille à ses pairs.

– Qu'est-ce que ça peut te foutre ? aboya le Fou.

– Tu vas comprendre, Aliocha. Aujourd'hui, tu te crois riche. Demain, tu n'auras plus un kopeck. Tout l'argent que tu as dans tes caisses ne servira plus à rien. Du papier.

Aliocha Kaliguine éclata nerveusement de rire.

– Mes roubles, du papier ?

– Du papier. Tu pourras toujours t'en torcher le cul. Tu as entendu parler du rouble convertible ?

– Le dernier des bouseux est au courant, dit Fedor Grichine avec agacement. Et alors ? Qui nous empêchera d'acheter du dollar ?

– À quel prix ? Notre monnaie ne vaut plus un clou. Aujourd'hui, 12 novembre 1991, le tarif officiel du rouble commercial est fixé à 1,7 rouble pour 1 dollar. Le cours touristique, à 47 roubles. Au noir, 100 roubles pour 1 dollar. Et pour la Gosbank, sur le marché des devises, à 110 roubles pour 1 dollar !

– Ce qui veut dire ? s'inquiéta Pavel Lyssenko.

– On est marrons, Pavel. Ils vont dévaluer massivement. Ensuite, ils nous feront le même coup qu'il y a trois mois. Ils vont déclarer qu'ils retirent de la circulation tous les billets de 50 et de 100 roubles. Tu te présenteras à un guichet de la Gosbank avec tes camions de pognon pour te le faire rembourser en petites coupures ? Et qu'est-ce que tu leur répondras quand ils te demanderont comment tu les as gagnés ? Maintenant, je m'adresse à vous tous : après toutes ces mesures, qu'est-ce qu'il va nous rester de ce que nous avons accumulé ?

Il y eut un long silence ponctué par la respiration lourde de Fedor Grichine. Andreï en profita pour enfoncer le clou.

– Je vais vous le dire : zéro !

– D'où tu tiens tes tuyaux ? interrogea Chataline.

Andreï ne se donna pas la peine de répondre.

Konstantin Kania s'apprêtait à ouvrir la bouche. D'un geste, Dimitri Loukianov l'en empêcha.

– Avant de nous faire un cours d'économie politique dont, personnellement, je n'ai pas besoin, dit-il sans forcer le ton, et puisqu'ici il est question de paix, j'ai une question à poser… Qui, parmi vous, a fait incendier mon entrepôt de viande de la rue Miusskaia ?

Silence de mort. Les yeux de chacun volaient de visage en visage. Loukianov ne regardait personne en particulier, mais Aliocha Kaliguine craqua le premier.

– Pourquoi tu me regardes ? hurla-t-il. Tu crois peut-être que c'est moi ? Tu m'accuses ?

– Je n'accuse personne, dit Loukianov de la même voix égale. Je pose simplement une question.

Comme pour compenser son apparence chétive, il

était venu flanqué de son garde du corps favori, Igor, qui devait bien faire dans les cent trente kilos. Pour le moment, il regardait fixement ses deux mains posées sur la table.

– Ce que tu dis est grave, Dimitri. Qu'est-ce qui te fait croire qu'il s'agit de l'un de nous ? énonça Oleg.

– Moi aussi, j'ai une question, le coupa Pavel Lyssenko. Chacun sait que je contrôle les taxis de la ville. Il y a deux jours, Vassili Malidanov, un de mes chauffeurs, a été coupé en deux à la scie devant cent témoins. Qui a fait le coup ?

– Même remarque, dit Andreï. Pourquoi ceux qui sont ici pourraient-ils te répondre ? Nous ne sommes pas une commission d'enquête. Oleg et moi ne vous avons pas demandé de venir ici pour régler nos comptes, ni pour nous faire la guerre, ni pour nous soupçonner. Mais parce que nous sommes tous dans le même bateau. L'ordre du jour, c'est que le bateau coule. Et qu'on va tous se noyer.

– Tu as quelque chose à proposer ? grinça Grichine.

– Rien.

Le Fou bondit de sa chaise.

– Et c'est pour nous faire entendre ces conneries que tu nous as dérangés ?

– On te l'a déjà expliqué, s'interposa patiemment Andreï, on voulait vous proposer un pacte.

– Quel pacte ? explosa Gregori Lermontov qui n'avait encore rien dit.

– Aucun, laissa tomber Oleg en haussant les épaules. Il y a trop de méfiance et d'hostilité autour de cette table. Chacun de vous ne vise que ses intérêts immédiats. Tant pis. Débrouillez-vous ! Chacun pour soi et bonne chance à tous. La séance est levée.

Pavel écrasa la table de son poing monstrueux.

– Tu vas nous la donner ta putain d'idée ? Parle ! Qu'est-ce qu'on doit faire ?

Andreï se leva, s'appuya des deux poings sur la table et le toisa d'un air froid.

– Vider vos coffres jusqu'au dernier sou et m'apporter tout votre pognon ici dans les vingt-quatre heures.

9

C'est dans un magasin d'appareils-photo, le *Jupiter,* que Nikita rencontrait son dealer. Le *Jupiter* était un endroit très discret, il y avait toujours foule. On s'y perdait dans la masse. Les Russes, qui n'avaient déjà rien à se mettre sous la dent, étaient privés depuis toujours des gadgets électroniques qu'on trouvait en Occident à tous les coins de rue.

Bien entendu, on ne les voyait pas à l'étalage. Mais si l'on était en fonds, on pouvait repartir avec. Système D. Les vendeuses disaient : « On n'en a plus », tout en désignant d'un clin d'œil un type dans la foule qui, lui, était supposé en avoir.

Et pour cause… Dès qu'un stock arrivait, le directeur le prévenait et il achetait le lot qui ne franchissait jamais les portes du magasin. Tout le monde y trouvait son compte. La direction et les employés recevaient un pourcentage. La mafia prenait le sien. Les vendeuses se voyaient octroyer un petit cadeau. Le grossiste faisait un joli bénéfice, le détaillant anonyme prélevait sa commission. Seul, le client ne participait pas à la combine. Ce qui lui valait, selon la loi de l'offre et de la demande, de payer l'objet désiré entre dix et cent fois le prix affiché sur les étalages où il ne figurait pas.

Tous les traîne-patins de la ville fréquentaient

l'endroit. On s'y croisait, entre copains, on s'y refilait un tuyau sur les mille petits trafics qui pouvaient rapporter gros sans beaucoup de fatigue.

À peine entré, Nikita repéra son dealer. Il était vêtu d'un blouson similicuir avec une inscription géante dans le dos, portait des leggins, avait un diamant à l'oreille et fumait une américaine en feuilletant ostensiblement une revue porno.

– Alex…

Pas la peine de se perdre en salamalecs. Chacun des deux savait très bien ce qu'il attendait de l'autre.

– Rejoins-moi à l'angle du bloc, lui glissa le dealer entre les dents. Va y avoir une descente.

Il s'éclipsa dans la foule. Nikita feignit de regarder une vitrine vide, compta mentalement jusqu'à vingt-cinq et partit sur ses traces. Quand il l'eut rejoint, Alex lui glissa dans la poche un petit sachet.

– C'est quoi ? demanda Nikita.

– T'occupe. Un remontant.

– J'ai dégueulé toute la nuit.

– Alors qu'est-ce que tu m'emmerdes ? T'as qu'à boire de la flotte. T'as le blé ?

Nikita lui glissa un rouleau de roubles. Son père était très strict sur l'argent de poche. Certes, il était banquier, appartenait de fait à la Nomenklatura, mais refusait que son fils unique soit élevé comme un gosse de riches. Pas par absence de moyens, par principes moraux. Or, Nikita devait payer les saloperies qu'il absorbait. Il avait trouvé un moyen radical de se procurer de l'argent : il le volait à sa mère. Pas exactement des roubles en liquide, mais de l'or, des bijoux qu'elle avait reçus de sa propre mère et que Nikita, malgré sa surveillance, avait trouvés dans la chambre de ses parents, enfermés dans une petite boîte métallique cachée dans un tiroir. Par bonheur, sa mère n'était pas coquette : le vol n'avait pas encore été découvert. Nikita les vendait un par un, à des prix dérisoires, à des types qui rôdaient dans la rue en proposant aux passants des icônes bidon. Pour bien prouver qu'elles étaient authentiques, ils juraient qu'ils les avaient volées dans des églises dont ils donnaient l'adresse et le nom.

Éclatèrent soudain des sirènes de police. D'un coup de reins, Alex se perdit dans la foule qui encombrait la rue. Nikita s'aperçut qu'il avait laissé tomber sa revue porno sur le trottoir.

Pour vérifier sa présence, il fit crisser dans sa poche le papier du petit sachet de crack et s'éloigna en sens inverse.

C'était une sensation bizarre, neuve. Pas nouvelle pourtant. Ressentie jadis, il y a très longtemps. Mais oubliée. Une vague de chaleur montant progressivement le long du corps, irradiant les muscles d'une façon si localisée, si précise, que Liouba aurait pu en dessiner le tracé au gré du trajet de son sang. C'était parti des orteils pour gagner les mollets, envahir les cuisses et maintenant, l'onde chaude et douce se répandait dans ses hanches, brûlait son ventre comme une petite boule de feu. Liouba rougit presque lorsqu'elle comprit ce qui se passait : elle avait un corps. Elle n'avait plus pensé à lui depuis longtemps. Brusquement, il se rappelait à elle. On aurait même pu dire qu'il se vengeait d'elle. Elle le sentait vibrer, s'animer, vivre d'une existence autonome. À la fois, elle en jouissait et, en même temps, elle avait honte d'éprouver quelque chose qui se passait hors de son contrôle, dans cette zone énigmatique où la volonté n'a pas cours.

Au même instant, elle se rendait compte que l'extrait de ballet massacré par la vieille pianiste était l'un des mouvements de *la Belle au bois dormant.*

La coïncidence était trop troublante pour lui échapper : après avoir dormi si longtemps, le corps de la Belle, soudain, se réveillait. Pourtant, aucun prince ne lui avait donné un baiser: c'était la faute de la danse. Et ce qui se diffusait dans son corps, en vagues amples, en bouffées douces, prenait d'assaut son cerveau, l'envahissait, le submergeait…

– C'est bien, Liouba, lui intima la Chostakova en pointant sa canne dans sa direction.

Elle avait commencé ses exercices debout, accrochée à la barre, face au miroir, se haussant alternativement sur la pointe des pieds. Puis, elle s'était arc-boutée sur la barre, une jambe levée, l'autre fléchissant au rythme communiqué par les doigts de la vieille au clavier de son piano. C'est au bout d'un quart d'heure qu'avait eu lieu le début de l'« éveil ».

Depuis, il s'amplifiait…

– Mais oui, Liouba, allez-y… Ne ralentissez pas la cadence !

Elle aurait bien voulu obéir, mais elle se sentit soudain en danger, se rendant compte que la chaleur se concentrait maintenant en un point si intime de son corps que si elle continuait, elle allait… elle allait…

C'était insupportable. Les larmes lui montèrent aux yeux.

Il fallait qu'elle se dérobe à ce plaisir subit qui prenait possession de son corps. Maintenant !

– Parfait, Liouba, parfait ! l'encouragea la Chostakova.

Avec brusquerie, Liouba s'arracha à la barre, tourna le dos au miroir et s'éloigna en se mordant les lèvres.

– Liouba !

D'un revers de main, Liouba essuya ses larmes et s'immobilisa. Elle était en nage. Tout le monde la regardait, les petits rats, les ballerines, la pianiste, et ce journaliste à tête ronde qui prenait des notes, accroupi aux pieds de la Chostakova comme un bouffon devant une reine installée sur le trône.

– Approchez…

Tête baissée, Liouba fit quelques pas timides dans sa direction. La Chostakova lui releva gentiment le menton du bout de sa canne.

– Qu'est-ce qui ne va pas ?

Liouba s'aperçut avec horreur qu'elle était sur le point de lui révéler, là, en public, ce qu'elle ne s'était jamais avoué à elle-même, et qu'elle découvrait en même temps que montaient toutes faites à ses lèvres, et mouraient sur ses lèvres, les phrases qui l'étouffaient… « Je suis sans amour… ma vie n'a pas de sens, ma sœur est morte… j'ai trente-trois ans… je me sens jeune… je n'aime pas mon mari… ma mère est vieille… je n'ai pas fait l'amour depuis des années, avec personne… Qu'est-ce que je fais de ma vie ? »

– Alors ? insista la Chostakova.

Liouba fit appel à ce qui lui restait de volonté pour réprimer le cri qu'elle allait pousser.

– Excusez-moi, madame, dit-elle d'une voix neutre, je crois que j'ai une crampe.

Hans Kreiper avait beau savoir que les temps avaient changé, il avait peur. Vieux réflexe d'un Européen trop enraciné dans les souvenirs du rideau de fer et des massacres de la liberté dans les pays communistes. En arrivant à l'aéroport, il avait peur qu'une main s'abatte sur son épaule et qu'on le jette en prison. Sans raison. Pour le plaisir. En le quittant, il avait peur, lorsqu'il tendait son passeport au policier de service, qu'on le lui confisque et qu'on le déporte. Aujourd'hui encore, après quatre aller et retour en un mois, il avait peur que sa suite d'hôtel soit truffée de micros, le garçon d'étage, un type du KGB. Pourtant, il savait bien qu'il n'y avait plus de KGB. Il se rendait compte que tout le monde s'en foutait, que l'argent, comme partout – et à Moscou plus qu'ailleurs encore – était devenu un viatique absolu. Il fallait voir avec quel zèle on se précipitait au moindre de ses pourboires ! Mais c'était plus fort que lui, une véritable panique obsessionnelle. Il se promit, dès son retour à Zurich, d'en parler à un psychiatre.

Son regard revint sur son vis-à-vis. Négligeant les palais administratifs, le tout-puissant Stanislas Kouliakov, vice-président de la Vnechekonombank, lui avait fixé rendez-vous, discrétion oblige, dans cette suite de l'hôtel *Metropol* au salon un peu défraîchi. Il était plongé dans la lecture des contrats qui avaient valu à Hans tant de nuits blanches. Un rayon de soleil frappait parfois le verre gauche de ses lunettes qui renvoyait sa lumière sur le papier peint représentant de hideux bouquets de fleurs dans une tonalité marron.

Hans chercha à préciser quel genre de marron.

Il ne trouva qu'un mot, couleur merde.

Il était arrivé à Moscou deux heures plus tôt, mais cette fois, dans un avion de ligne de l'Aeroflot, Paris-Moscou. Les contrats avaient été rédigés en anglais, et c'est dans cette langue qu'ils avaient échangé les habituelles formules de politesse.

– « Zone franche avec autonomie légale interne », s'étonna le Russe. Qu'entendez-vous par « autonomie légale » ?

– Cela me paraît très clair, dit Hans. Une absence de tutelle politique.

– Qui va donc gérer politiquement Etorufu ?

– Aucun politique, précisément.

– En droit, comment justifiez-vous qu'un lieu aussi minuscule puisse ne pas être rattaché à une autorité de tutelle ?

– 100 milliards de roubles, hennit Kreiper.

– Vous n'allez tout de même pas demander une voix aux Nations Unies ? Créer des passeports ? Et, pourquoi pas, frapper vous-mêmes votre propre monnaie ?

– Page 123, huitième paragraphe, article 19, alinéa B2. Il ne s'agit que d'un statut de zone franche.

– Oui… oui…, dit Kouliakov en se référant à la page mentionnée.

– « Zone franche expérimentale », j'insiste bien sur le mot.

– « Expérimentale… », répéta machinalement Kouliakov.

– « *Expérimentale.* » Liberté totale de la circulation des capitaux.

– Et nos pêcheurs, qu'allez-vous en faire ?

– Des banquiers, sourit Kreiper.

Kouliakov lui jeta un regard sévère.

– Je plaisantais, se reprit Kreiper. Nous allons créer de nouvelles usines à leur intention. Mais surtout, nous allons construire un front de banques. Un grand centre international de la finance. Toutes les banques internationales viendront s'installer. Pas de douane, pas d'impôts.

– Oui… oui…, marmonna Stanislas Kouliakov sans lever les yeux. Un peu comme la Suisse.

Hans Kreiper se rembrunit imperceptiblement.

– Je vous demande pardon, mais les citoyens de la Confédération helvétique paient des impôts…

Il suspendit sa phrase, réfléchit une seconde.

– Oui, ajouta-t-il, hélas ! Même nous. On paie des impôts.

– Et nos bases ? Nos missiles, nos soldats, le matériel militaire ?

– Page 79, cinquième paragraphe, article 13, alinéa F3.

Kouliakov n'était pas tombé de la dernière pluie. Il y avait encore beaucoup d'inconnues, mais il flairait maintenant les grandes lignes de la combine. Au début, la personnalité de ceux qui lui forçaient la main, la méthode employée, le chantage, lui avaient laissé penser qu'il s'agissait de la mafia soviétique.

Comme son homologue américaine, elle était à l'affût

de moyens radicaux pour blanchir les revenus du crime, les transformer en devises, immeubles, installations portuaires, banques, casinos, exploitations agricoles, usines, investir en affaires saines ayant pignon sur rue. Mais l'énormité des sommes en jeu lui avait fait abandonner cette idée : seul, un État pouvait disposer d'une masse monétaire aussi vertigineuse.

Pas besoin de chercher bien loin pour deviner lequel : le Japon. Les Japonais, commanditaires masqués, avaient donc délégué à des émissaires privés le pouvoir de négocier un accord rendu impossible d'État à État pour raisons politiques.

Mais alors, si son intuition était bonne, pourquoi, au lieu de la seule île d'Etorufu, ne faisaient-ils pas porter la transaction sur la totalité de l'archipel ?

– Comment comptez-vous effectuer le règlement de la dette ? demanda Kouliakov.

Hans Kreiper rougit légèrement.

– En liquide.

Kouliakov sursauta.

– Vous voulez payer 100 milliards de roubles en liquide ?

– Exactement.

Suffoqué, Kouliakov feignit de s'absorber dans le dossier.

Au bout d'un moment, il releva la tête.

– Quelles garanties nous proposez-vous ?

– Nous payons comptant.

Imparable. Kouliakov se demanda avec gêne si l'avocat était au courant, pour les photos…

– Comment s'effectuera la transaction ?

Hans Kreiper toussota.

– En gros ? *Donnant, donnant.* Nous avons certaines idées là-dessus. Mais il me semble prématuré d'en débattre. Si vous le voulez bien, nous discuterons des modalités de l'échange *après* notre accord définitif. Au préalable, nous devons régler quelques points de détail mineurs. À propos… puisque, très justement, vous venez d'évoquer la notion de *garanties,* mes commanditaires, de leur côté, souhaiteraient en obtenir quelques-unes de votre part.

– Vous traitez avec un gouvernement, dit Kouliakov sur un ton de reproche discret.

– Certes. Nous en sommes parfaitement conscients. Toutefois…

– Quelles garanties voulez-vous ? le coupa sèchement Kouliakov.

– Page 37, dit Hans Kreiper en fixant son regard sur la tapisserie marron-caca, paragraphe 9, article 8, alinéa 7B.

Andreï était d'une gentillesse exquise avec les putes. En dehors d'Oleg, il n'aimait personne. Ou plutôt, il n'avait plus personne à aimer. Il y pensait parfois. Cela le faisait rire. Parce que c'était absurde : imaginait-on sur la planète un être pouvant survivre sans amour ? Oui, lui. Se l'avouer à voix haute le faisait rire davantage. Au retour du goulag, il avait été obligé de se cacher. Discrètement, il avait fait effectuer des recherches. Ses amis avaient disparu, sa mère était morte. Il avait compris qu'il était seul. Si, peut-être, une fois, à l'université, une jeune fille de dix-huit ans. Liouba…

Quand elle se déplaçait, elle ressemblait à un ange de Vinci qui s'envole. Il aurait aimé en faire sa femme. Ses amis n'étaient pas en reste d'admiration. Vitaly adorait Liouba. Oleg en était fou. Un jour, ils s'étaient même avoué l'un à l'autre cette passion commune : la jalousie avait failli mettre fin à leur amitié. Une autre fois, pour elle, ils avaient failli se battre.

Tout cela était très loin. Liouba aussi avait disparu. Plus de mère, plus de femme idéale, Andreï s'était rabattu sur les putes.

Elles simplifiaient la vie d'un homme, besoin, fantasme et désir confondus. On les appelait, elles venaient. On leur parlait, elles se soumettaient. On les payait, elles partaient. Pas d'explications, de prêchi-prêcha, de justifications, de culpabilité, d'excuses. La parole était au corps. La tête restait libre.

– C'est quoi, ces sillons sur ton dos ?

– Des coups de fouet, dit Andreï en souriant.

– Sérieusement ? insista la fille.

Toujours la même chose. Elle ne datait pas d'hier. Un auteur grec, Hérodote peut-être – mais Andreï n'en était pas tout à fait sûr –, l'avait formulée vingt-cinq siècles plus tôt : « Si tu veux ne pas être cru, dis la vérité. » Pourtant, c'était vrai. Ces cicatrices provenaient de coups de fouet. Il les avait reçus au cachot, d'un gardien fou à qui il avait cassé la jambe. Qui l'aurait cru ? Personne. Et quand il disait à un homme « Je vais te tuer », l'homme lui riait au nez.

Il avait tort. Il en mourait.

– Comment tu t'appelles ? dit-il.

– Francine.

– Mais non, connasse, murmura-t-il gentiment. Pas ton nom de guerre. Ton vrai nom ?

– Raïssa.

– Tu vois… C'est joli, Raïssa. Et qu'est-ce que tu dirais, Raïssa, si je t'offrais un bracelet en or avant que tu partes ?

– Tu ne veux pas me payer ? s'inquiéta-t-elle.

Secrètement, elle aurait aimé qu'il lui dise non.

C'était son métier : depuis l'âge de treize ans, elle avait couché avec une innombrable cohorte de types. Mais celui-ci était spécial. Émanait de lui un magnétisme auquel il était difficile de résister. À tel point que, pendant l'amour, elle s'était surprise à avoir du plaisir !

– Mais si, Raïssa, je vais te payer. Quel est ton prix ?

– 100 roubles.

Elle détourna les yeux et ajouta précipitamment :

– Si ça t'ennuie de me les donner, ça ne fait rien, c'est sans importance.

Il lui sourit.

– Tu vaux mieux que ça, dit-il. Je vais t'en donner 1 000. Et le bracelet.

Bon. Elle se plantait une fois de plus : il se foutait d'elle. Mais il était beau. Bien découplé, brun, les yeux bleus.

Il roula sur lui-même, ouvrit le tiroir d'une commode et revint vers elle avec un bracelet et une liasse de billets.

Elle s'empara du bijou, se le passa au poignet.

– C'est vraiment de l'or ? dit-elle.

– C'est de l'or.

Machinalement, pour se donner bonne contenance dans cette situation qui la dépassait, elle compta la liasse.

– Mais il y a 2 000 roubles ! s'écria-t-elle sur un ton de reproche.

– Ah oui ? Eh bien, garde-les. C'est ton jour.

Suffoquée de gratitude, elle se jeta à son cou. Il se dégagea sans brutalité.

– Sois mignonne maintenant, Raïssa. Remets tes fringues et tire-toi. J'ai à faire.

Mentalement, elle lui accorda une qualité de plus : à son ton, on sentait très bien qu'il n'avait pas besoin de dire les choses deux fois pour être obéi.

10

Liouba referma la porte, s'y adossa et laissa tomber son sac. Un instinct l'avertit que Vassili était dans l'appartement. Pourtant, il n'était que six heures du soir. Il ne rentrait jamais avant huit heures, quand il rentrait. Souvent, elle se mettait au lit et s'endormait avant qu'il arrive. Il y avait les heures de bureau et il y avait le terrain, les rafles qu'il tenait à diriger en personne, les malfrats, les agressions, les bagarres…

Quel que soit leur niveau dans la hiérarchie, tous les flics de la planète avaient le même patron : l'urgence.

– Liouba…

– Oui, Vassili.

Il apparut, une cigarette entre les lèvres, surpris de la voir debout, dans l'entrée, immobile contre la porte.

– Ça ne va pas ? demanda-t-il.

Liouba ramassa son sac, entra dans le salon et alla se poster dans le coin où il y avait le moins de lumière. Après ce qui venait de se passer au cours de danse de la rue Sobinovsky, elle était amère, vexée, furieuse contre elle-même.

– Je vais très bien, dit-elle en évitant de le regarder. J'arrive de chez la Chostakova. Je suis crevée. J'ai dû en faire un peu trop.

Mécaniquement, elle sortit ses vêtements de sport de son sac. Ils étaient trempés.

– Tu arrives bien tôt !

Vassili alla se poser sur le bras d'un fauteuil, cadeau de mariage de l'un de ses frères.

– J'ai des ennuis. Il y a des rumeurs. Je ne sais pas si je vais pouvoir rester.

– Ils vont te virer ?

– J'en ai peur. C'est possible. Je remplace Gourov, tu comprends. Je débarque. Tu arrêtes un type, ordre est donné de le relâcher. Les juges ont la trouille, les ministres s'accrochent, on ne sait plus qui est qui, qui vient d'où, qui fait quoi. Le bordel !

Un mois déjà... C'était un 11 novembre. Liouba ne risquait pas de l'oublier. Ce jour-là, Vassili lui avait appris la mort de sa sœur à l'instant où elle s'apprêtait à lui dire qu'elle allait le quitter. Depuis, Vassili ne s'était pas hasardé à lui redemander ce qu'elle avait cherché à lui dire. Elle en devinait la raison : il le savait. Alors, tous deux faisaient semblant, comme si rien ne s'était passé. La vie continuait. Grise.

– Ce serait grave si tu ne faisais plus partie de la police ? demanda-t-elle.

– Oui.

– Tu tiens donc tellement que ça à la police ?

– Pas à la police, Liouba. À toi.

– C'est réellement dégueulasse, dit Oleg.

Il contemplait quelques-uns des dossiers qu'ils avaient fait voler dans le coffre de Koranov par un commando de leurs hommes les plus sûrs. Un coup de génie ! Son contenu était si explosif que, désormais, il leur donnait barre sur les plus hautes autorités du pays.

Photos, comptabilités occultes, lettres, factures, secrets d'État, révélation des combines financières du Parti, détail des crimes du KGB, fichiers confidentiels sur la vie privée et les exactions des barons de la Nomenklatura, étalage des vices, trahisons, mensonges, délations et preuves innombrables de la corruption des hommes toujours en place aux postes clefs: de la dynamite! Elle était en de bonnes mains.

– Tu as l'air choqué! ironisa Andreï. Tu ne vaux pas mieux. Voleur, assassin, déserteur, gangster, taulard, rebelle, évadé de prison, trafiquant, proxénète, agitateur politique, chef d'une association de malfaiteurs, spécialiste du racket, escroc, maître chanteur, faussaire... Tu parles d'un pedigree!

– Oui, mais moi, je ne fais la morale à personne! Tu aurais pu te douter qu'autant de gens étaient pourris?

Andreï désigna les dossiers avec un petit rire silencieux.

– On garde ça pour nos vieux jours.

Oleg les fourra dans leur coffre et brouilla la combinaison.

Chacun en avait appris le numéro par cœur.

Après le cambriolage, ils avaient pris soin de faire parvenir en Suisse tous les documents dont ils avaient gardé les doubles rue Sobinovsky. Le chauffeur d'un camion humanitaire qui rentrait à vide de Moscou s'était chargé du transfert. À Zurich, Hans Kreiper leur avait loué un coffre dans une banque. L'avenir s'annonçait bien. La veille, lors de la réunion des gangs, un miracle avait eu lieu.

«Nos roubles ne valent même plus leur poids de papier, avait appuyé Andreï. Vous nous les prêtez, on vous rend votre mise en dollars dans quinze jours, on vous refile un bonus de 25 pour 100, et ensuite, ceux qui le souhaitent peuvent rester nos *partenaires.*»

Le mot avait fait un gros effet.

En général, ils s'entre-tuaient pour des questions d'argent, de suprématie, de vanité. Parfois, pour rien. Un regard…

Ils constituaient la première génération de la mafia russe. Ils n'avaient pas eu le temps d'évoluer. Ils savaient prendre. Gérer, pas encore. Et voilà qu'on leur proposait de vider leurs poches bénévolement pour accéder à la qualité de « partenaires ». C'était un discours tout à fait neuf, déconcertant.

« Ne réfléchissez pas trop longtemps. À la vitesse où vont les choses dans le pays, dans un mois, votre argent ne sera même plus bon à allumer le feu. »

Prenant tour à tour la parole, Oleg et Andreï leur avaient alors expliqué la destination des fonds, le bail sur Etorufu.

« Nous allons faire de l'île ce que la mafia américaine a réalisé aux Bahamas : centres de plaisir, bordels, maisons de jeu, tourisme, casinos…

– Et derrière ce paravent, avait enchaîné Oleg vibrant de persuasion, nous allons établir une plaque tournante de la drogue et de la finance. On pourra blanchir nos revenus dans nos propres banques.

– Nos capitaux seront gérés par un consortium d'avocats internationaux. Nous serons chez nous, à l'abri de toutes les lois ! »

Le Fou s'était agité sur sa chaise avec méfiance.

« Puisque c'est tellement bien, votre truc, pourquoi vous ne le faites pas tout seuls ?

– Trop gros, Aliocha. Même en mettant nos ressources en commun, on y arrivera tout juste.

– Supposons qu'on vous prête nos roubles, avait déclaré Dimitri Loukianov d'une voix posée. Vous avez bien dit que vous les rendez en dollars ? À quel taux de change ?

– 100 roubles, 1 dollar. »

Tout était dit. À partir de là, ou ils se levaient et quittaient la salle, ou ils feignaient de croire la parole d'Andreï et d'Oleg.

Personne n'avait bougé...

– De qui tu te méfies le plus ? demanda Oleg.

– Pavel Lyssenko. Et le Fou.

– Moi aussi. Il faut les garder à l'œil.

– On n'en est pas là. Attendons d'abord de voir s'ils tiennent parole...

La livraison, faite séparément par les hommes des dix « familles », devait s'opérer au cours des heures suivantes, en un lieu secret choisi par Oleg et Andreï. Ensuite, il faudrait transporter la somme ailleurs, à l'endroit où le gouvernement soviétique pourrait, éventuellement, en prendre possession. La veille encore, Oleg et Andreï n'avaient pas imaginé que la mise au point de l'opération serait si délicate.

Ils étaient excusables : avant eux, personne n'avait jamais envisagé de transbahuter 100 milliards de roubles en liquide. Ils avaient donc oublié un détail : au simple poids du papier-monnaie, leurs 100 milliards pesaient mille tonnes !

Antonina priait. Et c'était presque miraculeux de voir comment les mots lui revenaient, alors qu'elle ne s'était pas adressée à Dieu depuis son enfance. Après tout, Dieu n'était peut-être pas une simple invention capitaliste... Quand tout partait à vau-l'eau, quand on souffrait, quand on mourait, quand il n'y avait plus d'espoir, on débouchait l'horizon par la force d'un seul mot : Dieu. Quelle merveille ! Comment avait-elle pu se priver aussi longtemps de Dieu ? À mesure que lui revenaient les phrases exactes de la prière, sa ferveur s'accroissait. Trente ans plus tôt – elle n'avait pas encore rencontré Stanislas et était jeune fille – elle s'était trouvée par hasard à Leningrad au moment de la pâque russe.

Une amie lui avait dit : « Viens, on va aller voir les gens qui veulent entendre la messe. » Comme elle lui aurait dit : « J'ai deux places gratuites, je t'emmène au ballet Kirov. » Il n'y avait pas tellement de distractions, les discours officiels étaient lugubres, on ne parlait que de travail, de devoir, de socialisme triomphant. La guerre froide... Le rideau de fer...

Là où ailleurs... Elle y était allée.

À sa stupéfaction, elle avait vu des milliers de gens piétiner autour de l'église, dans l'air glacé. Tous cherchaient à y entrer. Mais l'église était pleine, pleine à craquer. Des bagarres avaient éclaté aux abords de la porte entre les exclus qui se bousculaient pour y pénétrer. C'est alors que la police montée avait chargé. Tournoyant sur leurs chevaux, les flics, armés de longues matraques, s'étaient enfoncés dans la foule de toute la masse de leurs montures, et ils frappaient de toutes leurs forces, femmes, enfants, vieillards, tous transis jusqu'aux os par plusieurs heures d'attente. À la fin de l'effroyable débandade, beaucoup restaient au sol, blessés, le visage tuméfié.

Antonina et son amie s'étaient enfuies.

Dans la bousculade, son bracelet s'était décroché, un bracelet en or offert par sa mère.

Prise d'une intuition, elle alla dans sa chambre, farfouilla dans le tiroir de la commode et en sortit la petite boîte : la moitié au moins de ses bijoux avait disparu ! À pas de loup, elle alla coller l'oreille sur le battant de la porte fermée de la salle de bains. Nikita s'y était enfermé une demi-heure plus tôt. Il était sorti le matin pour rentrer vers midi et se réfugier dans sa chambre. À deux ou trois reprises, elle l'avait croisé dans l'appartement. Il ne lui avait pas adressé la parole. Elle avait cru déceler, sur son visage, les signes trahissant une crise, pâleur, sueur, et son regard se dérobait devant elle ou, pire, restait fixe, braqué sur un point imaginaire que lui seul pouvait voir.

Elle eut un haut-le-cœur : il vomissait encore. Il était en danger, peut-être même allait-il mourir. C'en était trop : quoi qu'il lui en coûte, elle devait mettre Stanislas au courant !

Hans Kreiper mourait d'envie de prendre une douche. Mais d'une seconde à l'autre, Oleg Vlassov et Andreï Talasski risquaient de l'appeler. « Nous vous contacterons à votre hôtel sitôt que vous serez rentré », lui avaient-ils dit. Il avait à leur annoncer la fantastique nouvelle : Stanislas Kouliakov avait accepté toutes les conditions du contrat ! C'était une chose incroyable, un événement historique, et lui, Hans Kreiper, en était la clef ! Décidément, Moscou était une ville superbe ! Il se servit un whisky, dénoua sa cravate, ouvrit le col de sa chemise et envoya valser ses chaussures dans le salon.

Le téléphone sonna.

– Kreiper ?

La voix de Talasski.

– C'est fait, lâcha l'avocat dans un râle de jouissance. Ils signent !

– Quand ?

– Les documents seront prêts demain à midi. Est-ce que, de votre côté…

Il n'arrivait pas à imaginer comment pouvaient se matérialiser 100 milliards de roubles. Quand il y pensait, il essayait de rester calme, mais il lui était impossible de concevoir leur masse. Entassés, à quoi donc pouvaient ressembler 100 milliards en papier-monnaie d'une quelconque devise, marks, roubles, dollars ? Comment pouvait-on les rassembler matériellement, en dehors des secours d'une banque centrale ou d'un contre-torpilleur sous la protection de toute la marine de guerre ? Était-il même pensable qu'on arrive à les compter ?

Lui revint en mémoire l'Allemagne des années 30, quand l'inflation avait atteint de telles proportions qu'il fallait une pleine brouette de billets pour acheter une baguette de pain.

– Kouliakov a-t-il fait des réserves ?

– Aucune. Tout est réglé.

Hans lampa avidement une gorgée de whisky.

– Il m'a chargé de vous demander quand pourrait se dérouler... l'échange.

– Vous dites que les contrats seront prêts à midi ?

– Midi. C'est ce qu'il a affirmé.

– Vous pourrez donc vérifier sur-le-champ si tout est en ordre ?

– Vérifier, oui. Mais il ne les lâchera pas avant d'avoir constaté lui-même...

– Ne vous inquiétez pas pour ça. Ce sera donnant, donnant...

– Je vous crois sur parole. Qu'est-ce que je lui dis ?

– Tout sera réglé demain en fin d'après-midi. Disons sept heures.

– Vous ne pouvez pas m'en dire davantage ? bredouilla Kreiper.

– Demain.

– Quand ? À quelle heure ?

– Restez à votre hôtel après le déjeuner. Vous saurez tout.

– Trop tard ! Il faut que je sache à midi !

Quelques secondes de silence. Kreiper devina qu'ils se concertaient. Puis, la voix de Vlassov.

– D'accord. Vous aurez nos instructions à onze heures.

Il y eut un déclic : ils avaient coupé.

Hans Kreiper raccrocha pensivement. Il avait les mains moites. Ces méthodes de travail le plongeaient dans l'angoisse.

Mais s'il réussissait, il toucherait un pourcentage de

0, 01 pour 100 sur le total de la transaction : une somme prodigieuse !

Il avala son whisky cul sec et estima qu'il avait droit à une compensation.

En quatorze ans de mariage, il n'avait jamais trompé Olivia, sa seconde femme – la première, Audrey, l'avait saigné à blanc au cours d'un divorce à ses torts pour « infidélité » avec Suzy, l'une de ses secrétaires. Aujourd'hui était un jour trop intense. Trop de pression. Il lui fallait un exutoire, blond de préférence... Il envisagea de descendre dans le hall du *Metropol* après sa douche : le bar de l'hôtel en était bourré.

Stanislas Kouliakov aimait les bistrots louches, les terrains vagues, les abords des casernes, les toilettes de gare, les rues peuplées d'ombres furtives, la nuit. Il subissait cette pulsion comme on porte une croix. Eût-il été croyant, il aurait passé sa vie à se confesser. Non qu'il menât spécialement une vie de débauche, mais cette chose qui le dominait était plus forte que lui. Bien qu'il péchât beaucoup plus en pensée qu'en pratique, ce combat permanent le laissait sans force. Il luttait. Sa tête disait non. Son corps hurlait oui. De temps en temps, il cédait à son corps. Il en suivait les ordres, mort de honte, fou de terreur à l'idée d'être découvert et qu'un scandale puisse éclabousser les siens. Les risques étaient inouïs. Il lui était arrivé de se faire tabasser dans une ruelle sordide par des inconnus qu'il avait abordés et qui l'avaient laissé sur le trottoir, ensanglanté, sans connaissance, après lui avoir volé son argent, ses chaussures, sa montre, son manteau...

Aux heures diurnes, la crise passée, il redevenait le grand commis de l'État qui forçait le respect de ses pairs par sa compétence et sa moralité. Sa vie était un modèle d'ordre bourgeois. Marié depuis un quart de siècle à

Antonina, dix heures de travail quotidien et un fils unique de dix-sept ans, Nikita.

Parfois, au lendemain d'une de ses expéditions nocturnes, lorsqu'il le regardait, il lui arrivait de baisser les yeux. Comme si son propre fils, lui aussi, avait pu deviner. Écrasé de culpabilité, désireux de se libérer de lui-même et de ses fantasmes, il avait, à plusieurs reprises, envisagé le suicide.

Finalement, il avait décidé qu'il ne mettrait fin à ses jours que lorsqu'il serait confronté au déshonneur.

À voir le visage désolé d'Antonina, on y était.

Terrible journée. On était le 13 novembre. Le chiffre 13 lui avait toujours porté malheur.

Pour être sûre de ne pas le rater, Antonina l'avait attendu debout, dans l'entrée du petit couloir de leur appartement.

– Il faut que je te parle, dit-elle.

Elle restait plantée devant lui, immobile, comme pour l'empêcher de s'esquiver. Un goût de rouille dans la bouche, Kouliakov eut soudain envie de baisser les bras, de tout lui avouer et, bizarrement, de lui demander protection avant qu'elle ne lui exhibe les photos de sa déchéance.

Car, il en était sûr, elle les avait en sa possession.

– Ne m'accable pas, Antonina, dit-il. Je sais. Et je sais que tu sais. J'ai honte.

– Pourquoi ne m'en as-tu rien dit, Stanislas ? se plaignit-elle.

Il courba la tête : que répondre ?

– Qu'est-ce qu'on va faire, Stanislas ?

Il le savait très bien, mourir.

À sa façon, il le lui dit.

– Le mieux, c'est que je disparaisse.

– Disparaître ? Alors qu'on peut encore le sauver !

Il lui jeta un regard aigu.

– Sauver quoi ?

– Nikita, Stanislas ! Ton fils ! Il faut l'aider, il a besoin de nous ! C'est un mauvais passage ! Il n'est pas le premier garçon de son âge qui se drogue !

11

Entre minuit et cinq heures du matin, il y eut un étrange remue-ménage à Kazansky Vokzal, la gare de Kazan, dans le quartier de Komsomolskaïa. D'ordinaire, les derniers trains de voyageurs partaient à huit heures du soir. La gare de Kazan desservait Rostov, Kazan, Krasnodar, Volgograd, l'Asie centrale et l'Oural. Mais la nuit, ceux qui n'avaient pu partir campaient sur place, à même les quais, vaguement protégés de la neige par des auvents et dans des salles dites « d'attente », jonchées de détritus, papiers gras, canettes de bière vides, flaques puantes d'alcool, dormant à même le sol avec les clochards, les ivrognes et les camés qui s'y réfugiaient pour ne pas mourir de froid. De temps en temps, des flics faisaient une ronde et distribuaient distraitement, pour le principe, quelques coups de matraque à ceux qui, par leurs cris, leurs comportements dangereux ou leurs bagarres, troublaient l'ordre de ce dortoir crasseux de cour des miracles.

Où auraient-ils pu les embarquer ?

Les prisons de Moscou craquaient sous le nombre de détenus. Dès le début de l'hiver, quand le froid commençait à mordre, elles étaient moins cruelles que les trottoirs glacés de la rue. Certains, à bout de souffle, sans foyer, sans travail, sans ressources, n'hésitaient pas à commettre des délits pour avoir le privilège d'une cellule dans une maison d'arrêt. Mais les flics n'étaient pas dupes. Ils préféraient les assommer et les laisser sur le carreau. En principe, ils n'emballaient, à contrecœur, que les meurtriers pris sur le fait et les trafiquants de drogue.

Sitôt qu'ils apercevaient leurs uniformes, les petits revendeurs qui hantaient les lieux changaient de quartier pour prospecter les gares voisines, Iaroslvasky Vokzal, d'où partaient le Transsibérien et les trains du Nord, ou plus loin, du côté de Tchkalova, la gare de Koursk, direction la Crimée, l'Arménie, le Caucase, l'Azerbaïdjan.

À Kazansky Vokzal, les voyageurs embarquaient d'une plate-forme principale dont les voies mouraient devant la salle d'attente. Au-delà, à gauche du bâtiment, les voies d'une gare de triage où stationnaient les trains de marchandises. Pendant le jour, n'y avaient accès que les camionneurs qui livraient leurs marchandises, les cheminots et les employés techniques de la station. La nuit, en dehors de rondes de surveillance, aucune activité ne venait troubler le paysage lugubre de mâchefer et de suie grasse sur fond de neige sale. On avait accès à cette entrée de la station par une herse métallique que des contrôleurs relevaient pour laisser passer les poids lourds.

À minuit, un convoi de vingt-cinq camions militaires bâchés, frappés au sigle de l'Armée Rouge, vint se ranger à la queue leu leu devant le porche. Il était escorté de plusieurs Jeep. Un colonel descendit de la Jeep de tête, lança un ordre au préposé et remonta en voiture, trempé déjà par le crachin de neige fondue. Le préposé leva la herse. Lourdement chargés, les premiers camions s'éloignèrent en cahotant et disparurent dans les ténèbres, au loin, du côté des voies de triage. Dès que le dernier eut franchi la porte, la herse se referma. Le convoi continua sa route dans un inextricable enchevêtrement de rails qui luisaient sous la lumière dure dispensée par quelques rares caténaires. Guidé par la Jeep de tête, le convoi louvoya entre des plates-formes, des voies de garage et des trains morts recouverts de neige qui semblaient attendre la fin du monde.

La Jeep freina à la hauteur d'une antique locomotive à vapeur, coincée entre plusieurs trains de marchandises. Entre la locomotive et le fourgon de queue, une dizaine de wagons le long desquels étaient postés en sentinelles des soldats en armes.

Les poids lourds s'arrêtèrent le long des wagons. D'autres soldats, mitraillette à la main, sautèrent des Jeeps, encerclèrent le train et se placèrent à dix mètres les uns des autres, doublant ainsi la haie déjà formée par leurs camarades. Le colonel leva le bras. À son signal, des civils jaillirent des camions dont ils remontèrent les bâches. Simultanément, les portes des wagons coulissaient, livrant passage à des hommes qui y étaient enfermés. Tout se passa ensuite avec une précision de ballet.

Confondus, civils et militaires, peut-être une centaine en tout, déchargèrent des camions des dizaines de caisses qui furent transférées dans les wagons sous l'œil du colonel qui arpentait lentement la voie. En deux heures, tout était achevé, sans un mot, sans un geste inutile. Le colonel fit un autre signe.

Des civils sortirent d'un camion des jerricanes d'essence.

Ils les débouchèrent et se les passèrent de main en main.

Quand chaque wagon en contint une dizaine, judicieusement répartis entre les caisses, ils arrosèrent le plancher d'essence. Pendant ce temps, deux hommes, couchés sur la voie, entre les roues du train, se livraient à une besogne mystérieuse. Sans rien dire, le colonel remonta dans sa Jeep.

Tous les hommes sortirent des wagons.

Les portes tournèrent sur leurs gonds d'acier.

Suivis par quelques véhicules d'escorte, la plupart des camions, phares en veilleuse, firent demi-tour et se dirigèrent vers la sortie en sens inverse.

L'obscurité retomba. Tout était exactement comme avant.

N'eussent été les soldats en armes qui formaient autour du train un cordon de silence immobile, un observateur, qui aurait assisté à la scène, n'aurait su dire si elle était vraie ou s'il l'avait rêvée.

Oleg était allongé sur son lit. Les yeux grands ouverts, il fumait une cigarette en regardant les volutes de fumée s'envoler vers le plafond.

– Tu n'as pas sommeil ? dit la fille.

Elle accompagna la phrase d'une caresse du bout des doigts sur sa poitrine. Comme elle y laissait sa main, Oleg la repoussa doucement.

– Va-t'en, dit-il.

Elle se cabra.

– Je ne te plais pas ?

– Si.

– Et si tu ne veux pas que je reste ?

– Non.

– Pourquoi tu m'as fait venir ?

– C'est une erreur.

Elle fronça les sourcils d'un air perplexe.

– Tu es pédé ?

Elle commençait à le bassiner. Tant qu'elle s'était tue, elle était supportable. Il lui adressa un petit sourire froid et ne la lâcha pas de l'œil jusqu'à ce que, vaguement mal à l'aise, elle se décide à quitter le lit et se dirige vers la salle de bains où elle avait rangé son slip, ses bas, sa robe et ses chaussures.

Comment lui expliquer qu'il pensait à autre chose ?

Qu'un homme, parfois, lorsque sa tension est trop vive parce qu'il est confronté à des événements qui le dépassent, a besoin d'un chien, d'un sauna, d'un objet sexuel, d'une cuite, et que c'était précisément pour tricher avec son attente qu'il l'avait convoquée ? Il était trois heures du matin.

Normalement, l'opération aurait dû être terminée.

Pourquoi Andreï, qui en suivait le déroulement par talkie-walkie, ne l'appelait-il pas ? Les choses s'étaient-elles mal passées ?

– Oui ! cria-t-il.

Il était dans un tel état d'anxiété qu'il aurait pu jurer avoir décroché avant même que ne retentisse la sonnerie.

– Tout est en place, dit Andreï.

Oleg poussa un long soupir.

– Tu es avec une pute ? demanda Andreï.

– Comment tu sais ?

L'éclat de rire d'Andreï lui résonna dans l'oreille.

– Vire-la et ronfle. Repose-toi. Je m'occupe de tout. Le plus dur reste à faire. On se voit à huit heures.

La fille apparut. Elle tenait ses chaussures à la main. Oleg reposa le combiné sur sa fourche.

– Je ne vais pas trouver de taxi, dit-elle.

Elle s'empara de son manteau posé sur un fauteuil.

– Tu ne mets pas tes godasses ?

– J'ai mal aux pieds.

Au goulag, il avait rencontré un droit commun qui avait pris quinze ans pour avoir scié, à la hauteur des chevilles, les deux jambes de sa femme qui se plaignait d'avoir mal aux pieds. Un cinglé. « Elle n'arrêtait pas de m'emmerder avec ses douleurs aux pieds », lui avait-il expliqué pour se justifier.

– Je vais te faire raccompagner, dit-il à la fille.

– Par qui ?

– Un chauffeur. Il est en bas. Je le préviens.

Il lui fourra une liasse dans la main et l'aida à passer son manteau. Il apprécia qu'elle ne se mette pas à la compter.

– On se reverra ? demanda-t-elle.

Il lui donna une tape amicale sur les fesses.

– Bien sûr, dit-il en la poussant vers la sortie.

Il referma la porte sur elle. Il ignorait son nom. Tout ce qu'il savait, c'est qu'elle était blonde. Mais s'il lui avait fallu retenir le nom de toutes les blondes, vraies ou fausses, qui avaient défilé dans son lit, autant apprendre par cœur l'annuaire des téléphones.

À six heures du matin, Oleg n'avait pas encore fermé l'œil. Il décida que la nuit était terminée, se doucha longuement à l'eau froide et alla rejoindre Andreï.

Lui non plus n'avait pas dormi. Il n'était pas rasé. Ses yeux brillaient d'un éclat dur.

– Pas la peine d'attendre, dit-il. Autant agir tout de suite.

Andreï et lui, chacun sur une ligne différente, donnèrent simultanément des ordres à plusieurs personnes. Quand ce fut achevé, Andreï appela Hans Kreiper à l'hôtel *Metropol.*

Il venait de prendre son petit déjeuner.

– Une voiture vous attend en bas de chez vous. Pouvez-vous descendre ?

– Je suis prêt, dit Kreiper.

Contrairement à ce qu'il avait projeté la veille, il n'avait pas osé s'aventurer dans le hall de l'hôtel. Il en éprouvait à la fois de la fierté – il n'avait donc jamais trompé sa femme – et des regrets – il ne tromperait donc jamais sa femme.

Un quart d'heure plus tard, il débarquait rue Sobinovsky.

Oleg entra tout de suite dans le vif du sujet.

– La somme est réunie.

– 100 milliards de roubles ? dit l'avocat.

À son visage, on voyait bien qu'il n'y croyait pas.

– 100 milliards, confirma Andreï avec une pointe d'agacement.

100 milliards en liquide… Pour masquer sa suffocation, Hans Kreiper s'essaya à une plaisanterie minable.

– À supposer qu'il s'agisse de billets de 100 roubles, j'ai calculé approximativement le volume représenté. Vous en avez rempli une cathédrale ?

Regard navré d'Andreï à Oleg.

– Vous allez appeler Kouliakov, dit-il. Qu'il prévienne une trentaine d'hommes pour vérifier la somme.

– Je vous signale, dit Kreiper pour se rattraper, que le contrat n'est pas encore signé. Avez-vous pensé que, sitôt l'emplacement des billets connu, vous n'aurez plus aucune prise sur lui ?

Nouveau regard d'Andreï à Oleg.

– Je veux dire, s'empressa-t-il d'ajouter, que s'il est de mauvaise foi, ou s'il a reçu de nouvelles instructions du gouvernement, rien ne l'empêche de ne pas tenir parole.

– Nous y avons pensé, dit sèchement Andreï.

– Maître, intervint Oleg dans un sourire, nous nous sommes assuré votre collaboration pour que vous donniez une assise *légale* à l'ensemble de notre entreprise. Croyez bien que tout le reste, nous l'avons déjà envisagé.

– Je voulais simplement vous mettre en garde, bafouilla Kreiper.

– Vous appelez donc Kouliakov, reprit Andreï comme s'il n'avait pas été interrompu. Pouvez-vous noter, je vous prie… il y a des adresses.

L'avocat sortit nerveusement un stylo de sa poche et s'empara du bloc que lui tendait Oleg.

– Dès son appel, les hommes désignés devront se rendre au monastère Saint-Andronic…

– Andronic, marmonna Kreiper en prenant note.

– Qu'ils attendent devant l'entrée principale, au 10 de la place Priamikova. Nous passerons les prendre.

Ils avaient pour interlocuteurs un État, une armée, une police. La force n'était pas de leur côté. Kreiper faillit crier casse-cou. Mais il ne tenait pas à se faire moucher une seconde fois.

– Ensuite ? soupira-t-il.

– Dites-lui bien aussi que, s'il fait suivre un seul de ces hommes, l'opération capote.

– Auquel cas, ajouta Oleg, il ne pourrait s'en prendre qu'à lui-même des désagréments qui s'ensuivraient.

– Vous avez dit « désagréments » ? sursauta Kreiper.

– Transmettez-lui simplement le message, dit Oleg d'une voix douce. Il comprendra.

– Très bien, dit Kreiper.

– Voilà, conclut Andreï. Dès que Kouliakov aura constaté que le compte est bon, il n'aura plus qu'à vous remettre le contrat.

– Maître, vous avez tout retenu ? interrogea Oleg.

– Absolument, dit Kreiper.

Il remit son stylo dans sa poche et se gratta la tête avec embarras.

– C'est à moi qu'il doit remettre le contrat ?

– En mains propres. Y a-t-il un problème ?

– Aucun.

– Dernier point, précisa Andreï. À partir de cinq heures de l'après-midi, Stanislas Kouliakov devra se trouver chez vous, au *Metropol.* Nous resterons en liaison constante.

– Que dois-je faire du contrat ?

– Je vous dis que nous serons en liaison. Nous vous expliquerons tout minute par minute.

– Parfait, dit Kreiper.

Il se leva. Désormais, les événements échappaient à son contrôle. De conseil, il avait glissé sans s'en rendre compte au poste d'exécutant. Pris d'une inquiétude sourde, il perçut confusément qu'il était placé désormais entre l'enclume et le marteau. Certes, il avait déjà encaissé un million de dollars, et le reste allait suivre.

Mais en refermant la porte sous le regard glacé de ses

deux clients, il se demanda s'il avait eu raison d'accepter.

La plupart ne comprenaient pas ce qu'ils faisaient au monastère Saint-Andronic à huit heures du matin.

Certains d'entre eux y étaient déjà allés, un dimanche, parce que les maîtres d'école avaient exigé que leurs gosses s'y rendent : une plaie ! Il fallait subir une heure de métro, descendre à la station Plochtchad Ilitcha, à six ou sept kilomètres du centre-ville et marcher un bon quart d'heure dans un quartier idiot pour bâiller devant des objets assommants des XIIe et XIIIe siècles, monnaies, icônes, sceaux, sans parler des bondieuseries empilées au premier étage du musée d'art ancien, reliquaires, croix et crucifix en provenance de Novgorod et de la principauté de Souzdal-Vladimir : qui se souciait aujourd'hui de Souzdal-Vladimir ? Mais tous étaient fonctionnaires, experts comptables d'une banque d'État, la Vnecheconombank. À ce titre, ils ne pouvaient refuser un ordre de leur chef de service qui les avait appelés en personne à leur domicile, ce jeudi 14 novembre, à sept heures et demie du matin, pour leur donner l'ordre de ne pas aller au bureau mais de se rendre sur-le-champ au monastère.

La suite avait été ébouriffante. À peine débarqués devant Saint-Andronic, on les poussait dans une autre voiture qui démarrait sur les chapeaux de roues. À bord, deux hommes, le chauffeur et un type à l'arrière, assis à côté d'eux. Service commandé, inutile de poser la moindre question. On les avait prévenus. Ils savaient seulement qu'il s'agissait de vérifier les sacs de devises d'un transfert de fonds.

Quel transfert ?

Même en fouillant avec un peigne, il aurait été impossible de trouver un rouble dans tout le pays, encore moins à leur propre banque. Ce n'est qu'après coup qu'ils avaient pu comprendre le but de leur destination finale. Les différentes voitures qui les emportaient s'étaient égaillées aux quatre coins de Moscou pour s'arrêter invariablement devant un hôtel, un restaurant ou un grand magasin. Dès que leur accompagnateur les poussait à l'intérieur du bâtiment, le chauffeur redémarrait.

Certains se retrouvèrent au *Cosmos,* à l'*Ukrainia,* au *Marco-Polo,* au *Metropol,* au *Pekin,* au *Jupiter,* à l'*Irish House*...

D'autres au *Tsentralnaïa,* au *Pachkov,* au *Rossia,* à l'*Igoumnov,* au *Dresden,* au *Boyard Volkov*... Chacun d'eux accomplissait, en un lieu différent, un jeu de pistes identique: porte principale, traversée du hall au pas de charge, zigzags dans la foule et sortie sur l'arrière de l'immeuble pour se retrouver dans une autre rue où attendait une nouvelle voiture qui décollait du trottoir pleins gaz. Les plus inquiets s'étaient hasardés à poser une question. Même réponse pour tous: « Ta gueule. » Maintenant, ils arrivaient au terme de leur équipée: Kazansky Vokza, la gare de Kazan.

Ils franchirent une herse et roulèrent le long des voies de garage sur près de deux kilomètres, entre des convois de marchandises à l'arrêt. Le jour n'était pas tout à fait levé. La scène baignait dans la pénombre froide de l'aube. On les débarqua devant une locomotive où s'accrochaient une dizaine de wagons entourés par des soldats en armes. Du coin de l'œil, quelques-uns se reconnurent: aucun n'ouvrit la bouche.

Un colonel d'infanterie s'approcha.

– Y a-t-il des fumeurs parmi vous ?

Ébahis, huit ou dix d'entre eux levèrent la main.

– Déposez par terre briquets et allumettes.

Ils s'exécutèrent. Un soldat effectua la collecte.

– La moindre étincelle, et tout saute, dit sobrement le Colonel.

On les fit monter deux par deux dans les wagons.

Un homme les y attendait. En quelques phrases, il leur expliqua en quoi consistait leur travail. Après quoi, il sauta à terre, les soldats refermèrent les portes et les comptables de la Vnecheconombank, sidérés, se retrouvèrent dans une forte odeur d'essence au cœur d'une véritable montagne de roubles débordant de caissons qui s'empilaient jusqu'au toit.

12

Selon les directives qu'il avait reçues, Stanislas Kouliakov était arrivé au *Metropol* à six heures et demie.

Il avait dans sa serviette les contrats contresignés depuis midi par Anatoli Nosko, président de la Vnecheconombank, Ivan Silaiev, ministre des Finances, et Mikhaïl Gorbatchev lui-même, par lesquels le gouvernement soviétique cédait à une société suisse, la Development Trade Company, un bail territorial, économique et expérimental de quatre-vingt-dix neuf ans sur Etorufu, la plus grande des Kouriles, en échange de la remise de « 100 milliards de roubles payés comptant et en liquide ». Au lever du jour, les meilleurs experts-comptables et caissiers de sa banque étaient partis vers une destination inconnue pour vérifier l'existence du faramineux pactole. Lors de leur ultime réunion, Kouliakov avait convaincu ses collègues banquiers et ministres de laisser au miracle une chance d'advenir. Maîtres mots : ni surveillance, ni filature, la police hors du coup, jouer franc jeu.

Qu'avaient-ils à perdre ? Selon les instructions de Vlassov et Talasski, tout s'était déroulé, jusqu'à présent, dans le secret le plus absolu.

Suite 503, Hans Kreiper l'attendait.

À sa surprise, un autre homme était là, assis dans le

coin le plus éloigné du salon, massif, muet, se donnant beaucoup de mal pour passer inaperçu.

Kouliakov eut un mouvement de recul.

– Pour notre protection, lui expliqua Kreiper avec un sourire contrit.

Kouliakov haussa les épaules.

– Vous avez les contrats ? dit Kreiper.

– Oui.

– Pouvez-vous me permettre ?

Kouliakov les sortit de sa serviette. Kreiper les prit, y plongea la tête et ne la releva pas pendant un bon quart d'heure, se contentant de ponctuer sa lecture par de petits grognements approbatifs. Quand il eut terminé la dernière page, il les rendit à Kouliakov, qui les remit dans sa serviette.

– Quand prévenez-vous la presse ? dit Kreiper.

– Aussitôt que nous aurons la certitude que la totalité de la somme est disponible.

Le téléphone sonna.

– Kreiper ?

– Oui.

– Les contrats sont signés ? demanda Andreï.

– Oui.

– Vous les avez en main ?

– Je viens de les lire.

– Je vous demande si vous les avez en main ? répéta Andreï d'une voix dure.

Kreiper jeta un coup d'œil sur Kouliakov accroché à sa serviette.

– Juste en face de moi.

– Tout est en ordre ?

– Parfaitement en ordre.

– Je vous rappelle dans cinq minutes.

Hans Kreiper raccrocha.

– Ils nous rappellent dans cinq minutes, dit-il à Kouliakov.

Le Colonel s'appelait Lev Evtouchenko.

On lui demandait parfois s'il était parent avec le poète.

Quel poète ? Il ignorait jusqu'au sens du mot.

Mais désormais, quand on lui posait la question, il avait mis au point une réponse : « Par alliance, du côté de ma mère. »

On lui fichait la paix. En réalité, il n'était pas plus de la famille que colonel. Pas davantage militaire. Il était tueur.

Capo-regime, exécuteur en chef du clan Vlassov-Talasski, ses maîtres. Il les respectait comme on adore une icône. Il ne cherchait jamais à comprendre la raison des ordres qu'ils lui donnaient, il les exécutait. C'est lui, déguisé en lieutenant de la police, qui avait cambriolé, avec l'aide de ses hommes attifés en flics de base, le coffre de Koranov.

Dans la journée, il ne s'était pas éloigné de plus de trois mètres du poste de téléphone installé dans sa Jeep. Il pouvait sonner à chaque instant. Dans l'après-midi, un de ses hommes lui avait apporté un sandwich et une bière. Mais au cœur d'une action, Evtouchenko oubliait qu'il avait un estomac, des entrailles ou un cœur. Il ne sentait plus ni la faim, ni la soif, ni le froid.

– Lev, lui dit un de ses faux soldats armé d'une mitraillette, il y a un mec qui veut sortir.

– Ouvre-lui.

L'homme fit un signe à deux autres soldats qui débloquèrent la porte du wagon et la firent coulisser. Au bord de l'asphyxie, un des comptables de la Vnecheconombank en jaillit, eut une quinte de toux et respira à pleins poumons.

– Alors ? dit le Colonel.

– Le travail est fini.

– Qui parle au nom des autres, ici ?

– Moi, mon Colonel. Valentin Guerassimov.

– Va demander à tes copains où ils en sont.

L'une après l'autre, les portes du convoi tournèrent sur leurs gonds. L'un des comptables, incommodé par les vapeurs d'essence, eut un malaise. On l'étendit sur le ballast pendant que Guerassimov recueillait et additionnait les chiffres que lui communiquaient ses collègues. Le Colonel s'approcha.

– En gros, le compte y est, dit Guerassimov. À peu près… Il nous faudrait plus de temps. On étouffe.

Lev Evtouchenko lui tourna le dos et pianota un numéro.

Au bout du fil, Oleg.

– Tout y est, dit-il.

– Reste en ligne, ordonna Oleg.

Pour suivre l'opération seconde par seconde, ils avaient transformé en PC un petit bureau du dernier étage de la rue Sobinovsky. Une table basse, deux fauteuils de cuir fauve de fabrication coréenne, un pan de mur en miroir, deux autres recouverts de rayonnages où s'alignaient des livres.

Téléphone en main, Oleg était assis au pied du fauteuil, jambes allongées sur la moquette beige importée à grand frais de l'ex-Allemagne de l'Ouest. Il camoufla le bas du combiné dans le creux de sa main.

– Ça marche, souffla-t-il. À toi.

Debout contre la bibliothèque, visage attentif, Andreï composa sur un autre poste le numéro du *Metropol.*

– Appartement 503, demanda-t-il

Presque immédiatement, il eut Kreiper en ligne.

– L'opération est terminée. Passez-moi Kouliakov.

– J'écoute, dit le banquier.

– Vos hommes ont vérifié. Tout est en ordre.

– L'un d'eux peut-il me donner confirmation ?

– Certainement, dit Andreï. Raccrochez. Je vous fais rappeler.

D'un signe, il indiqua à Oleg, toujours en ligne avec le Colonel, que c'était à lui de jouer.

– Lev, fit Oleg, le comptable est près de toi ?

– Oui.

– Écoute-moi bien... Demande le *Metropol,* suite 503. Dès qu'on te répond, passe l'appareil au comptable. On veut lui parler.

– Vu, dit le Colonel.

Andreï raccrocha. Il alluma une cigarette.

– Tu veux que je te serve un verre ? dit-il.

Oleg refusa d'un signe de tête.

– Pas avant que Kouliakov lâche son contrat.

Il regarda sa montre : il était sept heures cinq.

Deux hommes s'avançaient vers le train. Ils portaient la tenue des employés des chemins de fer soviétiques.

L'un d'eux balançait à bout de bras une lampe à acétylène.

Ils étaient environ à trente mètres du convoi. Les soldats les avaient vus. Ils regardèrent le Colonel pour savoir ce qu'ils devaient faire. D'un geste, Lev leur enjoignit de se tenir tranquilles. Sans perdre de vue les deux cheminots qui se rapprochaient, il appela le *Metropol* et obtint la suite 503.

– Ne quittez pas, dit-il.

Il se tourna vers Guerassimov.

– Pas un mot sur l'endroit où tu te trouves ou je te fais la peau, lui souffla-t-il.

Il lui tendit l'appareil. Le comptable y colla son oreille.

– Qui êtes-vous ?

– Valentin Guerassimov.

– Quelle branche ?

– Dette extérieure. Chef du bureau 320, avenue Kalinine.

– Ici, Stanislas Kouliakov.

D'instinct, Guerassimov rectifia la position.

– Où êtes-vous ?

Le comptable sentit peser sur lui le regard menaçant du Colonel.

– Il m'est interdit de vous le dire, monsieur.

– Combien d'hommes avec vous ?

– Une vingtaine.

– Avez-vous vérifié le montant du transfert ?

– Oui, monsieur. En gros, 100 milliards de roubles en coupures de 100 et de 50.

– En gros ?

– À quelques millions près, impossible d'être plus précis, monsieur.

Comment expliquer qu'on ne peut pas chiffrer l'infini ?

– Il y en a trop, soupira Guerassimov.

Il se mordit les lèvres : il avait failli ajouter qu'il y en avait des wagons entiers !

– Il nous faudra encore plusieurs jours pour vérifier à 1 rouble près… Mais, en gros…

– Parfait, Guerassimov. Puisque vous le dites, c'est que vous en prenez la responsabilité.

Guerassimov avala sa salive.

– Oui, monsieur.

– Guerassimov !

– Monsieur ?

– Cet argent… matériellement, au moment où je vous parle, vous l'avez sous les yeux ?

Malgré le froid qui lui glaçait le visage, le comptable sentit des gouttes de sueur perler à son front. Il coula un regard oblique vers les wagons : ils étaient toujours là.

– Oui.

– Peut-il être déplacé ? Je veux dire… rapidement ?

Une idée affreuse submergea Guerassimov : après tout,

qu'est-ce qui pouvait empêcher le train de démarrer et de disparaître dans la nuit ?

– Heu..., bredouilla-t-il.

Le Colonel, qui l'observait, perçut un tel fléchissement dans sa voix qu'il prit d'instinct une expression menaçante.

– Oui ou non ? insista Kouliakov sur un ton tranchant.

– Non...

– Merci, Guerassimov. Je vous verrai plus tard.

La communication fut coupée. Hébété, Guerassimov comprit qu'il venait de se mettre dans de sales draps : désormais, s'il y avait le moindre pépin, on lui ferait porter le chapeau.

Au lieu de raccrocher, il tendit machinalement le téléphone au Colonel. Mais le Colonel ne vit pas son geste.

Il dévisageait en silence les deux cheminots plantés maintenant devant lui.

– Qu'est-ce qui se passe, ici ? demanda le porteur de la lampe avec un sourire idiot. Pourquoi vous le gardez, ce train ? Qu'est-ce qu'il y a dedans ?

Le Colonel lui rendit un sourire terrible.

– Secret militaire, connard. Maintenant, lui dit-il avec douceur, tire-toi ou je te fais bouffer ton fanal !

– Vous avez quelque chose à boire ? demanda Kouliakov.

– Seulement du whisky, s'excusa Hans Kreiper, persuadé qu'un Russe digne de ce nom ne pouvait boire que de la vodka.

Kouliakov eut un geste vague et s'épongea le front avec un vaste mouchoir blanc. Il avait peur maintenant. Sans pouvoir expliquer pourquoi, il flairait l'arnaque. L'hésitation de ce Guerassimov l'avait douché. Il ne le connaissait pas, mais il avait en tête le nom de tous ceux qu'avait convoqués Evgueni, son bras droit et homme de confiance, chargé de les recruter pour leur efficacité. Aucun doute sur ce point, Guerassimov faisait partie de la banque. Il existait réellement. Était-il possible qu'il ait donné une fausse information sous la menace ? En cas de coup dur, qui serait en première ligne ? Kouliakov.

– À la réussite de notre entreprise ! lança Kreiper en lui tendant un verre.

Kouliakov lui jeta un regard méfiant. Il sentait dans son dos la présence du gorille qu'on avait collé dans la pièce. De temps en temps, il lui avait jeté un coup d'œil. Il avait la carrure d'un lutteur et, depuis son arrivée, il n'avait pas davantage bougé qu'un menhir, l'œil fixé sur ses mains énormes qu'il avait définitivement croisées sur ses genoux.

Tout cela était déplaisant, suspect. Kouliakov s'agitait nerveusement lorsqu'il fit un bond : le téléphone sonnait.

– Oui ! dit Kreiper, oui... je vous le passe.

Les mains de Kouliakov tremblaient tellement que le combiné faillit lui échapper.

C'était Talasski.

– Vous avez eu votre collaborateur ?

– Oui.

– Tout est en ordre ?

– Oui, répondit mollement Kouliakov.

Au point où il en était...

– Je vais vous donner l'adresse où sont entreposés les fonds.

– Où ? haleta Kouliakov.

– Une seconde... Écoutez d'abord ce que j'ai à vous dire. Quand je raccrocherai, vous donnerez le contrat à l'homme qui est dans la pièce.

– Hans Kreiper ? bafouilla Kouliakov.

– Non, pas Kreiper. L'autre. Celui qui est près de la fenêtre.

En entendant son nom, Kreiper s'éloigna discrètement.

– Nous sommes d'accord ?

– Oui.

– L'argent se trouve à la gare de Kazan, dans un train de marchandises de dix wagons, voie 11, gare de fret.

– Voie 11, gare de fret, répéta Kouliakov.

– Dès que vous aurez cédé les contrats, vos photos vous seront remises en mains propres. Comme convenu.

– Et les négatifs ? s'inquiéta Kouliakov.

– Les négatifs aussi.

– Quand ?

– Dans un instant.

– Merci, merci...

On dit que les victimes s'attachent à leur bourreau.

À cette minute de sa vie, Kouliakov en fit l'étrange expérience. Sans savoir pourquoi, il se sentait brusquement ruisseler de reconnaissance : ces types étaient formidables, ils disaient la vérité, il avait en eux une confiance totale, ils l'aimaient, et brusquement, lui aussi les aimait autant que ce qu'il avait de plus cher au monde. Au point de s'entendre dire, par rapport au lieu où il se trouvait, l'affaire qu'ils bouclaient et leurs positions respectives, les phrases inouïes qui sortaient de sa bouche.

– Je viens d'apprendre une chose épouvantable.

– Je vous écoute, dit Andreï.

Du regard, Kouliakov vérifia que ni le gorille ni Kreiper ne pouvaient l'entendre.

– Mon fils se drogue, dit-il en baissant la voix.

– Vraiment ? dit Andreï.

Rue Sobinovsky où il faisait face à Oleg, il n'en croyait pas ses oreilles : qu'est-ce que ça pouvait lui faire, à lui, qu'un jeune crétin de plus se bourre le nez ? N'était-ce pas extravagant qu'un type qu'il tenait à la gorge s'adresse à son bourreau pour une demande de secours à peine voilée ?

– Comment s'appelle-t-il ? interrogea-t-il après un silence.

– Nikita.

– Qu'est-ce qu'il prend ? Crack, cocaïne, héroïne ?

– Je ne sais pas, dit Kouliakov. Je n'y connais rien.

– Quel âge a-t-il ?

– Dix-sept ans. C'est affreux.

– Oui, c'est affreux, compatit Andreï.

– N'est-ce pas ? répondit le banquier. Qu'est-ce qu'il faut faire ?

– Je vais y réfléchir.

– Merci !

– Autre chose. Maintenant que vous savez où est le train, ne prévenez personne avant quinze minutes. Vous m'entendez ?

– Oui.

– Il est bourré d'explosifs. Si un seul de vos hommes se pointe avant quinze minutes, je fais sauter tout le bazar !

– D'accord.

– Dans quinze minutes, appelez les flics et l'armée pour le placer sous surveillance. Il y a 100 milliards de roubles à bord et Moscou est bourré de truands !

Kouliakov se leva, retira les contrats de sa serviette et les donna au gorille qui les prit sans un mot. Il allait atteindre la porte lorsqu'on frappa. Le gorille ouvrit et s'éclipsa. Kouliakov se trouva nez à nez avec une femme de chambre.

Elle avait une enveloppe à la main.

– Stanislas Kouliakov ? demanda-t-elle.

Il confirma d'un signe. Elle lui remit l'enveloppe et referma la porte. Discrètement, Kouliakov en vérifia le contenu : Talasski ne lui avait pas menti. Il osait à peine se retourner. Quand il le fit, son regard croisa celui de Kreiper. Il rougit, comme si l'avocat avait pu voir, à travers le papier, les photos qui lui brûlaient les doigts. Il enfouit l'enveloppe dans sa serviette, la serra entre ses bras, se laissa tomber sur le fauteuil et consulta sa montre.

– Quelque chose qui ne va pas ? hésita Kreiper.

– Non, non... Vos clients m'ont demandé un délai de quinze minutes avant d'alerter les autorités pour récupérer les fonds.

– Tout est donc en ordre ? demanda Kreiper.

Il tremblait qu'un pépin de dernière minute ne fasse échouer l'opération. Les yeux de Kouliakov glissèrent sur sa serviette.

– Eh bien, je crois que oui ! dit-il.

Ils étaient toujours plantés devant le train. Les comptables respiraient. Les soldats gelaient. Debout devant la Jeep, le Colonel attendait. À son avis, mieux valait ne pas attendre trop longtemps. Les deux lampistes qu'il avait chassés l'inquiétaient. Ils pouvaient faire du grabuge, fouiner, interroger les responsables de la gare : le grain de sable qui amenait les emmerdements. Perplexe, il retirait ses gants pour souffler dans ses mains lorsque Oleg l'appela.

– Lev ?

– Oui, Patron ! dit le Colonel.

– Barre-toi avec tes hommes. Quittez la gare, vite !

– Les comptables, qu'est-ce que j'en fais ?

– On s'en fout ! Tous les flics de Moscou seront là dans dix minutes !

– Vu !

Le Colonel raccrocha. Sans se presser, il donna un ordre à ses hommes.

– Tous aux camions.

Arme à la main, les militaires prirent place en bon ordre dans les véhicules. Les moteurs ronflèrent. Le Colonel s'installa dans la Jeep à côté de son chauffeur. Guerassimov s'approcha.

– Vous partez, mon Colonel ?
– Oui.
– Et nous ?
– Vous ne bougez pas. La police arrive dans cinq minutes. Tu vois les deux trains qui nous encadrent ? Nous avons vingt tireurs d'élite planqués dans les wagons pour protéger le magot.
– Et nos briquets ?
– Tu te fous de ma gueule ? Je t'ai déjà dit que, si tu éternuais, tout saute ! Et tâche d'empêcher tes foutus caissiers de faucher le blé ! S'il manque un seul rouble, je reviendrai personnellement te couper les oreilles !

Il leva le bras. Le premier camion s'ébranla et fit demi-tour. La Jeep le doubla et se plaça en tête du convoi. Les autres suivirent, dans un grincement de mâchefer broyé par les pneus des poids lourds.

Le Colonel avait calculé que, pour parvenir à la herse, il leur faudrait trois minutes. Deux minutes et demie leur suffirent. Ils firent le tour de Kazanski Vokzal, débouchèrent place Komsomolskaïa, passèrent devant la Maison centrale de la culture des cheminots, entre la gare de Leningrad et la gare de Iaroslav. Au moment où ils viraient à gauche sur Novokirovski, ils croisèrent des nuées de voitures de police qui fonçaient, sirènes hurlantes, vers la gare de Kazan.

Dans l'une d'elles, l'homme qui dirigeait l'opération aboyait ses ordres par talkie-walkie à toutes les brigades de Moscou : Vassili Montachev.

Oleg se prit la tête entre les mains et se frotta violemment les yeux.
– Je peux te poser une question, Andreï ?
– Vas-y.

Ils ressemblaient à deux combattants à la descente d'un ring. Pâles, les traits tirés, le visage émacié par la formidable concentration qu'avait exigée leur parcours. Le petit bureau était un gigantesque foutoir jonché de feuilles de papier froissées, de verres vides, de restes de sandwiches, de bouteilles entamées éparses parmi les fils de téléphone qui s'enchevêtraient. Ces derniers jours, ils ne l'avaient quitté que pour aller prendre une douche.

Andreï, pieds sur la table, avait enlevé ses chaussures.

Oleg était assis par terre.

– Simplement, tu me réponds par oui ou par non, sans commentaires, d'accord ?

– Accouche !

– En fait, il s'agit de plusieurs questions. D'abord, oui ou non, le contrat est-il signé ?

– Oui.

– Bien... Est-ce que nous avons ce contrat en notre possession ?

– Oui.

– Est-ce que ce contrat nous rend réellement maîtres de la plus grande des Kouriles pour quatre-vingt-dix-neuf ans ?

– Oui.

– Par conséquent, nous pouvons déjà le négocier ?

Andreï feignit de s'emporter.

– Tu sais tout ça aussi bien que moi ! Tu vas m'emmerder longtemps ?

Il voyait bien où Oleg voulait en venir : à la confirmation d'un constat de victoire. Mais Andreï n'était pas encore prêt.

Par superstition, il se refusait à admettre qu'ils avaient gagné. Enfin, presque. Encore fallait-il que les documents parviennent à Zurich dans le bureau de Hans Kreiper. Jusque-là, aucune sécurité, aucune garantie. L'avion qui les transportait à cet instant même pouvait exploser en vol. Sur l'ordre des Soviétiques, une équipe était peut-être déjà sur place, en Suisse, pour les rafler à l'arrivée. Mille choses pouvaient advenir, qui réduiraient leurs efforts à néant. Il savait d'instinct que chanter victoire en cet instant, s'accorder la moindre pause, jeter un regard en arrière, ou pire, en avant, risquait de leur attirer la poisse. Il avait beau être crevé, à bout de nerfs, il ne voulait se concentrer que sur le but à atteindre, l'urgence de l'instant.

Tout n'était pas encore fini. Il n'avait pas beaucoup dormi.

Il s'était nourri sans faire attention à ce qu'il mangeait, simplement parce que c'était nécessaire. Et quand, assommé d'épuisement, il sombrait dans le sommeil, aucun rêve n'était venu le visiter.

Il aurait tout le temps de respirer. Après… Plus tard…

– On a dit : pas de commentaires ! s'emporta Oleg. Continue à me répondre simplement !

Il était toujours dans la même position, accagnardé au pied du fauteuil, le visage masqué par ses deux poings fermés pesant sur ses paupières. Bizarrement, Andreï se revit… Lui aussi se tenait de cette façon, le 22 février 1977, quand on les avait déportés au goulag. Et aussi le 8 janvier 1983, dans la cage de fer du train pénitentiaire d'où ils s'étaient évadés alors qu'on les transférait d'un camp à un autre, au cœur de la Sibérie…

– Alors ?

Andreï haussa les épaules.

– Tu le sais bien, dit-il d'une voix plus douce.

– Parfait ! Maintenant, si je dis faux, tu m'arrêtes. À combien nous revient notre bail ?

– 100 milliards de roubles.

– En dollars ?

– 1 milliard de dollars.

– Bon… Bon…, continua Oleg avec la voix d'un rêveur en plein songe. Combien allons-nous en tirer des Japonais ?

– 10 milliards de dollars. Mais on ne les a pas encore !

– Tais-toi ! Mais tais-toi ! C'est comme si c'était fait !

– Tant qu'on ne les aura pas encaissés et rendu le milliard qu'on doit à Pavel Lyssenko, au Fou et à tous les autres, rien n'est fait !

– Arrête ! Concentre-toi à mort… L'opération nous laisse combien de bénéfices ?

Malgré sa tension, Andreï se retint pour ne pas éclater de rire, car à force d'être monstrueux, le chiffre qu'Oleg attendait de lui était tout à fait irréel !

– Tu n'es même plus foutu de faire une soustraction ? 10 moins 1, ça fait combien ?

– Dis-le-moi, toi… Je veux te l'entendre dire !

– En gros, soupira Andreï, quand on aura payé les commissions et autres bricoles, 9 milliards de dollars.

Oleg se déploya comme un ressort, sauta sur la table, balaya ce qui s'y trouvait en deux coups de pied, se jeta sur le fauteuil, y rebondit et se rua sur la porte : 9 milliards de dollars pour eux deux, c'était trop ! L'espace lui manquait… Il traversa une enfilade de pièces, ouvrit la porte de sortie, se retrouva sur le palier et descendit l'escalier comme un pantin de caoutchouc. À chaque marche, il donnait l'impression qu'il allait tomber. 9 milliards de dollars ! Quel roi du monde pouvait se vanter d'avoir 9 milliards de dollars ? Arrivé au premier étage, il s'assit sur une marche. Son corps était trop petit pour contenir la puissance qui l'habitait. Des millions d'idées tournoyaient dans sa tête, se bousculaient. Et, pendant quelques secondes, il eut une illumination qui le fit pénétrer au cœur du mystère de Dieu : Dieu, c'était lui ! Ajoutée aux nuits de veille, son exaltation créait un état d'intensité qui lui rappelait les récits de drogués, quand ils étaient chargés à mort.

Oui. C'était probablement cette espèce d'extase que ressentaient les camés…

Il se força à respirer lentement. Au bout de quelques minutes, il retrouva son calme. Pourtant, en descendant le dernier étage, il flottait toujours dans un état second. Arrivé au rez-de-chaussée, il croisa sans les voir des gens qui entraient et sortaient de l'immeuble. Il passa devant une porte vitrée à laquelle il n'avait jamais prêté d'attention particulière. Il savait qu'il s'agissait de l'école de danse. Comment ne l'aurait-il pas su puisque lui-même avait eu l'idée de la créer et d'engager la Chostakova ? Il y jeta un regard machinal. La classe était finie.

Des petits rats, appuyés contre la barre, enlevaient leurs chaussons. Il y avait des gens autour de lui. Ils bavardaient en attendant les élèves. Certains s'étaient faufilés dans la salle.

Il vit la Chostakova, trônant sur une chaise, sa canne à la main, entourée comme une diva. Elle parlait à une femme en manteau de fourrure qui tenait une enfant par la main. La femme tournait le dos à Oleg. Elle fit volte-face pour gagner la sortie, gardant sur le visage le dernier sourire qu'elle avait adressé à la Chostakova. Elle s'avança en direction d'Oleg.

Sans comprendre pourquoi, il ne pouvait détacher son regard de sa silhouette. À mesure qu'elle marchait vers lui, il distinguait mieux son visage, un beau visage de madone percé de deux yeux bleus et encadré par des cheveux blonds qui caressaient la fourrure de son manteau à chacun de ses pas. Elle parlait à l'enfant. L'enfant riait. Puis, la femme et l'enfant ouvrirent la porte et furent tout près d'Oleg. Alors, il sentit ses jambes trembler pendant que le sang s'arrêtait de circuler dans ses veines.

À cet instant, elle le vit aussi.

Elle se figea, devint toute pâle et s'adossa au chambranle de la porte pour ne pas tomber. Les élèves sortaient en riant et les bousculaient. Comprenant qu'il se passait quelque chose de bizarre, la petite fille s'accrochait au bras de la jeune femme et la regardait, et regardait l'homme. Ses yeux allaient de l'un à l'autre. Les lèvres de la jeune femme tremblaient.

Plus elle dévisageait l'homme, plus elle devenait blanche.

L'homme aussi était livide. Il essaya de dire quelque chose à la femme, mais ses lèvres s'y refusèrent.

Puis, il bégaya un mot.

– Liouba…

Livre 3

LA NUIT ROUGE

13

On aurait dit un tableau sur lequel se seraient succédé deux peintres. Le premier aurait tracé le contour d'une ville et, à l'intérieur, les masses de couleur qui en structuraient les grands volumes. Des gris, des ocres, des roux, des terre de Sienne, des bruns chauds, des beiges et des verts, et du gris et du bleu pour le ciel, les nuages et la brume. Le second serait arrivé, aurait trouvé l'œuvre sublime et, ne voyant plus rien qui puisse améliorer la perfection de ses camaïeux, se serait contenté, avec un pinceau aérien de martre fine, d'ajouter ici et là quelques touches d'or, caressées, délicates, posées comme un baiser sur la douceur du paysage, afin que vibre l'ensemble lorsqu'un rayon de soleil les effleurait.

Ces touches d'or, Liouba et Oleg les avaient sous les yeux.

C'étaient les dômes et les coupoles de toutes les églises de Moscou luisant et miroitant dans l'océan subtil de ces gris lumineux.

– Tu te souviens du mot de Tchekhov ? murmura Oleg. *On ne voit bien Moscou que du mont des Moineaux.*

Il avait arrêté la voiture sur le bas-côté de la route.

Une brise légère gonflait les cheveux de Liouba.

La ville s'étalait à leurs pieds et tous deux planaient

sur la ville, survolant les méandres de la Moskova qui déployait son ruban vert bronze en arc de cercle souple.

Il est des lieux *chargés*.

Il se peut qu'ils émettent des ondes telluriques spéciales, ou que leur emplacement polarise certaines vibrations. En tout cas, au cours de l'histoire, ces lieux attirent les hommes. Pour s'y réfugier, méditer, faire des sacrifices, bâtir des temples.

Autant que certains lieux divinatoires aztèques, le mont des Moineaux avait ce pouvoir. Il dominait la plaine d'une centaine de mètres. Grand nombre d'événements s'y étaient déroulés, qui avaient bouleversé le destin de la Russie et changé la face du monde. Quatre siècles et demi plus tôt, Ivan le Terrible s'y était réfugié pour fuir l'incendie de Moscou.

Napoléon y avait fait halte pour contempler la ville avant de l'envahir. En 1917, les révolutionnaires y avaient installé leurs canons, braqués sur le Kremlin où s'étaient retranchés les loyalistes. Après leur victoire, les bolcheviks avaient rebaptisé « Monts Lénine » le mont des Moineaux – selon la légende, plus aucun oiseau n'y avait chanté depuis ce jour – et érigé sur leur sommet la plus grande université du monde, l'université Lomonossov.

– Tu as froid ? dit Oleg.

– Non, dit Liouba en frissonnant.

– Viens. On remonte en voiture.

Depuis qu'ils s'étaient retrouvés chez la Chostakova treize jours plus tôt, c'était leur premier rendez-vous. Oleg se demandait pourquoi il avait attendu si longtemps avant d'appeler Liouba. Pas de réponse. Certaines choses ne s'expliquent pas, c'est tout. Pas davantage son attitude avec Andreï.

Le premier soir, il ne lui avait pas soufflé mot de leur rencontre. Les jours suivants non plus. Et plus le temps passait, moins il avait eu envie de lui en parler. Pourtant, jusqu'à présent, aucun des deux n'avait eu de secret pour l'autre. Ils avaient connu Liouba ensemble. Elle appartenait à leur passé commun. Peut-on considérer le silence comme une trahison ?

En tout cas, pour le moment, Oleg n'avait aucune envie d'en faire la confidence à quiconque. Surtout pas à Andreï !

Comme autrefois, Liouba lui avait donné rendez-vous devant l'entrée du Goum. Malgré la règle absolue qu'Andreï et lui s'étaient fixée de ne jamais se déplacer sans escorte, Oleg n'avait pas jugé utile de prendre avec lui son chauffeur garde du corps, Anton Abalkine, surnommé « le Tartare ». Il avait craint que son crâne rasé de lutteur de foire, ses moustaches en croc et sa carrure massive n'effarouchent Liouba. Pendant les quinze kilomètres séparant Moscou des Monts Lénine, ils avaient pris soin de ne poser aucune question personnelle. Juste quelques paroles banales…

Il posa la main sur la clef de contact.

– Tu es mariée ?

– Oui.

– Tu as des enfants ?

– Non.

– Quand tu avais dix-sept ans, tu en voulais plein ! dit-il avec un rire qui sonnait faux.

– Je n'en ai pas. Et toi, tu es marié ?

Oleg éclata de rire.

– Moi ? Marié ? Avec qui ?

Il démarra.

On a d'étranges pudeurs quand trop d'années passent.

Impossible d'entrer de plain-pied dans le passé de l'autre.

Chaque mot peut rompre le charme. Oleg se sentait gauche, intimidé. Tout en conduisant, il jetait de brefs regards à la dérobée sur Liouba. Physiquement, elle n'avait pas changé.

Elle était seulement un peu plus désirable.

– Tu me trouves changé ? demanda Oleg.

– Oui, dit Liouba.

De nouveau, le rire faux.

– J'ai vieilli !

– Non, tu n'as pas vieilli, dit pensivement Liouba. Nous sommes plus vieux, c'est différent. Je suis sûre que tu ressens la même chose en me regardant. Tout est pareil mais rien n'est semblable. Tu as toujours la même silhouette, le même visage. Tu as toujours les mêmes yeux, mais leur expression a changé. La même voix, mais elle contient autre chose. La même démarche, mais tu ne bouges pas de la même façon…

Elle posa amicalement la main sur la sienne. Oleg se sentit traversé par un courant électrique.

– Tu comprends, Oleg ?

– Oui, oui… Qu'est-ce qu'il fait, ton mari ?

– Il est dans la police.

Elle retira sa main. Mille questions lui brûlaient les lèvres.

Elle n'osait pas les poser. Pas encore… Il fallait d'abord retrouver la confiance et la liberté de parole qui les liaient jadis.

– Tu as été secoué quand tu as retrouvé Moscou pour la première fois ?

– Plutôt, dit Oleg en souriant avec gêne. Nous y voilà…

Il arrêta la voiture. Ils marchèrent lentement dans un parc fleuri veillé par les bustes des gloires pensantes de toutes les Russies. Au fond, se dressait le monumental portique formé de huit colonnes de granit rose soutenant le haut-relief dédié au « Peuple créateur ». Derrière, s'envolait vers le ciel l'écrasante tour de trente-deux étages prolongée par sa flèche.

– Tu es déjà revenue ici ? demanda Oleg.

– Jamais.

Des étudiants les croisaient. Avec un pincement au cœur, Oleg pensa qu'ils ressemblaient à des enfants. Comme en un miroir, il retrouvait sur leur visage la naïveté arrogante de sa propre jeunesse. Liouba avait raison : ils étaient peut-être les mêmes, mais ils avaient bien changé. Il la prit par les épaules.

– Par quoi veux-tu commencer ? La bibliothèque, la piscine, les amphis, un bar ?

L'ensemble de cette ville dans la ville était impressionnant. Lomonossov comptait quarante-cinq mille pièces différentes réparties en soixante bâtiments sur un territoire de près de quatre cents hectares d'arbres, de pelouses et de squares. Mille laboratoires d'études et de recherches, des musées, des stades, un théâtre, des facultés, des pavillons, des crèches, des cafés, un hôpital, des dizaines de restaurants, six mille chambres, deux cents amphithéâtres...

Regroupant toutes les disciplines du savoir, trente mille étudiants des deux sexes s'y côtoyaient...

– Procédons par ordre, sourit Liouba. La bibliothèque pour réfléchir. Et le bar pour ne plus avoir à penser.

Sous le ton léger, Oleg crut percevoir une pointe de mélancolie.

– Tes sœurs ? dit-il innocemment. Parle-moi des fameuses sœurs Karpova !

Le visage de Liouba se ferma. Oleg se mordit les lèvres : avant d'avoir rien dit d'important, il avait déjà gaffé.

Liouba sentit son embarras.

– Écoute, Oleg, s'excusa-t-elle en lui prenant la main, nous sommes mal à l'aise tous les deux. Beaucoup de choses se sont passées en quinze ans. Tu as peur de dire des bêtises. Moi aussi. Allons dans la bibliothèque et je te proposerai un pacte. D'accord ?

– D'accord !

Un quart d'heure plus tard, ils étaient assis dans un coin de la nef tapissée par des centaines de milliers d'ouvrages.

Abîmés dans leur lecture, des étudiants, installés aux tables, ne leur prêtèrent aucune attention. En les regardant, Oleg comprit qu'il avait définitivement basculé dans un autre monde. Sans accident de parcours, peut-être aurait-il enseigné ici même… Professeur d'économie. D'une certaine façon, il était toujours un peu dans la même sphère. Sauf qu'il ne s'agissait plus d'économie théorique, mais d'exercices pratiques aux implications mortelles où se jouait la peau des autres, et en cas d'erreur, la sienne.

– À quoi penses-tu ? dit Liouba.

– Au passé. Aux études. Au présent. À l'avenir.

Liouba le dévisageait sans ciller, avec un regard grave.

– Nous ne nous sommes pas vus depuis des siècles. tu ne sais rien de moi, je ne sais rien de toi, précisa-t-elle. Sache que je ne serai gênée par aucune question…

Elle se reprit.

– Enfin, je pense… Pose-moi donc toutes celles qui te passent par la tête. Ne tourne pas autour du pot. Directement, sans fioritures. Puis-je en faire autant avec toi ?

– Oui.

– Bien. À moi d'ouvrir. Tu as mis le doigt sur quelque chose de triste, tout à l'heure, à propos de mes sœurs. Nous venons de subir un deuil. Anna est morte. C'est tout récent, deux mois à peine. Elle voulait être sculpteur. C'était la plus belle d'entre nous. Tu te souviens d'Anna ?

– Oui. Je suis désolé.

– Elle est morte dans un incendie.

– Anna ?

– Un entrepôt qui a brûlé, rue Miusskaia. Maintenant,

ne me demande pas ce qu'elle faisait dans un entrepôt de viande à une heure du matin, je n'en sais rien…

Oleg sentit le sang se retirer de son visage : l'incendie, c'était lui ! C'est sur son ordre et celui d'Andreï que leurs hommes l'avaient allumé. L'entrepôt appartenait à Dimitri Loukianov, qui avait la prétention de vouloir régner sans partage sur l'empire des produits alimentaires. Oleg et Andreï, pour le contrer, avaient mis au point une expédition punitive.

– Oleg… Ça ne va pas ?

– Si, si… Je suis triste pour elle, et pour toi.

Il n'osait plus affronter son regard. Liouba s'y méprit.

– Tu crois au destin, Oleg ?

Après ce qu'elle venait de lui apprendre, comment ne pas y croire ?

– Je veux dire, reprit-elle, est-ce qu'à tes yeux, chacun de nous suit un trajet qui ne dépend pas de sa volonté ?

– J'en ai peur, soupira Oleg.

– Moi aussi, approuva-t-elle.

Elle semblait soulagée qu'il partage son point de vue. Cela n'effaçait pas la mort d'Anna, mais, assujettie à une fatalité supérieure, elle en devenait moins révoltante, plus plausible, on ne pouvait que s'incliner.

– Est-ce que ton mari a cherché à savoir ce qui s'est passé… pour Anna ?

Liouba glissa une cigarette entre ses lèvres et allait l'allumer lorsqu'elle se souvint qu'elle était dans la grande bibliothèque de Lomonossov.

– Il dit que c'est la mafia.

Elle ôta la cigarette de ses lèvres, la remit dans le paquet et fourra le paquet dans son sac.

– Quel est ton nom de femme mariée, Liouba ?

– Montachev.

Avant qu'elle puisse faire le rapport entre sa question, la disparition d'Anna et la profession de son mari,

Oleg, qui subissait un troisième choc en moins d'une minute, fit diversion en lui demandant des nouvelles de sa mère.

– En dehors de ce que je viens de te dire, elle va bien, dit Liouba.

– Elle nous avait invités à prendre le thé chez elle, dans le vieil Arbat, tu te souviens ?

– Elle y est toujours. Le thé, c'était surtout pour voir la tête des trois garçons qui lui enlevaient sa fille !

Oleg l'écoutait sans l'entendre : non seulement, Andreï et lui étaient indirectement responsables de la mort de sa sœur, mais encore, le propre mari de Liouba était Vassili Montachev, fraîchement nommé chef de la Division contre le crime organisé ! Il passait pour incorruptible. Dès sa nomination, tous les gangs de Moscou l'avaient inscrit sur leur liste noire. C'était à qui le tuerait le premier. Il n'eut pas le temps de repousser l'idée qui lui venait à l'esprit : Liouba était veuve et il l'épousait.

– Et tes études de psychologie ? demanda-t-il pour masquer son trouble.

– J'ai laissé tomber.

Peu à peu, ils se laissaient imprégner par l'atmosphère de la bibliothèque. Un havre de paix à l'abri du monde, dont le silence n'était troublé que par le craquement d'une chaise, un raclement de gorge, le froissement d'une page qu'on tourne.

– Tu es heureuse ?

Liouba hésita d'une façon imperceptible.

– Oui, oui… Et toi ? Parle-moi de toi. Qu'est-ce que tu fais ?

– Des bricoles. Ça va. Il m'arrive de servir d'intermédiaire pour des gens qui aimeraient investir en Russie. Je les mets en contact…

– Comment as-tu survécu ? Je veux dire au goulag ? Après ? Que s'est-il passé ?

– Je me suis évadé.
– Quand ?
– Il y a huit ans.
Liouba détourna les yeux. Maintenant, une seule question lui importait. Oleg en détenait la réponse : elle avait peur de l'entendre.
– Et Andreï ?
– On s'est évadés ensemble. Avec Vitaly. Et un autre type.
Au nom de Vitaly, le cœur de Liouba se mit à battre comme une horloge folle.
– Andreï est à Moscou, dit Oleg.
– Et Vitaly ?
Oleg secoua doucement la tête.
– Vitaly est mort.
Liouba fixait obstinément la nuque d'une jeune fille installée deux tables plus loin. Elle avait les cheveux coupés court. Elle était brune. Elle avait noué autour de son cou une écharpe rouge vif. Elle lisait. Son menton était posé sur ses deux poings. En dehors de cette nuque, que regarder d'autre pour encaisser les mots qui venaient d'être prononcés, « Vitaly est mort » ? Pour ne pas hurler, Liouba se concentrait désespérément sur la courbure des cheveux, le contraste entre le rouge et le noir, et cette bande de peau blanche qui marquait la naissance du cou.
– On a sauté d'un train pénitentiaire, continua Oleg, en Sibérie. On était quatre. Nous avons marché pendant des jours, sans nourriture. Il y a toujours un moment où on tombe de fatigue. On se couche dans la neige. On n'a plus envie de se relever. Le froid et l'épuisement font le reste.
– Vitaly..., murmura Liouba.
– Tu parlais de destin, tout à l'heure. Chacun de nous a son destin.
– Et Andreï ?

– On se voit de temps en temps. Nous sommes un peu dans la même branche.

– Tu lui as dit que tu m'avais rencontrée ?

– Oui, bien sûr…

Il remarqua qu'elle traçait sur la table, du bout de l'index, des cercles concentriques. Elle partait d'un cercle central, à peine plus gros qu'un point, l'enfermait dans un autre cercle qui devenait lui-même prisonnier d'une autre circonférence. Un univers qui ne s'ouvrait vers l'extérieur que pour mieux se refermer sur lui-même. Pendant de longues secondes, elle continua son manège en silence. Oleg s'était attendu à une rafale de questions qui auraient provoqué, de sa part, autant de mensonges. Car, depuis le début, tout ce qu'il avait dit ou presque était faux. Mais soudain, elle se taisait, comme si la mort de Vitaly avait épuisé toutes les questions.

Son index s'immobilisa brusquement.

– Oleg… comment est mort Vitaly ?

– Je te l'ai dit. Dans la neige.

– Comment ?

– On avait marché pendant vingt heures dans une tempête. On voulait s'éloigner de la voie ferrée, pour éviter les soldats et les chiens. On n'en pouvait plus. On s'est allongés. Au réveil, je l'ai secoué. Il fallait repartir. Il ne bougeait plus. Il était mort dans son sommeil.

C'était la première fois depuis leur évasion qu'Oleg reparlait de Vitaly. Avec Andreï, ils avaient toujours évité de prononcer son nom. D'une certaine manière, c'était le tuer deux fois. La première, à coups de bâton ; la seconde, à coups de silence.

– Il voulait être journaliste, dit Liouba.

– Il en parlait tout le temps.

– Il aurait vu le système s'écrouler. Il désirait tellement que le système s'écroule…

Elle recommença à tracer ses cercles.

– Tu sais, Liouba, dit Oleg avec sincérité, je pleure toujours Vitaly. Mais s'il était vivant, il ferait comme nous…

Elle leva la tête.

– Il s'en foutrait, dit Oleg.

– De quoi ? dit-elle.

– Du système.

Elle le dévisageait maintenant avec attention.

– Tu t'en fous, toi ?

– Complètement ! On a vu trop de trucs… moches, là-bas…, reprit-il après une hésitation. Tu vois, en ce temps-là…

D'un signe, il désigna les étudiants épars dans la bibliothèque.

– On se trompait comme eux. On se faisait une certaine image idéale du monde. On le voyait en couleurs. C'est faux. Au goulag, il n'y a que du noir. Andreï, Vitaly, moi, ou tous les autres qui y sont passés, nous n'avions qu'une idée en tête, survivre. Juste survivre. Que ce soit dans un palais ou sur du fumier, survivre un jour de plus. Quand on a le ventre plein et qu'on est libre, je sais, c'est dur à avaler. Mais moi, aujourd'hui, l'espoir, l'idéologie, les discours…

Il ponctua la phrase en suspens d'un geste vague qui balayait la table. Comment lui expliquer que, pour rester en vie, il fallait parfois tuer les autres ?

– Tu ne crois plus en rien ? demanda Liouba avec douceur.

Il eut un sourire teinté d'amertume.

– Si ! À la vodka ! On va au bar ?

– D'accord !

Ils se levèrent et se dirigèrent vers la sortie. Quand ils furent arrivés à la porte, Liouba lui posa la main sur le poignet.

– Je voudrais revoir Andreï, dit-elle. Je voudrais qu'on sorte ensemble, un soir, qu'on soit stupides et gais !

– Avec ton mari ? dit Oleg avec un soupçon d'ironie.

– Non ! Rien que nous trois !

Avec une joie sourde, Oleg nota que la sentence était sans appel : c'était « Non ! ».

– Banco ! dit-il.

Ils se frappèrent dans la paume de la main. Au bruit, deux ou trois étudiants relevèrent la tête. Ils sortirent en pouffant sous des regards sévères. Liouba lui prit la main et l'entraîna en courant dans les couloirs. Ravi, Oleg se laissa faire.

Et merde ! Pourquoi pas ?

Ils passèrent devant une horloge. Alors qu'il aurait voulu arrêter le temps, malgré lui, il vit l'heure : l'après-midi était déjà écoulé ! Rue Sobinovsky, Andreï l'attendait depuis la fin de la matinée. Le plus terrible, c'est qu'Oleg savait depuis la veille qu'il ne serait pas au rendez-vous. À la fois une trahison et un danger de mort. On était le 28 novembre.

Dans trois jours, lundi 1er décembre, les différentes « familles » de Moscou, qui leur avaient confié leurs milliards deux semaines plus tôt, débarqueraient rue Sobinovsky pour se faire rembourser leur dette.

L'ennui, c'est que ni lui ni Andreï n'en avaient le premier kopeck.

14

Andreï se rongeait les sangs. Il attendait Oleg depuis deux heures. Et, au moment où ils avaient le plus besoin d'être ensemble, Oleg n'était toujours pas là. Il ne pouvait qu'être arrêté, blessé ou mort. Car depuis qu'ils se connaissaient, aucun des deux n'avait jamais fait faux bond à l'autre. À plus forte raison, à l'instant où tous deux se trouvaient confrontés à un problème de vie ou de mort: l'argent emprunté qu'ils devaient rendre dans quarante-huit heures était «temporairement» bloqué à Tokyo. Taro Hanssaku, qui servait de négociateur secret pour le gouvernement japonais dans la transaction des Kouriles, l'avait confirmé à Andreï une heure plus tôt. Hanssaku n'était pas homme à bluffer. Andreï et Oleg l'avaient rencontré pour la première fois à propos d'une affaire de diamants.

Au Japon, il était plus redouté que les tremblements de terre. La rumeur prétendait qu'il était le grand chef occulte de la Yakuza, la mafia japonaise dont les ramifications s'étendaient à tous les coins de la planète, Moscou y compris. Ce jour-là, Andreï avait été frappé par la cruauté qui émanait du personnage. Hanssaku ne souriait jamais. Son visage à la peau tendue semblait sculpté dans de la cire. Seul, son regard indiquait qu'il était en vie. Il filtrait entre deux fentes sans paupières avec un éclat si dangereux que, de Tokyo à Nagasaki, la légende voulait que ceux qui le croisaient en soient brûlés pour toujours. Leur rendez-vous s'était déroulé en Extrême-Orient russe, dans la zone franche de Nakhodka.

Également présent, le chef de la famille Gatto, Angelo Gatto, venu tout spécialement de New York. À proprement parler, il ne s'agissait pas de régler un litige, mais de mettre en commun certains de leurs intérêts liés à la production de l'or et des diamants de la Yakoutie. Aucun d'eux ne gênant les autres et personne n'empiétant sur le territoire du voisin, l'accord avait été facile. Ils avaient même établi un pacte d'entraide réciproque au cas où l'un d'entre eux, où qu'il se trouve, aurait besoin de soutien.

Quand Oleg et Andreï avaient eu l'idée des Kouriles, c'est tout naturellement à Hanssaku qu'ils s'étaient adressés.

En attendant, ils se trouvaient pris à la gorge…

Le téléphone sonna : Hanssaku ou Oleg ?

Andreï décrocha : c'était Kouliakov ! Leur marché avait été conclu, il avait récupéré ses photos, Andreï l'avait presque déjà rayé de sa mémoire.

– Je m'adresse à vous en dernier recours… je vous avais parlé de mon fils. Nikita… vous vous souvenez ?

– Oui.

L'adolescent drogué…

– Vous m'aviez laissé entendre que vous pourriez peut-être intervenir, dit craintivement Kouliakov.

– Exact.

– Sa mère est désespérée. Nous ne savons plus que faire…

– Qui lui livre la came ?

– Je ne sais pas.

– Où est-il en ce moment ?

– À la maison. Il s'est enfermé. Comme d'habitude.

– Il doit ressortir ?

– Oui, sûrement… Il sort toujours vers cinq heures…

– Votre adresse ?

Kouliakov la lui fournit. Andreï la griffonna sur un morceau de papier.

– Décrivez-moi votre fils, physiquement.

Kouliakov s'exécuta. Il précisa aussi la façon dont Nikita était habillé. Puis, saisi d'un doute, ou se rappelant soudain à qui il demandait de l'aide, il changea de registre.

– C'est un père qui vous parle, Andreï Talasski, dit-il d'une voix soumise. Nikita est jeune. Ne le secouez pas trop. L'idéal serait qu'on lui fasse simplement un peu de morale…

– Comptez sur moi, dit sobrement Andreï. Un dernier point : n'empêchez surtout pas votre fils de sortir. Je vais voir ce que je peux faire.

Il raccrocha et regarda sa montre : quatre heures. Il composa un numéro.

– Andreï. Passez-moi le Colonel.

– Il vient de sortir, Patron.

– Qu'il me rappelle.

Il pianota alors le numéro d'Anton Abalkine, « le Tartare ».

– Anton ?… Des nouvelles ?

Oleg avait peut-être appelé.

– Non, Patron. Aucune. Qu'est-ce que je dois faire ?

Andreï lui donna l'adresse de Kouliakov, le signalement de son fils et d'autres instructions très précises.

– Exécution immédiate ! ordonna-t-il.

Aliocha Kaliguine n'aimait personne. En fait, il détestait le genre humain. Il avait un mépris total pour la vie des autres. C'est de là qu'il tirait sa force. Il avait passé de longues années au goulag et dans les hôpitaux psychiatriques. À seize ans, il avait assassiné son père, sa mère et deux de ses sœurs, à coups de serpette. Un crime si monstrueux qu'on en avait conclu qu'il était fou. Le surnom lui était resté : « le Fou ». Dans les camps, sa violence explosive, sa haine et sa rancune lui avaient valu la crainte respectueuse des détenus et des gardiens.

Très vite, chacun avait appris qu'avec lui le seul choix était de le tuer ou de mourir soi-même. Car Aliocha n'hésitait pas à mettre sa vie en jeu pour les plus minuscules prétextes. Et comme nul ne tenait à perdre la vie pour n'importe quoi… Un jour, il avait échappé aux mains des gardes-chiourme qui le tabassaient pour aller se jeter sur un mur où il s'était cogné férocement la tête jusqu'à ce que son crâne éclate dans des jets de sang. C'est à la suite d'une telle blessure qu'il avait rencontré celui qui, plus tard, allait lui servir de poisson pilote, Matychov.

Médecin de haute culture arrêté pour avoir drogué des patientes qu'il livrait ensuite à des souteneurs, il arrivait que Matychov fût utilisé comme infirmier par le personnel médical pénitentiaire. Fasciné par la rage suicidaire du Fou, Matychov l'avait apprivoisé, soigné, nourri. Tant bien que mal, il avait canalisé sa violence à des fins criminelles et bâti pour lui, dès qu'ils avaient été libres, un fabuleux empire financier fondé sur la drogue et le racket. Au camp, on les avait surnommés « les Couilles et le Cerveau ». Certains prétendaient qu'ils étaient homosexuels, mais nul, jusqu'à présent, n'en avait eu la moindre preuve. Peut-être était-ce dû à la silhouette longiligne et molle de Matychov, peut-être aussi parce qu'il semblait prendre plaisir aux rebuffades que lui infligeait son maître ? En tout cas, il était rare qu'on les voie l'un sans l'autre. Pavel Lyssenko aurait parié que le Fou se présenterait chez lui flanqué de son conseiller. Pourtant, à sa surprise, il était arrivé seul.

L'absence de Matychov présentait à la fois un avantage et un inconvénient: sans lui, Aliocha serait plus facile à manipuler.

En revanche, privé de son garde-fou – c'était le cas de le dire – il devenait incontrôlable. Pavel savait très bien que le Fou le vomissait. Le Fou était petit, sec, fluide, nerveux. Pavel, gigantesque. Le Fou pesait soixante kilos. Pavel, cent trente. Pavel avait une voix de basse chantante. Celle du Fou se cantonnait dans les aigus pour atteindre, en cas de rage subite, des stridences insupportables qui glaçaient le sang. Pavel ignorait pourtant à quel point il déchaînait en lui des torrents de haine bouillante.

– Assieds-toi, Aliocha. Tu es le bienvenu chez moi. Veux-tu boire ? Manger ? Y a-t-il quelque chose qui te fasse plaisir ?

– Oui, dit le Fou. Accouche, et vite ! Je suis pressé.

Pavel éclata d'un rire gigantesque, voulut le prendre familièrement par les épaules pour le conduire à la table. Aliocha lui décocha un regard meurtrier et se dégagea sèchement. Pour ne pas le mettre davantage en fureur, Pavel s'empressa de s'asseoir. Ainsi lui évitait-il l'humiliation de le rendre à sa stature de garçonnet lorsqu'ils étaient debout côte à côte.

– Qu'est-ce que tu me veux ? aboya le Fou.

Il repoussa d'un geste agacé le verre que lui tendait Pavel.

Pavel avait donné des instructions à ses gardes pour que lui soit évitée l'humiliation d'être fouillé. Bien entendu, il devait porter une arme sur lui, avec la pulsion frénétique de s'en servir, ce qui n'allait pas favoriser la sérénité du dialogue.

Pavel allait donc devoir surveiller les mains de son dangereux invité pendant tout l'entretien.

– Aliocha, je te remercie d'être venu. Sache d'abord que je ne t'ai pas fait déranger pour rien…

– Au fait !

– Comment va Matychov ?

– Qu'est-ce que ça peut te foutre ?

– Nous sommes aujourd'hui le samedi 29 novembre. Lundi, soit dans deux jours, on doit récupérer nos billes avec Vlassov et Talasski.

– Et alors ?

Pavel nota comme un avertissement que la voix agressive d'Aliocha changeait déjà de tessiture.

– De deux choses l'une. Ou ils nous paient ce qu'ils nous doivent, et les intérêts. Ou ils n'ont pas l'argent. Ma question est celle-ci : s'ils ne l'ont pas, quelles sont tes intentions ?

– Je les flingue ! Je fous leur baraque à feu et à sang !

– Tu as tout à fait raison, Aliocha. Ils n'auront que ce qu'ils méritent. Seulement, il y a un os... Que ces deux salauds crèvent, je m'en fous. Mais notre argent ? S'ils meurent, comment récupérera-t-on notre argent ?

Sous l'effet de la réflexion, les iris d'Aliocha ricochaient d'un coin de l'œil à l'autre comme deux boules d'acier noir.

– Tu as une idée ? demanda-t-il.

– Pas pour l'instant, non. Mais au cas où ce malheur arriverait, je voulais savoir si tu étais disposé à faire équipe avec moi.

– Je règle mes comptes tout seul !

– Précisément, Aliocha, nous ne sommes pas seuls. Grichine, Gratchev, Loukianov, Lermontov, Kania, Klimovitch, Chataline !...

– Tous des tarés ! Je leur pisse au cul !

– J'entends bien, Aliocha, mais ça ne nous rendra pas notre blé. Au moindre accroc, on va tous se tirer dans les pattes ! Et qui te dit que Vlassov et Talasski n'ont pas prévu notre réaction et ne vont pas se barrer avec notre fric pendant qu'on se bagarre ?

Avant même que Pavel ait le temps d'envisager un geste de sa part, un 38 Spécial Cobra jaillit de la poche du Fou.

– Qu'ils essaient ! gronda-t-il.

Pavel tendit les mains en geste d'apaisement. Il n'avait voulu rencontrer le Fou que pour connaître ses réactions en cas de malheur. Plus la date de l'échéance approchait, plus il avait de doutes. Mais il savait aussi qu'avoir la peau de leurs débiteurs, ce qui était la moindre des choses, ne les ferait pas rentrer dans leurs fonds. Leur élimination physique n'était qu'un pis-aller désastreux. Il fallait d'abord récupérer l'argent, les mettre hors circuit ensuite. Tant que Vlassov et Talasski vivraient, il y aurait de l'espoir. Quitte – c'était un comble ! – à Pavel Lyssenko de protéger la vie de ses deux ennemis de la rage meurtrière d'Aliocha Kaliguine !

– Je n'ai pas dit qu'ils cherchaient à nous blouser, Aliocha. Je te demande simplement ce que tu ferais si c'était le cas.

– Pourquoi ? Tu ferais autre chose, toi ?

Pavel avala une bière d'une seule lampée.

– La même chose.

Il en décapsula une autre du bout des doigts, ce qui eut le don d'exaspérer le Fou qui avait toujours son arme en main.

– Mais je m'y prendrais autrement, ajouta Pavel. Rentre ton flingue, Aliocha, je suis ton ami.

– Je t'emmerde ! cracha le Fou.

À contrecœur, il rangea son 38 dans la ceinture de son pantalon. Pavel respira discrètement. Il fit un violent effort pour maîtriser la fureur qui était en train de le submerger.

Il n'avait qu'un signe à faire pour qu'Aliocha ne sorte pas vivant de chez lui. Mais pas maintenant, pas tout de suite...

Quand il fut sûr de se contrôler, il entreprit, d'une voix

apaisante, avec des mots très simples, d'expliquer au Fou ce qu'il attendait de lui pour la réunion du lundi.

Andreï lui faisait la gueule. Cela ne lui ressemblait pas. D'ordinaire, il était incapable de dissimuler ses sentiments. Rage, amour, colère ou dégoût, il fallait que ça sorte. Mais là, c'était quelque chose de nouveau, de terrible, un peu comme si un pan d'amitié s'effondrait. Il ne lui demandait pas d'explications sur son retard, ni les raisons de son absence.

Rien. Le silence.

– Je te prie de m'excuser, grommela Oleg, j'ai eu un empêchement.

Aucun commentaire d'Andreï. Oleg se racla la gorge.

– Tu as eu Hanssaku ?

– Il y a quatre heures, fit Andreï avec froideur.

– Qu'est-ce qu'il t'a dit ?

– À propos de quoi ? demanda Andreï sans trace d'ironie.

– L'argent.

– Il ne l'a pas encore.

Pas l'argent… c'était la mort subite. Lundi soir, aucun gang n'accepterait la moindre excuse pour un retard de paiement.

– Il l'aura quand ?

Andreï haussa les épaules et s'absorba dans la lecture d'un dossier.

– Il ne t'a rien dit de plus ?

– Il prétend que tout est en route et qu'il aura le feu vert du gouvernement japonais d'une minute à l'autre.

Oleg tendit la main vers le téléphone.

– Pas la peine de l'emmerder, laissa tomber Andreï sans le regarder. Il me l'a demandé lui-même. Dès qu'il a des nouvelles, il nous prévient.

– Et s'il n'en a pas ?

Andreï eut un geste vague et l'expression d'un type que ce genre de détail ne concernait pas.

– Dans quarante-huit heures, martela Oleg, on les aura tous sur le dos. Il faudra bien qu'on leur dise quelque chose. Qu'est-ce qu'on va faire, nous ? Tu as une idée ?

– Aucune.

– On dirait que tu t'en fous ! explosa Oleg.

– Autant que toi, répondit Andreï avec calme.

– Merde ! Je te dis que j'ai été empêché ! Ça ne t'est jamais arrivé ?

– Quand je donne ma parole, jamais.

Bien qu'il se sentît coupable, Oleg n'était pas d'humeur à se laisser bousculer. Poings serrés, il marcha sur Andreï.

– Garde tes leçons !

Andreï se détendit comme un ressort.

– Je t'emmerde !

Ils furent face à face, les yeux pleins de défi. Alors, quelque chose d'extraordinaire arriva : Oleg, brusquement, se « dédoubla ». Par un étrange phénomène, d'acteur, il devint spectateur de la scène absurde qu'ils vivaient. Eux, debout, prêts à se détruire, pour rien, malgré leur passé commun, leur amitié à la vie à la mort, le précipice qu'ils côtoyaient. C'était si grotesque qu'il eut une réaction déconcertante : il éclata de rire.

– Arrêtons les conneries, Andreï, on ne va pas se battre !

Livide de colère, Andreï l'empoigna par les revers de sa veste.

– Arrête, Andreï ! dit Oleg entre deux quintes de rire. Laisse-moi une chance !

– Je n'ai pas envie de payer pour tes conneries !

– C'est à cause de Liouba ! cria Oleg. J'ai rencontré Liouba !

– Quelle Liouba ?

– Liouba ! Notre Liouba ! Merde, tu te souviens de Liouba ?

Il se dégagea et se laissa tomber sur une chaise.

– Liouba est vivante ? bredouilla Andreï.

– Je te dis que j'étais avec elle ! Tu vas la voir ! Tu comprends, maintenant ?

Abasourdi, Andreï restait debout, bras ballants.

– Tu l'as rencontrée où ?

– Ici. En bas. Chez la Chostakova !

– Elle a changé ? hasarda Andreï.

– Énormément : elle est encore plus belle.

– Où est-elle ?

– À Moscou.

– Mère de famille ?

– Non.

– Mariée ?

– Oui.

Avec un petit pincement au cœur, Oleg constata qu'Andreï lui posait en priorité les questions auxquelles il avait lui-même soumis Liouba.

– Avec qui ? demanda Andreï.

De nouveau, Oleg pouffa.

– Tu ne vas pas me croire !

– Dis toujours…

– Vassili Montachev !

Andreï écarquilla les yeux. C'était trop. Il craqua. À son tour, toute rage évanouie, il s'écroula de rire sur son bureau.

Puis, il releva la tête. Il ne riait plus du tout.

– Si Hanssaku n'envoie pas le blé demain au plus tard, il nous reste deux jours à vivre.

Oleg le regarda d'un air pensif.

– Je crois que j'ai une idée pour lundi, murmura-t-il. Dingue, très dangereuse…

Andreï haussa les épaules.

– Au point où on en est, dit-il avec fatalisme.

Anton Abalkine en était presque attendri.

Ainsi, ce gosse se droguait... Certes, il vivait lui-même indirectement de la drogue, de la prostitution et du crime, mais le Tartare avait une espèce de morale fruste. Quand il tuait sur ordre, c'est que quelqu'un avait failli à la règle. Par conséquent, il ne méritait pas de vivre. C'était net, propre, infaillible. Pas de remords. En revanche, il y avait quelque chose de répugnant dans l'avilissement d'un être jeune qui se coupait de son avenir dans une inéluctable glissade vers la déchéance.

Anton n'avait pas eu à attendre longtemps. Dès l'appel d'Andreï, il avait foncé à l'adresse de Kouliakov. Il était à peine sur place que Nikita était sorti de l'immeuble. Andreï le lui avait bien décrit. Il l'avait reconnu instantanément. Dix-sept ans, long, mince, frêle, une tignasse blonde, des jeans et un blouson de toile kaki agrémenté d'un col en fourrure synthétique. L'adolescent marchait vite, sans regarder personne. Abalkine le suivait à dix mètres. Vingt pas en arrière, Valentin lui emboîtait le pas. Abalkine aimait bien Valentin. La preuve : deux ans à peine après son arrivée dans le gang, il en avait fait l'un de ses lieutenants. Il faut dire que Valentin était d'un commerce agréable. À ses débuts, il n'était qu'un simple petit maquereau. Pour que ses talents ne soient pas gâchés, on l'avait nommé « essayeur ». Quand des rabatteurs amenaient une fille de la province sur le tapin de Moscou, Valentin marquait de sa touche finale l'ultime examen. Les prostituées de la ville parlaient de lui avec le respect dû à un maître : avoir été « formée par Valentin » était l'indispensable label qualité de toute pute respectable. Très souvent, en marque d'hommage délicat, Valentin faisait profiter Anton Abalkine des meilleures d'entre elles, la crème de la crème. En retour, le Tartare n'hésitait pas à le prendre comme équipier pour certaines missions délicates. Ce qu'avait à faire Valentin aujourd'hui n'était pas très compliqué. Pour l'instant, il n'avait qu'à suivre le Tartare qui filait lui-même le jeune homme... Ils étaient partis de l'immeuble de Kouliakov, rue Lenivka, à deux pas du musée des Beaux-Arts Pouchkine. À peine sorti de chez lui, Nikita avait continué jusqu'au boulevard Gogolievskii et tourné à droite. Le Tartare, qui gardait sa masse de cheveux blonds en point de mire, devina qu'il allait jusqu'à l'Arbat où pullulait une faune de camés et de petits dealers. Anton les détestait. Ils étaient marginaux, fuyants, incontrôlables. On avait le plus grand mal à les racketter. Ils logeaient n'importe où, changeaient de quartier tous les jours et évitaient d'avoir des fournisseurs fixes.

Bientôt, Nikita fut sur la place Artbetskaïa. Il rôda un instant devant quelques vitrines, jetant des regards furtifs sur les passants pour s'immobiliser finalement devant le magasin *Jupiter* où l'on était supposé vendre des appareils et du matériel photographiques. Abalkine eut un petit sourire. Le magasin était sous la protection d'Oleg et d'Andreï. Nikita y pénétra et feignit de flâner entre les étalages. Puis, il fit un signe à un type d'une vingtaine d'années vêtu d'un blouson noir portant dans le dos une inscription géante. Anton entra à son tour.

Sans attirer leur attention, il se rapprocha autant qu'il le put des deux jeunes gens. Il remarqua que le dealer avait un diamant fixé dans l'oreille. Anton bénéficiait d'un avantage paradoxal: sa fantastique carrure, son crâne rasé et ses moustaches de lutteur turc étaient si voyants qu'on finissait par ne plus le remarquer. Il devenait invisible à force d'être trop visible. D'où il était, il n'entendait pas ce que Nikita disait au dealer, mais il ne perdait pas de vue ses mains. À un moment, l'échange eut lieu. Nikita fourra quelque chose dans la main du type au blouson qui, à son tour, sous prétexte de lui dire au revoir, s'accrocha un instant à sa veste et glissa furtivement un paquet dans sa poche. Ils se séparèrent presque aussitôt. Sans perdre le dealer de vue, Abalkine vérifia d'un coup d'œil que Nikita Kouliakov se dirigeait vers la sortie. Il le regarda virer sur le trottoir et constata que Valentin, selon ses instructions, lui emboîtait le pas. Abalkine se concentra alors sur le dealer. Il se baladait maintenant entre les étalages vides, à l'exception des photos d'objets qui auraient dû s'y trouver.

Anton s'approcha de lui jusqu'à le toucher.

– Psstt…

Le dealer se retourna, leva la tête et considéra le colosse d'un air maussade.

– Comment tu t'appelles, petit ?

Le garçon le toisait avec méfiance.

– Qu'est-ce que ça peut vous faire ? Je ne vous connais pas.

Abalkine eut un bon sourire paternel.

– Mais moi, je veux te connaître. J'ai un truc à te proposer. Je m'appelle Anton. Toi, c'est comment ?

– Alex.

– Bon, Alex, regarde…

Le Tartare écarta discrètement un pan de son manteau et exhiba un sac en plastique transparent dont le fond était rempli de poudre blanche. Alex joua les idiots.

– C'est quoi ?

– Une affaire. Ça t'intéresse ? Viens dans les chiottes, je vais te montrer. Passe devant, je te suis…

Alex était partagé entre l'appât du gain et la terreur que l'hercule de foire soit un flic. L'avidité l'emporta. Il se dirigea vers les toilettes. Marchant sur ses talons, Abalkine l'y rejoignit.

– T'as de quoi payer ?

– Ça dépend, dit Alex. Faut voir…

– Tu as raison, se moqua Abalkine, faut voir. Viens, je te montre…

Il se faufila dans un cabinet. Avec méfiance, Alex

caressa l'emplacement où il cachait son couteau, sous l'aisselle gauche.

À demi rassuré par le contact de la lame, il entra derrière lui. Anton referma la porte, tira le verrou et sortit le sac en plastique de son manteau.

– Vas-y, fils, regarde, vérifie...

Il desserra la cordelette de nylon qui fermait le haut du sac et secoua le petit tas de poudre blanche.

– Renifle, mets le doigt dedans, goûte et dis-moi si c'est de la bonne...

Jusque-là, aucun délit, pensa Alex. Même si le type était flic, de quoi pouvait-il l'accuser? Il n'y avait eu jusqu'à présent aucun échange d'argent.

– Vas-y, je te dis, l'encouragea Abalkine, renifle.

Il lui présenta le sac ouvert. Alex baissa la tête. Il n'eut même pas le temps de penser à sortir son couteau. Il avait déjà la tête dans le sac, les cordonnets lui emprisonnaient le cou et des bras aussi gros que des jambons lui maintenaient le corps en tenaille. Il rua désespérément. Pour mieux assurer sa prise, Abalkine se laissa glisser jusqu'à ce qu'il soit assis sur la cuvette des toilettes, le corps d'Alex serré tendrement contre lui. Il sentait ses muscles se raidir et pouvait voir, en profil perdu à travers la transparence du sac, le visage d'Alex cherchant éperdument à avaler de l'air. Anton aimait bien tuer de cette façon. En général, il ne fallait guère plus d'une minute pour que les victimes meurent d'asphyxie. Petit à petit, il sentit les gestes d'Alex devenir plus fous, saccadés, spasmodiques. Puis, tout son corps se détendit brusquement en une masse inerte et molle. Abalkine maintint sa prise quelques secondes supplémentaires. Après quoi, lorsqu'il fut sûr qu'Alex était mort, il retira le sac en plastique, vida le sucre en poudre qu'il contenait dans les toilettes, le roula en boule et le remit dans sa poche. Il souleva le corps d'Alex de son seul bras gauche et, de la main droite, entortilla autour de son cou la chaîne métallique reliée à la chasse d'eau. Très progressivement, il abandonna le corps à sa propre pesanteur. Sous le poids du dealer, la chasse se déclencha. Abalkine entrouvrit la porte et glissa un œil par l'interstice : personne. Il la referma et écrivit sur le panneau au crayon feutre les mots « EN DÉRANGEMENT ».

Tranquillement, il se lava les mains au lavabo. En dehors du bruit de l'eau qui coulait de la chasse bloquée, l'endroit était parfaitement silencieux. En tout et pour tout, y compris le temps d'étouffement, l'assassinat n'avait duré que trois minutes. La porte grinça. Poussé par Valentin, apparut Nikita.

Abalkine s'essuya les mains et se tourna vers lui.

– Tu n'as pas honte de te droguer à ton âge ? lui dit-il d'un ton sentencieux.

Nikita le considérait avec des yeux agrandis de terreur. Il ne comprenait pas pourquoi l'homme, qui l'avait abordé dans la rue en lui mettant un couteau dans les reins, l'avait amené ici.

Pas davantage ce que lui voulait ce colosse au crâne rasé et au cou de gorille.

– Donne-moi le paquet, ordonna le Tartare.

Docilement, Nikita le sortit de sa poche et le lui tendit. Le Tartare hocha la tête d'un air contrarié, déchira le papier d'emballage et vida la poudre dans le lavabo.

– Maintenant, je vais te montrer quelque chose... Simplement pour que tu saches ce qui va t'arriver si tu touches encore une seule fois à ces saloperies...

Il prit paternellement Nikita par les épaules, poussa la porte d'un cabinet en dérangement et lui montra le cadavre de son dealer pendu à la chasse d'eau. Andreï avait recommandé à Abalkine de ne pas trop heurter la sensibilité du jeune homme.

« Fais-lui seulement la morale », lui avait-il dit. Le Tartare ne connaissait pas très bien le sens du mot, mais avait senti qu'on lui demandait d'être gentil. Aussi, essaya-t-il de dire la chose le plus doucement du monde.

– Tu vois, petit connard, c'est exactement comme ça que tu vas finir si j'apprends que tu m'as désobéi !

Glacé d'horreur, Nikita sentit ses jambes fléchir.

– Maintenant, file ! lui ordonna le géant.

Nikita rassembla ses dernières forces et, titubant, sortit des toilettes. Abalkine poussa un profond soupir.

– Ah, ces mômes ! dit-il à Valentin, qui avait suivi avec admiration cette brillante leçon de pédagogie pratique.

Vingt secondes plus tard, tous deux traversaient le magasin sans se presser et se fondaient dans les groupes de flâneurs se bousculant devant les vitrines vides.

15

Liouba ne cessait de penser à son rendez-vous de la veille avec Oleg. Elle en gardait un malaise indéfinissable.

Certes, elle l'avait cru mort pendant longtemps et quinze ans s'étaient écoulés depuis leurs études, mais comment définir ce qui s'était inscrit sur son visage ? À certains moments, lorsqu'il ignorait qu'elle l'observait, Oleg avait pris une expression morne. Il y avait aussi, parfois, ce petit sourire dur, sans pitié. Et ce regard, qui ne croyait plus en rien. Quel compte avait-il à régler avec la vie ? Il ne lui avait pas tout dit, elle en était certaine. Le soir, elle n'avait pas confié à Vassili qu'elle avait passé l'après-midi à Lomonossov. Sans même réfléchir aux raisons qui la poussaient à dissimuler, elle lui avait vaguement raconté qu'elle avait aidé Natalia à faire des courses. La nuit, alors qu'il dormait dans la chambre à côté, elle avait ouvert et refermé la boîte bleue sur un dernier sourire de Vitaly. Oleg n'avait pas été très loquace. « Vitaly est mort. » C'était tout, ou presque. Elle s'était posé tant de questions après leur déportation. Elle avait tant pensé à lui, à eux, essayant d'imaginer ce qui lui était inconcevable. Maintenant, elle avait besoin, pour renouer les fils d'une histoire qui faisait partie de la sienne, d'en rétablir les grands pans noyés dans l'ombre.

À Oleg de les reconstituer.

En se quittant, il lui avait dit qu'il la rappellerait dans deux ou trois jours : ridicule, c'était trop long. Elle n'avait déjà que trop attendu. Il fallait qu'il lui parle tout de suite. Elle alla chercher dans son sac le numéro de téléphone qu'il lui avait donné deux semaines plus tôt.

– Je voudrais parler à Oleg Vlassov.

– Il n'est pas là, répondit une voix d'homme. Qui le demande ?

– Liouba.

Il y eut un long silence. Liouba crut que la communication était coupée.

– Vous êtes toujours en ligne ? dit-elle.

– Quelle Liouba ? insista la voix.

– Liouba…

Elle aurait dû dire Montachev, mais un autre nom se forma spontanément sur ses lèvres.

– Liouba Karpova.

De nouveau, le silence. Puis, la voix, comme altérée.

– Liouba… C'est Andreï.

Taro Nakayama ne croyait pas aux signes, mais tout de même… Son vis-à-vis surprit l'imperceptible sourire qui flottait sur son visage.

– Pourquoi souriez-vous ? demanda Toshiki Kaifu.

– Vous souvenez-vous, Monsieur le Premier Ministre, de l'arbre que Madame votre épouse et Raïssa Gorbatchev ont planté au cœur de Tokyo le 18 avril dernier lors de la visite du président Gorbatchev ?

– Parfaitement. Pourquoi ?

– Malgré tous les soins qui lui ont été prodigués, l'arbre n'a pas survécu.

– Y voyez-vous une allégorie ?

– Oui, dit Taro Nakayama. Puis-je vous parler franchement, Monsieur le Premier Ministre ?

– Vous me feriez à la fois une faveur et un grand honneur, Monsieur le Ministre.

– Voilà près d'un demi-siècle que nous nous battons pour la restitution des Kouriles. Vous le savez, toutes les négociations ont échoué. Nous avons tout essayé avec les Soviétiques : l'argent, la menace, la rupture de nos négociations diplomatiques, les rebuffades économiques et financières : rien n'y a fait. Or, aujourd'hui, comme par miracle, on nous apporte sur un plateau ce qui nous a toujours été refusé…

Taro Nakayama laissa sa phrase en suspens. Après tout, Toshiki Kaifu pouvait très bien prendre ombrage de ce qui allait suivre. Kaifu perçut son hésitation.

– Continuez, je vous en prie !

– Et la position de notre gouvernement, en fait, la vôtre, Monsieur le Premier Ministre, serait de faire la fine bouche ?

En sortant du bureau, Nakayama pouvait très bien apprendre qu'il était démis de ses fonctions de ministre des Affaires étrangères. Mais tant pis, c'était dit !

Et au point où il en était…

– Pourquoi ? continua-t-il. Parce que vous considérez qu'il n'est pas digne, dans notre position, de négocier avec les voyous de la Yakuza.

– Pas seulement, Taro Nakayama. Mes services de police m'ont fourni un rapport complet sur Taro Hanssaku, le grand patron occulte. Rien n'a pu être prouvé contre cet homme, mais nous savons, d'une façon formelle, qu'il a sur la conscience, d'une façon directe, la mort violente de centaines d'hommes, sans parler de ceux qui meurent chaque jour de la drogue dont il inonde le pays.

– Monsieur le Premier Ministre, après tout, rien ne vous oblige à connaître l'identité du vendeur. Permettez-moi de vous rappeler que nous négocions officiellement avec une société suisse. Ensuite, croyez-vous que la haute politique et les intérêts supérieurs du Japon puissent s'accommoder de futiles considérations d'ordre moral ?

– Question d'éthique. Mais d'accord, oublions qui sont réellement les vendeurs. Vous semblez oublier que leur proposition ne concerne pas l'ensemble de l'archipel, mais une seule île, Etorufu. Que je sache, Shikotan, Kunashiri et Habomaï ne sont pas comprises dans le marché.

– Quelle importance, Monsieur le Premier Ministre ? Stratégiquement parlant, Etorufu est la plus importante. Et si Etorufu tombe entre nos mains, vous savez mieux que moi que les Russes devront obligatoirement négocier le reste de l'archipel.

– Il s'agit tout de même de 25 milliards de dollars.

Pour voir s'il plaisantait, Taro Nakayama lui jeta un bref regard : au moment de sa rencontre avec Pankine, le même Toshiki Kaifu lui avait donné pour instructions de négocier à 200 milliards de dollars s'il le fallait ! Il se détendit en voyant le sourire qui éclairait le visage du Premier ministre : il ne s'agissait donc que d'un baroud d'honneur, aussi symbolique que l'arbuste qui venait de mourir. Nakayama en conclut qu'il avait partie gagnée. Ainsi, par le biais d'un ennemi public, le destin lui offrait une revanche sur son propre échec du 15 novembre, à Nakhodka, avec son homologue soviétique, Boris Pankine.

– Tâchez de négocier à plus bas prix, conseilla Kaifu.

– Qu'entendez-vous par « plus bas prix », Monsieur le Premier Ministre ?

– Ils vous demandent 25 milliards ? Offrez-en 15.

– Et s'ils refusent ?

– Essayez toujours...

– Jusqu'à combien m'autorisez-vous à aller, Monsieur le Premier Ministre ?

– Faites pour le mieux, Nakayama. Faites pour le mieux.

Au-delà des mots prononcés, Taro Nakayama n'enregistra que la mimique de Toshiki Kaifu : elle signifiait clairement que le Premier ministre, du moment qu'il récupérait Etorufu, se fichait autant du prix à payer que de son premier sushi !

Oleg tournait en rond dans le bureau.

Il avait ameuté tous les hommes disponibles dans l'immeuble pour savoir où était Andreï. Mais Andreï avait disparu. Nul ne savait où il se trouvait. Abalkine l'avait vu sortir une heure plus tôt par la porte principale. « Il avait l'air pressé. Il est parti à pied. » Oleg l'avait traité de tous les noms pour ne pas l'avoir suivi. Il était à la fois inquiet et furieux. Car entre-temps, Hanssaku avait téléphoné, et cette fois, c'était foutu : plus le moindre espoir de payer leur dette à la date prévue. On était vendredi. La réunion avait lieu dimanche. Or, une fois de plus, le Japonais lui avait administré des paroles lénifiantes. Les négociations étaient achevées. Il s'agissait simplement d'un retard dans les rouages administratifs des banques de Tokyo. L'argent était là, prêt à être versé. Lundi au plus tard… lundi, ils seraient morts !

– Vous nous mettez dans la merde, Hanssaku ! Nous avons pris des engagements !

– Repoussez-les… Il ne s'agit que d'un délai de quelques heures. Vos partenaires comprendront.

Justement. Dans l'univers de la mafia, et Hanssaku devait être le premier à le savoir, on ne tolérait aucun manquement à la parole donnée. Comme on se passait d'avocats et de tribunaux pour régler les litiges, il n'y avait qu'une seule sanction sans jugement, irrévocable : la mort. Surtout quand les sommes en jeu étaient aussi fabuleuses. Hanssaku était au courant des délais. Oleg se méfiait de lui. Il le soupçonnait d'un chantage à l'urgence.

– Dites-le franchement, Hanssaku ! Vos conditions ne vous conviennent plus ?

– Je ne reviens jamais sur ce que j'ai dit ! avait-il craché d'une voix glaciale et vexée.

Et il lui avait raccroché au nez. Que faire ? En cas de malheur, Oleg avait bien sa petite idée. Mais Andreï l'estimait trop dangereuse. Il en avait de bonnes : puisqu'il était si malin, pourquoi ne trouvait-il pas autre chose ?

Ce qui était dangereux, c'était d'attendre les bras croisés qu'on vous vide un chargeur dans la tête !

Taro Nakayama se demanda si les voyous se faisaient des gueules de cauchemar parce qu'ils voulaient faire peur ou alors, si ayant peur eux-mêmes, ils cherchaient à se rassurer par la peur qu'ils inspiraient aux autres.

Le bar était plongé dans une semi-obscurité où l'on ne discernait que des ombres s'agitant dans le fracas des décibels. Mais ce que l'on pouvait en distinguer, lorsqu'une silhouette ou un visage accrochait le rayon de lumière venu d'une ampoule éclairant la caisse sur le comptoir, était effrayant. Serre-tête, balafres, tatouages, crânes rasés ou coiffures délirantes, la panoplie des rebelles tenant à afficher leur marginalité. En revanche, les deux gardes qui étaient venus chercher Taro Nakayama pour l'escorter jusque-là étaient sobrement vêtus, portaient cravate et sentaient le shampooing à l'amande.

Jusqu'alors, Nakayama n'avait jamais mis les pieds dans les bas-fonds de Tokyo. Issu d'une famille de diplomates, il était passé directement de l'université aux cabinets ministériels. Comme tout le monde, il avait vu des films. Mais le cinéma ne restituait que les images et les sons. N'y fût-il venu, le très distingué ministre des Affaires étrangères du Japon n'aurait jamais pu deviner ce qui marquait ce genre d'endroit de son empreinte, l'odeur. Elle était puissante et s'articulait autour de trois composantes majeures : bière, sueur, patchouli. S'y ajoutaient des fragrances de poussière, des remugles d'air vicié et l'imprégnation du plancher qui se diffusait dans la salle, javel, sciure, tabac froid, vomi. Bien entendu, il aurait ri aux éclats si on lui avait prédit que le plus grand marché du siècle se conclurait dans un cadre aussi étrange.

Encadré par ses deux gardes, l'un devant, l'autre derrière, il fut guidé jusqu'au fond du bar où, pour des raisons acoustiques mystérieuses, tout bruit semblait amorti par une bulle de silence. Taro Hanssaku l'attendait. Il se leva de la table où il était installé et le considéra sans ciller, avec une distance froide, ses petits yeux de reptile braqués sur ceux de Nakayama.

– Puis-je m'asseoir ? demanda Nakayama.

Pour toute réponse, Hanssaku se rassit lui-même.

Nakayama l'imita. La scène était surréaliste. Nakayama voyait des putes à demi nues se tordre de rire en embrassant à pleine bouche des voyous qui les entraînaient sur la piste minuscule au son d'une rengaine américaine diffusée par un juke-box, *Ain't She Sweet.* Ainsi, c'était donc là qu'allait se jouer le dernier round dont l'enjeu portait sur la plus impitoyable bataille diplomatique de l'après-guerre. Jusqu'à présent, Hanssaku et Nakayama avaient négocié par avocats interposés. C'était leur première rencontre. Hanssaku avait imposé comme lieu de rendez-vous ce coupe-gorge improbable.

Nakayama s'attendait à des salamalecs. Or, jusqu'à présent, Hanssaku n'avait même pas proféré un son.

Il continuait de le dévisager, et de sa personne émanait une espèce d'aura cruelle, implacable. Impressionné, Nakayama n'osait ouvrir la bouche. Ils restèrent peut-être cinq minutes ainsi, face à face, à s'observer en silence. Hanssaku avait allumé une cigarette sans songer à tendre son paquet à Nakayama.

Pas davantage, il ne lui avait proposé quelque chose à boire. D'un revers de la main, il écarta la volute de fumée qui lui agaçait l'œil.

– Oui ou non ? dit-il abruptement.

Nakayama n'était pas né dans le sérail pour rien.

– Peut-être..., répondit-il.

Hanssaku se leva brusquement : pour lui, l'entretien était terminé.

– Une seconde ! dit Nakayama en essayant de contrôler le débit de sa voix.

Il était glacé de peur à l'idée que l'autre puisse partir comme ça, sans un mot, et que lui échappe, pour une maladresse, ce qui symbolisait le désir du Japon depuis presque un demi-siècle.

– Le gouvernement estime que vos conditions financières sont extrêmement dures. Je suis chargé de vous faire une autre proposition.

Mal à l'aise, il nota que Hanssaku ne relevait même pas sa phrase par un « combien ? ».

– Vous exigez 25 milliards de dollars...

Il aspira une bouffée d'air pour lui annoncer, conformément à la promesse faite au Premier ministre, qu'il était prêt à lui en accorder 15. Mais, au moment où il allait ouvrir la bouche, il sentit, *physiquement*, la brûlure de ce regard rivé sur le sien.

– Mon gouvernement ne peut aller au-delà de 20, dit-il en avalant sa salive.

Il se sentait soudain comme un petit enfant. Au cours de sa carrière, il avait pourtant affronté les plus grands criminels légaux de la planète, dictateurs gluants de sang, bandits d'État, criminels de guerre. Pour la seconde fois, Hanssaku se leva.

La panique s'empara de Nakayama : bien d'autres pays, États-Unis en tête, auraient volontiers payé le triple ou le quadruple de la somme qu'il proposait. Apparemment, Hanssaku l'ignorait, c'était sa dernière chance.

– Marché conclu ! dit-il précipitamment. 25 milliards de dollars.

Hanssaku se rassit avec une lenteur infinie et, toujours sans un mot, attendit la suite.

– Tu ne te fâcheras pas si je te touche ?

– J'allais te demander la même chose, dit Liouba.

Ils s'étreignirent les mains. Andreï lui saisit les poignets, remonta le long des bras, lui palpa les épaules et, enfin, les contours du visage. Liouba le laissait glisser les doigts sous la masse de ses cheveux, à la naissance de la nuque. La caresse n'avait rien d'érotique. Tendre. Et charnelle, seulement charnelle, comme pour être sûr que l'autre existait bel et bien, en chair et en os, *physiquement*. Ils se regardaient sans ciller.

– C'est réellement toi, dit finalement Andreï en reposant les mains devant lui.

Ils étaient dans un *kafemorojenoïe* qui faisait l'angle de la place de l'Arbat. « Où tu veux, mais tout de suite ! » lui avait dit Andreï lorsque le hasard les avait mis en ligne. Liouba n'avait même pas eu le temps de se regarder dans un miroir. Elle était descendue de chez elle et avait couru.

Ils se tenaient debout devant une haute table ronde sur laquelle une serveuse avait déposé deux tasses de thé et une assiette de petits gâteaux auxquels ni l'un ni l'autre n'avaient encore touché. Mille personnes auraient pu s'installer dans la salle. À cette heure de la journée, il y en avait seulement cinq cents, des gosses piailleurs, des mémères en cabas, des petits groupes d'hommes désœuvrés qui réunissaient à grand mal la monnaie de leur consommation.

Comme intimité, on faisait mieux.

Mais Liouba et Andreï s'en foutaient. Eussent-ils été des millions, ils n'auraient eu d'yeux que l'un pour l'autre.

– On a trop de choses à se dire, bredouilla Andreï. Le mieux serait peut-être de ne rien dire du tout… Rester là, comme ça, sans bouger, le temps que la parole nous revienne… Si… une chose seulement… tu es encore plus belle qu'avant.

– Merci, sourit Liouba. Tu m'imaginais moche ?

– Je ne t'imaginais pas du tout.

Il craignit qu'elle se méprenne sur le sens de sa phrase.

– Je ne veux pas dire que je ne pensais pas à toi, corrigea-t-il. Mais tu étais dans ma tête comme une photo qu'on sort d'un tiroir. Ça ne vieillit jamais, une photo.

– Et si j'avais changé ?

– Je ne l'ai jamais envisagé. Mais tu aurais pu être mère de famille nombreuse, avoir grossi de cinquante kilos, te nourrir de patates, être bouffie d'alcool, tricoter des chaussettes…

– Mais je tricote des chaussettes ! protesta-t-elle.

Ce fut leur premier rire.

– Liouba… Liouba…, répéta Andreï pour mieux se convaincre qu'elle était là. Je n'arrive pas à y croire !

– Oleg t'a dit ?

– Quoi ?

– On va faire une fête fantastique, tous les trois !

À son tour, elle lui prit la main.

– C'est un miracle, tu sais… Je n'espérais plus vous revoir vivants. Je m'étais battue pendant des années pour avoir des nouvelles.

Elle prit une cigarette. Andreï la lui alluma.

– C'est étrange que je sois tombée sur toi, au téléphone. Tu étais chez Oleg ?

– Chez Oleg, c'est chez moi. On occupe la même baraque, au-dessus de la Chostakova. Il a son coin. J'ai le mien. Enfin, on vit dans le même immeuble. Il ne t'a pas dit ?

– Je ne sais plus. On a parlé de tant de choses… Tu te rends compte, je n'avais plus remis les pieds à Lomonossov depuis le bon vieux temps. Ça m'en a fichu un coup. Et là, aujourd'hui, j'ai craqué. J'avais tellement de trucs à lui demander. J'ai eu peur qu'il m'oublie comme l'autre jour.

Andreï eut un frisson de méfiance.

– Quel autre jour ? demanda-t-il d'une voix enjouée.

– Il y a deux semaines, quand on s'est retrouvés chez la Chostakova. Il devait m'appeler le lendemain : il m'a fait poireauter jusqu'à avant-hier !

Il détourna la tête pour qu'elle ne voie pas son changement d'expression : ainsi, Oleg lui avait menti. Pendant deux semaines, il avait gardé pour lui sa rencontre avec Liouba !

Malgré la rage qui montait en lui, il eut la force de sourire.

– Ce salaud t'a laissée tomber pendant quinze jours ?

– Comme les vieilles chaussettes que je tricote !

– Moi, je ne t'aurais plus quittée !

– On dit ça, plaisanta-t-elle.

Ils se mirent à rire. Elle croqua un petit gâteau sec.

– Il paraît que tu es mariée ?

– Oui, glissa Liouba. Et toi ? Combien d'enfants à ton actif ?

Il eut une grimace douce-amère. La question était stupide. Le goulag n'était pas l'endroit idéal pour fonder une famille.

– Tu es à Moscou depuis combien de temps ?

– Quelques années...

– Oleg m'a dit, pour Vitaly.

Andreï détourna les yeux pendant que l'assaillait soudain une image oubliée, terrible : lui-même, debout dans la neige de Sibérie, achevant Vitaly à coups de bâton.

– C'est moche, dit-il après un silence embarrassé.

Parfois, la nuit, il lui était arrivé d'y penser. Vitaly était son ami, son frère : pourquoi avait-il fallu qu'il s'interpose pour sauver un pauvre *zek* anonyme qui serait mort aujourd'hui de toute façon ? À la longue, pour ne plus avoir à y réfléchir, il en avait conclu qu'il n'était pas plus coupable qu'Oleg, le système, l'instant et le destin, le destin surtout. Certes, c'est lui qui avait frappé dans un moment de fureur. Mais sans le quatrième taulard dont la chair leur avait permis de survivre, Oleg et lui seraient-ils encore de ce monde pour avoir des remords ? Au camp, il avait vu mourir des centaines de prisonniers dans l'indifférence générale. On ne faisait déjà pas attention aux vivants, alors, les cadavres... On les ensevelissait dans la neige, sans sépulture. Un de plus, un de moins...

Il sentit le regard de Liouba posé sur lui.

– À quoi penses-tu ? demanda-t-elle.

– À Vitaly.

– C'est affreux, dit Liouba. Je l'aimais tellement...

– Moi aussi, dit Andreï.

Le dialogue devenait dangereux.

– Alors, coupa-t-il, cette fête, on la fait quand ?

– Ce soir, demain, quand tu veux, je suis toujours libre !

Il feignit l'étonnement.

– Je croyais que tu étais mariée ?

Elle balaya la remarque d'un revers de la main.

– Des retrouvailles comme les nôtres, ça passe avant la famille, les maris et tout le reste !

Comment avait-elle pu épouser ce type ? Il s'abstint de la relancer sur le sujet. Plus tard, il éluciderait les relations de ce couple étrange. Vénus et un flic. Il porta sa tasse à ses lèvres. Le thé était froid.

– Veux-tu en début de semaine prochaine ? proposa-t-il.

– Pas avant ?

– J'ai un boulot très important à achever. J'ai besoin des trois jours qui viennent. Nous sommes aujourd'hui vendredi 29. Lundi, mardi, choisis !

Pour conjurer le mauvais sort, il croisa les doigts sous la table : dimanche soir, 1er décembre, il y avait de fortes chances pour que le Fou, Lyssenko ou un autre lui ait déjà réglé son compte !

– Où ira-t-on ?
– La ville t'appartient, Liouba.
– Pourquoi pas l'*Aragvi* ?
Andreï eut un mince sourire. C'est là, le 9 octobre, qu'ils avaient rencontré Hans Kreiper pour la première fois et qu'avait réellement démarré l'opération Kouriles.
– Quand j'avais treize ans, s'esclaffa Liouba, encore mes nattes dans le dos, et que je passais rue Gorki avec des copines, je me disais toujours : « Quand je serai grande, un prince charmant m'invitera à dîner à l'*Aragvi* ! » J'en rêvais ! Crois-le ou pas, je n'y ai jamais mis les pieds !
– Moi non plus, dit Andreï. Bonne occasion !
En fait, Oleg et lui contrôlaient la boîte. Rien ne s'y passait sans leur consentement.
– Quand ? dit Liouba.
– Quand tu veux.
– Non. Fixe-moi un jour !
Le soir même et le lendemain samedi, il ne pouvait pas.
Tout son temps serait pris pour préparer la soirée de dimanche avec Oleg. Le dimanche, rendez-vous avec les gangs.
– Veux-tu lundi ? dit-il.
Qu'est-ce qu'il risquait ? Ou Oleg et lui seraient toujours vivants, ce qui serait une superbe occasion de fêter des retrouvailles. Ou ils seraient morts, et alors, quelle importance, puisque Liouba l'avait déjà cru pendant dix ans ?
– D'accord pour lundi, dit-elle, formidable !
Il la dévisagea avec gravité.
– Il faut que je parte, Liouba. Je voulais simplement me rendre compte que tu étais réelle. Mais auparavant, je voudrais te dire deux choses. La première : je n'ai jamais cessé de penser à toi. La seconde : te retrouver

est le plus grand bonheur que j'éprouve depuis que nous nous sommes perdus.

Troublé, il s'aperçut qu'elle rougissait.

Il jeta quelques roubles sur la table et ils sortirent.

16

Antonina avait le nez plongé dans son potage. Stanislas Kouliakov observait son fils à la dérobée.

Nikita était blanc comme un linge. Personne ne parlait. En dehors du chuintement produit par la gorge d'Antonina qui se forçait à avaler et le tic-tac de la vieille pendule qui égrenait les secondes, le silence était absolu. Kouliakov et sa femme se faisaient face à chaque bout de la table. Nikita était installé entre eux, sur le côté latéral. Il savait que, s'il absorbait la moindre bouchée de n'importe quoi, il n'aurait même pas le temps d'aller jusqu'à la salle de bains pour y vomir en solitaire.

Intérieurement, il était glacé de terreur. À l'icône qu'il avait en point de mire sur le mur du salon se substituait l'image atroce d'Alex, son dealer, pendu à la chaînette de la chasse d'eau des toilettes du *Jupiter*, le visage violacé, la langue jaillissant à demi de ses lèvres presque noires. Une vision épouvantable qui avait agi sur lui comme un électrochoc.

Quelques heures auparavant, la vie lui paraissait insupportable. Il avait suffi qu'il soit confronté à la réalité de cette exécution pour prendre conscience de sa chance.

– Tu es malade, Nikita ?

– Non, papa. Je vais très bien.

Les yeux d'Antonina naviguèrent de son fils à son mari.

En fait, pour des raisons différentes, le mari était aussi pâle que le fils. Kouliakov n'avait jamais pris Nikita dans ses bras. Il incarnait la Loi, l'autorité suprême, le recours : est-ce qu'un recours a besoin de dire aux siens qu'il les aime ? S'était-il même posé la question ? Depuis la naissance de Nikita, les tâches entre sa femme et lui étaient nettement délimitées : à lui la banque et les sourcils froncés, à Antonina l'éducation et la tendresse. Le résultat, il l'avait sous le nez : un désastre, ajouté à la peur qu'il avait éprouvée de son propre anéantissement.

– Papa, maman..., articula Nikita d'une voix blanche.

Les yeux de ses parents se braquèrent sur lui.

– Je voudrais vous dire quelque chose... On ne s'est jamais beaucoup parlé, dans cette maison. Après tout, chacun de nous peut mourir d'une seconde à l'autre... alors.

Il laissa sa phrase en suspens quelques instants.

Pétrifiés, son père et sa mère le dévisageaient. Mais Nikita était allé trop loin pour ne pas continuer.

– Je voulais vous dire qu'on est bête, à mon âge. On fait des... des conneries.

Kouliakov comprit qu'avec ce seul mot incongru, son fils se forçait un passage dans l'univers des adultes. Avoir osé le prononcer en sa présence le rendait définitivement majeur. Il en éprouva pour lui un respect mêlé de reconnaissance. Ainsi, sans qu'il ait rien eu à lui expliquer, Nikita avait tout compris !

– Pourquoi tu nous dis ça, Nikita ? s'inquiéta Antonina.

– Maman, pour que tu saches que ces... conneries ne se reproduiront plus... Plus jamais !

Il se leva de table, alla embrasser sa mère, sourit à son père, se dirigea vers lui, lui prit les mains et, pour la première fois de sa jeune existence, l'embrassa à son tour. Deux idées se chevauchèrent simultanément dans la tête de Kouliakov.

La première, un puissant sentiment de gêne, d'attendrissement et de bonheur. La seconde était plus terre à terre : bien qu'elle tombât du ciel, cette confession subite ne s'était pas produite toute seule. Il y vit la main d'Andreï Talasski : par des moyens pédagogiques inconnus de lui, radicaux, divins pour ainsi dire, Talasski avait su, en quelques heures, toucher le cœur égaré de son enfant et le conduire à la rédemption !

En quatorze ans de mariage, le rituel était sacré : le samedi et le dimanche, quoi qu'il arrive, Hans Kreiper se lavait de tout le stress professionnel accumulé pendant la semaine. Il faisait la grasse matinée et Olivia, son épouse, lui apportait le petit déjeuner au lit vers les neuf heures. Kreiper adorait les nourritures solides, les œufs aux saucisses, le fromage fondu et le verre de blanc sec qu'il buvait avant même le café, dégusté avec des croissants beurrés et de la marmelade de citrouille.

Olivia poussait le raffinement jusqu'à poser sur le plateau une rose thé cueillie dans le jardin, dont la couleur délicate s'harmonisait à merveille avec le onzième mouvement de l'acte I de *Cosi fan tutte* qu'elle branchait en ouvrant les rideaux de la chambre. Mozart, le blanc sec, la rose, les millions de dollars qui reposaient dans son coffre et le corps d'Olivia souligné par un déshabillé blanc de satin transparent : la vie était tissée de ces petites joies profondes interdites au vulgaire, ce qui en redoublait le prix aux yeux de l'avocat. Son téléphone privé était aussi peu divulgué qu'un secret d'État. N'y avaient accès que sa mère, qui vivait à Lausanne, son médecin et son banquier. En d'autres termes, l'indispensable trilogie de la destinée humaine, amour, santé, fortune. C'est pourquoi, lorsque ce téléphone sonna ce dimanche 1er décembre à neuf heures vingt-sept du matin, Olivia fronça les sourcils.

– Tu attends un appel ? demanda-t-elle.

– Aucun, dit Hans.

Il était adossé contre une pile d'oreillers et versait à petites cuillerées du miel d'acacia dans son yaourt. Olivia était à demi allongée sur le lit.

– Tu devrais peut-être répondre, Hans.

Il décrocha. Au bout du fil, Andreï Talasski.

– Bonjour, Maître.

– Bonjour, comment allez-vous ? Aucune nouvelle depuis hier. Aujourd'hui, aucune chance. Nous sommes dimanche. Tout est fermé.

– Donc, pas de transfert ?

– Rien.

Talasski eut un petit rire sans joie.

– C'est fâcheux, dit-il.

– Vous pensez bien que je vous aurais prévenu, ajouta Kreiper. Ne vous inquiétez pas. Ces retards sont fréquents... On verra demain si Tokyo a bougé.

– Vous ne comprenez pas, Maître. Mon associé et moi avons un besoin immédiat de cet argent.

– Cher ami, il n'est pas arrivé, où voulez-vous le prendre ?

– Nous devons le rendre ce soir.

– Vos créanciers peuvent bien attendre quelques heures de plus ?

– Impossible.

Hans Kreiper s'aperçut qu'un mélange de miel et de yaourt souillait le revers de son pyjama à rayures jaunes. D'un signe, il indiqua la tache à Olivia. Elle lui retira sa veste, passa affectueusement la main sur son torse nu et se précipita dans la salle de bains.

– Que puis-je faire pour vous ? demanda Hans.

– Nous faire parvenir la somme sur-le-champ.

– 10 milliards de dollars ? s'étouffa Kreiper.

Talasski était devenu fou ! Qui donc pouvait trouver 10 milliards de dollars, et en plus, un dimanche !

– Je suppose que vous plaisantez, dit-il avec froideur.

– Non, Maître. Pas du tout. Il s'agit d'une question de vie ou de mort.

Hans Kreiper fourragea dans sa poitrine velue.

– Mais enfin, toute personne sensée peut comprendre que pour une somme pareille, vingt-quatre heures de plus ou de moins…

– Précisément, Maître, le coupa Andreï, nous ne traitons pas avec des personnes sensées. En outre, nous n'avons pas besoin immédiatement de la totalité de la somme.

– Combien vous faudrait-il ? dit machinalement Kreiper.

– 1 milliard de dollars suffirait. Pouvez-vous faire quelque chose en ce sens ?

– Écoutez, protesta Kreiper avec un gloussement nerveux, je ne suis qu'avocat, pas banquier…

– Ne quittez pas, dit Talasski.

Il y eut un silence. Hans trempa le bout de l'index dans son café : il était froid.

– Bonjour !

La voix d'Oleg Vlassov… et un mauvais réflexe de Hans.

– Comment allez-vous ?

Évidemment, après ce que venait de lui dire Andreï, ce n'était pas malin…

– Mal, merci, déplora Oleg. Maître, ce soir, nous affrontons nos partenaires. Si nous arrivons les mains vides vous vous doutez que nous courrons beaucoup de risques, vous me suivez ?

– Oui…, hésita Kreiper.

– J'ai écouté ce que vous disiez à Andreï. En mettant les choses au mieux, notre argent ne peut arriver que demain ?

– Si les Japonais font le virement, pas de problème. Sinon, comment voulez-vous que Zurich vire à Moscou de l'argent qui n'est peut-être même pas parti de Tokyo ?

– C'est une certitude ?

– Absolue.

– Nous sommes donc contraints, par la force des choses, de vous demander un petit service... Ce soir, nous dirons à nos créanciers que la somme est déjà en Suisse.

– Ce n'est pas très légal, hasarda Kreiper.

– Maître, au-dessus de 100 millions de dollars, qu'est-ce qui est légal ?

Olivia revenait avec la veste de pyjama qu'elle étendait sur un radiateur.

– Au cas où ils ne nous croiraient pas, poursuivit Oleg, nous leur donnerons vos coordonnées pour que vous leur confirmiez que c'est vrai.

– Mais c'est faux ! s'indigna Kreiper.

– Qui vous dit le contraire ? L'essentiel, c'est qu'ils croient que c'est vrai.

– Pas question !

– Pardon ? dit Vlassov avec douceur.

– Je ne peux pas !

– Allons donc, Maître... Il ne s'agit que d'un minuscule service. Dois-je vous rappeler combien nous vous avons déjà versé ?

– Je n'ai pas été payé pour couvrir vos mensonges ! La déontologie...

Brusquement, le ton changea.

– Votre déontologie, vous vous la mettez au cul !

– Comment ? s'étouffa Kreiper.

– Au cul, vous m'entendez ? gronda Oleg. Entre ma peau et votre déontologie, je fais mon choix !

– Et moi, le mien ! Je me dessaisis de cette affaire !

Il y eut des froissements dans l'appareil.

– Maître...

Andreï Talasski avait repris le téléphone.

– Assez perdu de temps ! Voulez-vous que je vous dise ce que vous faites en ce moment ?

– Je m'apprête à raccrocher au nez d'un grossier personnage ? grinça Hans.

– Vous êtes assis dans votre lit. Torse nu. Votre femme vous observe. Elle a posé la veste de votre pyjama, un pyjama à rayures jaunes, sur le radiateur. Elle est en déshabillé blanc...

Mâchoire pendante, Kreiper jeta un regard vers Olivia, comme pour s'assurer que tout ce que venait de lui dire Andreï était une illusion, un rêve... Mais non, c'était réel.

– Où êtes-vous ? bégaya-t-il.

– À Moscou, rue Sobinovsky. Maintenant,, écoutez-moi bien, Kreiper... Vous commencez à nous faire chier ! Il n'y aura pas de second avertissement. Puisque vous n'êtes même pas fichu de trouver de l'argent,, faites ce qu'on vous demande, c'est tout ! Une dernière chose. Levez-vous et allez à la fenêtre. Non, pas tout de suite, quand je raccrocherai. Vous verrez dans la rue une voiture noire stationnée devant chez vous. Et contre la voiture, un homme avec une canadienne kaki ; il n'attend que nos ordres !

Il y eut le bourdonnement de la ligne coupée.

Hans se leva en titubant. Il s'approcha avec précaution de la fenêtre. Devant la grille, une grosse BMW noire stationnait.

Appuyé à la portière, un homme en canadienne kaki feuilletait un journal. Sonné, Kreiper revint au centre de la pièce. Il s'aperçut qu'il tremblait.

– Hans, tu es tout pâle... Qu'est-ce qui se passe ? s'inquiéta Olivia.

– Rien, rien..., dit-il d'une voix blanche. Des clients soviétiques qui se font du souci pour un transfert.

Vassili Montachev monta. Il attendit vingt secondes.

Sonna une deuxième fois. Toujours pas de réponse. Il n'y avait peut-être personne, mais son intuition lui disait le contraire. Il coinça son doigt sur le bouton de la sonnerie.

Finalement, une voix s'éleva.

– Qui est là ?

– Vassili Montachev.

– Qui ?

– Montachev... chef de la Division contre le crime organisé.

– Foutez le camp !

– Ouvrez-moi, Koranov.

– Je ne veux pas vous voir !

– Il faut que je vous parle !

Vassili se mit à tambouriner sur le panneau de bois.

La porte grinça. Ivan Koranov apparut. Enfin, ce qu'il en restait, car il ne s'agissait pas du même homme. Vassili considéra avec stupéfaction l'orgueilleux conseiller du KGB qu'il avait pratiquement viré de son bureau six semaines plus tôt. Il était enroulé dans un lainage douteux. Pas rasé, les yeux rouges, puant l'alcool.

– Je vous en prie, Ivan Koranov, laissez-moi entrer... Juste une minute...

Il poussa le battant et fut dans la pièce. Elle était à l'image de celui qui y vivait. Un véritable capharnaüm jonché de bouteilles vides et de vaisselle sale. Sur le sol, deux bouteilles de vodka abandonnées dans une assiette grasse. Sur la table, une troisième bouteille de Finlandia à demi pleine. Du linge, jeté un peu partout. Posée sur le buffet, une marmite en fonte contenant sans doute les reliefs d'un repas.

Une puissante odeur de renfermé prit Vassili à la gorge.

– Je peux m'asseoir ? demanda-t-il.

– Allez-vous faire foutre ! dit Koranov.

Il alla se servir un verre, éclata de rire et désigna la pièce d'un large geste pompeux.

– Alors, vous êtes content de vous ?

Il avala une gorgée de vodka et dévisagea Vassili de ses petits yeux méchants.

– J'espère que vous venez m'arrêter, persifla-t-il. Sinon, sortez d'ici !

– Je suis venu vous parler de votre ami le procureur Peminiakov.

– Je vous interdis de prononcer son nom, bondit Koranov, vous n'en êtes pas digne ! Vous et les vôtres, vous avez ruiné le pays, trahi le Parti, étranglé le KGB, laissé bouffer l'Union soviétique par les étrangers ! Vous m'avez même volé le contenu de mon coffre !

Vassili tiqua : quel coffre ? La rumeur voulait que Koranov ait eu des dossiers sur tout ce qui comptait dans la Nomenklatura... Mais chez lui, comment était-ce possible ?

– Je ne suis pas au courant, dit Vassili.

– Vous vous foutez de ma gueule ? Vos propres flics m'ont cambriolé !

Verre à la main, il titubait, se balançant au milieu du salon dévasté comme un peuplier agité par le vent.

– Écoutez, Koranov... En ce qui concerne Peminiakov...

Koranov pointa sur lui un doigt accusateur.

– C'est vous qui l'avez tué ! Vous seul !

– Pas moi, Ivan Koranov. La mafia.

Koranov se tapa sur les cuisses, eut un rire aigre et toisa Montachev avec un immense mépris.

– La mafia ! Et voilà ce qu'on nous donne comme flics ! Pauvre con ! Est-ce que vous connaissez seulement les familles qui mettent Moscou à feu et à sang ! Lermontov, Chataline, Gratchev, Vlassov, Talasski, Lyssenko, Klimovitch et les autres ?... Tous les autres ! Moi, oui ! Mais quand je suis venu vous en parler, vous m'avez dit que Peminiakov était mort de mort naturelle et vous m'avez foutu dehors !

– J'étais de bonne foi. Je me suis trompé.

– Trop facile ! Et maintenant que vous m'avez réduit à l'état de clochard, vous venez vous pendre à ma sonnette ! Démerdez-vous ! Vous ne tirerez rien de moi !

Il avala sa vodka cul sec. Bien entendu, Vassili s'attendait à ce genre de réaction. Il piétinait depuis des jours dans son enquête. Il se moquait de Peminiakov, mais il faisait une affaire personnelle de la mort d'Anna. Partout, soit qu'ils le trahissent, soit qu'ils se heurtent réellement à un mur de silence, ses hommes prétendaient faire chou blanc. Restait un dernier fil : Koranov.

– Que croyez-vous que vous puissiez m'apprendre ? marmonna-t-il. Quand vous étiez encore dans le ventre de votre pute de mère, tout ce que vous ignorerez toujours, je le savais déjà !

Il jeta à Vassili un regard de défi.

– Même sur vous, ricana-t-il, je pourrais vous en apprendre... J'ai mes dossiers !

– Vous *aviez*, dit froidement Vassili.

Koranov se pointa l'index sur le front.

– Et ça, qu'est-ce que vous en faites ? Tout dans le crâne ! Vous voulez que je vous dise à quelle date votre père s'est fait virer du Parti ?

Vassili fit un effort pour ne pas tressaillir.

– Allez-y, dit-il.

– 27 juin 1963 !

– Bravo. Vous en savez plus que moi.

– Et vous savez pourquoi ? Il avait fauché l'argent des cotisations dans la caisse ! Maintenant, une question : comment peut-on accepter que le fils d'un pourri de voleur devienne l'un des grands patrons de la police ? Pouvez-vous me l'expliquer, Vassili Montachev ?

Il se mit à arpenter le salon de long en large, écartant

d'un coup de pied rageur tout ce qui se trouvait sur son passage. De nouveau, il se frappa la tête.

– Avec ou sans dossier, tout est là !

Il se resservit un verre.

Sans demander la permission, Vassili en fit autant et l'avala cul sec. Il en avait besoin : ce type lui faisait peur, il avait trop de mémoire !

– Je sais que vous vivez de sales moments, Ivan Koranov. Ce que vous avez subi est injuste, mais puisque vous prétendez tout savoir, vous n'ignorez pas que je n'y suis pour rien. Est-ce moi qui ai dissous le KGB ?

– Oui ! Vous, les fils de voleurs ! Traîtres à leur patrie et à l'idéal du socialisme !

– Dommage, Koranov. J'étais venu vous dire que je ne suis pas votre ennemi.

– Qu'est-ce que vous voulez que ça me foute, votre sympathie ? Je vais consacrer ce qui me reste de vie à me venger de salauds comme vous ! Et écoutez-moi bien…

Il s'approcha de Vassili et lui exhala sous le nez son haleine puante de vodka.

– Je sais comment vous fonctionnez… Dans votre tête d'oiseau, vous vous dites sans doute qu'il n'y a qu'à me faire disparaître pour que je la ferme… Erreur ! Mort, je suis beaucoup plus dangereux pour vous que vivant ! J'ai prévenu des amis. S'il m'arrive quoi que ce soit, j'ai un tas de trucs qui sortiront sur vous et sur les autres ! On n'élimine pas un Koranov comme ça ! Vous verrez… vous verrez… vous serez surpris !

Il s'affala dans un fauteuil et claqua du doigt.

– Comme ça ! répéta-t-il. Quand je voudrai ! Vous êtes venu me tirer les vers du nez ? C'est moi qui vous tiens ! Ça vous amuse que je vous parle de votre pute de belle-sœur, Anna Karpova, oui, Anna, la sœur de votre femme, Liouba… Anna qui faisait le tapin. Celle qui a grillé dans l'entrepôt de la rue Miusskaia comme une grosse saucisse ?

Vassili retenait son souffle. Soûl comme il l'était, Koranov allait peut-être lui lâcher ce qu'il espérait.

– Ça vous plairait, hein, de le savoir ?

– Oui.

– Eh bien, rien du tout ! Foutez le camp !

Il s'empara de la bouteille posée sur la table et avala d'un trait ce qu'il en restait. Puis, il rejeta la tête en arrière, sur le dossier du fauteuil. Vassili se rendit compte que les yeux de Koranov ne le voyaient plus.

– De toute façon, bégaya-t-il d'une voix pâteuse, vous n'y pouvez rien. Vous êtes trop con pour coffrer Vlassov et Talasski.

La bouteille lui tomba des mains, sa tête chuta sur sa poitrine. Vassili crut qu'il était mort. Pas du tout : il se mit à ronfler.

17

À l'entrée, on les fouilla un à un. Quoique puissances invitantes, Oleg et Andreï y eurent droit comme les autres. Le dernier, Piotr Gratchev s'apprêtait à franchir le seuil. Le garde qui lui palpait le corps s'accroupit pour lui passer la main sur les jambes.

– Hé…, dit-il.

Il glissa les doigts sous le tissu du pantalon de Gratchev, arracha d'un geste sec le morceau de sparadrap qu'il avait collé contre son mollet et, sous l'œil d'Andreï et d'Oleg qui accueillaient leurs hôtes, ramena un pistolet à barillet dont il ôta prestement les balles. Gratchev eut l'air ahuri.

– Merde ! Je l'avais oublié ! plaisanta-t-il.

Bref regard d'Oleg à Andreï. Andreï éclata de rire.

– Ça arrive à tout le monde, Piotr !

Il le poussa amicalement dans la salle de réunions dont les gardes refermèrent les portes.

– Rends-lui ses balles ! ordonna Oleg à voix assez haute pour que chacun puisse entendre.

Sa phrase, comme il l'avait prévu, provoqua un instant de flottement.

– Installez-vous, messieurs, dit Andreï.

Chacun prit la place qui lui avait été dévolue la dernière fois : quinze jours s'étaient écoulés, c'était la même scène.

Quand tous furent installés, Andreï se tourna vers Gratchev en souriant.

– Tiens, Piotr, reprends-le !

À travers la table, il fit glisser l'arme qui s'immobilisa devant Gratchev.

– Il l'avait oubliée, lança Andreï à la cantonade.

– Remets les balles dans le canon, ordonna Oleg.

Gratchev jeta un coup d'œil circulaire sur ses voisins qui l'observaient d'un air dur, visage fermé.

– Pas la peine, dit-il.

– J'insiste ! dit Oleg d'une voix glaciale.

Gratchev hésita, puis, d'une main experte, replaça les projectiles dans leur logement. Il allait fourrer l'arme dans sa poche quand Andreï l'apostropha.

– Pourquoi tu ne le gardes pas devant toi ? Si ça peut te rassurer... Messieurs, vous y voyez un inconvénient ?

Se sentant le point de mire, Gratchev, qui ne savait trop que faire, plaça l'arme sur la table, lentement et bien en vue.

– Qu'est-ce que c'est que cette histoire ? dit Lermontov à Gratchev. Tu viens armé à une réunion d'amis ?

– C'est un oubli, s'excusa Gratchev avec un rire faux.

– Salaud ! cracha le Fou. J'exige qu'il foute le camp ! Sors d'ici !

Mauvais début. Quelques secondes avaient suffi pour que l'air devienne irrespirable.

– Sur qui veux-tu tirer, Gratchev ? proféra Chataline d'une voix menaçante.

– Comment réagirais-tu, Gratchev, gronda Fedor Grichine, le Taureau, si je m'étais pointé ici avec un flingue ?

– Je vous répète que c'est une erreur ! plaida Gratchev d'une voix mal assurée.

Son Dan Wesson 357 Magnum était toujours posé devant lui, et il anticipait le geste à faire pour s'en emparer et tirer dans le tas au cas où le danger se ferait plus pressant. Autour de lui, il était clair que chacun lisait dans ses pensées et évaluait les chances de le tuer sans se faire descendre.

Andreï leva les mains en signe d'apaisement.

– Rendez-moi mon pognon et je me barre, intervint Stanislas Klimovitch avec agressivité.

– Une seconde, Stanislas, plaida Oleg. On ne va pas faire rater notre opération pour un enfantillage. Gratchev a commis une erreur, c'est vrai. Mais l'erreur est humaine. Il dit qu'il s'agit d'un oubli, je veux bien le croire. Remets ton flingue en poche, Piotr...

– Pas question ! se révolta Lermontov, le Paysan. Je quitte la salle tout de suite si ce con est chargé !

Mais Gratchev en avait assez de jouer les punching-balls.

Les yeux brillants de rage méchante, il se tourna vers Lermontov.

– Con toi-même ! cracha-t-il.

– Ça suffit ! cria Andreï.

Le silence revint. Andreï se concentra. Avec un tel rassemblement de paranos, il allait avoir du mal à faire avaler ce qui allait suivre. Certes, il y avait la formulation. Mais le coup de bluff qu'il allait tenter – une idée folle dont Oleg était responsable – lui plaisait d'autant moins qu'elle les mettait à leur merci. Depuis le début, Oleg et lui avaient manipulé trois versions différentes de la négociation des Kouriles. Zone franche expérimentale de quatre-vingt-dix-neuf ans pour le gouvernement soviétique, opération commerciale de 10 milliards de dollars aux yeux de la mafia japonaise et, à l'usage de ceux qui l'entouraient, ses « partenaires financiers », création d'un centre de blanchiment de l'argent sale.

Pour l'instant, une seule partie du programme avait été réalisée : le contrat qui, par le biais de la Development Trade Company, faisait d'Oleg et Andreï les propriétaires réels de l'île d'Etorufu. Il dormait au cœur d'un coffre blindé d'une banque de Zurich sous la protection d'un ange gardien nommé Hans Kreiper.

Le reste était plus délicat...

– Vous savez pourquoi nous sommes ici ce soir, dimanche 1er décembre. Nous devions vous rembourser aujourd'hui les sommes que nous vous avons empruntées...

Un silence mortel plana autour de la table. Andreï avait dit «*nous devions*»: ils avaient beau ne pas être des spécialistes de la grammaire, tous ressentirent le choc de cet imparfait comme un coup au plexus.

– Nous ne les avons pas, enchaîna Oleg sans leur laisser le temps de souffler.

Le Fou jaillit de sa chaise.

– Qu'est-ce que tu nous racontes? éructa-t-il.

– Il ne s'agit que d'un très léger retard, répondit calmement Oleg. Quelques heures au plus. Je précise de nouveau que tout est en ordre. Mais une opération bancaire de cette envergure prend toujours un peu plus de temps que prévu.

Gratchev ne menaça personne en particulier, mais, pressentant que le Fou allait bondir sur lui pour s'en emparer, il posa négligemment la main sur son arme.

– Aliocha, reprocha Andreï, tu as l'air de mettre notre parole en doute?

– Sales cochons de menteurs! Vous êtes morts!

Oleg leva un sourcil.

– Tu as réellement envie de nous tuer, Aliocha? C'est facile. On va t'en donner le moyen!

Avec vivacité, il plongea la main droite sous la table et en ramena un Parabellum Mauser à huit coups.

Tout le monde se figea.

– Regarde, Aliocha... Il est chargé. Et pas à blanc!

D'un mouvement de poignet, Oleg fit pivoter l'arme

vers une ampoule du plafond qui explosa sous l'impact de la balle.

Après quoi, à la stupéfaction générale, il projeta le Mauser en direction du Fou.

– Maintenant, si tu ne me crois pas, tire !

Le Fou plongea sur l'arme et la braqua sur lui.

Ses jointures blanchirent sur la détente. Plus blême encore que d'habitude, il remontait de sa main libre en un tic obsessionnel et saccadé la mèche noire qui lui barrait le front.

Les conseillers n'avaient pas été admis à la séance.

Matychov n'était pas là pour le calmer : le Fou était donc livré sans contrôle à lui-même, à sa propre folie.

– Qu'est-ce que tu attends ? dit froidement Andreï. Tu as encore sept balles.

Le canon du Mauser pivota instantanément dans sa direction : Andreï sut qu'il allait tirer. Et pourtant, pour une raison inconnue, il s'abstint, malgré la peur qui le glaçait, d'appuyer sur le bouton camouflé sous son pied. Une simple pression et les portes s'ouvraient, ses gardes du corps jaillissaient dans la salle pour une tuerie générale.

Le salut lui vint de son pire ennemi, Pavel Lyssenko.

Son unique sourcil roula comme une vague d'une arcade à l'autre, il se tapa sur les cuisses et éclata d'un rire énorme.

– Tu crois qu'Aliocha est assez con pour te flinguer ? Ce serait aussi bête que de faire brûler un coffre-fort ! Personne ici n'a envie de perdre sa mise de fonds ! Hein, Aliocha ?...

– Ta gueule, gros tas d'ordures ! cracha le Fou.

– Il te prend pour un crétin, continua Lyssenko comme s'il n'avait rien entendu. Ce que tu veux, c'est récupérer ton blé. Moi aussi. Et nous tous. Alors, range ton pétard et écoute ce qu'ils ont à nous dire !

La ligne de mire du Mauser braqué sur le front d'Oleg

ne déviait pas d'un millimètre. Bien qu'il ne regardât pas dans sa direction, le Fou perçut un frémissement du côté de Gratchev.

– Pousse ton flingue au milieu de la table, connard, grommela-t-il sans le regarder…

Gratchev ne broncha pas.

– Aliocha ! s'interposa Lyssenko.

Les éléments de stratégie qu'il avait tenté d'inculquer quarante-huit heures plus tôt à Kaliguine volaient en éclats sous sa rage subite.

Sans penser à rien d'autre que la jouissance de l'instant présent, il était assez cinglé pour faire feu, déclencher le massacre et les couper à jamais de leur investissement !

– Ta gueule ! menaça le Fou. Un mot de plus et je te fais sauter la tête en premier !

Oleg alluma calmement une cigarette.

– Maintenant que nous t'avons mis la situation bien en main, dit-il, veux-tu me faire la grâce, avant de nous flinguer, d'écouter nos explications ?

– Je veux mon fric ! hurla le Fou.

– Franchement, Aliocha, intervint Andreï, si je cherchais à te doubler, tu me crois assez stupide pour te refiler un pétard ?

Il crut percevoir, dans le regard du Fou, comme une espèce de fléchissement.

– Personne ici ne cherche à baiser personne, renchérit Oleg. Le gouvernement russe a pris notre argent. Nos roubles. Nos roubles pourris. Tant pis pour lui ! En quinze jours, le rouble, comme je vous l'avais prédit, a perdu 50 pour 100 de son pouvoir d'achat ! Pas nos dollars !

– Ils sont où, nos dollars ! dit Loukianov.

– Tu vas comprendre, le rassura Andreï.

Une fois de plus, la vieille devise des goulags lui revint en mémoire : « Meurs aujourd'hui, je mourrai demain. » Gagner du temps… Chaque seconde qui passait était une seconde de plus à vivre. Andreï savait que si Aliocha n'avait pas encore tiré, leurs chances augmentaient pour qu'il ne tire plus du tout.

– Nous vous avions promis un remboursement en dollars, articula Oleg. Les dollars sont là. Nous les avons. Ils sont à notre disposition dans une banque.

– Quelle banque ? demanda Leonid Chataline.

– Une banque suisse, à Zurich. Une lettre de crédit de 1 milliard de dollars. Le seul problème est de les matérialiser.

– On a bien matérialisé 100 milliards de roubles ! s'insurgea Pavel Lyssenko.

– Des roubles, Pavel, des roubles ! Du papier ! Les uns et les autres, on ne savait même plus quoi en faire !

– Le nom de la banque ? insista Chataline.

– Voici le nom et le numéro de téléphone de leur fondé de pouvoir… Tu peux vérifier…

– Vérifier quoi ?

– Que ton argent s'y trouve réellement, dit Oleg.

Du coin de l'œil, il vit que le Fou tenait toujours son arme en main, mais qu'il ne la dirigeait plus sur Andreï.

Elle semblait prolonger son avant-bras posé sur la table.

La voix de Chataline claqua sèchement.

– Tu nous prends pour des cons ? Il est bidon, ton fondé de pouvoir !

– Tu veux qu'on l'appelle tout de suite ? demanda Andreï.

– Un dimanche soir ?

Il se tourna vers les autres.

– Ils sont formidables, en Suisse, les fondés de pouvoir ! leur lança-t-il d'une voix goguenarde. Vous vous rendez compte ? Même le dimanche, à neuf heures du soir, ils sont à leur bureau !

Il quitta sa place d'un coup de reins, passa derrière Gratchev et avant que quiconque ait pu s'interposer – mais personne n'y songeait – il rafla le 357 Magnum posé sur la table, revint vers Andreï et le lui colla durement sous le menton.

– Tu es notre invité, Leonid, dit Oleg d'une voix froide. Tu ne devrais pas faire ça.

– Ta gueule, dit Chataline.

Il se pencha vers Andreï.

– J'ai une meilleure idée. Il s'appelle comment, ton fondé de pouvoir ?

– Hans Kreiper, dit Andreï.

– Tu ne m'as toujours pas donné le nom de la banque ?

– Banque des intérêts occidentaux.

– À Genève ?

– Zurich. Je peux t'expliquer ?

– Contente-toi de faire ce que je te dis !

– Je ne comprends rien à vos conneries ! explosa le Fou en redressant le canon de son Mauser. Ce que je veux, c'est mon fric !

Il avait dû se bourrer le pif de coke avant de venir. Ses yeux, habituellement jaune pâle, avaient maintenant la teinte blanchâtre d'un crachat.

– Et moi, Dugland, qu'est-ce que tu crois que je veuille d'autre ? gronda Chataline.

Instantanément, le Fou pointa son arme vers lui.

Aussi vif, Chataline détourna la sienne de la mâchoire d'Andreï et la braqua sur le Fou.

– À ta place, je ne m'en mêlerais pas, conseil d'ami !

Ils se défiaient du regard. Pétrifié, Andreï maudit Oleg qui avait eu la stupide idée de donner une arme à des tueurs camés. « Un superbe coup de bluff ! » avait plaidé Oleg. Mais autour de cette table, personne ne songeait à bluffer : la soirée allait se terminer en massacre. Pavel Lyssenko, voisin de Aliocha Kaliguine, prit le risque de poser affectueusement le jambonneau qui lui servait de main sur le Mauser du Fou.

– Tout va bien, Aliocha… tout va bien. Chataline n'en a pas après toi. Dans notre intérêt à tous, il essaie simplement d'y voir plus clair. Laisse-le faire… Laisse-les s'expliquer…

– Prends ton téléphone, ordonna Chataline à Andreï.

Andreï s'empara de l'appareil posé devant lui.

– Appelle Zurich… 41, 1, 58, 82, 27.

Andreï obéit sans chercher à comprendre.

– Ça sonne, dit-il.

Chataline était debout derrière lui, le canon de son 357 appliqué maintenant contre sa nuque. Andreï lui passa le téléphone. Chataline le prit de la main gauche.

– C'est moi, dit-il en russe à un interlocuteur inconnu. Vérifie deux noms… Hans Kreiper et Banque des intérêts occidentaux. Je veux d'abord savoir si les deux existent, et ensuite, si Kreiper est bien le fondé de pouvoir de la banque. Grouille-toi, je reste en ligne.

Il garda le combiné à l'oreille. Y compris Oleg et Andreï, ils étaient onze autour de la table. Mais si figés, si mortellement silencieux, qu'une mésange, les prenant pour des statues, aurait pu voleter entre eux sans méfiance.

Trente secondes s'écoulèrent…

Puis, Leonid Chataline émit quelques grognements.

– Bien, bien, dit-il. Ne quitte pas…

Il fit des yeux le tour de ses « partenaires financiers ».

– Un bon point pour nos chers associés, commenta-t-il. La banque existe. Et Hans Kreiper est un avocat connu sur la place… Maintenant, allez savoir s'il est vraiment leur fondé de pouvoir…

Andreï s'autorisa un imperceptible haussement d'épaules.

– Tu veux l'appeler chez lui ?

– Vas-y. Je vais lui parler.

Livide, Andreï composa le numéro de Kreiper.

Oleg pria le ciel que Kreiper corrobore les mensonges qu'Andreï et lui avaient imposés à l'avocat sous la menace.

À la moindre erreur, au moindre fléchissement de sa voix, ils étaient morts.

– Il ne comprend pas le russe, prévint Andreï.

– Il parle quoi ?

– Anglais... allemand... Ça sonne.

Chataline lui prit l'appareil des mains.

– Laisse-moi au moins lui expliquer, protesta Andreï.

– La ferme !

– Il est lié par le secret professionnel, Leonid ! S'il ne sait pas qui tu es, tu n'en tireras pas un mot !

Pour toute réponse, Chataline déplaça le canon de son arme et le lui enfonça dans le creux de l'oreille.

– Hans Kreiper ?... Je vous appelle de Moscou, dit-il dans un anglais parfait. Mon nom est Leonid Chataline. Je suis l'un des *partenaires financiers* d'Andreï Talasski et d'Oleg Vlassov. Je voudrais, de votre bouche, confirmation que nos capitaux sont à la banque...

Il écouta un instant, fronça les sourcils, repassa l'appareil à Andreï tout en imprimant une poussée à son arme.

– Dis à cet enfoiré que tu l'autorises à me répondre !

Oleg eut la sensation de se liquéfier sur sa chaise.

Andreï se racla la gorge.

– Bonjour, Maître. Talasski... Leonid Chataline est effectivement l'un de nos associés... Oui... Oui... Précisément... Au moment où je vous parle, nous sommes tous en réunion plénière...

– Parle russe ! ordonna le Fou à Andreï qui s'exprimait en anglais.

– Aliocha, on t'a déjà expliqué que le Suisse n'en comprenait pas un mot ! intervint Oleg.

De nouveau, Pavel Lyssenko tapota la main du Fou en un geste apaisant.

– Laisse-le finir, Aliocha… Leonid écoute pour nous.

– Je vous demande donc, continuait Andreï à l'usage de Kreiper, de répondre à mon ami comme s'il s'agissait de moi-même.

Leonid Chataline lui arracha le téléphone.

– Je répète mes questions, Maître, dit-il. J'en ai deux. Est-ce que notre argent est en banque et si oui, de quel montant est la somme ?

Il ponctuait chacun de ses mots en vrillant davantage le canon du 357 dans l'oreille d'Andreï. Ensuite, le visage totalement dénué d'expression, il écouta la réponse de Kreiper et passa le téléphone à Andreï.

– Raccroche, dit-il sans dévier son arme.

Andreï attendit l'impact de la balle.

– L'argent est à la banque et le compte y est, lança-t-il à la cantonade.

Alors, mais alors seulement, il détourna son arme qu'il garda toutefois en main, canon baissé vers le sol. Andreï se détendit légèrement : Kreiper n'avait pas craqué. À petites bouffées, Oleg expira l'air qui lui comprimait la poitrine. Quand il fut certain que sa voix ne le trahirait pas, il rompit le silence.

– Eh bien ! dit-il, je crois que le malentendu est dissipé. Est-ce que quelqu'un a une question à poser ?

Pavel Lyssenko se dressa de toute sa masse.

– Aucune question, dit-il avec un sourire cruel, mais un avertissement. Nous sommes dimanche. Si je ne suis pas remboursé avec mes intérêts mercredi en fin de journée au plus tard, vous êtes morts tous les deux !

La rage au cœur, ni Oleg ni Andreï ne prirent la peine de relever la menace : affronts et humiliations compris, on réglerait les comptes plus tard. En bloc.

Lyssenko pivota et se dirigea vers la sortie sans un regard.

Les autres lui emboîtèrent le pas dans un silence hostile.

Au passage, personne ne salua ni Oleg, ni Andreï : la guerre était déclarée.

18

Il suffit d'un mensonge pour qu'on se demande si on ne vous a pas menti toute la vie. Jusque-là, Vassili avait une telle confiance en Liouba qu'il n'avait jamais mis en doute ce qu'elle lui disait. Mieux, il suffisait qu'elle le dise pour que cela devienne vrai. Pour un flic habitué, par profession, à douter de tout, c'était peut-être un paradoxe ; mais, même lorsque leur couple avait été à deux doigts de la rupture, cela faisait partie de leur routine, c'est ainsi qu'il avait fonctionné.

Jusqu'à aujourd'hui…

Il avait suffi d'une phrase anodine pour que tout soit remis en question.

– Tu es allée danser vendredi après-midi ?

– Non. J'ai fait des courses avec Natalia.

Vassili lui jeta un regard étonné. Liouba rangeait des tulipes dans un vase, elle ne s'en aperçut pas. L'ennui, c'est que Vassili avait rencontré Natalia deux heures plus tôt et qu'elle lui avait déclaré ne pas avoir vu Liouba depuis six jours : pourquoi Liouba mentait-elle ?

Après les révélations de Koranov la veille, Vassili Montachev n'était pas rentré chez lui. Quand l'urgence l'exigeait, il lui arrivait de dormir une heure ou deux dans son bureau. Elles lui tenaient lieu de nuit. Ainsi, Anna se prostituait. Le flair de Vassili ne s'exerçait jamais à l'intérieur du cercle de ses proches. Comme toute la famille, il s'était parfois demandé de quoi vivait sa belle-sœur, comment elle pouvait acheter ses fourrures, ses robes, ses bijoux, offrir tellement de cadeaux, jeter autant d'argent de poche par les fenêtres. Mais la beauté d'Anna, son comportement fantasque, le flou de son existence et sa façon ironique de brouiller les pistes décourageaient toutes les questions : on l'aimait telle qu'elle était parce qu'elle était généreuse, drôle, sensible, et qu'elle faisait partie intégrante d'un ensemble, le clan des sœurs Karpova.

– Liouba…

– Oui ?

Une tulipe à la main, elle le dévisagea comme si elle découvrait sa présence. Comment n'avait-il pas remarqué plus tôt à quel point elle était ailleurs, lointaine, perdue dans des pensées où, visiblement, il n'occupait aucune place ?

– J'ai évité de te parler d'Anna, ces derniers temps. Mais l'enquête avance. Je suis presque certain d'avoir identifié ceux qui ont provoqué l'incendie de la rue Miusskaia.

– Tu connais leur nom ?

– Oui.

– Qui ?

– Des types de la mafia. Je tiens le tuyau d'un des pontes du KGB qui s'est fait virer récemment, Ivan Koranov. Un sale con. Il a fait trembler Moscou. Il avait des dossiers sur tout le monde.

Liouba caressa les tulipes du revers de la main et se mordilla les lèvres. Vassili hésita un instant.

– Liouba… Tu sais ce que faisait ta sœur, en réalité ?

Elle secoua la tête. Il se jeta à l'eau.

– La putain, dit-il.

Il aurait voulu le dire avec plus de ménagements, mais

c'était sorti comme ça. Peut-être une façon inconsciente de lui faire payer son mensonge…

– Je le savais, dit Liouba.

– Tu le savais ?

– Pas exactement, mais je m'en doutais.

– Elle te l'avait dit ?

– Non, justement. Elle aurait sans doute préféré mourir plutôt que la famille l'apprenne. Anna se moquait de l'argent, mais elle aimait les belles choses. Elle aimait offrir, faire plaisir.

Elle passa dans la cuisine, s'empara d'un verre, le remplit au robinet, en but une gorgée et revint dans le salon.

– Je ne dînerai pas ici, ce soir.

– Ah ?…

Liouba détestait tourner autour du pot. Quand elle était embarrassée, elle utilisait la ligne droite.

– J'ai retrouvé de vieux amis. Je ne les avais pas vus depuis des siècles. Ils m'ont invitée.

– Où les as-tu rencontrés ? demanda Vassili d'un ton neutre.

– Chez la Chostakova.

– Tu vas chez eux ?

– Non. Ils m'emmènent à l'*Aragvi*.

– Je suppose que je suis de trop ? dit Vassili.

Elle ne répondit pas. Le silence s'épaissit. Tout ce qu'elle avait refoulé au moment de la mort d'Anna, son mariage, la remise en question et le sens de sa vie, refit subitement surface.

Sans le drame, elle ne vivrait plus aujourd'hui avec Vassili. Elle serait libre. Mais libre pour qui ? Pour quoi ?

– Je les connais ? demanda Vassili.

– Non. Des copains du temps de l'université. De l'histoire ancienne. Tu m'en veux ?

– Pas du tout.

Son expression trahissait le contraire. Elle se rapprocha, chercha son regard.

– Je traverse une sale période, Vassili. Je suis troublée, mal à l'aise, je n'y vois plus très clair.

– Je peux t'aider ?

Elle eut une moue dubitative, retourna dans la cuisine, revint avec un autre verre d'eau et le lui tendit.

– Je voudrais qu'on trinque.

– À quoi ?

– Au premier mensonge que je t'ai fait depuis que nous nous connaissons.

– Grave ? ironisa-t-il.

– Avant-hier, contrairement à ce que je t'ai dit, je n'ai pas fait de courses avec Natalia. En fait, j'ai bu un café avec l'un de ces deux amis, en bas, dans la *kafemorojenoïe,* au coin de la place.

– Pourquoi tu ne me l'as pas dit ?

Elle haussa les épaules.

– Pas pour te le cacher. Je n'ai rien à cacher. Mais parce que je n'avais pas envie d'en parler. C'est mon passé.

Il lui sourit. Elle leva son verre.

– À la tienne, dit-elle. *Za vaché zdorovié.*

Vassili baissa les yeux. Il avait tout fait pour que cela n'arrive pas. Mais désormais, pour des raisons qu'il ignorait, Liouba voguait déjà très loin de lui, à des milliers d'années-lumière.

– *Za vaché zdorovié*, dit-il avec un sourire amer.

– Il est bien évident qu'on ne peut pas se venger d'eux dans l'immédiat, dit Pavel Lyssenko. C'est un plaisir qui nous coûterait trop cher.

– Tu vas les laisser nous balader longtemps ? grinça le Fou. Je préfère tout perdre mais les voir crever !

Pavel le couva d'un regard onctueux de bienveillance.

– Ils mourront, Aliocha, ils mourront..., murmura-t-il de sa profonde voix de basse. Et j'espère avoir le bonheur de les crever moi-même, de ma main. Mais pas avant qu'on ait récupéré notre argent !

– Tu ne récupéreras rien du tout, dit sombrement Leonid Chataline. Aliocha a raison. Ils nous prennent pour des caves.

– Mais non, Leonid, non... Je comprends ton impatience et je suis aussi révolté que vous par le bluff de ces deux porcs sans parole. Mais ne brusquons rien, laissons-nous une petite chance. Deux jours de plus ou de moins, est-ce que ça compte lorsqu'un milliard de dollars est en jeu ?

Tous trois arpentaient la place Rouge en suivant le mur du mausolée de Lénine. C'était un endroit sûr, à l'abri des mouchards et des indiscrétions. Chacun était venu avec deux gardes du corps qui les suivaient à trois mètres en se donnant beaucoup de mal pour ressembler à des flâneurs ordinaires.

Pavel Lyssenko avait emmitouflé sa fantastique carrure dans un manteau de renard argenté d'où semblait émerger le sourcil unique qui lui barrait le visage. Un bonnet de loutre complétait l'ensemble. Le Fou était enseveli dans une fourrure qui lui battait les talons, trop vaste pour son corps malingre.

Quant à Chataline, il arborait un feutre mou assorti à la couleur de sa cape de cachemire noir.

– C'est la deuxième fois que tu me déranges, dit nerveusement le Fou. Tu veux quoi, exactement ?

– Ton soutien, Aliocha, répondit Pavel. Et le tien aussi, Leonid. Tôt ou tard, nous devrons nous fédérer.

D'un geste large, il désigna le mausolée de Lénine.

– Les temps ont changé. Ce n'est plus cette momie empaillée qui règne sur la Sainte-Russie. C'est nous ! Lorsque nous aurons repris nos capitaux et éliminé Vlassov et Talasski, le temps sera venu de ne plus nous tirer dans les pattes.

Le visage de Chataline se ferma.

– Je ne suis pas venu pour parler d'une alliance, Pavel, mais de mon pognon ! Je croyais que tu avais une idée ?

Lyssenko continua de marcher en se caressant la barbe.

Derrière eux, les membres de leur protection rapprochée se regardaient en chiens de faïence tout en dévisageant les passants d'un œil aigu.

– En vérité, Leonid, reprit Pavel sur un ton patelin, j'ai peur que Aliocha et toi ne cédiez à la provocation de ces deux salauds. Ne commettez pas l'erreur de les flinguer avant qu'ils puissent rendre gorge, on perdrait tout !

Il fit encore quelques pas en silence, les yeux fixés sur les coupoles de la cathédrale Basile-le-Bienheureux...

– En revanche..., ajouta-t-il.

– En revanche, quoi ? aboya le Fou.

– Je serais assez d'accord pour leur donner une petite leçon... un avertissement immédiat.

– Quel genre ? demanda Chataline.

– Genre sérieux, pour que d'ici à mercredi, ils ne s'imaginent pas pouvoir se laisser aller à l'optimisme...

– Par exemple ? s'enquit Chataline.

– Oh, dit Lyssenko sur un ton négligent, un petit truc marrant pour maintenir la pression, les faire réfléchir...

– Pourquoi tu nous dis ça à nous spécialement, demanda Chataline avec méfiance, et pas à Lermontov, Kania, Klimovitch, Grichine ou les autres ?

Pavel leur posa affectueusement ses battoirs sur l'épaule.

– Parce que de tous, c'est vous deux qui avez le tempérament le plus... impulsif.

À midi, toutes affaires cessantes, les sœurs Karpova arrivèrent chez leur mère. Liouba les avait appelées séparément pour les convoquer en urgence. Dans l'immuable salle à manger, Alla avait débarrassé la toile cirée de son nécessaire de couture pour y poser la théière et les tasses.

Chacune se doutait que Liouba ne les avait pas dérangées pour rien. Pourtant, aucune n'ouvrit la bouche avant que leur mère leur ait servi le thé. Elles y trempèrent les lèvres en silence.

– Je vous remercie d'être là, dit brusquement Liouba. Ce que j'ai à vous dire est grave. Je voulais que vous soyez les premières à en être informées.

Elles étaient assises autour de la table. Natalia avait passé un gros pull-over de laine bleu sur des pantalons noirs. Ariana était en jeans et blouson de cuir. Elena, en jupe rouge. Quant à Alla, leur mère, elle était revêtue, comme à l'ordinaire, de son éternelle robe de deuil.

– Je vais divorcer, dit Liouba.

Quoique sa tasse fût presque pleine, sa mère se resservit du thé.

– Tu nous as fait venir pour nous l'annoncer, demanda Ariana, ou pour nous demander notre avis ?

– Vous l'annoncer.

– Donc, reprit Ariana, on n'a rien à dire ?

– Qu'est-ce que tu veux dire de plus ? lui demanda Natalia. Ça ne date pas d'hier. Liouba m'en avait déjà parlé.

– Je n'étais pas au courant, reprocha Ariana d'un air pincé.

– Je vous l'aurais dit plus tôt, intervint Liouba. Je m'apprêtais à le faire lorsque Anna a eu son accident.

– Moi, je le savais, dit Elena.

– Tu as de la chance, ironisa Ariana.

Natalia haussa les épaules.

– On ne va pas t'envoyer un faire-part chaque fois qu'on a une scène de ménage.

– Tu l'as appris par qui ? insista Ariana en regardant Elena.

– Natalia.

– Ne joue pas les idiotes, Ariana, dit Natalia. Je te l'avais laissé entendre. Tu as oublié ?

Ariana ne releva pas.

– Qu'est-ce qu'il t'a fait, Vassili ? demanda-t-elle à Liouba.

Liouba eut un geste vague.

– Rien de spécial. Simplement, je ne pense pas que ce soit honnête de continuer à vivre ensemble.

– Tu lui en as parlé ?

– Pas encore. Je voulais d'abord vous prévenir.

– Dans l'espoir qu'on t'en empêche ? railla Ariana.

– Ariana, arrête ! intervint Natalia. Tu ne vis pas avec Vassili, tu ne sais rien de ce qui se passe...

– Il était pourtant gentil, Vassili, déplora Elena.

– Ça, c'est vrai, renchérit Ariana. C'est le seul de la famille qui n'ait jamais oublié de me souhaiter mes anniversaires.

– Tu le quittes... pour quelqu'un ? s'enhardit Ariana.

– Non, dit Liouba. Personne.

– Comment il va prendre ça ? interrogea Elena.

Liouba ne répondit rien. Elle regardait sa mère.

Alla, le visage crispé, semblait absorbée dans la contemplation de la gravure *La tomate, c'est la santé*, suspendue depuis des lustres au-dessus du buffet.

– Il n'y a aucune chance que... vous vous raccommodiez ? hésita Elena.

Dans le clan, ils s'étaient toujours tout dit. C'était la règle.

Mais à cet instant, en observant l'expression douloureuse de sa mère, Liouba sut qu'elle avait franchi un pas. Ce n'était pas l'opinion de ses sœurs qui l'intéressait. Elle sentait que, dans le déroulement de sa vie privée, elle pourrait désormais s'en passer. Sa mère, c'était différent... En fait, elle n'avait convoqué ses sœurs que pour éviter d'entendre face à face le jugement de sa mère. Pourtant, pourquoi le redoutait-elle ? Où était le mal ? Des milliers de gens divorçaient tous les jours sans attirer sur eux la réprobation de leurs proches. Elle comprit alors que ce qui la gênait, à cause de l'amour qu'elle avait reçu de ses parents, de l'éducation morale et des règles de vie qu'ils lui avaient inculquées, c'était de déroger à leur exemple. Alla, sa mère, et Karel, son père, s'étaient unis pour la vie afin de créer une famille, elle, Liouba, ses sœurs, et tous les enfants de leurs enfants. Pas d'états d'âme. Du travail, des devoirs, une constance et une fidélité absolue. Valeurs que Liouba s'apprêtait à trahir.

– Tout fout le camp ! soupira Ariana comme si elle devinait les pensées de sa sœur.

– Et toi, maman, qu'est-ce que tu en penses ? demanda Natalia.

Sa mère était la dernière personne à qui Liouba aurait voulu faire de la peine. Mal à l'aise, elle se tassa sur sa chaise dans l'attente du seul verdict qui lui tenait au cœur. Alla réfléchit un instant. Puis, elle regarda Liouba et lui adressa un sourire très doux.

– Liouba n'a pas à prendre notre avis pour agir comme elle l'entend. Nul ne peut juger à la place de quelqu'un d'autre.

Bouleversée, Liouba sentit les larmes lui monter aux yeux.

Elle se leva, alla jusqu'à sa mère, lui prit les mains et l'embrassa. Maintenant, elle pouvait parler à Vassili : elle était libre !

On était lundi. À trois reprises, sous l'œil maussade d'Andreï, Oleg avait essayé de joindre Taro Hanssaku : il n'était pas là, déjà parti ou pas encore arrivé...

– Ras le bol de cet enfoiré ! fulmina Andreï.

Il prit le téléphone qu'Oleg venait de raccrocher.

– Tu te crois plus malin ? dit Oleg.

Andreï fit comme s'il n'avait rien entendu et composa le numéro du Japonais.

Était-ce la peur de l'échéance, certaines erreurs que chacun imputait à l'autre, ou plus simplement, l'arrivée de Liouba dans leur paysage commun et leur dîner de ce soir avec elle ?

Toujours est-il qu'ils se faisaient la gueule. Depuis quelques jours, entre eux, quelque chose s'était cassé. Chacun pensait de son côté, décidait pour lui-même, se méfiait de l'autre. Ils étaient pourtant dans le même bateau...

– Hanssaku ? demanda soudain Andreï.

Oleg retint son souffle. Andreï écoutait avec une concentration absolue. Au bout d'une dizaine de secondes, sans avoir prononcé un mot, il reposa lentement l'appareil sur son support.

– Ne me dis pas que tu l'as eu, murmura Oleg.

– L'affaire est faite. L'argent part demain de Tokyo. Il sera en banque jeudi soir à Zurich.

– 10 milliards de dollars ?

– 10 milliards de dollars, confirma Andreï avec une pointe de mépris. Ça change quoi ?

– On paie nos dettes, on se met 9 milliards dans la poche et tu me demandes ce qui change ?

– Tu vas le rendre quand, le milliard qu'on leur doit ?

– Dès qu'il arrive en banque !

– Au mieux, ce sera jeudi. Ils exigent leur remboursement mercredi soir dernier délai. C'est toi qui vas leur faire avaler qu'on a un nouveau retard ?

Oleg se mit à marcher de long en large dans le bureau.

– C'est trop con, dit-il. À un jour près ! Qu'est-ce qu'on peut faire ?

– Les éliminer.

Oleg le regarda sans comprendre.

– Éliminer qui ?

– Lyssenko, le Fou, Gratchev, Loukianov, Chataline et les autres, dit pensivement Andreï. Tous, jusqu'au dernier. Il est trop tard, Oleg, on n'a plus le choix. Si on ne frappe pas les premiers, on y passe nous-mêmes. Je te parie qu'en ce moment ils organisent déjà nos funérailles.

– Tu es cinglé ? Ils sont neuf !

– Et alors ? À Chicago, le jour de la Saint-Valentin, ils étaient combien ?

– Toi, tu vas descendre neuf hommes en quarante-huit heures !

– C'est largement suffisant.

– Parfait, persifla Oleg, tu es un génie. On commence quand ?

Andreï le toisa d'un œil implacable.

– Tout de suite ! On a déjà perdu trop de temps. On va faire le ménage !

Décidément, ce Valentin était un type formidable. Il lui arrivait parfois de faire profiter Anton Abalkine d'une nouvelle arrivante destinée à la prostitution.

Mais aujourd'hui, jour faste, il lui en avait offert deux.

Ensemble. Dans le même lit ! Une Géorgienne brune et timide qui avait rougi jusqu'aux cheveux lorsqu'il lui avait sorti sans manières les seins de son corsage, et une lourde Ukrainienne blonde à la fantastique croupe de cheval. Très vite, il s'était aperçu que ses deux compagnes ne demandaient qu'à apprendre. Moments délicieux… Pendant deux heures, le Tartare s'était repu jusqu'à satiété de ces chairs tendres et de leurs deux bouches, qui avaient frôlé son corps enluminé de tatouages avec la légèreté d'une aile douce d'oiseau.

Maintenant, il marchait sur le trottoir de la rue

Sobinovsky avec la sensation ineffable de mesurer trois mètres de haut et de dominer le monde.

– Vous avez du feu ?

Abalkine baissa les yeux sur l'avorton chétif aux cheveux gras qui tendait vers lui un mégot de cigarette. Il plongea la main dans sa poche pour en sortir son briquet. Aussitôt, l'avorton lui bloqua le bras pendant qu'un autre type, jailli de nulle part, lui collait dans les côtes le canon d'un pistolet.

Le Tartare était d'humeur badine : il éclata de rire.

– Barrez-vous, connards... Vous vous trompez d'adresse.

Normalement, la vue de ses moustaches, de sa nuque en tronc d'arbre et de son crâne chauve suffisait pour que toute personne dotée d'un minimum de bon sens passe son chemin en l'apercevant : même sans savoir qui il était, on ne s'attaquait pas au Tartare. Avant qu'il ait compris ce qu'il lui arrivait, ils le poussaient sous une porte cochère.

Abalkine avait autant envie de corriger ces merdeux que d'aller faire retraite dans un monastère sibérien. Il n'était même pas en colère. Mais là, dans le genre terreurs-de-banlieue, ils en faisaient un peu trop. Avec un soupir résigné, il dégagea sa main de sa poche et, d'une seule contraction de ses muscles, releva le bras auquel resta suspendu le type au mégot qui l'avait abordé : Hercule dans un jardin d'enfants. Il sentit dans son dos la présence d'un troisième homme qui se collait à lui. Il allait lui briser les reins d'un coup de coude lorsqu'il eut l'impression qu'on lui versait quelque chose de chaud sur la tête. Puis, sans raison aucune, en un éclair, les trois voyous le lâchèrent soudain pour détaler dans la rue. Machinalement, Abalkine porta la main à son cou : il la ramena gluante de sang.

Ses doigts remontèrent alors jusqu'à son visage. Il le

palpa avec un étonnement indicible, sans oser croire ce que leur contact lui révélait : tout près de la tempe, là où se trouvait son oreille gauche deux secondes plus tôt, il n'y avait plus rien !

19

Lorsque la jalousie vous mord le cœur, on est tenté de s'abaisser à des choses dégueulasses. Tant pis : Vassili Montachev les ferait quand même. Jusqu'alors, les histoires de mari jaloux l'avaient toujours fait rire. Mais aujourd'hui, il était lui-même sur la sellette et ne pouvait s'empêcher d'établir un rapport de cause à effet entre Liouba, qui se détachait de lui jusqu'à ne plus s'apercevoir qu'il existait, et ces curieux « amis de l'université » dont elle lui avouait brusquement l'existence.

D'où sortaient-ils ? Qui étaient-ils ? Elle ne lui en avait jamais parlé auparavant. Ne s'agissait-il pas plutôt d'un seul homme, son amant ? Assis à son bureau dans la furie des dossiers et des coups de téléphone, il avait lutté longtemps pour ne pas succomber au désir de savoir. Mais pourquoi se torturer davantage, mijoter dans le doute, alors qu'il lui était si facile d'en avoir le cœur net ? Il se souvint alors qu'il était flic.

Liouba lui avait dit qu'elle dînerait à l'*Aragvi*...

Il décrocha l'interphone.

– Envoyez-moi Alex Karpinsky.

Karpinsky, c'était un peu son homme lige, son débiteur et son disciple. Il se serait jeté au feu pour lui. Il venait de le nommer inspecteur-chef.

– Patron, vous m'avez appelé ?

– Ferme la porte.

Vassili sentit brusquement la gêne l'envahir. Comment, sans perdre la face, demander à Karpinsky ce qu'il attendait de lui ?

– Assieds-toi, Karpinsky.

Karpinsky s'installa sur le rebord de la chaise. Vassili tripota quelques dossiers.

– Je peux compter sur ta discrétion absolue pour un truc très confidentiel ?

Karpinsky s'autorisa un regard de reproche : la question était presque insultante.

– Tu fais quoi, ce soir, à dîner ?

– Rien de spécial, Patron. Probablement, j'irai manger un morceau sur le pouce, n'importe où.

– Seul ?

– Peut-être avec Galia.

– C'est ta petite amie ?

Karpinsky baissa la tête avec embarras.

– Depuis la nuit dernière.

– J'ai un truc plus marrant pour toi. Tu connais l'*Aragvi* ?

Karpinsky se tortilla sur sa chaise.

– C'est le restaurant le plus cher de Moscou…

– Et le meilleur ! Mais ne t'inquiète pas pour les frais, je t'ouvre un crédit. C'est la maison mère qui régale.

Il porta un regard critique sur les grosses chaussures éculées de son subordonné, ses jeans rapiécés, sa chemise à carreaux, sa veste marron de confection sur les revers de laquelle tire-bouchonnait une cravate luisante.

– Tu as quelque chose de plus correct à te mettre ?

– Oui, Patron. Une chemise blanche.

– Et ta nana ?

– Elle est mannequin, Patron, se rengorgea Karpinsky. Qu'est-ce que je dois faire ?

– Rien. Bouffer, t'amuser comme un client normal et surveiller les clients d'une table à côté. Je vais te faire un topo. Normalement, ils seront trois, deux hommes et une femme. Je veux des tuyaux complets ; nom, âge, antécédents, profession, situation de famille et tout le bazar sur les deux hommes.

– Comptez sur moi, Patron. Et pour la femme ?

– Non, pas la femme.

– C'est qui, la femme ?

– La mienne, Karpinsky, dit Vassili avec un regard navré, la mienne…

Galia en jetait. Elle avait des pommettes de Mongole, d'immenses yeux sombres soulignés de rimmel formant deux puits d'ombre sur sa peau pâle, et la torsade de cheveux noirs qui s'écroulait de sa nuque lui descendait jusqu'aux reins. Lorsqu'ils étaient entrés à l'*Aragvi*, tous les regards s'étaient braqués sur elle. Il faut dire qu'il s'agissait des regards des maîtres d'hôtel, des garçons et du personnel. Les vrais clients, ceux qui payaient le prix fort, n'étaient pas encore arrivés. Presque toutes les tables étaient vides. Pour ne pas rater le trio qu'il attendait, Alex Karpinsky, au bras de Galia, avait fait son entrée à sept heures. On leur avait donné une carte pour qu'ils passent commande et les cheveux d'Alex s'étaient dressés sur sa tête lorsqu'il avait vu que le prix des seuls blinis correspondait à trois mois de son salaire de flic de base ! Peu à peu, la salle s'était remplie. Karpinsky, alangui par plusieurs verres de vodka, se laissait pénétrer par les effluves magiques de l'*Aragvi*, une puissante odeur de fric, d'esturgeon grillé, de parfums rares. La plupart des femmes étaient belles, moins toutefois que Galia. Elle avait exigé une bouteille de vin français, du chablis, qu'elle avait déjà bue aux trois quarts.

Karpinsky sentait que le maître d'hôtel tournait

autour de la table pour lui en proposer une autre. Il résista pour ne pas adresser à ce vieux maquereau hypocrite son regard de flic. Son patron avait eu beau lui dire que la note était pour lui, il en avait des frissons dans le dos. Rien qu'avec ce qu'ils avaient déjà pris, il en était maintenant à neuf mois d'émoluments...

Guitaristes et violonistes en costumes folkloriques géorgiens jaillirent soudain sur l'estrade. Au même moment, la porte s'ouvrit, un frémissement s'empara du personnel qui se précipita pour accueillir les nouveaux arrivants, deux hommes, une femme. Avec force salamalecs, on guida le trio, escorté par tout l'orchestre, jusqu'à la meilleure table dont on avait jonché la nappe de pétales de roses. Gorge serrée, Karpinsky identifia immédiatement Liouba, la femme de son vénéré patron. Pas difficile : bien qu'elle ne semblât faire aucun effort pour paraître, elle éclipsait toutes les créatures présentes, y compris Galia, réduite brusquement à l'état de paysanne lourdaude. Pourtant, Liouba Montachev n'était vêtue que d'une simple robe noire et n'avait, pour toute parure, que la lumineuse auréole de ses cheveux blond cendré. Mais ce qui laissait Karpinsky mâchoires pendantes, c'était les deux hommes qui l'accompagnaient : Oleg Vlassov et Andreï Talasski, les « parrains » les plus puissants et les plus redoutés de Moscou !

– Qui est-ce ? lui demanda Galia en lui pétrissant la main pour attirer son attention.

– Je ne sais pas, bredouilla Karpinsky.

Il était dépassé par cette écrasante énigme : que faisait donc l'épouse du chef de toutes les polices avec les deux malfaiteurs les plus recherchés de toutes les Russie ?

Ne pas chercher à comprendre, ne plus penser, se laisser aller, s'étourdir... D'entrée de jeu, encouragés par l'orchestre qui en scandait la descente dans une frénésie de lamentos de violons, de roulements de tambourins et de staccatos de guitares, Liouba, Oleg et Andreï avalèrent trois vodkas cul sec. Le monde, soudain, leur parut harmonieux, lumineux, gai et tendre. Le quatrième toast, ils le portèrent à eux-mêmes.

– À vous deux ! lança Liouba.

– À toi, dit Andreï.

– À toi, reprit Oleg.

Ils burent leurs verres et les fracassèrent sur le sol, comme au bon vieux temps. Tout le monde éclata de rire.

Karpinsky, qui observait la scène, se souvint que lui-même, deux ans plus tôt, alors qu'il était bourré au bar du *Metropol,* avait fait la même chose : on lui avait sauté dessus en le menaçant de deux ans de prison pour « bris de matériel d'État » ! Il vit aussi que les maîtres d'hôtel dansaient un véritable ballet autour de la table royale où Liouba commençait à se sentir envahie par la chaleur ambiante.

Tour à tour, elle dévisagea avidement Oleg et Andreï.

– J'ai l'impression de rêver, sourit-elle. Que je sois damnée si j'avais pu croire il y a trois semaines que cet instant soit possible !

Le visage d'Andreï se plissa de bonne humeur.

– Il n'y a de la chance que pour les crapules !

– C'est moi qui ai beaucoup de chance ! dit Liouba. Je n'espérais plus vous retrouver. Au bon vieux temps !

– À l'amitié ! dit Andreï.

– Et à l'amour ! renchérit Oleg.

Il avait lâché ça innocemment, dans l'excitation de l'alcool. Andreï lui jeta un coup d'œil bizarre.

– C'est vrai que vous vivez seuls ?

– Absolument.

– Je n'arrive pas à le croire, dit Liouba. Vous avez bien une petite amie ?

Andreï la regarda soudain avec gravité.
– Pas moi, dit-il.
– Moi non plus, fit Oleg.
– Mais enfin, ironisa Liouba, vous n'êtes pas… vous n'êtes pas devenus…
Oleg et Andreï éclatèrent de rire ensemble.
– Et quoi encore ? s'esclaffa Oleg.
Il s'empara de l'assiette de Liouba, y versa une cuillère de caviar, en fit autant pour Andreï et se servit lui-même. Liouba, de son côté, leur beurrait des toasts sous l'œil servile des garçons à qui, d'un signe, Oleg avait demandé de ne pas intervenir. Tous trois mouraient de faim. Ils attaquèrent leur caviar. Avec un peu d'imagination, chacun, pour des raisons différentes, aurait pu penser, en cette seconde, qu'il se trouvait dans une bulle protectrice où ne pouvaient les atteindre ni les ennuis, ni les sourdes menaces du monde extérieur.
Pourtant, Oleg et Andreï étaient sur le qui-vive : il y avait de quoi. Deux heures plus tôt, Anton Abalkine s'était présenté rue Sobinovsky avec un pansement sanglant formant autour de sa tête une espèce de bandeau. Maladroitement, il avait essayé de le cacher sous une casquette.
– Qu'est-ce qu'il t'arrive ?
– Rien, Patron, rien…, avait-il répondu à Oleg que la gêne et le sourire niais du Tartare exaspéraient.
– On t'a tiré les oreilles ?
Oleg avait lancé ça par hasard. À sa surprise, il sut qu'il avait touché juste.
– On me l'a coupée, Patron.
– Tu es cinglé ?
– Et c'est marrant, sur le coup, je ne l'ai même pas senti !
Glacés, Andreï et Oleg l'avaient mitraillé de questions.
– Qui t'a fait ça ?
– Je l'ignore. Trois types, en bas, dans la rue.

– Tu n'as pas honte ? Toi ? Comment as-tu pu te laisser surprendre ?

Abalkine avait dû raconter sa journée en détail, sa sieste agitée avec les deux apprenties-putes que lui avait octroyées Valentin. Puis l'attentat, sur lequel Oleg et Andreï avaient voulu connaître le moindre détail.

– Trois petits merdeux de rien du tout… Comment vouliez-vous que je me méfie ?

– Tu es allé à l'hosto ?

– Non. Un copain toubib.

– Tu as des ennemis ?

– Non. Ils sont morts.

– Une histoire de gonzesse, quelqu'un à qui tu aurais soufflé sa femme et qui aurait voulu se venger ?

– Je ne baise que des putes et je paie comptant.

– Ces types, tu les avais provoqués ?

– Pas du tout ! Ils m'ont demandé du feu.

– Ils t'ont fauché quelque chose ?

– Même pas.

Pas la peine de faire un dessin : Oleg et Andreï avaient déjà compris qu'à travers la personne d'Abalkine, c'est eux qui étaient visés. Sa mutilation en plein jour n'était qu'un rappel à l'ordre de leurs « partenaires financiers ». Lequel d'entre eux ?

Peut-être avaient-ils pris leur décision en groupe ?

En tout cas, il s'agissait désormais d'une course de vitesse : pour survivre, il faudrait tirer le premier…

– Et toi, Liouba, l'amour ?

– Oh, moi…

Elle avala une bouchée d'esturgeon fumé.

– Je me sépare de Vassili, dit-elle.

Oleg et Andreï la dévisagèrent sans un mot.

– Je divorce.

Oleg lui remplit son verre. Elle le considéra en transparence.

– Cette fois, c'est officiel. Dans l'après-midi, j'ai réuni

un conseil de famille. Le clan Karpova au grand complet. Je l'ai annoncé à ma mère et à mes sœurs. Je l'aurais fait plus tôt. En fait, je m'apprêtais à le dire au moment où Anna est morte. Je n'ai pas voulu ajouter au chagrin de ma mère.

Andreï et Oleg évitèrent de se regarder : Liouba était libre !

– On l'aimait tellement, dit Liouba. On en est encore démolis… Mais ceux qui ont fait ça vont payer. Vassili connaît le nom des assassins.

Oleg et Andreï restèrent fourchettes en l'air.

– Vraiment ? demanda Andreï.

– Vassili est chef de la police…

– D'après lui, qui a fait le coup ? intervint Andreï.

– Des types de la mafia, dit Liouba.

Soit elle ne les connaissait pas, soit son mari faisait fausse route dans son enquête : sinon, comment aurait-elle pu rester là, assise avec eux, à cette table ?

– Il est très fort, dit Oleg sur un ton d'admiration.

– Il a des antennes partout. C'est un ancien patron du KGB qui l'a mis sur la piste. Korsanov, Karanov, Koranov ?… un nom dans ce genre…

Oleg et Andreï échangèrent un bref regard.

Les musiciens et les chanteurs de l'orchestre les encerclèrent soudain et attaquèrent en chœur le refrain de *Kalinka*. Toute la salle se mit à battre des mains en cadence.

Pensivement, Oleg plongea la louche dans la vasque en cristal contenant le caviar. Elle trônait sur la table, nichée dans une pyramide de glace posée sur un plateau d'argent ajouré.

Oleg versait le caviar dans son assiette quand il aperçut quelque chose de rosacé que les grains ne recouvraient pas tout à fait. Il les écarta du bout de sa cuillère, blêmit, porta sa main à sa bouche pour ne pas vomir et coula un regard en biais autour de lui pour savoir si on avait pu surprendre son expression de dégoût et voir ce qu'il venait de découvrir lui-même : une oreille humaine ! Mais non... Liouba avait repris la chanson avec l'orchestre et Andreï s'abîmait dans la contemplation de Liouba...

Horrifié, Oleg recouvrit l'assiette de sa serviette, y glissa la main, attrapa l'oreille avec un haut-le-cœur, ramena la main sous la nappe et, ne sachant que faire de sa macabre découverte, la fourra dans sa poche.

L'orchestre se déchaînait. Liouba chantait toujours...

D'un coup de pied, Oleg alerta Andreï et lui désigna la vasque de caviar. Andreï le regarda sans comprendre. Alors, Oleg sortit l'oreille de sa poche, la garda camouflée dans le creux de sa main, la plaça sous la table dans celle d'Andreï, plaqua un sourire sur son visage, se pencha vers lui et, s'époumonant pour dominer le vacarme, lui hurla un mot :

– Abalkine !

Andreï baissa les yeux, identifia ce qu'il tenait entre les doigts et devint livide à son tour.

En dehors d'eux-mêmes, personne ne s'était aperçu de rien. Surmontant sa répulsion, Andreï se leva et se dirigea vers les toilettes. D'un geste, Oleg ordonna à un maître d'hôtel d'enlever le caviar. L'imbécile, croyant qu'il en voulait encore, réussit à lui en remettre une pleine louche dans l'assiette. Oleg le foudroya du regard. Vexé, le maître d'hôtel disparut avec la vasque. L'orchestre achevait Kalinka dans le délire de la salle.

Andreï revint à la table, se rassit. Il y eut soudain assez de silence pour qu'on s'entende parler.

– Quel bonheur..., dit Liouba. Je vous remercie. Je ne m'étais pas sentie aussi heureuse depuis des années !

Elle était légèrement éméchée. Ses yeux brillaient et son visage semblait irradier de l'intérieur. Elle leva son verre.

– Aux absents, dit-elle. À Vitaly.
– À Vitaly, reprit Oleg.
– À Vitaly, fit Andreï sans la regarder.
Ils burent. Liouba les considérait avec attention.
– Si vous pouviez remonter le temps, dit-elle, revenir en arrière, vous le feriez ?
– Pas moi, dit Oleg. Trop fatigant.
– Et toi, Andreï ?
– Sûrement, oui, c'est possible.
– À cause des choses que tu n'as pas pu accomplir ?
– Au contraire. À cause de celles que j'ai faites.
– Tu veux dire que tu ne les referais plus ?
– Si, dans les mêmes circonstances, je les referais…
– Alors, pourquoi des regrets ?
– Je n'ai aucun regret, Liouba, mais je suis comme tout le monde. Il peut m'arriver d'avoir des remords.
Oleg tressaillit : même s'il y avait fait allusion d'une façon détournée, perceptible pour lui seul, c'était la première fois qu'il entendait Andreï revenir sur le meurtre de Vitaly.
Mais déjà, il se reprenait.
– Et toi, Liouba, tu aimerais revenir en arrière ?
– Oh, oui ! dit-elle avec ferveur. Que de temps perdu ! Je désirais tellement de choses quand j'étais plus jeune. Elles ne se sont pas réalisées.
– Quoi par exemple ? dit Oleg.
Elle réfléchit une seconde.
– Être heureuse.
– Moi, enchaîna rapidement Oleg, je me voyais propriétaire d'un consortium de banques, je passais une nuit avec Tatiana Samoïlova et j'avais des mocassins en crocodile…
– Et alors ? corrigea Andreï. Qu'est-ce qui t'en empêche aujourd'hui ?
– Tu es fou ? Tatiana Samoïlova est trop vieille !
– Moi, mes fantasmes étaient irréalisables. Je ne

connais pas une note de musique, mais je dirigeais la *Neuvième* à la tête du Philharmonique de Berlin !

– Vitaly aussi avait le sien, murmura rêveusement Liouba. Un truc de gosse… une Rolls bordeaux.

– Bordeaux et décapotable, précisa Oleg en souriant.

Elle leur prit les mains.

– J'ai toujours une photo avec lui que vous aviez prise, à Lomonossov, un jour de décembre. Vous vous souvenez ?

Oleg et Andreï sentaient la douce pression de ses doigts dans leur paume.

– Qui l'avait faite ? Oleg ou moi ?

– Vous étiez tous les deux. Je ne sais plus. Moi, je suis appuyée contre un tronc d'arbre, avec Vitaly.

Elle leur lâcha les mains.

– C'est tellement injuste qu'il ne soit plus là.

– À l'époque, on était tous les trois amoureux de toi, dit Andreï avec un rire forcé. Mais toi, qui préférais-tu ? Vitaly, Oleg ou moi ?

Liouba les dévisagea avec tendresse et leur reprit les mains.

– Vitaly, répondit-elle sans hésiter.

Une énorme déflagration secoua la salle. Liouba, avant qu'elle ait pu comprendre ce qu'il lui arrivait, se retrouva plaquée au sol par Oleg et Andreï qui la protégeaient de leur corps et la faisaient rouler sous la table. Hébétée par l'explosion, elle entendit des hurlements de terreur, des gémissements, des sanglots.

– Liouba ! cria Andreï. Tu n'as rien ?

– Tu n'es pas blessée ? haleta Oleg en écho.

Elle était bien incapable de répondre quoi que ce soit. Mais déjà, ils se redressaient, l'aidaient à se remettre debout et, la tenant chacun sous un bras, la portant presque, ils fonçaient vers les cuisines.

– Mon escarpin, bredouilla Liouba, j'ai perdu mon escarpin…

Dents serrées, Oleg et Andreï traversèrent au galop la cuisine peuplée de marmitons abasourdis et débouchèrent dans la rue par la porte de service.

20

– Tu as passé une bonne soirée, Karpinsky ?

– J'ai essayé de vous joindre toute la nuit, Patron.

Assis à son bureau, Vassili Montachev se replongea dans la rédaction d'une note. Debout devant lui, Alex Karpinsky dansait d'un pied sur l'autre, le teint chiffonné, les yeux rougis par le manque de sommeil. En se dégageant des décombres de l'*Aragvi*, son premier soin avait été de fourrer Galia dans un taxi pour qu'elle rentre chez elle. Un éclat de verre, fiché au-dessus de la pommette à quelques millimètres de l'œil, l'avait légèrement blessée. Elle gémissait qu'elle était aveugle. Avec un coin de serviette, Karpinsky avait nettoyé le sang de son estafilade.

– Ce n'est rien, Galia, une simple égratignure…

Après quoi, il avait constaté que Talasski, Vlassov et Liouba Montachev avaient disparu du restaurant dans l'affolement qui avait suivi l'explosion. Des gens couraient dans tous les sens.

Certains étaient allongés par terre, entre les tables. Des femmes pleuraient. En fait, la bombe n'avait ravagé que l'entrée de la boîte. En dehors de la panique et de quelques dégâts matériels, pas de morts, pas de blessés graves. Des nuées de flics envahissaient les lieux. Karpinsky les avait aidés à réconforter quelques clients commotionnés par la déflagration tout en répondant aux questions du gradé qui menait l'enquête.

Pas grand-chose à dire : une bombe de faible puissance avait explosé dans l'entrée de l'*Aragvi*. Qui l'avait placée là ?

Mystère. Dans quel but ? On l'ignorait. De dix minutes en dix minutes, Karpinsky essayait de contacter Montachev pour lui faire son rapport : impossible de le joindre. À trois heures du matin, écrasé de fatigue, il était rentré chez lui pour dormir deux heures. Maintenant, le jour commençait à poindre.

Montachev releva la tête.

– Alors, Karpinsky, il paraît que tu fais péter des bombes à l'*Aragvi* ?

– Moi !

– On m'a raconté que tu as voulu te venger. À cause de l'addition. Tu l'as, cette addition ?

Karpinsky la tira de sa poche et la lui donna.

Montachev y jeta les yeux et feignit l'épouvante.

– Patron, dit Karpinsky, si vous pouviez faire quelque chose... Il y a aussi ma chemise... ma chemise blanche. Elle est foutue !

– Raconte ! le coupa Montachev.

Karpinsky se lança dans le récit de sa nuit d'où il ressortait que l'étalage de chic, de luxe et d'élégance l'avait beaucoup plus impressionné que l'éclatement de la bombe. Montachev l'écouta sans l'interrompre jusqu'à ce qu'il ait fini son histoire.

Alors, mais alors seulement, il lui posa une question.

– Et ma femme, tu l'as vue ? demanda-t-il d'un air dégagé.

– Comment ne pas la voir, Patron ? Elle éclipsait tout le monde...

Un hasard avait brouillé les cartes. Exceptionnellement convoqué en urgence par le ministre de l'Intérieur, Vassili n'avait été informé de l'attentat que deux heures après l'explosion. Il s'était rué à l'*Aragvi*. De là, il avait foncé chez lui et poussé la porte de la chambre : Liouba dormait profondément. À l'aube, quand il avait quitté l'appartement, elle dormait toujours…

– Ils étaient combien à table ?

– Trois. Votre femme et deux hommes.

– Tu les connais ? demanda Montachev.

Il jouait avec son stylo en évitant de regarder Karpinsky dont il percevait le soudain embarras.

– Oui, Patron. Oleg Vlassov et Andreï Talasski, lâcha Karpinsky comme s'il proférait un gros mot.

Montachev sentit un goût de rouille lui envahir la bouche.

– Merci, Karpinsky.

– Je peux faire autre chose, Patron ?

– Pas pour l'instant. Tu peux disposer.

Karpinsky hocha la tête et tourna les talons. Il avait la main sur la poignée.

– Karpinsky !

– Patron ?

– T'inquiète pas pour ta chemise. Je vais t'en faire payer une autre par le gouvernement.

Karpinsky referma la porte. Bouleversé de colère, Vassili composa son propre numéro pour réveiller Liouba.

Une demi-heure après l'attentat, en pleine nuit, Oleg et Andreï convoquèrent leurs deux lieutenants.

Quinze minutes plus tard, Anton Abalkine et Lev Evtouchenko, le Colonel, débarquaient rue Sobinovsky. Ils allaient pénétrer dans le bureau lorsque Evtouchenko dévisagea le Tartare.

– Qu'est-ce qu'il t'arrive ?

Abalkine porta machinalement la main au bandeau qui lui ceignait le crâne.

– Mon rasoir a glissé.

Ils n'eurent pas le temps d'en dire plus. Visage fermé, Andreï ouvrait la porte.

– Alors ? Vous vous grouillez ?

Ils se bousculèrent pour entrer plus vite. Oleg était assis dans un fauteuil. Lui aussi avait sa gueule des mauvais jours.

– Tiens, connard, dit-il à Abalkine en lui jetant un petit paquet. Pour toi…

Le Tartare l'attrapa au vol.

– Qu'est-ce que c'est ? dit-il.

Il déchira le papier journal qui l'enveloppait : une expression de reconnaissance lui transfigura le visage.

– Mon oreille ! Où l'avez-vous retrouvée ?

– Dans du caviar.

Abalkine la caressa d'un air songeur.

– Qu'est-ce que tu espères ? aboya Oleg. La recoller ?

– Tu as envie de faire payer les salauds qui t'ont opéré ? interrogea Andreï.

– Vous les connaissez ?

– Nos associés.

Les yeux d'Abalkine se rétrécirent jusqu'à devenir une fente.

– Lequel ?

Oleg haussa les épaules.

– Va savoir… Ils sont neuf.

– Justement, intervint Andreï. Il n'y a qu'une façon de ne pas se tromper de coupable. Les flinguer tous !

– Maintenant, écoutez bien, dit Oleg.

La supériorité de la mafia sur la démocratie, c'est que la discussion n'y a pas cours. Elle fonctionne comme une monarchie absolue. Seuls les rois ont droit à la parole. Ils donnent des ordres. Leurs servants les exécutent sans poser de question. Rien qu'à Moscou, la « famille » Vlassov-Talasski se composait d'une centaine de permanents sur lesquels ils avaient droit de vie ou de mort. Chacun d'eux contrôlait dans toutes les grandes villes du pays un réseau de correspondants redoutables dont les ramifications s'étendaient aux coins les plus reculés de l'immense territoire soviétique. Ainsi régnait la loi. Le Colonel et le Tartare avaient la haute main sur l'ensemble de la filière. Dans les opérations de grande envergure, leur expérience de tueurs, leur flair de la rue et leur instinct du mal étaient sans faille. Oleg et Andreï imaginaient, concevaient, mettaient en œuvre. Mais, pour tout ce qui concernait les détails techniques et les structures d'intendance, ils ne levaient pas le petit doigt sans l'avis d'Abalkine et Evtouchenko.

– Demain matin, à l'aube, attaqua Oleg, nous allons réunir tous les chefs de famille sur le Polygone de Khmetievo.

– La décharge publique, murmura le Colonel.

– Tu vois un endroit mieux indiqué pour l'élimination des ordures ?

– Comment espérez-vous les réunir ? hésita le Tartare.

– On va les appeler tout à l'heure l'un après l'autre. On leur dira qu'on a reçu leur fric et qu'il est à disposition, ici, à Moscou, en liquide. Nous allons le leur livrer à l'aube, demain, sur le Polygone. S'ils veulent le récupérer, c'est là qu'ils devront venir le chercher. Il faudra que vous soyez sur place bien avant. Dans un premier temps, vous ferez disparaître tous les clochards qui traînent dans le périmètre.

– Pas de problème, dit le Colonel.

– Pas de témoins ! insista Oleg.

– Il n'y en aura pas, confirma Abalkine.

– Bien. Prévoyez assez d'hommes pour boucler toutes les routes menant au Polygone. Ils resteront planqués sur la bordure de la décharge pour empêcher quiconque d'approcher.

– Oui, mais si on bouche les routes, comment nos

clients pourront-ils passer ? s'inquiéta le Tartare. Et si on les laisse passer, eux spécialement, ils vont se méfier.

– Si vous voulez, dit le Colonel, je peux me procurer des uniformes de la voirie. Ça fera plus naturel. Ils interdisent la circulation parce qu'on fait des travaux d'assainissement…

– Assainissement, approuva Andreï, exactement ça.

Oleg prit le relais.

– Vous allez aussi vous procurer un bulldozer et cinq camions-poubelles.

– Des bennes à ordures ?

– Oui. Des bennes à ordures de la ville de Moscou. Quatre devront être disposées sur le terrain, comme si on les avait laissées là la veille. Dans chacune, dix hommes.

– Armement ? demanda le Colonel.

– Des grenades Aube.

– Pourquoi pas des vraies ? s'étonna Abalkine.

Les Aube aveuglaient et assourdissaient, mais ne tuaient pas. Pourtant, ce n'étaient pas les moyens d'extermination qui manquaient ! Oleg et Andreï négociaient directement le matériel militaire dont ils dotaient leurs soldats avec le colonel Khimitchev. Depuis 1983, Khimitchev dirigeait le Naoutchno Issledovatelsky Institout Spetsialnoï Tekhnologuii, le fameux Institut de recherche scientifique en technologie spéciale, caché dans la banlieue de Moscou, et où les meilleurs ingénieurs peaufinaient les plus sophistiqués des engins de mort.

En principe, top secret et pas à vendre. Mais dès lors qu'on était prêt à y mettre le prix…

– On va utiliser des lance-flammes.

– Vous voulez les rôtir au lance-flammes ? s'émerveilla le Tartare.

– Et la cinquième benne ? s'enquit le Colonel.

– On y mettra les fonds, dit Oleg. Et des gardes. Dix tonnes de papier, ça rentre dans une benne à ordures ?

– On y fait entrer facilement 20 tonnes de merde, le rassura le Colonel. Alors, vous pensez, 10 tonnes de papier.

Il brûlait de savoir s'il s'agissait de vrais billets ou d'une arnaque infernale, mais il se garda bien de poser la question.

– Et le bulldozer ? dit Abalkine.

– Quand on les aura fait griller, dit Andreï, on les enterrera sous les ordures et on nivellera le terrain.

Abalkine et le Colonel échangèrent un regard teinté d'admiration : être aux ordres de deux chefs pareils, quelle fierté ! Certes, ils se posaient bien d'autres questions. Par exemple, il était à peu près certain que les chefs de famille ne se risqueraient pas sur le Polygone sans de nombreux gardes du corps armés jusqu'aux dents. Même avec des grenades assourdissantes et des lance-flammes, comment les neutraliser tous ?

– Et s'il y a des survivants ? se risqua Abalkine.

– Il n'y aura aucun survivant ! affirma Oleg sur un ton sans réplique.

– On a un autre travail pour vous, dit Andreï. Urgent ! Je voudrais que vous régliez le compte d'un salaud du KGB qui a fait lui-même exécuter des milliers de *zeks*. Il habite au 9 de la rue Stanislavski. Il s'appelle Ivan Koranov. Il est bourré du matin au soir. Il faut que son exécution soit connue de tous, qu'elle frappe les imaginations, qu'elle serve d'exemple.

– Dans le genre « chauffeur de taxi » ? demanda Abalkine.

– Exactement.

– J'ai une idée, dit le Colonel.

– Moi aussi, renchérit le Tartare.

Dans le registre de la cruauté, ils n'étaient jamais en reste. Andreï eut un sourire dur.

– Je vous fais confiance.

Le temps pressait. Il y avait encore une foule de

détails à mettre au point avant l'opération du lendemain. Tous quatre s'y absorbèrent pendant deux heures. À dix heures du matin, ils décidèrent de faire une pause. Oleg sortit du bureau avec le Tartare et le prit amicalement par les épaules.

– Anton, j'ai quelque chose d'important à te demander. Je peux te faire confiance ?

Abalkine ne prit même pas la peine de répondre.

– Il y a un autre homme à éliminer, dit Oleg. Toutes affaires cessantes. Priorité absolue !

– Qui ? demanda le Tartare.

À voix basse, Oleg lui fournit quelques mots d'explication.

Les sourcils du Tartare se froncèrent légèrement.

Au même instant, à l'insu d'Oleg, Andreï, resté seul dans le bureau avec le Colonel, lui demandait exactement le même service.

Pour la même personne.

À dix heures du matin, une ambulance militaire s'arrêta devant le 9 de la rue Stanislavski. Le chauffeur resta au volant. Deux infirmiers descendirent par le hayon arrière. L'un d'eux, qui avait de lourdes moustaches noires, arborait un bandeau autour de la tête. Ils portaient une civière et s'engouffrèrent dans l'escalier. Parvenus au troisième étage, ils sonnèrent à la porte d'Ivan Koranov. Sans résultat. L'un des infirmiers frappa du point sur le vantail en roulement continu.

Finalement, une voix avinée leur parvint.

– Foutez le camp !

L'homme au bandeau tira un passe de sa poche. Il fourragea dans la serrure. La porte s'ouvrit. Les infirmiers pénétrèrent dans l'appartement. Ils refermèrent la porte.

– Ivan Koranov ? demanda aimablement le bandeau.

– Qu'est-ce que ça peut vous foutre ? grinça Koranov.

Sans prêter attention à l'intense bordel qui régnait dans

la pièce, les deux infirmiers s'approchèrent de lui. Il les défiait de ses petits yeux méchants rougis par l'alcool. Celui qui n'avait ni moustache ni bandeau lui passa affectueusement les mains autour du cou et se mit à serrer sans un mot, avec la force implacable de deux crochets d'acier. Trente secondes plus tard, Koranov rendait le dernier soupir. Celui qui l'avait étranglé sortit un marteau de sa blouse et s'acharna à grands coups sur le crâne de l'ancienne éminence grise du KGB pendant que son collègue, après avoir bu une gorgée de vodka au goulot d'une bouteille entamée, s'emparait d'instruments nickelés rangés dans une trousse médicale. Les deux hommes se penchèrent alors sur le corps de Koranov et s'activèrent à une besogne précise. Quand elle fut achevée, ils chargèrent son cadavre sur la civière, le recouvrirent d'une housse en plastique, redescendirent l'escalier sans fermer la porte, firent glisser la civière dans l'ambulance et y montèrent à leur tour.

Le chauffeur démarra.

Malgré sa frayeur, Liouba ne se souvenait que d'une chose : les deux corps puissants d'Oleg et Andreï collés à elle alors qu'ils roulaient sous la table après l'avoir catapultée au sol pour lui servir de rempart. Tous deux, simultanément, avant même d'avoir compris ce qui arrivait, avaient réagi plus vite que la pensée. Ces deux-là l'aimaient. Elle en était consciente, flattée, troublée, gênée. Et inquiète. Quand ils étaient à ses côtés et qu'ils la buvaient avidement des yeux, il y avait quelque chose de sauvage dans leur regard qui lui faisait peur.

Elle ne pouvait leur répondre que par de l'affection.

Pourtant, elle était trop femme pour ne pas percevoir l'onde magnétique qui passait entre eux lorsqu'ils la dévisageaient. Une sensation neuve, jamais éprouvée avec son mari. Il était arrivé que Vassili la réchauffe : il ne l'avait jamais brûlée. À deux heures du matin, Oleg et

Andreï l'avaient déposée devant la porte de son immeuble et escortée jusqu'à l'ascenseur. Pendant le trajet, elle s'était blottie entre eux, à l'arrière de la voiture conduite par un homme à la nuque de taureau, qui louvoyait à une vitesse folle et n'avait pas prononcé un mot. Vassili n'était pas à l'appartement. Elle en avait presque éprouvé de la gratitude. Elle s'était réfugiée dans son lit pour revivre le tumulte de sa soirée.

Plus tard, elle avait entendu Vassili rentrer. Elle avait fait semblant de dormir. Mais trop de choses la bousculaient pour qu'elle puisse fermer l'œil. Trois heures plus tard, peu avant l'aube, Vassili quittait l'appartement. Liouba se leva, prit une douche, s'habilla, enfila des bottes et sortit. Elle avait besoin de faire le point. Elle se dirigea vers le vieux quartier de l'Arbat et marcha au hasard dans les rues encore désertes. Elle entra dans la première cafétaria ouverte et commanda du thé. Combien de temps resta-t-elle à sa table ? Elle n'aurait su le dire. Elle paya, marcha encore, entra dans un autre café. Cette fois, elle but une vodka. Elle n'arrivait pas à classer ses idées, ni à chasser la boule qui lui serrait la gorge. En y réfléchissant, elle comprit que ce qui l'étouffait, c'était les choses qu'elle n'avait pas dites.

Quels que soient les prétextes invoqués et les événements extérieurs qui secouaient sa vie depuis quelques semaines, un fait demeurait : elle n'avait toujours pas parlé à Vassili. À peine l'eut-elle formulé que tout devint clair : le faire tout de suite, de peur de ne le faire jamais.

– Je peux téléphoner ?

Elle eut Vassili en ligne. Il explosa.

– Où es-tu ?

– Dans un café.

– Qu'est-ce que tu fais dans un café ?

– Je ne sais pas, Vassili. Il faut que je te parle.

– Moi aussi ! Où il est, ton café ?

– Ne quitte pas…

Elle demanda l'adresse à une serveuse qui avait des problèmes avec un plateau surchargé de vaisselle sale.

– Merci, lui dit-elle.

Et à Vassili :

– Rue Gritsevietskaia.

– Rejoins-moi immédiatement devant le musée Pouchkine, gronda-t-il, à l'entrée ! J'arrive.

Il avait une voix qu'elle ne lui connaissait pas, hargneuse, menaçante. Une voix de flic, pensa-t-elle. Elle but cul sec une seconde vodka et se retrouva dans le froid de la rue.

L'ambulance s'arrêta à la hauteur du 2, square Dzerjinsky. Pendant cinquante ans, sans interruption, des miliciens avaient monté la garde devant le bâtiment ocre jaune symbole de l'oppression communiste. Mais depuis un mois, il n'y en avait plus. À quoi bon garder le siège du KGB puisque officiellement, le KGB n'existait plus ? Tout foutait le camp… Dans le square, on pouvait toujours voir, au milieu d'une pelouse, le socle de la statue de Felix Dzerjinsky, fondateur de la terrifiante police politique qui avait tenu l'empire soviétique sous la schlague. Mais la statue, qui avait fait si longtemps de l'ombre aux brins d'herbe, avait disparu. On l'avait déboulonnée quelques semaines plus tôt, comme on avait jeté bas tout ce qui pouvait rappeler l'ancien régime.

Deux hommes en blouse d'infirmier descendirent de l'ambulance. Ils portaient une civière sur laquelle on devinait, sous une housse en plastique, une forme humaine. Les deux hommes avancèrent sur la pelouse et placèrent la civière devant le socle de la statue. Ils enlevèrent la housse. L'un des deux, qui portait un bandeau autour de la tête, prit le corps par les épaules. L'autre, par les jambes. Ils l'allongèrent sur la plaque de bronze. Quelques passants marquèrent le pas pour observer la scène. Il arrivait parfois que des nostalgiques du socialisme jettent des fleurs à l'emplacement où se dressait la statue. Mais de mémoire de Moscovite, personne, jusqu'à présent, n'avait vu quiconque y déposer un cadavre. Les deux infirmiers, penchés au-dessus du corps, semblaient procéder avec soin à l'ultime touche d'une mise en scène. Ils se redressèrent et regagnèrent tranquillement l'ambulance sous l'œil des curieux.

Ils montèrent à l'avant, auprès du chauffeur qui démarra.

Le premier, un enfant, lâcha la main de sa mère et se précipita sur la pelouse. Sa mère le rattrapa. Au moment où elle le rejoignit, l'enfant se retourna vers elle en riant, se blottit dans ses bras et la regarda. Il vit ses yeux s'agrandir pendant que sa bouche s'ouvrait démesurément pour un cri qui ne put sortir de sa gorge. Fascinée d'horreur, elle contemplait l'œuvre des infirmiers : un homme, le crâne défoncé, auquel on avait tranché les organes génitaux pour les lui placer dans la bouche.

Là où ils auraient dû se trouver, ses bourreaux avaient placé une faucille. Et sur sa tête, souillée de sang séché et d'éclats d'os, un marteau.

Liouba quitta la rue Gritsevietskaia et tourna à droite dans l'avenue Frounze. Les deux vodkas qu'elle avait bues ne l'aidaient pas beaucoup. Mentalement, elle envisageait les façons de le dire : « Vassili, je veux divorcer. » Ou alors : « Vassili, c'est mieux que nous nous séparions. » Ou bien : « Vassili, ce soir je ne serai plus là. » Dans tous les cas, c'était désastreux. L'idéal eût été qu'elle puisse le quitter sans lui faire de peine. Qu'il comprenne, sans qu'elle ait à le lui expliquer, qu'un temps venait où deux êtres, à supposer qu'ils aient jamais communiqué, n'avaient plus rien à se dire. Chacun devenait alors le boulet de l'autre et, par sa seule présence, le privait de son air, de ses rêves. Mais quand il n'y avait pas de conflit ouvert, comment le dire paisiblement, sans passer pour un monstre ?

Elle arriva place Borovitskaïa, prit à droite l'avenue Volkhonka. Il lui restait près de cent cinquante mètres à faire avant d'atteindre le musée Pouchkine. Elle y allait souvent, autrefois, méditer devant un énigmatique Rembrandt, le *Portrait d'une vieille femme*, ou s'abîmer dans la contemplation de *La Vierge à l'enfant* de Cranach. Ce n'était sans doute pas par hasard que les titres de ces deux tableaux, et eux seuls au milieu de tant d'autres, lui revenaient en mémoire : ils résumaient un destin possible de femme : devenir vieille, un jour, et sans enfant. Comme pour s'en défendre, deux autres chefs-d'œuvre effacèrent les deux premiers et s'imposèrent à sa vision intérieure : des fleurs de Monet, *Lilas dans le soleil*, et une toile lumineuse qui dégageait la douceur de vivre, d'aimer et d'être aimée, *La Femme de Tahiti*. L'existence de ces deux joyaux lui donna la preuve, simplement parce qu'ils existaient, que la vie pouvait aussi, si on avait le courage de la vivre, être autre chose. Elle sut alors que Monet et Gauguin venaient de lui donner la force de ne plus tricher avec son silence, d'affronter sa propre vérité. Comment le dire n'avait plus d'importance : elle allait le dire, comme ça lui viendrait lorsqu'elle serait face à face avec Vassili. Son pas se raffermit.

Elle arriva en vue des hautes colonnes de marbre blanc qui constituaient la façade de l'édifice. Et elle aperçut Vassili, qui venait vers elle. Lui aussi l'avait vue, en même temps.

Il marchait à grands pas rapides, mû par la rage qui l'habitait. Jusqu'alors, il avait vécu avec Liouba dans une bulle de tiédeur, de confiance. Certes, il savait qu'elle ne l'aimait pas comme il l'aimait lui-même et que leur couple, malgré les zones de calme qui semblaient le structurer, présentait bien des lézardes. Mais de sa vie, en dehors de Liouba, il n'avait jamais aimé une autre femme : savoir qu'elle avait passé la soirée avec les deux gangsters qui étaient la cause indirecte de la mort de sa sœur lui était physiquement insupportable. Il allait le lui cracher au visage, lui exprimer son indignation, son dégoût.

Liouba n'était plus qu'à vingt mètres de lui.

Tous deux s'avançaient l'un vers l'autre avec la même résolution. Déjà, Liouba pouvait distinguer les traits tendus de Vassili, son visage blême... Sans savoir de quoi il s'agissait, elle sentit que lui aussi avait quelque chose à lui dire, quelque chose de définitif. Des passants les croisaient. Puis, soudain, Vassili fut très près d'elle, et tout se passa comme dans le ralenti artificiel d'un film d'horreur. Elle le vit hésiter, tituber, lever la tête vers le ciel et s'affaisser comme une masse.

– Vassili !

Elle fut sur lui, s'agenouilla sur le trottoir, passa les mains sous sa nuque : il était mort. Alors, elle sentit que ses mains étaient pleines de sang et aperçut, des deux côtés de la tête, l'impact des deux balles qui lui avaient fait sauter le crâne, deux trous violacés d'où s'échappait un filet de sang.

Un sur la tempe droite ; l'autre sur la gauche.

Deux blessures impossibles, comme si, simultanément, on avait tiré deux fois sur lui, de deux côtés à la fois, pour lui voler deux fois sa vie. Elle se mit à hurler.

21

Le jour se levait. En l'espace de cinq minutes, une dizaine de grosses voitures et autant de véhicules tout-terrain arrivèrent au carrefour de la route de Leningrad et du Polygone de Khmetievo, à cinquante kilomètres à l'ouest de Moscou.

Dans chacun d'eux, l'œil aux aguets, plusieurs hommes en armes chargés de protéger les *capi*. Debout sur un talus, deux hommes les attendaient devant une Zil noire. Ils leur firent signe, remontèrent dans la Zil et démarrèrent. À leur suite, le convoi s'engagea sur un sentier couvert de boue où des poids lourds avaient creusé de profondes ornières. Pour jeter son mégot de cigare, Matychov, le conseiller du Fou, commit l'erreur d'abaisser la vitre de sa Mercedes.

– Ferme ça ! ordonna le Fou.

Une seconde avait suffi pour que l'air glacé, charriant l'horrible puanteur de la forêt d'immondices, s'infiltre dans la tiédeur de la voiture et imprègne les sièges de cuir, les vêtements, la peau. Une puissante odeur de charogne, de choux pourris, d'humus humain et végétal au dernier stade de la décomposition : l'insupportable odeur de la grande décharge de Moscou. Elle s'étendait sur des milliers d'hectares, dans un paysage artificiel de vallonnements créé par les bulldozers nivelant ou agglutinant en collines de déchets les millions de tonnes d'ordures rejetées depuis des décennies par une mégalopole de dix millions d'habitants. Dans ce gigantesque cloaque proliféraient les rats, la vermine et les corbeaux. Mais les temps étaient durs. Depuis peu, dès neuf heures du matin, des cohortes de clochards venaient leur disputer ce qui leur paraissait comestible, restes de pain verdâtres de moisissure, trognons de choux, viande avariée, tandis que des nuées de corbeaux tournoyaient inlassablement au-dessus des immondices. On était le mercredi 4 décembre. Trois jours auparavant l'Ukraine, après tant d'autres républiques, avait voté par référendum son indépendance. Ce qui restait de l'ex-empire soviétique craquait comme un tissu pourri. La veille, Oleg et Andreï avaient prévenu personnellement leurs neuf « partenaires financiers » que le lendemain, ils feraient face à leur échéance.

– Capital et intérêts, en liquide et en dollars. Rendez-vous au lever du jour au Polygone de Khmetievo.

Personne n'avait discuté.

– On y sera.

Ils y étaient. Ouvrant la route aux autres voitures, la Zil cahotait dans les ornières. Des corbeaux, qui piquetaient les ordures, s'écartaient à leur approche d'un coup d'aile souple.

Soudain, au sommet d'une bosse, la Zil disparut. La BMW qui lui collait au pare-chocs émergea à son tour sur la crête. C'était celle de Chataline. Installé à l'arrière entre ses deux lieutenants, il semblait regarder la nuque de son chauffeur qui s'engageait maintenant dans une pente raide, repassait en première et jouait des freins. Derrière lui, le reste du cortège effectua la même manœuvre et put découvrir le fond d'une vaste cuvette plate où stationnaient un camion-benne et une

Mercedes noire. Flanqués du Colonel et du Tartare, Andreï Talasski et Oleg Vlassov en descendirent. Tous les autres véhicules vinrent de ranger autour d'eux en arc de cercle.

Pendant quelques secondes, rien ne bougea. Les moteurs furent coupés. Il n'y eut plus alors que le sifflement du vent glacé et le croassement des corbeaux tournoyant dans le ciel bas noyé dans les vapeurs d'ordures. Sur la crête opposée, à une trentaine de mètres, on pouvait apercevoir, abandonnés pour la nuit par les employés de la voirie, une dizaine de camions-bennes, quelques bulldozers et des tracteurs rouge et jaune de la ville de Moscou.

– Gaffe, dit le Fou, ça pue le traquenard !

Il serrait sous sa veste un pistolet-mitrailleur Kiparis. Dans les autres voitures, les mains se crispaient sur les armes.

– Ne quittez pas des yeux les bennes sur la crête, murmura Pavel Lyssenko aux trois *capi-regime* qui l'escortaient.

Oleg et Andreï restaient son point de mire. Sur un signe d'Oleg, le Colonel et le Tartare marchèrent jusqu'au camion-benne. Le Colonel grimpa dans la cabine, Abalkine se plaça à l'arrière. La benne bascula, laissant apparaître un empilement de cantines militaires. Le Colonel descendit du camion et rejoignit le Tartare. Andreï s'avança nonchalamment vers les véhicules qui les encerclaient et leva le bras.

– Tout est là. Venez et vérifiez. Que chacun prenne son dû et foutons le camp d'ici !

Il eut un sourire encourageant et ajouta en se bouchant le nez :

– Ça pue !

Il alluma une cigarette, mit les mains dans ses poches et attendit. Une portière grinça. Fedor Grichine, le Taureau, pivota lentement sur son siège, déplia sa carcasse, écarta ses gardes du corps qui voulaient le suivre et se dirigea vers la benne.

Il arriva à la hauteur d'Andreï.

– Salut, Talasski.

– Salut, Grichine.

– Je peux voir ?

– Sûr. Vas-y.

– Tu viens avec moi ?

Andreï haussa les épaules, jeta sa cigarette et marcha à son côté. Ils avaient du mal à se tenir debout. Ce qui servait de sol était mou, gluant, élastique. Des papiers souillés, soulevés par le vent, se collaient à leur manteau. Leurs pieds s'enfonçaient dans la boue, dérapaient dans l'ordure au hasard des bouteilles vides, des bonbonnes en plastique, des morceaux de ferraille.

Grichine hasarda une plaisanterie.

– Mes pompes vont être foutues. Faudra que tu m'en paies de nouvelles !

– Tu chausses du combien ?

– 51. Tu aurais pas pu choisir une parfumerie ?

Ils arrivèrent à l'arrière de la benne. Sous l'œil vigilant du Tartare et du Colonel, Grichine contempla les cantines avec méfiance. Immobile, Andreï l'observait, mains dans les poches.

– Il y a 10 millions de dollars dans chaque cantine, Fedor. Tu as droit à dix. 100 millions de dollars. Tu vas pouvoir te payer toutes les usines de godasses de la Sainte-Russie !

– Montre.

– Regarde toi-même. Aucune n'est fermée.

Le Tartare et le Colonel dégagèrent une cantine et la posèrent aux pieds de Grichine. Oleg s'était rapproché. Il se posta près d'Andreï.

– Pas celle-là, grogna Grichine sans les regarder. Une autre.

– Une autre, ordonna Oleg.

Sous l'œil attentif du Taureau, Abalkine et Evtouchenko en sortirent une nouvelle de la benne. Du bout des doigts, le Taureau en fit jouer la fermeture. Il souleva le couvercle : la cantine était bourrée de billets de 100 dollars empilés par liasses.

– Tu veux compter ? ironisa Andreï.

– Alors ? hurla le Fou de sa voiture.

Fedor Grichine se retourna lentement avec une expression de mépris. Ils avaient de vieux comptes à régler. Ils se haïssaient.

– Le fric est là, oui ou merde ? s'égosilla le Fou.

Ce n'était pas par hasard qu'on avait surnommé Fedor Grichine le Taureau. Certes, il en avait la morphologie, puissant de jarret, poitrail énorme et tête lourde vissée directement sur les épaules, une espèce de pilier de muscles faisant office de cou. Mais surtout, il en avait les réactions.

Calme en apparence, il était sujet, dès lors qu'on le provoquait, à des colères aussi brutales que terrifiantes. Que lui passa-t-il par la tête ? Ce n'était ni le moment, ni le lieu. Mais brusquement, la voix agressive de l'avorton détesté fit vibrer en lui une vague sauvage. Il marcha droit sur la voiture du Fou.

Dans le silence qui suivit, on entendit le claquement sec de plusieurs culasses qu'on armait. Kiparis en main, le Fou bondit hors de la Mercedes, instantanément encadré par trois gardes menaçants. Grichine, mains nues et visage fermé, s'avançait toujours vers lui. À leur tour, ses proches gardes se rangèrent à ses côtés. Les deux groupes furent bientôt face à face.

– C'est à moi que tu parles ? demanda Grichine.

– Oui, tas de merde !

– Arrêtez ! intervint Pavel Lyssenko.

Mais il était déjà trop tard. Écarlate sous l'insulte, Grichine eut un geste dingue : à pleines mains, il saisit le canon du pistolet-mitrailleur du Fou qui bloqua son doigt sur la détente.

Une rafale ininterrompue arrosa le terrain sous tous les angles pendant que le Fou, accroché au canon de son arme, la prolongeant en quelque sorte de ses bras et de son corps, s'envolait dans le ciel, formant, une seconde à peine, une figure de cirque à trois éléments : Fedor Grichine, les pieds solidement arrimés sur terre, tenant à bout de bras, au-dessus de sa tête, le pistolet-mitrailleur auquel, valdinguant dans l'espace à trois mètres du sol, le Fou se cramponnait de toutes ses forces. Au hasard de son tournoiement, les balles crépitaient sur le mufle des bulldozers, miaulaient sur la carrosserie des voitures, s'enfonçaient avec un bruit mat dans l'ordure, ou se perdaient dans les nuages, dans un grand envol de corbeaux.

Tête en avant, Lyssenko se jeta dans sa Mercedes. Tous les autres s'aplatirent dans la boue sauf les gardes du corps, debout, se braquant les uns les autres. L'un d'eux, touché à la gorge par l'une des balles perdues, s'affaissa le visage en avant sur un amas de tessons de bouteilles. À l'intérieur de la BMW, Chataline, tête rentrée dans les épaules, ne quittait des yeux ni la benne ouverte, où s'offrait le pactole, ni Oleg et Andreï, accroupis légèrement en retrait de leur propre voiture, derrière laquelle s'abritaient le Tartare et le Colonel. La fureur l'envahissait : la bêtise meurtrière de ces deux cons l'empêchait de vérifier la réalité du chargement. Pas plus que certains autres *capi*, il n'y croyait totalement : comment Vlassov et Talasski avaient-ils pu se procurer aussi vite une telle montagne d'argent liquide ?

Cela relevait du miracle. Ou de l'arnaque. Tant

qu'il ne pourrait explorer le contenu de ces caisses, une à une, il ne serait pas convaincu: qu'est-ce qui empêchait Vlassov et Talasski d'avoir mystifié Grichine en ne lui mettant sous le nez que ce qu'ils souhaitaient lui montrer? Il hésita. Son instinct lui disait de prendre le large, et vite, mais son avidité le clouait sur place. Soudain, le Fou cessa de s'agripper à son arme, roula trois fois sur lui-même, brandit un colt qu'il avait dû sortir de son manteau et, au jugé, tira sur Grichine, qui se cassa en deux avant de s'effondrer de toute sa masse, visage en sang.

Dans le même mouvement, le Fou abattit quatre gardes du corps, ceux de Grichine et les siens.

– Aliocha ! hurla Matychov en ouvrant la porte de la voiture. Tu es cinglé !

Le Fou se retourna comme un serpent, tira dans sa direction une balle qui fit exploser le pare-brise de sa voiture, bondit sur le cadavre de Grichine, dégagea le pistolet-mitrailleur coincé sous son corps et, une arme dans chaque main, se dirigea vers la benne. Il se trouva face à Abalkine et Evtouchenko qui le menaçaient de leur arme.

– Écartez-vous, connards ! leur cracha-t-il.

– Ne tirez pas, dit calmement Andreï. Aliocha veut simplement vérifier.

Il avait rallumé une cigarette et tenait négligemment, à bout de bras, un Mauser au mufle court. Le Colonel et le Tartare s'écartèrent. Le Fou plongea une main dans la cantine ouverte, brassa les liasses. Puis, il prit un billet entre ses doigts, le fit craquer, le porta à ses yeux et commençait à l'examiner en transparence lorsqu'un énorme vrombissement emplit l'espace: un hélicoptère s'immobilisait dans le ciel à dix mètres au-dessus de la cuvette.

Personne ne l'avait vu arriver.

– Restez où vous êtes ! Police !

Les pales soulevèrent un torrent de papiers gras qui voltigèrent en tourbillons sur les monticules d'ordures pendant que, tombé du ciel, un déluge de grenades explosait soudain dans un aveuglant fracas de fin du monde. Mais déjà, Oleg et Andreï avaient roulé sous la benne. Le Fou, zigzaguant dans les immondices, se précipitait sur sa Mercedes en lâchant des rafales sur l'ennemi venu du ciel. Moteur hurlant, voitures et tout-terrain d'escorte, dont les roues patinaient sur le sol gras, faisaient demi-tour pour tenter de regagner le haut de la cuvette par où ils étaient arrivés. Plusieurs balles ricochèrent sur les flancs de l'hélico, qui fit un brusque écart et s'éleva dans le ciel.

Alors, dans l'épouvantable claquement des armes automatiques, se produisit quelque chose d'inattendu.

À droite, une multitude d'hommes jaillirent des camions-bennes endormis sur les bords du cratère et, les prenant à revers, ouvrirent le feu sur les fuyards, tandis que, leur faisant face sur la crête opposée, une haie humaine, protégée par des poids lourds de l'armée, les arrosait simultanément de longues giclées de flammes alors qu'ils essayaient de gravir la pente : plusieurs véhicules explosèrent avant d'arriver au sommet.

– Fonce, connard ! hurla Chataline à son chauffeur.

Ils arrivaient au sommet dans un rideau de flammes et de fumée. Chataline empoigna violemment l'homme installé à son côté. Vitre baissée, il tirait en aveugle, droit devant lui.

– Igor, l'hélico ! lui cria Chataline. L'hélico !

Igor fourragea sous les sièges avant, en ramena un bazooka, l'arma et, maintenu par Chataline qui l'agrippait à bras-le-corps, se pencha à l'extérieur pour scruter le ciel à travers les nuages de fumée. La BMW faisait des embardées sauvages. Igor avait du mal à s'accrocher, mais aperçut, les survolant à vingt mètres, l'hélico d'où s'abattait sur eux une tempête de projectiles.

– Tire, crétin ! hurlait Chataline. Tire !

Igor appuya sur le détonateur : un dixième de seconde plus tard, l'hélicoptère se désintégrait en une gerbe pourpre.

– Merde ! ragea Andreï. Ils l'ont eu !

Oleg ne répondit pas. Mâchoires serrées, mitraillette coincée sous le bras, il appuyait le feu de ses soldats et tiraillait en arc de cercle sur les flancs de la cuvette. Des hommes, transformés en torches vivantes, sautaient des voitures fracassées, faisaient quelques mètres et basculaient sur le talus, où leurs corps embrasés, se recroquevillant en un amas gluant et brunâtre, enflammaient les ordures. Abalkine et le Colonel bondissaient hors d'une Jeep, y fourraient la cantine bourrée de liasses et, couverts par leurs exécutants, démarraient à toute allure pour gagner le sommet de la crête, déchargeaient la cantine et fonçaient de nouveau vers la benne qui servait d'abri à Oleg et Andreï, yeux larmoyants et gorge en feu dans l'insupportable odeur de poudre, de merde et de chair humaine grillée. Sous l'impact des balles et des véhicules qui explosaient, le sol tremblait comme une gélatine pendant que s'élevaient les hurlements des blessés achevés au lance-flammes par les hommes d'Abalkine et du Colonel.

– Stop ! hurla Oleg.

En un instant, tout s'arrêta. Le vacarme des armes fut remplacé par le ronflement des voitures qui flambaient dans les rafales de vent. Prises entre deux feux, elles n'avaient pu atteindre le sommet de la cuvette.

Après avoir dégringolé de la pente, elles s'amoncelaient maintenant en un amas de ferrailles noircies d'où émergeaient des corps mutilés.

La fumée était si épaisse qu'on n'y voyait guère à plus de vingt mètres.

– Abalkine !

– Patron ?

– Dis-moi combien de voitures ont brûlé, jeta Oleg. Pas les tout-terrain, les voitures !

Abalkine, flanqué du Colonel, partit en courant et aboya des ordres. Oleg se tourna vers Andreï.

– On n'a plus l'hélico pour rentrer. S'il y a des survivants, ils peuvent nous guetter sur la route. Qu'est-ce qu'on fait ?

– Attends d'abord de savoir s'il y en a un seul.

Abalkine sortit d'un écran de fumée.

– Six voitures, dit-il en haletant.

– Merde ! ragea Oleg. Il en reste trois !

– Foutons le camp ! trancha Andreï. Entre le barouf et les incendies, on risque d'avoir les flics au cul dans pas longtemps ! Evtouchenko !

– Patron ?

– Fais-moi flamber cette putain de benne !

– J'y vais.

Le Colonel fonça, décrocha un jerricane d'essence à l'arrière de la cabine, arrosa les cantines et craqua une allumette. Instantanément, la benne apparut en ombre chinoise dans un gigantesque rideau de flammes.

– Patron, qu'est-ce qu'on fait ? demanda Abalkine.

Oleg et Andreï coururent vers la voiture.

– On se casse !

– On rentre ! beugla le Colonel aux soldats qui attendaient. Dispersez-vous et pas de convoi !

Les troupes s'égaillèrent pour rejoindre leur Jeep et leurs camions. Abalkine se mit au volant de la Mercedes. C'était curieux, le danger accentuait son désir violent de se gratter l'oreille, celle qui, précisément, lui manquait. Il avait entendu de la bouche de vieux mutilés de guerre, anciens de Leningrad, que, les jours de pluie, ils souffraient de leur jambe artificielle.

À l'époque, ça l'avait bien fait rigoler.

– Qu'est-ce que tu attends pour démarrer ? tonna Oleg.

Il pressentait que tout ce qu'ils avaient fait avait été accompli en vain. Même s'il n'y avait eu qu'un seul survivant, il leur aurait été impossible de dormir tranquilles. Or, ils étaient trois. Ils allaient se liguer. Les ennuis commençaient.

– Dès ce soir, on peut s'attendre à du grabuge, dit Andreï, en écho aux pensées d'Oleg.

La Mercedes arrivait sur les bords de la cuvette. Oleg et Andreï se retournèrent. Plus bas, au-dessous d'eux, le paysage dévasté évoquait les zones pilonnées par l'artillerie en temps de guerre. Seuls, étaient intacts les cadavres fauchés par balles au début du massacre. Les autres formaient un magma noirci léché par les flammèches dans un indescriptible enchevêtrement de ferrailles calcinées. L'hélicoptère achevait de brûler.

Y compris le pilote, six hommes étaient à bord quand il avait été abattu. L'un d'eux semblait enchâssé dans le plastique du cockpit qui, dans la fournaise, avait fondu autour de son corps.

– D'après toi, dit Oleg, qui s'en est tiré ?

Andreï haussa les épaules.

– Fais-leur confiance. On ne va pas tarder à le savoir.

Tous deux étaient épuisés, la tête bourdonnante de vide.

La Mercedes arrivait maintenant au bout du champ

d'épandage. Du haut d'un monticule, ils aperçurent la route de Leningrad.

– Baisse ta vitre, dit Oleg à Andreï. J'ai besoin de respirer.

Livre 4

CAFÉ POUCHKINE

22

L'année 1991 s'achevait dans l'imprévisible, le désarroi et la folie. Trois jours avant Noël, au matin du 22 décembre, Ivan Silaiev, cumulant provisoirement les fonctions de Premier ministre, de président du Comité économique inter-républicain et de ministre des Finances, reçut dans le bureau provisoire qu'on lui avait alloué au Kremlin le commandant en chef des Armées, le maréchal Evgueni Chapochnikov, promu à son poste depuis quelques heures, pour lui confirmer que sa nomination n'était que provisoire.

À tous les échelons, la même frénésie s'emparait du pays.

Les tenants du pouvoir valsaient, les décrets duraient le temps d'une étincelle. Chaque jour qui passait détruisait ce qui avait été décidé la veille. L'Histoire deve-nait folle. Elle allait beaucoup plus vite que l'imagination des hommes, dans un invraisemblable tourbillon d'événements dont personne, à une heure près, n'aurait pu dire où ils allaient entraîner ce qui avait été l'empire le plus puissant du monde. La seule certitude, c'est que n'importe quoi pouvait arriver. On était le 21 décembre, un samedi. Le 8, réunis à Minsk, les dirigeants de la Russie, de la Biélorussie et de l'Ukraine avaient enregistré l'acte de décès de l'Union soviétique et décrété la fondation d'une communauté d'États souverains.

Le 13, les républiques d'Asie centrale manifestaient leur désir d'y adhérer. La veille, la Russie s'était approprié la totalité des institutions de feu l'URSS. Et aujourd'hui, ultime coup de grâce à la dictature socialiste moribonde, huit autres républiques rejoignaient la Communauté. En Géorgie, où l'état d'urgence était décrété depuis le 24 septembre, la guerre civile commençait. À Moscou, après deux heures de queue devant des magasins affichant PLUS RIEN À VENDRE, les gens se battaient pour un morceau de pain, deux tomates, quelques grammes de beurre...

Son énorme bouquet dans les bras, Liouba se sentait idiote.

Par rapport à l'instant, la situation, la rue et les passants, ses lilas avaient quelque chose d'incongru : on n'avait pas le nécessaire, ils symbolisaient le superflu. Les fleurs étaient très rares à Moscou. Où les prenaient-ils ? Au début, elle en avait reçu un bouquet chaque matin avec une carte signée de leurs deux noms. Ensuite, pour des raisons qui lui échappaient, ils avaient fait bouquet à part : un d'Andreï, l'autre d'Oleg.

Toujours plus beaux, frais, lumineux.

Près de trois semaines s'étaient écoulées depuis l'assassinat de Vassili. Pas un jour, Oleg et Andreï n'avaient négligé de lui manifester une affection sans faille, attentive, chaleureuse. Les obsèques avaient été célébrées dans la plus stricte intimité familiale au cimetière de Peredelkino. Ils y étaient venus ensemble, restant discrètement à l'écart jusqu'à ce que Liouba, du coin de l'œil, les aperçoive, debout sous les trois grands pins signalant la tombe de Boris Pasternak. Au retour, sur la route forestière qui les ramenait à la nationale Minsk-Smolensk, sa mère et ses sœurs, à tour de rôle, avaient insisté pour héberger Liouba. Elle avait refusé. Elle voulait être seule. Il fallait qu'elle réfléchisse, qu'elle prenne du recul.

Elle s'était voulue libre ; la vie l'exauçait. Quelle dérision…

La réalisation de son vœu se payait d'une tragédie charriant l'horreur, la culpabilité. À la seconde où on l'avait abattu, n'allait-elle pas annoncer à Vassili qu'elle le quittait ?

Comment ne pas voir un signe entre sa disparition et son désir de rompre ? Ce que sa mort leur avait dérobé à tous deux, à elle, à lui, dans cet ultime rendez-vous manqué où les choses, enfin, allaient être dites, c'était cet instant de vérité, leur vérité.

Les jours avaient passé…

Elle ne bougeait pas de chez elle, ne répondait pas au téléphone, se nourrissait à peine et restait des heures à regarder le vide. Parfois, il avait bien fallu qu'elle ouvre sa porte.

Ensemble ou séparément, Natalia, Elena et Ariana lui rendaient visite sous le moindre prétexte. Sans avoir l'air d'y toucher, elles rangeaient l'appartement, prétendaient qu'elles avaient faim, installaient deux assiettes sur la table. Liouba finissait par leur tenir compagnie. Comme par hasard, elles avaient toujours dans leur sac quelque chose à grignoter.

Puis les fleurs étaient arrivées.

Il y en avait tellement chaque jour que Liouba n'avait plus su où les mettre. Elles éclataient dans tous les coins du salon et de la chambre. Elle les offrait à ses sœurs.

– Qui te les envoie ?

– Des copains de l'université. Je les avais revus peu avant la mort de Vassili.

– Qu'est-ce qu'ils font ?

– Je ne sais pas.

– Tu ne le leur as pas demandé ?

– Je sais que ça a l'air idiot, mais non.

Sur la carte accrochée aux bouquets, il y avait toujours deux ou trois mots affectueux signés indifféremment de l'un ou de l'autre : *Je pense à toi. Andreï. Si tu as besoin de quoi que ce soit... Oleg.* Un jour, pour les remercier, elle avait appelé la rue Sobinovsky. Elle était tombée sur Andreï.

– Je ne voulais pas t'importuner, lui dit-il après un long silence. J'espérais que tu me ferais signe...

– Merci pour les fleurs. Elles embaument la maison.

Le même après-midi, elle avait eu Oleg.

– Andreï m'a dit que tu avais appelé. Je voulais te dire que j'étais avec toi.

– Tes roses m'ont fait tellement plaisir...

Aujourd'hui, c'était une immense gerbe de lilas blancs : comment, en pleine révolution, pouvait-on obtenir du lilas blanc à Moscou un 21 décembre ?

Quand elle lui ouvrit la porte, sa mère en fut suffoquée.

– Entre, Liouba, entre... Mon Dieu, de ma vie je n'en ai vu d'aussi belles !

Où les mettre ? À Moscou, il n'y avait presque jamais de fleurs. Pourquoi y aurait-il eu des vases ? Après avoir passé la cuisine en revue, Liouba découvrit, sous un rideau qui cachait le recoin à balais, le bac émaillé où sa mère faisait la lessive.

Elle le remplit d'eau et y plongea les lilas.

– C'est magnifique, dit Alla. Je vais te préparer du thé.

Depuis le drame, c'était la première fois que Liouba revenait chez sa mère. Tous les jours, elle l'avait appelée pour qu'elle ne s'inquiète pas. Elles ne se disaient pas grand-chose. Chacune entendait la voix de l'autre, le souffle de l'autre... Sa mère mit la théière sur la table. Son regard erra sur les lilas posés à même le plancher. Ils illuminaient de leur tache blanche la patine grise et douce de l'appartement.

– Où as-tu pris ces merveilles ?

– Des amis me les ont envoyées, maman, mes meilleurs amis…

– Je les connais ?

– Je ne crois pas, maman. C'est si vieux. On était à Lomonossov ensemble.

Perdues dans leurs pensées, elles burent leur thé en silence. À un moment, Liouba sentit peser sur elle le regard de sa mère. Un regard doux, pénétrant, qui devinait.

– Liouba, est-ce qu'un de ces garçons compte pour toi ?

Liouba se sentit rougir jusqu'aux oreilles.

– Pas du tout, maman, ce ne sont que des amis…

En prononçant sa phrase, elle sut que sa mère, dans des zones qui lui restaient interdites, voyait plus loin qu'elle.

Jusqu'à présent, elle s'était refusée à y penser : Oleg et Andreï, comme autrefois, l'aimaient, il s'agissait d'une évidence. S'était-elle demandé à son tour ce qu'elle éprouvait pour eux ?

– Liouba, as-tu jamais aimé ton mari ?

Liouba hésita une seconde.

– Je ne sais plus, maman, après tant d'années…

– Mais si, tu le sais très bien. Une femme sait toujours ces choses-là. Au dernier jour de sa vie, j'aimais toujours ton père.

Voyant qu'elle avait les larmes aux yeux, elle lui posa la main sur le poignet.

– Tu es jeune, Liouba, très jeune. La vie est longue. Même après les très grands chagrins, elle continue, elle recommence. Le plus affreux, vois-tu, c'est qu'on n'en meurt pas.

– Pourquoi me dis-tu ça, maman ?

– Parce qu'il m'arrive de lire dans tes pensées. Je voulais que tu saches que tu n'es pas coupable.

– Eh bien, Valentina ? Qu'est-ce qu'il se passe ?

– Rien, madame.

À califourchon sur sa chaise, sa canne d'argent à la main, la Chostakova n'avait pas hésité à interrompre son cours pour fustiger la retardataire. Ses cheveux noirs étaient coiffés en bandeaux. Elle avait quatorze ans et n'en menait pas large.

– Tu as été malade ?

– Non, madame.

– Alors pourquoi n'es-tu pas venue tous ces temps-ci ?

– C'est à cause de l'explosion, madame, dit Valentina en se tortillant d'angoisse. Maman a cru que l'école était fermée…

– Qu'est-ce que tu racontes ? Les leçons ont eu lieu tous les jours, comme à l'ordinaire. Tu veux faire une carrière et tu désertes à la moindre petite explosion, sans même daigner te renseigner sur place ?

Elle frappa le sol de sa canne.

– Va mettre tes chaussons !

Valentina s'éclipsa. Sur un claquement de doigts, la pianiste octogénaire reprit mécaniquement son saccage du *Lac des cygnes*.

Deux semaines auparavant, au 9 de la rue Sobinovsky, une bombe de forte puissance avait brisé les vitres de tout le quartier, endommagé les bâtiments alentour et ravagé la façade de l'immeuble. Elle était masquée désormais par des échafaudages. Miraculeusement, la plaque de marbre, où s'inscrivait en lettres d'or ÉCOLE DE DANSE IRINA CHOSTAKOVA, était restée intacte. La Chostakova en avait déduit que son nom, et lui seul, avait protégé l'ensemble de l'édifice. Malgré ce signe, elle avait dû se battre avec le gérant qui avait la prétention – momentanément, jurait-il – de vouloir lui faire fermer son cours. Certes, elle flairait bien que se déroulaient des choses peu ordinaires. Le lendemain de l'explosion, l'immeuble disparaissait sous une forêt d'échafaudages. Jusque-là, normal, il fallait bien réparer les dégâts. Ce qui l'était moins, c'était ces sacs de sable que des ouvriers empilaient jusqu'au toit. Brusquement, la Chostakova s'était crue revenue en temps de guerre.

En quoi, sans s'en douter, elle ne se trompait pas.

Il y avait eu beaucoup de morts depuis la tuerie du Polygone de Khmetievo. En l'espace de quinze jours, Moscou s'était transformé en Chicago des années trente. Dans l'intense bordel qui régnait sur la ville, de mystérieux incendies éclataient, des voitures mitraillaient des restaurants, des magasins, des boîtes de nuit, des étalages. On retrouvait sur le trottoir des prostituées étranglées, lardées de coups de couteau, des entrepôts explosaient et chaque jour, à l'aube, on ne comptait plus les morts gisant dans le caniveau, dépourvus de papiers d'identité, défigurés, criblés de balles. Résignée, la police nettoyait la rue et expédiait les cadavres à la morgue. Quand les rares flics honnêtes manifestaient l'intention d'en savoir davantage, on leur faisait comprendre, en haut lieu, qu'il y avait des tâches plus urgentes que les règlements de comptes de la mafia: « Laissez-les se tuer entre eux, c'est autant de moins qu'on aura à faire ! » Que répondre ? Du haut en bas de la hiérarchie, la ville, convulsée d'intrigues politiques et souillée d'assassinats, était pourrie jusqu'à la moelle.

Depuis longtemps, chacun, un peu écœuré, avait compris qu'il suffisait de payer pour corrompre: quelques dollars venaient à bout de toutes les vertus.

On avait beau être en période de trêve, Oleg et Andreï n'avaient rien laissé au hasard. Postés dans des voitures, des hommes se relayaient nuit et jour autour de l'immeuble. D'autres, perchés dans les échafaudages, couvraient la rue Sobinovsky de leurs armes. À l'intérieur, la garde avait été triplée. En bas, dans les plâtras de l'escalier, plusieurs gorilles, en tenue d'ouvriers du bâtiment, contrôlaient les entrées d'un œil aigu en camouflant leur mitraillette sous leur blouse. À chaque seconde, la mort pouvait surgir sous n'importe quelle forme, poison, explosion, cocktail Molotov, incendie. Oleg et Andreï se terraient depuis quinze jours au dernier étage du bâtiment transformé en blockhaus, se nourrissant de produits achetés par leurs hommes dans un endroit différent chaque jour...

– Combien de types sur le toit ? demanda Oleg.

– Trois, avec des bazookas, je te l'ai déjà dit ! Tu as peur de quoi ? D'un hélico ?

Ils étaient à bout de nerfs, agressifs, tendus. Andreï s'isolait de plus en plus souvent dans la pièce réservée à ses recherches sur le mouvement perpétuel. Il regardait tourner sa machine. Lorsqu'elle devenait inerte, de peur de la briser, il sortait en claquant la porte pour tourner en rond d'étage en étage.

De son côté, même au lit, Oleg ne se séparait pas du talkie-walkie le reliant au Tartare et au Colonel, en contact permanent avec la garde.

Le 6 décembre, deux jours après le massacre du Polygone, Kreiper, tremblant d'excitation, leur avait confirmé que la transaction était close. Deux avocats japonais étaient arrivés à Zurich. Dans leur serviette, la lettre signée de Soka Mitsubishi, directeur de la Sumitomo Bank, créditant de 10 milliards de dollars la Development Trade Company domiciliée à la Banque des intérêts occidentaux. Après les vérifications d'usage, Hans Kreiper avait procédé à l'échange des documents. Il avait remis aux Japonais le contrat du bail de quatre-vingt-dix-neuf ans sur Etorufu et, en échange, reçu de leurs mains la lettre matérialisant le fabuleux pactole.

– Qu'est-ce que j'en fais ?

– Attendez nos ordres, lui avait répondu Oleg d'une

voix morne. Pour l'instant, faites-le travailler. Quels sont les taux ?

– Sur le dollar, en ce moment, très bas.

– Combien ?

– 5... 6 pour 100.

– J'en veux 15 au jour le jour. À prendre ou à laisser.

L'argent arrivait trop tard. Moscou était déjà à feu et à sang, et eux, piégés comme des rats dans cette cage.

Pour combien de temps ?

– Tu sais ce qu'il va faire de notre fric ? avait dit Oleg en raccrochant. Il est déjà en train de téléphoner à Schaan pour le placer.

– Schaan ?

– En Suisse. La banque des banquiers. C'est là que les financiers prêtent ou empruntent d'énormes sommes à court terme. Un jour ou deux, ou même parfois, pourquoi pas, quelques heures. Le temps qu'un État évite la révolution en réglant ses fonctionnaires, ou qu'un dictateur sauve son pouvoir en payant comptant une livraison de missiles.

Andreï n'avait toujours pas l'air de comprendre, ou peut-être pensait-il à autre chose.

– Avant qu'on prenne une décision sur la destination de notre blé, Kreiper va nous le placer à court terme. S'il le garde, disons un mois, aux 15 pour 100 que je viens de lui imposer, il devra nous verser 150 millions de dollars d'intérêts.

Andreï avait eu l'air suffoqué.

– Pour trente jours ? 150 millions ? Tu rigoles ?

– Non. Mais pour Kreiper, c'est encore mieux. Lui, il va les placer à Schaan à 20 pour cent. Au moment où il nous remettra nos 150 millions, de la même main, il en recevra 200. Soit 50 de bénéfice pour lui tout seul, dans sa poche.

– Et les types de Schaan ?

– Tout dépend de l'emprunteur... S'ils savent qu'il a

le couteau sur la gorge, pas de cadeau ! Ils le saignent. 40... 50 pour cent ou plus.

Par manque de chance, les trois rescapés de la tuerie du Polygone étaient les plus coriaces des neuf *capi di famiglia* qu'Oleg et Andreï avaient tenté d'éliminer collectivement : Leonid Chataline, Pavel Lyssenko et le plus dangereux d'entre eux, Aliocha Kaliguine, le Fou. Avec ces trois-là, mieux valait ne pas fermer l'œil. Ils n'étaient pas près de lâcher le morceau.

Oleg et Andreï l'avaient appris à leurs dépens le soir même du massacre. La première bombe de la rue Sobinovsky, c'était eux. À Moscou, les nouvelles allaient vite. Au bout de cinq jours de guerre totale où, tour à tour, ils s'entre-détruisaient, ils avaient envoyé le Colonel prendre le pouls de Matychov le *consigliere* du Fou.

– Dis-lui que nous déplorons ce qui s'est passé. Il s'agit d'un regrettable malentendu. Leur argent est en banque. Ils le prennent quand ils veulent et on passe l'éponge des deux côtés.

Le Colonel était revenu de sa mission très abattu.

– Ils refusent. Ils disent que ce n'est pas une question d'argent, mais d'honneur.

– Alors, qu'est-ce qu'ils veulent ?

– Votre peau.

Le Colonel avait baissé la tête.

– Ou alors..., avait-il murmuré.

– Alors, quoi ? aboya Andreï.

Le Colonel avait haussé les épaules avec fatalisme. Ce que lui avait transmis Matychov était si insultant qu'il osait à peine le répéter. Il avala sa salive.

– Ils sont prêts à vous laisser la vie sauve à condition que vous leur remettiez la totalité du milliard de dollars...

La suite était encore plus dure à dire.

– ...Et que vous quittiez la ville à jamais, avait-il ajouté d'une voix mourante.

– Pauvres cons !

La tuerie avait repris de plus belle.

Deux jours après, Oleg et Andreï avaient fait une contre-proposition.

– Va leur dire qu'on est prêts à partager avec eux la part des morts. On coupe la poire en cinq. 200 millions chacun, le Fou, Lyssenko, Chataline, Oleg et moi.

– C'est une offre qu'ils ne peuvent pas refuser, estima Oleg. Par rapport à ce qu'on devait toucher, nos parts à tous sont doubles.

Nouvel échec.

– Ils ne veulent rien savoir, Patron. C'est la totalité de la somme et votre exil, ou rien du tout.

Au matin du cinquième jour, Oleg s'était posé des questions.

– Après tout, même si on leur donnait le milliard qu'ils demandent, il nous en resterait neuf autres...

Regard méprisant d'Andreï.

– Tu voudrais baisser ton froc devant ces trois pitres ?

– J'aimerais surtout rester en vie pour dépenser mon fric.

– En subissant leur loi comme un toutou ?

– La planète est vaste. Il n'y a pas que Moscou.

La phrase avait fini par faire son chemin...

Ensemble, ils avaient étudié la possibilité d'un autre compromis financier: Lyssenko, Chataline et le Fou l'avaient rejeté en bloc.

– On n'en sortira jamais, Andreï...

– On en a déjà descendu six. Pourquoi pas eux ?

– Pourquoi pas nous ? Ils sont trop sur leurs gardes. On ne les aura pas.

C'est à cet instant précis qu'Oleg avait eu l'idée.

– Angelo Gatto !

Andreï le dévisagea d'un œil attentif. En compagnie de Taro Hanssaku, ils avaient rencontré le Don quelques années auparavant, à Khabarovsky, pour une affaire de diamants.

Angelo Gatto était le parrain le plus craint et le plus respecté de New York. En se quittant, ils s'étaient serré la main sur un pacte d'assistance réciproque.

– Si un jour vous avez besoin de moi à New York, je serai là.

– Moi aussi, pour vous, au Japon, l'avait remercié Hanssaku.

Oleg et Andreï n'avaient pas voulu être en reste.

– Quoi que vous puissiez désirer, vous serez toujours le bienvenu en Union soviétique.

Pourquoi ne pas lui demander d'arbitrer le litige ?

Dans le domaine du crime, les gangs américains avaient sur la jeune mafia russe une avance qui se chiffrait en plusieurs décennies.

Le Colonel avait repris rendez-vous avec Matychov.

– Ils bluffent, Oleg ! Mets-toi à leur place. À quoi ça les avance de nous éliminer ? Est-ce que ça leur rendra leur fric ?

Une heure plus tard, le Colonel était de retour.

– Patron, ils sont d'accord !

– Qu'est-ce que je t'avais dit ! triompha Andreï.

– Ils connaissent Don Angelo de réputation, précisa le Colonel. Ils acceptent le principe de son arbitrage, mais à une condition : ni vous ni eux ne devrez le rencontrer avant la réunion où seront débattues les conditions d'un arrangement.

Le même jour, Andreï appelait Don Angelo : à sa surprise, il acceptait instantanément, se déclarait flatté qu'on fasse appel à lui pour ce service dont il comprenait si bien l'urgence. Toutefois, il était hors de question qu'il renonce à passer Noël, comme chaque année, en famille à New York.

En conséquence, il viendrait à Moscou mais n'y séjournerait qu'une nuit pour repartir le lendemain ; tout devait être organisé pour que le conflit soit réglé en trente-six heures.

La nouvelle, transmise sur-le-champ à Matychov, marquait, de facto, la suspension provisoire des hostilités.

La date d'arrivée du Don avait été fixée : lundi 23 décembre.

Dans deux jours.

23

Ute grossissait. Peut-être avait-elle grossi sournoisement, avec trop de lenteur pour qu'il s'en aperçoive ?

En tout cas, dès qu'elle entrait dans son bureau en chemisier, Hans Kreiper ne pouvait s'empêcher de voir les deux bourrelets qui, tels des appendices mammaires alourdissant la courbe de ses hanches, débordaient de la ceinture de sa jupe.

– Ute, en général, prenez-vous vos repas à la maison ou au restaurant ?

Elle eut l'air aussi surprise que s'il lui avait demandé de faire le poirier contre un classeur.

– À la maison, monsieur. Pourquoi ?

– Vous avez bien de la chance. À cause des clients, je passe ma vie dans les trois étoiles. Je n'y résiste pas.

Elle eut un regard soupçonneux.

– Vous trouvez que j'ai grossi ?

– Pas du tout ! J'ai dit ça ?

Tout en lui parlant, il s'empara du téléphone mais s'abstint de composer un numéro.

– Vous vouliez me demander quelque chose ? dit-il avec impatience.

– Non. Je rapportais le dossier Schmilben.

Il attendit qu'elle sorte et appela Schaan.

– Wessinger ?… Kreiper… Ça va ?… Bon, rien de nouveau… D'accord pour demain, vous les gardez…

Il raccrocha en jubilant. C'était à la fois délicieux et parfaitement amoral, mais, par le seul jeu des intérêts du pactole russe, il touchait chaque jour, sans rien faire, sans impôt et à l'insu de tous, la somme faramineuse de 137 362 dollars !

Il alla à la fenêtre, jeta un regard sur la Limatt noyée sous des trombes de pluie : malgré le brouillard de ce temps de cochon, elle lui parut plus belle que par un radieux matin de printemps.

Comme à l'ordinaire, toutes catégories sociales confondues, le Café Pouchkine était bourré de monde.

Jeunes, vieux, étudiants, matrones grasses debout devant les hautes tables rondes entre lesquelles circulaient des garçons nonchalants dans la rumeur des éclats de voix. On y servait encore de la bière et, avec 10 roubles, on pouvait même y déguster un borchtch ou quelques zakouski. Liouba et Andreï, eux, buvaient du thé. Mais pour l'instant, ils ne touchaient pas à leur tasse. Ils se regardaient. Liouba n'avait pas quitté son manteau rouge au col de fourrure noire.

Comme d'habitude, Andreï s'était vêtu à la va-vite avec ce qui lui était tombé sous la main, une veste verdâtre sur un polo gris à col roulé. Sur une impulsion irrésistible, sans prévenir personne, il avait quitté la rue Sobinovsky où il se terrait depuis des jours. Sans précaution particulière, sans prévenir personne, sans arme, un peu comme l'aurait fait un citoyen ordinaire qui n'a rien à craindre de la rue ni des hommes. Il n'avait pas cherché à analyser ce qui le poussait à agir ainsi au mépris de toute prudence. Les trêves sont fragiles. Mais soudain, l'idée l'avait traversé qu'il lui était *nécessaire* de rencontrer Liouba. Pas demain, ni dans dix minutes : ici et maintenant, tout de suite, avec le sentiment d'urgence que sa vie en dépendait. Il l'avait appelée, comme tous les jours précédents, mais cette fois, elle avait répondu. Et maintenant, elle était là, en face de lui, lumineuse, la peau transparente, ses merveilleux cheveux blond cendré encadrant son visage parfait aux pommettes hautes. Andreï la buvait des yeux. Il ne savait plus quoi dire. En entrant dans le café bondé, il avait distraitement glissé 100 roubles à un garçon ahuri par l'énormité du pourboire: pas la peine de lui faire un dessin. Il s'était précipité vers l'une des rares tables où l'on pouvait s'asseoir pour en chasser sans ménagements les deux barbus qui y sirotaient un café.

– Voilà..., dit Andreï.

Il avait l'air si désemparé que Liouba ne put s'empêcher de sourire.

– Merci pour toutes tes fleurs, dit Liouba. Elles m'ont aidée à survivre.

– J'ai pensé à toi tous les jours.

Brusquement, la tension qui l'habitait depuis des semaines s'évanouissait. Les gangs, la mort, Lyssenko, le Fou, Chataline, l'argent, le pouvoir, l'arrivée prochaine de Don Angelo, les massacres et la guerre, tout ce qui l'avait maintenu dans une crispation permanente où les nuits ressemblaient aux jours et les jours à un cloaque se dissipait dans le bruit familier d'un bistrot, où des gens normaux parlaient de choses normales, les choses de tous les jours: aimer, haïr, bouffer, s'éprendre.

Les mots le submergèrent en un flot furieux qui lui brûla le sang:

– Liouba, je t'aime, dit-il.

Abasourdie, Liouba suspendit le geste esquissé pour prendre sa tasse. Elle le dévisageait et son silence stupéfait le renvoyait soudain aux mots qu'il venait de lui dire.

Auparavant, il ne les avait jamais prononcés.

Lui fussent-ils venus à l'esprit, il se serait senti déshonoré de leur laisser franchir le rempart de ses lèvres. Mais tout semblait lui échapper, comme dans les minutes qui suivirent où les phrases s'enchaînèrent malgré lui, sans que sa pensée ou sa volonté y participent. Immobile, Liouba continuait à l'observer. Elle voyait bien qu'il planait, en proie à quelque chose de violent et de trouble. Sur le chemin du *Café Poutchkine,* elle s'était attendue à de l'affection, à la musique fade de condoléances, à des encouragements de soutien dans le deuil qui la frappait. Au lieu de cela, elle recevait de plein fouet une déclaration d'amour bouleversée, et c'était si inattendu, si peu en harmonie avec l'ambiance, le lieu, le moment, qu'elle en ressentit le choc avec une violence qui fit courir sur sa peau une vibration électrique. En même temps, elle avait peur.

L'aveu d'Andreï était profond, sauvage, sans retour.

– Je voudrais que tu deviennes ma femme.

Elle aurait voulu fuir ; brusquement.

Elle n'était pas préparée, ne savait que répondre.

L'intensité d'Andreï lui coupait le souffle.

– Liouba, est-ce que tu acceptes ?

En un geste très doux, très tendre, il l'attira contre lui au-dessus de la table, ferma les yeux et enfouit son visage dans ses cheveux.

– Je suis maladroit, murmura-t-il, je sais, je vais trop vite et tu as peur. Mais je n'ai jamais aimé personne, sauf toi.

N'osant pas faire le moindre mouvement, Liouba sentait la pulsation du sang qui battait à ses tempes pendant que sur ses poignets, enserrés dans les doigts d'Andreï, s'accentuait la pression de ses mains. Ils restèrent ainsi pendant de longues secondes, figés dans la même position.

– Tu veux bien, chuchota-t-il d'une voix rauque, tu acceptes ?

– Andreï..., dit-elle.

Il se dégagea, garda ses mains dans ses mains et lui sourit.

– Non, ne me dis rien, ne me réponds pas tout de suite.

Il se leva vivement, posa sa main sur sa nuque en une ultime caresse et lui jeta un regard éperdu d'adoration.

– Demain, dit-il, demain...

Il tourna les talons. Paralysée, Liouba le suivit des yeux pendant qu'il gagnait la sortie, marchant droit devant lui sans voir les gens qu'il bousculait.

– Rassurez-vous, Patron, se rengorgea Valentin. Tout s'est bien passé.

Il n'en revenait pas de s'adresser directement au tout-puissant Oleg Vlassov. Valentin occupait pourtant un rang très élevé dans la hiérarchie de la famille, puisque entre Dieu et lui, il n'y avait qu'un seul *capo-regime*, Anton Abalkine lui-même.

La spécialité de Valentin, c'était les putes.

C'est grâce à elles qu'il s'était attiré les bonnes grâces du Tartare. Il en contrôlait les arrivages, triait les bonnes des mauvaises et ventilait le cheptel dans les différents secteurs de Moscou où des macs aux ordres les enverraient exercer leurs talents. Un job en or. Bien qu'il eût ses essayeurs, des étalons pédagogues rompus à tous les mécanismes fantasmatiques des diplomates occidentaux, Valentin ne dédaignait pas, lorsqu'il était d'humeur badine, de mettre la main à la pâte pour affiner la formation des sujets les plus doués.

Mais aujourd'hui, il avait franchi un échelon capital: le grand Patron lui avait confié une mission confidentielle!

Il venait de franchir le seuil de la rue Sobinovsky lorsqu'il s'était respectueusement effacé pour laisser le passage à Andreï Talasski. Visage absent, il dévalait l'escalier. À l'instant où il disparaissait dans la rue, Oleg Vlassov surgissait sur ses talons.

– Comment tu t'appelles ?
– Valentin.
– Tu dépends de qui ?
– Anton Abalkine.
– Tu es armé ?
– Oui, Patron.
– Tu as vu sortir mon ami Andreï ? Il est sans protection. Couvre-le ! Pas un mot, à personne. S'il l'apprend, il te tue. Grouille-toi, tu vas le perdre, et reviens au rapport !
Valentin s'était précipité dans la rue pour emboîter le pas à son chef. Il marchait vite, sans voir personne. Il était entré au *Café Pouchkine*...
– Raconte, lui dit Oleg Vlassov sur un ton indifférent.
– Il est allé au *Café Pouchkine*, Patron.
– Dans la rue, pas d'histoires ?
– Rien.
– Tu n'as rien vu de suspect ?
Valentin secoua la tête.
– Et au bistrot ?
– Non plus. Il y est à peine resté un quart d'heure.
– Seul ?
Le visage de Valentin s'épanouit en un mince sourire.
– Avec une femme.
Oleg soupira et lui rendit son sourire.
– J'aime mieux ça. Jolie ?
– Elle avait l'air. J'étais pas dans le café, je planquais de l'extérieur. Ils semblaient très amoureux l'un de l'autre. Il l'a gardée longtemps dans ses bras.
Oleg sentit le froid l'envahir. D'un clin d'œil chaleureusement complice, il encouragea Valentin qui se dandinait devant lui, à la fois faraud et intimidé.
– On a beaucoup d'ennemis, Valentin. Je me méfie de tout le monde, femmes comprises. Décris-la-moi.
– Blonde, les cheveux longs.
– Comment elle était fringuée ?

– Un manteau rouge à col de fourrure noir.

Oleg sentit la bile lui envahir la bouche. Maintenant, il fallait noyer le poisson…

– Et au retour, Valentin, rien de particulier ?

– Non, Patron. Votre ami a laissé la blonde dans le café et je l'ai escorté jusqu'ici. Rien à signaler.

Oleg lui administra une tape sur l'épaule.

– Tu es champion, Valentin. Maintenant, tu oublies tout. Un mot à quiconque et tu peux être sûr qu'Andreï saura que tu l'as suivi. Tu es sympathique. Ça m'ennuierait qu'il te descende de sa main.

– Comptez sur moi, Patron. Je suis une tombe.

– Je l'espère pour toi. Tu peux te barrer.

La porte se referma sur Valentin. Le visage d'Oleg se contracta de colère. Désormais, aucun doute n'était possible.

Liouba pela la pomme. Elle n'avait aucune envie d'une pomme mais venait de se rappeler qu'elle n'avait rien mangé depuis la veille. Quand elle eut terminé, elle fit un petit tas des épluchures, ouvrit le couvercle de la poubelle et les jeta avec la pomme. Elle quitta la cuisine et passa dans sa chambre, incapable de mettre de l'ordre dans la chronologie tumultueuse des événements qui, en quelques semaines, avaient bouleversé sa vie. Impossible d'analyser. Trop violent, rapide, intense. La mort d'Anna, de Vassili. La déclaration d'amour d'Andreï, aussi brutale qu'une fusillade. Confusément, elle sentit que son désarroi venait de l'excès même de sa liberté.

Elle était passée directement d'un cocon familial à l'air du large, du contrôle de ses parents à la tutelle d'un mari. Les décisions étaient prises en commun. Lorsqu'il y avait problème, ses sœurs arrivaient à la rescousse. Un apprentissage commençait, celui des choix. Et Andreï ? Sans le blesser, que lui répondre ? Au *Café Pouchkine*, elle était trop abasourdie pour ouvrir la bouche. Peut-être avait-il pris son silence pour un acquiescement ? Elle s'allongea sur son lit, les bras croisés sous la tête, les yeux au plafond. Le téléphone sonna plusieurs fois.

Elle ne décrocha pas. Au bout de vingt minutes, elle se leva, ouvrit l'armoire et dégagea la boîte bleue de la pile de lainages qui la masquait. À quoi bon la laisser là maintenant ? Plus personne ne risquait de partager ses dérisoires secrets d'adolescente. Elle était seule. Elle posa la boîte sur le lit, l'ouvrit malgré elle. Elle y glissa les doigts jusqu'à ce qu'elle trouve la photo qu'elle cherchait, toujours la même, celle qui désignait ce qui aurait pu être, et qui n'avait pas été.

Le bar de l'université, l'arbre, ses dix-huit ans, et ce garçon rieur qui l'enlaçait. Vitaly... Elle avait dix-huit ans, elle n'aimait que lui, son existence était peuplée de certitudes.

Comme la vie était simple, avant...

La passion annihile toutes les stratégies.

Après le départ de Valentin, Oleg avait essayé de mettre au point une tactique pour canaliser sa rage jalouse. Mais toute sa raison butait sur deux mots incontournables : je l'aime. Il s'en serait mordu les poings mais qu'y pouvait-il ? Il aimait Liouba. Il la voulait pour lui, lui seul. Aucun homme ne pourrait la lui prendre, fût-ce Andreï, surtout Andreï ! Il avait suffi que la jalousie le morde aux tripes pour qu'il s'avoue la place qu'elle tenait dans sa vie. Peut-être l'avait-elle toujours eue sans qu'il le sache ? À l'époque de Lomonossov, ni lui, ni Andreï ni Vitaly ne se posaient ce genre de questions. La pulsion était reine. Leur corps et leurs sens avaient des exigences. Naïvement, ils prenaient la violence de leurs désirs pour de l'amour. Ils étaient passés de la femme idéale à la femme qui passe, de la femme qui passe à la femme sans nom. Les putes, qu'ils appelaient la

« viande ». Les putes pour leur corps, la femme fonctionnelle réduite à l'étincelle d'un assouvissement. Plus besoin d'être beau, amusant, plus besoin de séduire, d'avoir du charme. Quelques roubles de plus, on achetait un cul, une vodka, des hommes. Autrement dit, rien. En y pensant, Oleg se dit que, depuis des années, il ne s'était plus donné le plaisir de chercher à plaire. N'était-ce pas extravagant ? Déjà, lorsqu'il était étudiant, il se fichait de son apparence. Il faut dire que ses vingt ans et ses cheveux blonds suffisaient, sans qu'il eût d'effort à faire, à assurer ses fringales sexuelles. Certaines filles, passionnées d'économie comme lui, en tombaient amoureuses parce qu'elles le considéraient comme un futur prix Nobel. Sur leur demande, il les initiait dans sa chambre aux arcanes du capitalisme tout en les déshabillant d'une main experte et nonchalante. De temps en temps, il partageait ses conquêtes avec Andreï qui, de son côté, lui repassait volontiers les siennes. Chacun mettait un point d'honneur à affecter un détachement généreux, même lorsqu'une pointe de jalousie jetait entre eux son ombre trouble. Parfois, les soirs de bal, chassant ensemble dans les mêmes eaux, ils ne ramenaient qu'une seule fille : lequel passerait la nuit avec elle ? Si le cœur de la nouvelle recrue balançait, pas de problème, ils la jouaient à pile ou face, le vainqueur s'engageant à raconter à l'autre, le lendemain matin, le saga de sa nuit.

En fait, des choses sans importance où le sexe n'était abordé que sous l'angle du plaisir. La preuve, dès que c'était fini, ils n'avaient qu'une envie, virer de chez eux leur partenaire d'un soir pour faire place nette à la prochaine.

Puis, il y avait eu le goulag, la cruauté, l'humiliation, la mort. L'instinct de survivre. Oleg était vivant. Pourquoi fallait-il qu'Andreï se mette en travers de sa route alors qu'il y avait des milliards de femmes sur la planète, mais qu'une seule avait été mise au monde pour lui, Liouba ? À cet instant, il comprit avec stupéfaction que, pour elle, il était prêt à tuer dix fois, sans remords, celui qui avait été son ami, son frère.

La tête bourdonnant de coups de marteau, il se rua hors de son bureau, franchit les couloirs de l'étage au pas de course et, sans frapper, ouvrit à la volée la porte de la chambre d'Andreï : il était là.

Après avoir quitté le *Café Pouchkine*, Andreï était remonté dans la petite pièce où trônait sa machine. Il n'avait pu s'y intéresser qu'une minute. Tout ce qui lui avait paru important jusqu'alors était balayé par une vague de feu.

Le mouvement perpétuel, quelle connerie ! La véritable dynamique de la planète, c'était la beauté. Elle faisait bouger les hommes, renversait les lois, créait l'amour. Elle traversait l'espace et le temps mais, pourtant, elle était immobile. En rentrant dans sa chambre, Andreï cherchait à en approcher la définition. Il pensa d'abord, la beauté, c'est du mouvement immobile. Non, ce n'était pas exactement ça. Mais alors, quoi ?

Il était sidéré que de telles questions lui trottent par la tête.

Et que pour y répondre, les mots, négligés si longtemps parce que sa vie les rendait inutiles, se dérobent à lui. Il ôta sa veste, se dépouilla de son col roulé. Torse nu, il s'observa dans la glace et allait passer dans la salle de bains lorsque la porte explosa. D'un bond prodigieux de bête fauve, Andreï roula sur le lit, s'empara du colt qu'il gardait sous son oreiller et atterrit sur le sol, couché sur le dos, l'arme braquée vers la porte, prêt à tirer : c'était Oleg !

– J'ai une question à te poser !

Andreï se redressa, secoua la tête et leva les yeux au ciel.

– La prochaine fois que tu entres chez moi sans prévenir, dit-il avec douceur, fais-le avec moins de brusquerie. Tu as failli prendre un pruneau.

Il haussa les épaules, jeta le colt sur le lit.

– Tu as vu Liouba ? gronda Oleg d'une voix menaçante.

– Qu'est-ce que ça peut te foutre ?

– Est-ce que tu l'as vue ?

Andreï le toisa avec une pointe de mépris.

– C'est tout ce que tu avais à me dire ?

– Un conseil, Andreï. N'y touche pas !

Andreï se cabra.

– Pardon ?

– N'y touche pas, c'est tout !

Andreï, lèvres serrées, s'avança vers lui.

– Tu me donnes des ordres, maintenant ?

Ils étaient très près l'un de l'autre, se dévisageant avec arrogance et défi.

– Un simple avertissement.

Andreï lui tourna le dos.

– Fous le camp, dit-il d'une voix calme. Tu m'emmerdes.

Il s'assit sur le lit, s'empara négligemment du colt et le considéra d'un air rêveur.

– Elle m'aime.

– Elle te l'a dit ? ricana Oleg.

Andreï continuait à jouer pensivement avec son arme.

– Oui, elle me l'a dit.

– Ça me ferait mal !

– Que ça te fasse mal, c'est possible. Mais c'est ainsi.

Il se mordilla les lèvres.

– Écoute, Oleg… On a été amis tous les deux. On a fait un sacré bout de chemin ensemble. Ce qui a été entre nous, je n'ai pas envie de le foutre en l'air.

– Tiens-toi à l'écart, c'est tout ce que je te demande !

Andreï se remit debout, alla jusqu'à la fenêtre.

À travers l'entrelacement des échafaudages, il apercevait un bout de ciel couleur de plomb.

– Tu es amoureux d'elle ?

– T'occupe !

– C'est con, déplora Andreï. Mais nul n'y peut rien, ni toi ni personne. J'allais justement te demander d'être mon témoin.

– Qu'est-ce que tu racontes ? s'étouffa Oleg.

– Je l'épouse.

– Toi !

Andreï se retourna et lui fit face.

– Moi.

Tenu nonchalamment par le barillet, le colt pendait toujours au bout de son bras.

– Maintenant, si tu veux bien me laisser, je voudrais prendre mon bain.

Oleg était livide. Il se dirigea vers la porte, l'ouvrit, fit volte-face, pointa l'index vers Andreï et lui cracha d'une voix blanche :

– Tu es mort !

24

À dix heures du matin, Angelo Gatto arriva sur l'aéroport de Cheremetievo par le vol régulier de la Delta Airlines.

Vêtus tout comme lui de costumes noirs, Don Angelo était flanqué de cinq membres de sa famille. Anatoli, dit «le Russe», qui allait lui servir d'interprète, Folco Bellinzona et Pietro Zullini, ses *consiglieri*, Vittorio Amalfi et Carlo Sabatini, ses gardes du corps. L'aéroport était plongé dans le chaos le plus absolu. Le kérosène manquait. Quelques rares appareils pouvaient encore décoller, mais sur les pistes, la plupart des Tupolev de l'Aeroflot restaient cloués au sol. Seules, prestige oblige, les compagnies étrangères avaient le droit de se ravitailler en carburant. En hordes fourbues, les passagers s'agglutinaient dans le hall des départs. La plupart, bloqués depuis trois jours, campaient sur place. Des hommes, pas rasés, couraient d'un guichet à l'autre pour supplier et menacer des hôtesses pleines de morgue à l'abri de leur vitre blindée. La réponse était invariable: «Tous les vols sont complets...» Des marchands de saucisses improvisés faisaient fortune en vendant leur pathétique charcuterie au prix du caviar. Des gosses s'accrochaient aux jupes de leur mère en pleurant. Rien à boire. Difficile de se nourrir. Impossible de se laver. Le piège.

Don Angelo et sa suite se frayèrent un passage dans une odeur forte de foule, d'urine, de sueur, d'air vicié.

Rien n'échappait à l'œil de Don Angelo.

Né à New York dans la Petite Italie, il avait appris dès l'enfance à repérer les combines les plus secrètes de la rue.

Malgré la puanteur, il marqua le pas près d'un guichet où un homme aux cheveux gris s'adressait avec véhémence à une caissière. Planté à ses côtés, un bagagiste intervint à voix basse.

– Qu'est-ce qu'il dit ? demanda le Don à Anatoli.

Le Russe prêta discrètement l'oreille.

– Il dit que, s'il est prêt à payer un billet double tarif, il peut lui arranger son problème.

Le Don eut un léger sourire.

– Où veut-il aller ?

– Leningrad, dit le Russe.

– Je croyais qu'on disait Saint-Pétersbourg ?

– Il a dit Leningrad. Question d'habitude.

– Ça marche ? demanda encore Don Angelo.

Il eut une réponse immédiate. L'homme aux cheveux gris tira des roubles de sa poche. Il les tendit au bagagiste. Le bagagiste les empocha et fit un signe à la caissière. La caissière donna un billet à l'homme aux cheveux gris.

– Elle lui dit de se dépêcher, dit Anatoli. Son vol décolle tout de suite.

Le Don eut un bref ricanement.

– Quand je pense qu'on a voulu me faire croire que Moscou était différent de New York…

Il tourna les talons et se dirigea vers la sortie, flanqué de son escorte chargée de sacs et de valises.

À l'extérieur, trois grosses limousines noires les attendaient. Deux hommes se précipitèrent.

– Bienvenue à Moscou, dit Abalkine dans un anglais effroyable.

Il avait fait seriner la formule par une prostituée de ses amies jusqu'à ce qu'il l'apprenne phonétiquement. Masquant l'emplacement de son oreille coupée, une toque de fourrure lui enveloppait la nuque.

– Bienvenue à Moscou, répéta Matychov en russe.

Au moment de monter dans les voitures, le Tartare entrouvrit le sac de cuir qu'il avait à la main. Apparurent des armes de poing. Il interrogea d'un regard amical ceux qui l'entouraient. Amalfi et Sabatini levèrent poliment le doigt. Abalkine leur remit deux Mauser et une poignée de chargeurs.

Il comprenait très bien à quel point, pendant le voyage, ses confrères avaient dû se sentir nus sans ces joyaux d'acier bruni qui prolongeaient si naturellement le bras de l'homme d'action. Avec les contrôles de police qu'intensifiaient les histoires de terrorisme, il était désormais difficile de se déplacer avec un flingue. Touchés par l'attention, Amalfi et Sabatini le remercièrent d'un sourire reconnaissant.

Les chauffeurs ouvrirent les portières des limousines.

Le premier, le Don s'installa. À ses côtés, Anatoli et Matychov. Abalkine s'assit sur le siège rabattu qui leur faisait face, Vittorio Amalfi se glissa à l'avant, avec le chauffeur. Folco Bellinzona, Pietro Zullini et Carlo Sabatini s'engouffrèrent dans les deux autres voitures. Le cortège démarra. L'aéroport de Cheremetievo se situait à trente-cinq kilomètres au nord-ouest de Moscou. Pendant la durée du trajet, personne n'ouvrit la bouche. Le Don regardait filer le paysage. Amalfi caressait le Mauser dans sa poche. Le Russe semblait assoupi, Matychov était là pour vérifier que personne n'adressait la parole à personne. Anton Abalkine observait Angelo Gatto à la dérobée.

Ainsi, c'était cela, un Don. Taille moyenne, cheveux

blancs argentés, soixante ans peut-être et le visage amène qui avait l'air figé en un perpétuel sourire. Seule, la vivacité du regard trahissait une détermination implacable. On racontait qu'à ses débuts Angelo Gatto avait tué des dizaines d'hommes de sa main. Arrivé au sommet, il les faisait maintenant exécuter par ses soldats : dans l'éthique d'Abalkine, pouvait-il y avoir plus belle réussite ?

Ils roulaient depuis trente minutes. Ils tournèrent bientôt dans la rue Razine. Abalkine vit que les yeux de Don Angelo s'attardaient sur une petite église orthodoxe.

Il dit quelque chose en russe.

– Église Sainte-Barbe, traduisit Anatoli.

Le Tartare le regarda.

– Vous parlez russe ?

Anatoli lui adressa un sourire poli. La masse écrasante de l'hôtel *Rossia* leur boucha soudain l'horizon.

Les voitures s'arrêtèrent.

– On est arrivé, dit Matychov.

Leur chauffeur bondit hors de son siège pour leur ouvrir la portière. Déjà, des employés de l'hôtel se précipitaient.

Le Don descendit lentement.

Immobile devant le perron du *Rossia*, il regarda autour de lui et huma longuement l'air de Moscou.

Pas plus qu'Andreï, Oleg n'avançait rien qui ne soit suivi d'effet. À plus forte raison, une menace de mort.

Dans l'univers des loups, nul, impunément, n'en avait jamais proféré une qui ne soit mise à exécution. Y faillir entraînait la même sanction immédiate : discrédit définitif et bannissement. Autant dire qu'Andreï avait dû prendre très au sérieux la mise en garde d'Oleg. À partir de là, rien ne pouvait plus arrêter la mort en marche : l'un des deux, fatalement, devait disparaître. En attendant, chacun allait devoir survivre avec la peur de l'autre. Après la rupture, Oleg était retourné dans sa chambre, avait pris une grosse liasse de dollars, fourré plusieurs chargeurs dans ses poches et passé un Beretta dans la ceinture de son pantalon. Trente secondes plus tard, il disparaissait à l'angle de la rue Sobinovsky. La réunion entre Angelo Gatto et les gangs devait avoir lieu le lendemain après-midi, à cinq heures. Pas question de la manquer. Encore moins, après ce qui venait de se passer, de rester rue Sobinovsky.

Où aller dans Moscou pour ne pas être repéré ?

Oleg élimina d'emblée les hôtels. Du plus sordide au plus luxueux, ils grouillaient de mouchards. L'une des multiples résidences qu'il possédait en ville ? Il n'y mettait jamais les pieds. L'ennui, c'est qu'Andreï les connaissait aussi. Au bout d'un moment, une idée lui vint : une fille, Daria. Un gibier de luxe. Elle travaillait en appartement, rue Potapovsky.

Il monta chez elle.

– Salut, dit-il quand elle ouvrit la porte.

Il était déjà énervé. Pour qu'elle ôte le verrou, il avait dû donner son nom. En la voyant, il comprit pourquoi. Elle abritait sa nudité sous une robe de chambre et son visage enflammé laissait deviner qu'elle était surprise en plein exercice de sa profession.

– Je suis avec un client.

– Vire-le.

– Oui, Oleg, oui !

– J'ai besoin de ta piaule pour la nuit.

Ses yeux s'agrandirent de surprise émerveillée.

– Tu vas réellement passer la nuit ici ?

– Oui. Sans toi.

Elle ouvrit la bouche pour implorer. Agacé, il lui glissa une liasse de dollars dans le corsage.

– Tu as cinq minutes. J'attends en bas. Il fait froid.

– Bien, Oleg.

– Autre chose...

Il attira sa tête contre ses lèvres.

– Un seul mot à quiconque de ma présence chez toi et le Tartare vient te vitrioler.

– Oui, Oleg, oui !

La menace lui empourpra le visage de ce qu'il fallait bien appeler de la volupté. Toutes les mêmes... Plus encore que leur avidité, la bêtise des prostituées était prodigieuse. Des rêves à deux sous, des rêves de bonnes... Des ambitions de tiroirs-caisses, de retraites champêtres, de petits oiseaux... Avec les macs, elles ne fonctionnaient qu'au mensonge. « Tu verras, ce sera bien... »

Pour peu qu'il eût les yeux bleus, quiconque pouvait leur rafler dans une main ce qu'elles prenaient de l'autre.

Bien entendu, l'idée d'Oleg était absurde. Incommodé par la puanteur de patchouli qui régnait dans la chambre de Daria, il n'avait presque pas fermé l'œil de la nuit.

Hanté par Liouba, dévoré de jalousie, il était miné par une pensée obsessionnelle : comment avait-il pu se laisser coiffer sur le poteau par Andreï ? La tête lourde, il s'endormit à l'aube. Trois heures plus tard, il s'éveilla, se doucha longuement pour se débarrasser de l'épouvantable odeur et composa le numéro de téléphone de Liouba. Dès qu'il entendit sa voix, il coupa la communication. Il descendit dans la rue, arrêta un taxi et donna son adresse.

Maintenant il était là, debout devant la porte du neuvième étage.

À cette seconde, Angelo Gatto atterrissait sur l'aéroport de Cheremetievo. Mais Oleg n'avait en tête que l'instant vécu.

Craignant que l'odeur de patchouli ne se soit incrustée dans sa peau, il flaira l'une de ses mains, prit une profonde inspiration, compta jusqu'à trois et appuya sur le bouton.

– Qui est là ?

Il contrefit sa voix.
– C'est pour les fleurs.
– Une seconde…
La porte s'ouvrit. Les cheveux dénoués, elle était enroulée dans un peignoir blanc qui masquait à peine les formes de son corps.
– Bonjour, Liouba.
– Oleg !
Le voir ici, dans cet espace, la déroutait. Elle y avait vécu avec Vassili. Il lui sourit.
– Même sans fleurs, je peux entrer ?
Elle ouvrit tout grand la porte. Il pénétra dans le salon et resta debout, un peu gauche.
– Assieds-toi. Tu veux du thé ? Je viens de m'en faire…
Elle passa dans la cuisine. Il la suivit, s'assit sur une chaise.
Elle lui tendit une tasse, lui servit du thé, s'attabla en face de lui et fut frappée par son visage tourmenté où se plaquait un sourire mécanique.
– Oleg, tu as des ennuis ?
Il eut une grimace timide.
– Des tas.
– Je peux t'aider ?
Il lui jeta un regard aigu, très bref, mais ne répondit rien.
– Oleg, dis-moi, je t'en prie…
– Difficile…
Il but une gorgée de thé, se leva sans raison apparente et alla coller son nez à la fenêtre. Intriguée, mal à l'aise, Liouba l'observait. Il lui tournait le dos. Sa silhouette dégageait quelque chose de juvénile, comme autrefois. Une bouffée d'attendrissement la traversa. Il gardait toujours le silence.
Puis, au bout d'un long moment, sans jamais la regarder, il commença à parler d'une voix sourde.

– Ce que j'ai à te dire j'aurais pu te le dire il y a quinze ans. Lomonossov, tu te souviens ?... Il était rare que je passe une nuit seul. Il y avait toujours une fille, jamais la même. Peut-être que je t'aimais trop ?

Liouba se raidit.

– Peut-être avais-je peur que tu te moques de moi si je te l'avais dit... Peut-être aussi que je n'étais pas assez mûr pour en prendre le risque. Tu vois, Liouba, je peux bien te l'avouer aujourd'hui... Pendant toutes les années de goulag, je n'ai jamais cessé de penser à toi. Tu n'y es pour rien, bien sûr... Mais quand je gelais dans le camp par – 40°C, je pensais à toi. Quand je prenais des coups de schlague dans la gueule, je pensais à toi. La nuit, il arrivait que je me réveille sur un cauchemar. Pour me rassurer, je pensais encore à toi. Toujours à toi, Liouba, du matin au soir. J'y pensais comme on pense à une icône, quand on a peur de la nuit. Sans que tu le saches, cent fois, tu m'as aidé à ne pas mourir. Jusqu'au moment où je t'ai retrouvée.

Il se retourna brusquement, revint s'asseoir à la table, lui prit les mains et la dévora d'un regard intense.

– Alors, ce jour-là, je suis mort pour de bon. Parce qu'à l'instant où je te parle, maintenant, je m'aperçois avec terreur que je t'aime encore plus.

Il vit qu'elle avait les larmes aux yeux.

– Je veux que tu sois ma femme, je ne pense qu'à ça... Je veux te garder près de moi, toute la vie. Dis-moi oui, Liouba, dis-moi oui !

Suffoquée, elle ouvrit la bouche. Il lui saisit la tête à deux mains et, avant qu'elle ait pu réagir, l'embrassa sauvagement.

Lèvres fermées, elle résista, essaya de se dégager. La théière et les tasses se fracassèrent sur le dallage. Mais Oleg ne desserra pas son étreinte. Il n'entendait plus rien, il était fou. Affolée, Liouba se laissa glisser au pied de la table. Il y roula avec elle.

– Oleg ! parvint-elle à hurler.

Un cri si strident qu'il en revint sur terre. D'un coup de reins désespéré, Liouba en profita pour se remettre debout.

Cherchant à reprendre son souffle, elle s'appuya sur l'évier. Sa main rencontra un couteau. Elle le brandit vers Oleg.

– Va-t'en !

Elle eut honte soudain. Le couteau lui tomba des mains.

– Va-t'en, Oleg. Va-t'en, je t'en prie…

À son tour, il se releva avec lourdeur.

– C'est à cause d'Andreï ?

Elle ne lui en voulait pas, elle comprenait. Mais elle avait peur, de lui, de l'instant, de sa violence. Elle mentit.

– Oui, dit-elle.

Il eut un petit rire amer.

– Regarde-moi, Liouba. Regarde… Je suis calme… Il est possible que tu ne me revoies jamais… Tu me permets de m'asseoir ?

– Je préférerais que tu t'en ailles.

Il se laissa tomber sur un tabouret, se prit la tête dans les mains et la dévisagea.

– Je t'en prie, n'aie pas peur…

Elle était toujours debout contre le lavabo. Elle se massait le cou machinalement. Ses jambes flageolaient.

– Je voudrais savoir une chose… À l'époque, tu devais bien ressentir quelque chose, toi aussi ? Entre Andreï et moi, qui préférais-tu ?

Spontanément, un nom lui vint aux lèvres.

– Vitaly.

– Il est mort, dit Oleg.

Et comme elle se taisait, il ajouta :

– Tu sais qui l'a tué ?

Liouba s'arrêta de respirer.

– Andreï, murmura Oleg. On s'est évadés tous les trois ensemble. Dans la neige. Il l'a tué à coups de bâton. J'étais là.

Elle le regarda, suffoquée.

– Et tu n'as rien fait ? s'indigna-t-elle.

Il haussa les épaules.

– Et ton mari ? continua-t-il sans élever la voix. Sais-tu aussi pourquoi Andreï l'a fait assassiner ?

– Qu'est-ce que tu dis ?

Ses jambes n'arrivaient plus à la soutenir. Privée de force, elle s'affaissa contre le lavabo.

– C'est Andreï qui l'a fait tuer. Une seule raison lui aurait suffi, mais il en avait trois. D'abord, il était flic. Ensuite, Andreï préférait te savoir veuve, ça débarrassait le terrain. Mais surtout, il ne fallait pas lui laisser le temps de te révéler ce qu'il avait découvert dans son enquête...

Les yeux dilatés d'horreur, Liouba le dévisageait.

– À propos de ta sœur, continua Oleg d'une voix monocorde. Oui, Liouba... Si ta sœur, Anna, a brûlé vive, c'est à cause de lui, Andreï.

Il se tut brusquement, alluma une cigarette...

– T'est-tu jamais demandé comment nous avions pu survivre, Andreï et moi ? Tu n'as gardé en tête qu'une image de nous qui te séduisait, le mathématicien doué, le futur économiste... Mais t'es-tu interrogée sur ce que nous avions fait entre-temps ? En réalité, sais-tu qui nous sommes ? Des parrains, Liouba. Les maîtres véritables de Moscou. Nous sommes riches comme aucun homme au monde ne le sera jamais. Personne ne peut rien contre nous. Au fil des années, on a acheté la police, l'administration, l'armée et la plupart des hommes qui nous gouvernent. On a même le coffre du KGB. Tu veux que je te donne les lettres de la combinaison ?

Il eut un petit rire triste.

– L.I.O.U.B.A., épela-t-il. Liouba… L'idée est de moi. Ça t'étonne ?

Recroquevillée maintenant au pied de l'évier, Liouba sanglotait doucement. Oleg se leva, s'agenouilla près d'elle et lui releva le visage en un geste de tendresse.

– Veux-tu toujours épouser Andreï ?

Elle n'avait plus peur. Elle était cassée, comme une poupée de chiffon qu'on aurait rouée de coups. Les mots d'Oleg arrivaient bien à son cerveau, elle en comprenait le sens mais n'éprouvait même plus de douleur à les entendre.

Tout lui était égal.

– Non, bien sûr, ajouta Oleg. Ce n'est plus possible. De toute façon, je ne l'aurais pas laissé faire. Mais moi, je suis là. J'attends. J'attendrai le temps qu'il faudra. Je préférerais mettre la planète à feu et à sang plutôt que de te perdre. Je sais aussi qu'un jour, tu diras oui.

Elle restait inerte, le regard vide. Il effleura sa bouche de ses lèvres, se releva, alla jusqu'à la porte et sortit.

25

À midi, le Russe traversa nonchalamment le hall du *Rossia*. Il s'attarda quelques instants devant un étalage de cartes postales, sortit de l'hôtel et s'avança vers l'unique taxi dont le chauffeur le regarda avec méfiance.

– Où est-ce que vous allez ?

En guise de réponse, il lui fourra une poignée de dollars dans la main et monta dans la voiture. À New York, on lui avait raconté que les taxis de Moscou faisaient la loi. Leur drapeau était toujours baissé. Ils n'étaient jamais libres. En fait, c'était simple. Comme partout. Il suffisait de payer dix fois le coût de la course.

– Vous avez une idée de votre destination ? demanda le chauffeur sur un ton radouci.

– Piscine Moskva, dit le Russe.

Le chauffeur empocha les billets avec un claquement de langue et démarra.

On avait réservé pour le Don la plus grande suite du *Rossia*. Le voyage l'avait lessivé. Sitôt qu'il se retrouva seul, il sortit de son portefeuille une photo représentant un beau jeune homme brun en tenue de base-ball. Il l'installa sur la table de nuit de sa chambre et la couva d'un regard orgueilleux. Que son fils fût sorti dans les tout premiers de Columbia University, Angelo Gatto n'en revenait pas. Qui l'empêchait maintenant de devenir un jour Président des États-Unis? Francesco avait vingt et un ans. À son âge, Don Angelo réglait déjà les litiges du quartier nord de la Petite Italie. Il était à la charnière des générations, le chaînon symbolisant le passage entre deux mondes, la misère et sa résignation, le pouvoir et sa liberté d'action infinie. Ses propres parents étaient arrivés de Palerme à New York dans les années 20, sans un sou, analphabètes, ignorant s'ils auraient de quoi se nourrir le lendemain. Don Angelo, lui, était allé à l'école jusqu'à quatorze ans.

Mais très vite, l'ascendant naturel qu'il avait sur ses copains lui avait soufflé que son destin lui viendrait de la rue.

Ponctuée de coups de couteau, de coups de flingue, son ascension obstinée, régulière, implacable, l'avait amené à la fortune et au pouvoir absolus. Au point qu'il ne croyait pas qu'il fût possible d'accéder plus haut. Drogue, prostitution, loteries, trafic d'influence, casinos, armes, racket, rien ne lui échappait, aucun trafic sur lequel il ne touchât sa dîme.

Il faut dire qu'il avait un sixième sens: il flairait l'odeur de l'argent comme les sourciers trouvent l'eau. Bien avant ses propres spécialistes financiers, il anticipait les créneaux inédits d'où tomberait le pactole. Depuis des années, il contrôlait l'achat et la vente des surplus dont l'armée américaine se débarrassait périodiquement. La plupart du temps, du matériel neuf, commandé à prix d'or par l'État et revendu deux ans plus tard au prix de la casse. Une Jeep, entre 10 et 100 dollars, un camion, à peine plus. Et des bazookas, des avions, des frégates, des hélicos, des missiles, des denrées alimentaires, des chars d'assaut, des vêtements, des radars, des gadgets électroniques sophistiqués...

Seulement, en Russie, il y avait autre chose. C'est pour l'obtenir que, malgré son horreur de l'avion, il avait accepté de passer trente-six heures à Moscou. L'arbitrage de la guerre des gangs était tombé à pic pour lui en donner le prétexte.

Pauvres petits mafiosi russes loqueteux, qui croyaient qu'un parrain pouvait se déranger en personne à l'usage de leurs dérisoires chamailleries.

En matière de criminalité organisée, ils en étaient encore à l'âge de pierre.

Il regarda pensivement la photo du futur Président des États-Unis, la porta à ses lèvres et passa dans la salle de bains.

Pas de temps à perdre ; le rendez-vous de sa vie était fixé ici-même, au *Rossia*, dans une heure.

Anatoli ralentit le pas. Plus il approchait, plus sa gorge se nouait. En le laissant rue Volkhonka aux abords de la piscine Moskva, le chauffeur avait insisté pour l'attendre.

Qu'est-ce qu'on pouvait aller faire à la piscine Moskva ?

À deux pas, même rue, il y avait bien le Musée des Beaux-Arts Pouchkine, mais la piscine ? Il s'agissait d'un gigantesque bassin rond de plein air, plus grand qu'un terrain de football, où, dans les nuages de vapeur montant de l'eau surchauffée, deux mille prolos pouvaient s'ébattre. À qui aurait-on pu faire croire que ce type allait les rejoindre ?

– Vraiment, je peux vous attendre. Vous m'avez déjà payé. Ça ne vous coûtera pas un rouble de plus !

Son passager lui adressa un clin d'œil et tourna les talons. Au premier coup d'œil, le chauffeur avait bien vu qu'il ne s'agissait pas d'un client ordinaire. Malgré son type slave prononcé, même dans sa façon de se taire, il puait l'Amérique. Il était long, mince, le visage bronzé.

La couleur de ses yeux oscillait entre le bleu et le vert, difficile à distinguer sans le regarder sous le nez. Mais il n'avait pas la tête d'un homme qu'on peut dévisager impunément.

Il le vit s'éloigner, haussa les épaules et démarra...

Anatoli continua sa marche au pas de flâneur. Il longeait maintenant de petits bâtiments en briques de deux ou trois étages, de très anciennes églises orthodoxes au charme provincial, crépies d'ocre jaune, brun, bleu. À deux pas des tours de béton laissées en héritage par Staline et Brejnev, se lovait, dans une parcelle miraculeusement intacte du vieux quartier de l'Arbat, un autre monde, feutré, doux, amical. Le monde d'*avant*. Juchés sur des vélos, des gosses faisaient la course en hurlant. D'autres tapaient à grands coups de pied dans un ballon. Sur le pas de leur porte, au seuil de petites baraques entourées d'arbres dénudés, de vieilles femmes en deuil éternel, au visage parcheminé, bavardaient malgré le froid en mâchonnant des graines de tournesol dont elles recrachaient les cosses comme si elles psalmodiaient. Anatoli se trouva soudain au carrefour de la rue Kalochine. Il prit à gauche.

Un ballon lui roula dans les jambes. Un enfant le récupéra sans faire attention à lui. Un chien vint le flairer. Tout était vieux, patiné, paisible. La rue était bordée d'arcades portant des numéros. Devant le 11, un corbillard démarra, suivi d'une seule voiture. Anatoli s'engagea sous le porche et se retrouva dans une cour intérieure. Avec 35°C de plus, on aurait pu se croire en Sicile. Lui parvinrent, adoucis, les cris des enfants, les aboiements du chien. Il y avait quelques chats qui lissaient leur pelage à coups de langue, trois vieilles en noir encore, crachotant leurs graines de tournesol tout en le regardant s'approcher du coin de l'œil.

– Katia Chourikova ? leur demanda-t-il.

Bref échange de regards.

– Chourikova ?

– Oui, Katia Chourikova, approuva Anatoli.

– Vous venez pour les obsèques ? dit l'une d'elles.

Imitée par les deux autres, elle se signa furtivement.

– Pauvre Katia, dit-elle, elle était si gentille.

Immobile, le Russe fixait de ses yeux clairs un point du ciel. Pour voir ce qu'il observait, à leur tour, elles y portèrent le regard : il n'y avait rien.

Le ciel, comme à l'ordinaire, était vide.

Pour débarquer au *Rossia* à deux heures de l'après-midi, elle ne pouvait être qu'une pute. Elle était vêtue d'un manteau rouge à col de fourrure noire battant ses bottes fauves. Ses cheveux blond cendré, auréolant son visage de madone slave, flottaient librement sur ses épaules. Le concierge ne l'avait jamais vue. Il avait une excellente raison de les connaître toutes : sur chaque passe effectuée dans les murs du *Rossia*, il touchait deux cents roubles. Se pouvait-il que ce fût une nouvelle ? Les temps n'étaient pas si loin où nul n'entrait dans un hôtel sans contrôle. Mieux : aucun client, fût-ce pour bavarder avec un ami, n'avait le droit de pénétrer dans une chambre qui n'était pas la sienne. Embusquées à chaque palier, devant la sortie de l'ascenseur, trois matrones, assises à une table, montaient une garde impossible à prendre en défaut.

Aujourd'hui, quiconque pouvait circuler dans le hall et les étages comme dans un moulin. L'hôtel était bourré d'étrangers. Il est vrai qu'étant donné les tarifs, il eût été difficile à un Russe d'y séjourner plus de cinq minutes.

Avec un soupir de nostalgie, le concierge vit la jeune femme s'engouffrer dans un ascenseur sans regarder personne.

Il était deux heures de l'après-midi.

Don Angelo n'avait pas fermé l'œil depuis son départ de New York. La fatigue commençait à lui tirer les traits. Pour en chasser les filaments rouges, il s'était inondé les yeux de collyre. Si au moins, il avait pu boire un *espresso*... Mais en guise de café, le bar de l'hôtel ne lui avait fait livrer par des garçons idiots qu'une espèce de lavasse noire qui n'en avait ni le goût, ni le parfum. Le café *espresso* ! Il nota mentalement qu'à l'échelle du continent soviétique, le vrai café et les machines qui allaient de pair seraient d'un excellent rapport. Pas dans l'immédiat, il y aurait d'abord un long travail d'éducation à faire. Mais les Russes n'étaient-ils pas devenus en un rien de temps grands consommateurs de drogue ?

– C'est l'heure, deux heures ?

Avec un ensemble parfait, Folco Bellinzona et Pietro Zullini, ses deux *consiglieri,* regardèrent leur montre.

– Exactement, Don Angelo, dirent-ils simultanément.

Eux aussi avaient pris une douche et enfilé une chemise propre. Ils avaient pris place sur un fauteuil.

Le Don, lui, marchait de long en large dans le salon.

Dans la hiérarchie du régime, l'homme qu'il attendait était un personnage de première importance. Il avait la réputation d'être l'un des négociateurs les plus coriaces du pays.

Mais aujourd'hui, bien qu'il n'en eût aucune preuve, Don Angelo était certain qu'il agissait pour son propre compte.

Comment aurait-il pu en être autrement ? Au regard des instances internationales, ce qu'il avait à marchander était strictement prohibé. Donc, illégal. Par conséquent, invendable.

Et pourtant, sur la planète, un grand nombre de chefs

d'État étaient prêts à se battre pour l'acheter à n'importe quel prix. On sonna.

Les deux *consiglieri* bondirent. Don Angelo les arrêta d'un geste. Retrouvant son sourire, il alla lui-même jusqu'à la porte et l'ouvrit. Sur le seuil, en costume gris de *businessman* classique, un homme d'une soixantaine d'années au visage dont l'empâtement était compensé par des yeux vifs, inquiets, brillants d'intelligence.

– Angelo Gatto, dit le Don en lui tendant la main.

Le nouveau venu la lui serra mollement. Don Angelo referma la porte et désigna ses *consiglieri* qui s'étaient levés.

– Permettez-moi de vous présenter mes deux consultants financiers, dit-il en anglais, Pietro Zullini et Folco Bellinzona.

– Enchanté, répondit Stanislas Kouliakov dans la même langue.

Liouba sortit de l'ascenseur, se repéra dans le couloir et s'engagea d'un pas hésitant sur la moquette lie-de-vin.

Un peu plus tôt, le téléphone avait sonné chez elle.

– Liouba ?

– Oui, maman.

– Ne me pose pas de questions, Liouba. Fais ce que je te dis. Lâche tout et va immédiatement à l'hôtel *Rossia*... Chambre 847, la porte est ouverte. Vite !

– Maman !

Elle avait déjà raccroché.

L'image de l'inspecteur Karpinsky traversa l'esprit de Liouba.

Lors de la mort de Vassili, il avait suivi les obsèques et déposé des fleurs sur sa tombe. « Madame, je dois tout à votre mari. Si vous aviez besoin d'une aide, n'importe laquelle, je vous serais reconnaissant de penser à moi. Vous m'aideriez à m'acquitter de ma dette. » Mais qu'aurait-il pu pour elle ?

Depuis les révélations d'Oleg, elle était en état de choc.

Prostrée. Elle aurait voulu récupérer, souffler, reprendre appui : elle avait couru au *Rossia*.

Elle arrivait au bout du couloir : 847. Elle marqua le pas.

Et si sa mère s'était laissé piéger ? Oleg ne lui avait-il pas avoué qu'Andreï et lui étaient des gangsters ? Tendus pour la fuite, tous ses muscles lui intimaient l'ordre de rebrousser chemin. Mais son instinct lui disait d'avancer. Le désir de savoir fut le plus fort : elle poussa la porte. Elle se trouva dans un petit vestibule qui lui masquait le reste de l'appartement.

Elle fit trois pas, s'immobilisa sur le seuil d'une chambre.

Elle était parfaitement en ordre. Le dessus-de-lit était bleu, les murs, blancs. Accrochée au-dessus d'une commode, une gravure représentant la cathédrale de Basile-le-Bienheureux.

Au fond, il y avait une fenêtre encadrée de rideaux à rayures outremer par laquelle pénétrait un éclatant soleil d'hiver. À cet instant, elle vit l'homme. Il lui tournait le dos.

Son front s'appuyait contre la vitre. Il était debout, immobile. Sa silhouette se découpait en contre-jour. À son tour, Liouba n'osait plus faire un mouvement. Elle regardait le dos de cet homme. Il était long et mince. Un rayon de lumière jouait dans ses cheveux blonds. Il fallait qu'elle lui signale sa présence.

Mais aucun son ne montait de sa gorge. Paralysée, elle le regardait c'est tout. Combien de temps ? Plusieurs secondes ?

Une minute ? Même plus tard, en se remémorant la scène, elle n'aurait pu le dire. À un moment, l'homme dut sentir qu'il n'était plus seul dans la pièce. Avec une lenteur infinie, il tourna la tête vers elle. Alors, Liouba vit son visage. Elle ouvrit la bouche pour hurler. L'homme porta un doigt à ses lèvres.

Les jambes de Liouba devinrent de la flanelle et tout le sang qu'elle avait dans le corps la déserta.

– Vitaly..., murmura-t-elle.

Puis ce fut le noir.

26

Alla Karpova se posait des questions.

Avait-elle eu raison d'agir de la sorte ? Depuis qu'elles étaient adultes, elle ne s'était mêlée qu'une fois des affaires de ses filles, après la mort de son gendre Vassili, en absolvant Liouba qu'elle voyait se détruire.

– Vous vous souvenez de moi, Alla Karpova ?

Interdite, elle regardait le jeune homme blond qui se tenait dans l'embrasure de la porte.

Ce visage lui disait quelque chose...

– Je m'appelle Vitaly. Vitaly Chourikov. Je suis venu chez vous, autrefois, avec Liouba. On étudiait ensemble à Lomonossov...

– Je me souviens, dit Alla. Entrez...

Regardant avec avidité les objets familiers qui la peuplaient, il restait immobile au milieu de la pièce. Il s'attarda dans la contemplation de l'affiche fanée représentant la fameuse tomate qui amusait tellement ses filles, les sœurs Karpova.

– Je ne sais pas pourquoi je ne l'ai jamais retirée du mur, dit Alla. Ne restez pas debout, asseyez-vous, je vais vous faire du thé.

Elle avait mis de l'eau à chauffer dans une casserole et était revenue s'asseoir à la table, près de lui.

– Vos yeux, ils sont bleus ou verts ? lui avait-elle demandé.

C'était une phrase si inattendue, si stupide qu'aussitôt lâchée, elle en eut honte : une vieille femme demande-t-elle à un inconnu la couleur de ses yeux ?

Il avait souri.

– Liouba aussi se posait la question. Franchement, je n'en sais rien moi-même. Liouba ?

Alla secoua la tête.

– Vous habitez Moscou ?

– Non. Je suis arrivé tout à l'heure de New York. Je vis en Amérique. Je ne suis pas venu depuis quinze ans. Je ne sais plus rien. Je ne connais plus personne.

L'eau se mit à siffler dans la casserole. Alla Karpova se leva, prépara le thé, posa la théière sur la table et se rassit.

– Tout le monde vous a cru mort, dit-elle. Comment avez-vous fait pour sortir du goulag ?

– Je me suis évadé d'un train pénitentiaire. J'ai marché dans la neige, longtemps. Jusqu'à ce que j'arrive à un port. J'ai pu me cacher à bord d'un cargo qui transportait du bois. J'ai débarqué au Venezuela. De là, je suis passé en Amérique…

Il avait bu une gorgée de thé et dévisagé pensivement Alla.

– C'est drôle, que je vous raconte ça. Je ne l'avais jamais dit à personne.

– Pourquoi êtes-vous venu ? demanda Alla.

– Je ne sais pas très bien… Le monde me paraît cinglé, je suis seul, je ne retrouve plus mes marques.

– Après ce que vous avez vécu, pas étonnant. Moi non plus, je ne retrouve pas toujours mes marques.

– J'étais tout près. Ma mère habitait le quartier, même rue, à deux pas de chez vous. Katia Chourikova… Pendant longtemps, j'avais cru que je pourrais la revoir vivante.

Il était encore sous le choc. Il lui avait raconté son arrivée sous les arcades de la rue Kalochine, le mauvais présage qu'il avait eu en voyant ce corbillard solitaire, les trois vieilles femmes, sa mère… Il lui parlait comme s'il l'avait fréquentée tous les jours de sa vie. Aux yeux d'Alla Karpova, c'était à la fois surnaturel et tout à fait ordinaire. Elle savait qu'à certains instants clefs de leur vie, les êtres, lorsqu'ils étaient un peu plus sensibles que des bêtes, rencontraient leur vérité. Sous peine d'en mourir, il fallait qu'elle sorte. À son tour, elle lui avait parlé des malheurs de Liouba, de l'assassinat de Vassili Montachev, son mari, de la mort tragique d'Anna.

Simultanément, le passé lui revenait, elle se souvenait avec précision des trois garçons insouciants que lui amenait sa fille… À l'époque, elle était certaine que l'un d'entre eux lui demanderait la main de Liouba.

– Comment s'appelaient vos deux amis, à l'université ?

– Oleg Vlassov et Andreï Talasski.

– Vous les avez revus ?

– Jamais.

– Je crois que Liouba les avait retrouvés, juste avant la mort de son mari.

Brusquement, il s'était redressé d'un bond, l'avait prise par les épaules.

– Alla Karpova… Regardez-moi bien… Est-ce que je vous parais sincère ?

– Pourquoi ?

– Parce que je n'ai pas le temps de vous expliquer. Vous devez me croire sur parole ! Me faites-vous confiance ?

Elle le regardait, interdite, le cœur battant…

– Il le faut, dit-il en martelant ses mots, il le *faut* ! Faites ce que je vous demande, je vous en conjure, sans me poser de questions. Liouba est en danger !

Liouba en danger... Tant d'horreurs... Elle avait senti tous ses muscles se contracter.

– Il ne faut pas qu'elle reste chez elle ! Vous allez l'appeler, lui dire ce que je vous dis !

– Voulez-vous que je vous la passe ?

– Elle me croit disparu ! Le temps de comprendre, il serait trop tard ! Vite ! Je vous en prie !

Elle était incapable d'esquisser un mouvement. Il la poussa devant le téléphone.

– Je vous en supplie, Alla Karpova ! Vous l'aimez ? Moi aussi. Je ne veux pas la perdre une deuxième fois !

Il avait l'air bouleversé... Elle avait pris l'appareil...

– Qu'est-ce que je dois lui dire ?

Maintenant, elle se demandait si elle n'avait pas eu tort.

Elle avait parlé à Liouba. Il l'avait embrassée et était sorti comme un fou en lui disant merci... à bientôt... La porte à peine refermée, elle avait essayé de joindre Liouba : pas de réponse.

Alla Karpova haussa les épaules : ce qui était fait était fait. Elle alla allumer la lumière. Il était à peine quatre heures.

Mais à Moscou, les jours d'hiver, la nuit tombait vite.

– Je n'irai pas avec ces sales cons ! hurla le Fou. Je les hais !

Matychov le connaissait trop pour ne pas savoir qu'il fallait laisser passer l'orage. À chaud, Aliocha Kaliguine était incontrôlable. Il fallait le ramener à petites touches, avec la finesse d'un pêcheur au gros qui, par défi sportif, utilise un nylon trop fragile.

– D'accord, Aliocha... Comme tu voudras...

Avec Lyssenko et Chataline, ils étaient convenus de se rendre ensemble à la réunion présidée par

Don Angelo. Pour arriver à convaincre le Fou, Matychov avait dû lutter pied à pied. Finalement, il avait dit oui. Maintenant, une heure avant le rendez-vous, c'était non. Aliocha détestait l'idée. Avec patience, Matychov avait repris ses arguments : le même massacre les avait jetés, momentanément, dans le même bateau. D'un côté eux trois, les survivants, de l'autre le clan Vlassov-Talasski. Quels que soient leurs différends, une association provisoire s'imposait.

– Il ne s'agit que d'un instant, Aliocha... D'abord, voir si on peut récupérer notre argent. Prendre tout ce qu'il est possible de rafler. Quand ce sera fait, ne t'inquiète pas. Je serai le premier à te suggérer le signal du règlement de comptes !

Entre deux accès de rage, Aliocha restait prostré.

– Tu en prends trop, Aliocha, lui disait Matychov avec un rire faux lorsqu'il le voyait se bourrer furieusement le nez de cocaïne.

– Ta gueule ! Un jour je te ferai sauter la tête à toi aussi !

– Comme tu voudras, Aliocha...

Entre les drogues qu'on lui avait administrées dans les asiles pyschiatriques du goulag et ce qu'il prenait maintenant, Matychov savait que le Fou ne ferait pas de vieux os. Quelle tristesse : s'il venait à disparaître, Matychov, et lui seul, aurait accès à tous ses avoirs... Encore fallait-il l'empêcher de les amputer d'une fortune colossale...

– Des centaines de millions de dollars sont en jeu, Aliocha... C'est le seul moyen ! Je vais te faire une proposition...

– Tu m'emmerdes ! J'irai seul et ce n'est pas ce gros sac de pus de Lyssenko qui m'en empêchera !

– Écoute au moins ce que j'ai à te dire. Je crois que ça te plaira. Je vais poster des hommes... Dès que la réunion est terminée, on descend Vlassov et Talasski. Et je t'en donne ma parole, dans l'heure qui suit, on élimine Chataline et Lyssenko, à la surprise ! Tu seras seul, Aliocha, l'unique maître de Moscou ! Fais un geste, vas-y, joue le jeu et baise-les ! On a déjà risqué dix milliards de roubles, on ne peut pas se permettre de perdre deux, trois ou quatre cents millions de dollars ! Laisse-nous une chance !

Le Fou se fit une ligne, l'aspira d'un coup sec et regarda fixement Matychov.

– Tu sors ou je te tue ? dit-il d'une voix calme.

– Je sors, dit Matychov.

Liouba ouvrit les yeux. Elle était allongée sur un lit. Tout, dans la chambre qu'elle discernait, lui semblait flou et bleu. Assis sur le rebord du lit, il y avait Vitaly. Elle se souvint qu'elle n'avait jamais pu définir la couleur de ses yeux : étaient-ils verts ou bleus ? Elle y avait pensé souvent, après sa mort, mais cela n'avait plus d'importance. Puisqu'il était là, c'est qu'il n'avait jamais été mort. Sans faire un mouvement, elle le regardait. Lui aussi la regardait. Il ne bougeait pas.

Soudain, elle posa la main sur sa poitrine, glissa les doigts dans sa chemise et lui effleura la peau. Dans ses rêves, lorsqu'elle caressait la peau de Vitaly, elle s'éveillait. Mais rien de tel ne se produisit. Aucune cassure due au passage du sommeil à l'état de veille. À ce signe, elle sut qu'elle était réellement éveillée. Et que Vitaly était là.

– Je t'ai attendu si longtemps..., murmura-t-elle.

– Moi aussi, dit Vitaly.

Elle l'attira contre elle. Ils restèrent longtemps l'un contre l'autre, immobiles. Chacun écoutait battre le cœur de l'autre, sans bien savoir s'il ne s'agissait pas du sien.

Le soleil allumait des feux dans la chambre, jouant sur

les chromes du lit, les rebords argentés de la gravure, les cheveux blonds de Vitaly, ceux de Liouba, plus sombres et plus dorés et le bleu des rideaux qui chatoyaient dans la lumière. Liouba serrait Vitaly dans ses bras. Par saccades, il sentait son corps palpiter en une accélération fugace et douce.

– C'est comme si je vivais en accéléré, dit-elle d'une voix atone…

Elle ne s'adressait pas spécialement à lui. Elle était le médium en état d'hypnose qui prononce des mots sans percevoir leur sens. Ils lui étaient étrangers. Elle les entendait en les disant, ne les découvrant que lorsqu'ils sortaient de ses lèvres… Si elle ne les avait pas prononcés, elle n'aurait pas eu la certitude que la sauvagerie de ce qu'elle ressentait était réelle.

– Je traverse les âges, les jours, les saisons… Il pleut, il fait soleil, il neige, j'ai froid et j'ai chaud et nous ne mourrons jamais plus…

– Non, cette fois, plus jamais.

Lui aussi pensait aux saisons, à l'hiver, à la boue, dans une fantastique explosion d'images qui déferlaient devant ses yeux, mêlant dans un désordre fou la seconde présente, des clichés du passé et des visages, beaucoup de visages… Ils lui apparaissaient comme des pantins aux ficelles cassées et leurs noms cliquetaient à ses oreilles, Liouba, Don Angelo, Zullini, Liouba, Oleg, Andreï, Liouba, Amalfi, Liouba… Toujours Liouba…

– Liouba…

Il sentit s'accentuer la pression de ses bras lui enserrant la poitrine. Il tourna légèrement la tête. Ses lèvres effleurèrent ses lèvres…

– Vitaly… Vitaly…

– Ma mère est morte, souffla-t-il. Je ne l'avais pas vue depuis quinze ans… Je suis arrivé deux jours trop tard. Elle ne saura jamais que j'étais vivant.

– Moi, je le savais, dit Liouba.
– Comment ?
– Je le savais, c'est tout. Je t'aimais trop pour que tu puisses mourir. Et toi ? As-tu jamais cru que j'étais morte ?
– Regarde...
Il se dégagea légèrement, tira un portefeuille de sa poche et en sortit une photo. Liouba sourit : dans la boîte bleue, ses yeux avaient usé la même en la regardant trop. Lomonossov... Tous deux s'appuyaient contre un arbre...
– Je l'ai aussi, dit Liouba.
– Elle ne m'a jamais quitté, dit Vitaly.
Leurs yeux se rencontrèrent. Et cette fois, ce fut comme s'ils ne s'étaient jamais regardés. Très lentement, aimantés l'un par l'autre, leurs visages se rapprochèrent : tout était dit. Le reste n'existait plus, le présent s'envolait aux oubliettes, ils étaient désormais plus forts que le temps.
D'une main tremblante, Liouba arracha son chemisier.
Bouleversé, Vitaly prit ses seins dans la paume de ses mains.
– Aime-moi, gémit Liouba. Aime-moi, mon amour... Aime-moi, Vitaly, aime-moi !

Dans le vestibule, Vittorio Amalfi et Carlo Sabatini procédaient eux-mêmes à la fouille. Le Don n'avait aucun intérêt particulier à l'affaire. Par conséquent, lui et son groupe étaient neutres, au-dessus de tout soupçon. On ne pouvait pas en dire autant de ceux qui allaient assister à la réunion. Trop de morts entre eux, trop de sang. La méfiance et la haine se lisaient sur les visages. Andreï était arrivé le premier. Échange de poignées de main entre Don Angelo et lui, présentation de Folco Bellinzona et Pietro Zullini, les deux *consiglieri*...

Presque aussitôt, Oleg entrait dans le salon. Même cérémonial et remerciements à Don Angelo d'avoir accepté *son* invitation – il n'avait pas dit *notre*, mais *mon* : un *mon* qui excluait l'autre. Au passage, le Don nota également que ni Vlassov ni Talasski ne s'étaient salués. À l'arrivée d'Oleg, Andreï, feignant d'échanger quelques mots avec Bellinzona, lui avait tourné ostensiblement le dos.

– Messieurs, voulez-vous boire quelque chose ?

La porte s'était rouverte sur les trois survivants de la tuerie du Polygone de Khmetievo. Ils se nommèrent sèchement.

– Pavel Lyssenko.

– Leonid Chataline.

– Aliocha Kaliguine.

Aucun d'eux n'eut le moindre regard pour Andreï et Oleg, s'ignorant à des coins opposés de la pièce.

– Bienvenue à tous, dit Don Angelo.

Comme dans une chaudière surchauffée entrant dans le rouge, en une seconde, la tension monta de plusieurs degrés.

– Installez-vous, messieurs, je vous en prie.

Sur un signe du Don, Pietro Zullini plaça les invités autour de la table rectangulaire. Aux deux extrémités, le Don et Bellinzona. De chaque côté, se faisant face, les clans rivaux. À la droite du Don, Oleg et Andreï séparés par Pietro Zullini. À sa gauche, le Fou, Chataline et Lyssenko. À la droite d'Angelo Gatto, une chaise vide prévue pour l'interprète. Mais, pour le moment, personne ne remarquait son absence…

Malgré l'atmosphère exécrable de ce début de séance, le Don nageait dans l'euphorie. Ses tractations avec Stanislas Kouliakov avaient abouti : un marché inouï qui constituait, dans le monde du crime, une vertigineuse première mondiale.

Dans ce contexte, les brouilles insignifiantes des demi-sel moscovites passaient au second plan. N'eût été l'ennuyeuse formalité de cet arbitrage, il aurait même pu rentrer à New York instantanément. Il se frotta les mains avec bonne humeur.

– Messieurs, rien ne nous empêche de commencer...

Il fit le tour de la table d'un regard circulaire.

– Permettez-moi d'abord de vous souhaiter la bienvenue... Nous avons un dicton, en Amérique. Je suppose que vous le connaissez: un mauvais arrangement est toujours préférable à une concession au cimetière.

La plaisanterie tomba à plat. Non que les uns et les autres ne l'eussent appréciée s'ils l'avaient comprise, mais en dehors d'Oleg et Andreï, qui n'étaient pas d'humeur conviviale, personne ne parlait l'anglais.

– Heureusement, il y en a aussi d'excellents, enchaîna Don Angelo avec une bienveillance bourrue et paternelle. Un bon arrangement, c'est celui qui laisse tout le monde en vie et où chacun peut manger à sa faim.

Du coin de l'œil, il aperçut Folco Bellinzona et Pietro Zullini échanger un regard inquiet.

– Qu'est-ce qu'il y a ? lança-t-il avec sévérité.

Il ne voulait, en aucun cas, que le débat démarre sur des sous-entendus laissant libre cours à la moindre équivoque: chaque mot devait être prononcé clairement, à voix assez haute pour être entendu de tous.

– Nous attendons Anatoli, Don Angelo, dit Bellinzona. Ces messieurs ne comprennent pas notre langue...

– Où est-il ?

Bellinzona eut un geste d'ignorance.

– Va le chercher !

Pietro Zullini était déjà à la porte. Il donna des ordres

à Sabatini qui partit au galop pendant que Vittorio Amalfi restait en sentinelle dans le couloir.

– Notre interprète…, expliqua le Don en guise d'excuses.

Que pouvait donc faire le Russe ? On lui avait dit cinq heures précises. Il était cinq heures trois. Sabatini revint : le Russe était introuvable. La voix d'Andreï s'éleva doucement.

– Pour nous éviter à tous de perdre du temps, proposa-t-il en anglais, si vous le voulez, je peux traduire.

Les yeux soigneusement fixés sur la table, il répéta sa phrase en russe : le Fou bondit comme un ressort.

– Toi ? Sale menteur ! Personne ici ne croirait un mot de ce que tu racontes !

Andreï ne releva même pas. Ils n'en étaient plus là.

Depuis longtemps, la mort violente avait balayé le stade des insultes. Tôt ou tard, le Fou paierait. Tous paieraient…

En signe d'apaisement, Don Angelo leva les mains.

– Messieurs, dit-il, je vous propose d'attendre encore deux minutes…

Il désigna sa montre et, pour qu'on le comprenne bien, pouces et index en V, leva la main.

– Deux ! Je suis sûr que notre interprète va arriver…

Et après, quoi ? Si le Russe ne venait pas ? Qu'allait-il faire, lui, Don Angelo, pour se sortir de cette situation grotesque sans perdre la face ? Même devant ses propres hommes, il y allait désormais de son prestige : dans la mafia, on survivait plus aisément à une balle dum-dum qu'au ridicule. D'instinct, pour mieux maudire mentalement son pourri d'interprète, il retrouva sa langue maternelle, l'italien.

Les secondes s'égrenaient. Les regards se fuyaient. Chacun se taisait. Personne ne regardait personne.

Au bout d'une minute, l'air devint si irrespirable que

Don Angelo consulta la trotteuse de sa montre et entreprit un compte à rebours. Plus que cinquante secondes... Autour de lui, les vibrations de haine impatiente devenaient presque palpables.

Furtivement, Don Angelo essaya d'accrocher le regard de ses deux faux-jetons de *consiglieri*. Pourquoi les payait-il, ces deux crétins qui le laissaient dans la merde, sans secours ? Ils gardaient les yeux soigneusement baissés sur leurs mains tavelées par le soleil de Floride. Le Don allait exploser lorsque deux coups discrets furent frappés à la porte. Bellinzona se précipita pour ouvrir. Le battant s'écarta.

Le Russe pénétra dans la pièce.

– Je vous prie de m'excuser, dit-il en anglais d'une voix calme. J'ai eu un empêchement.

Sans s'attarder sur les traits contractés de rancune méchante de Don Angelo, il répéta tranquillement sa phrase en russe et fit trois pas vers la table. Les yeux écarquillés, Oleg et Andreï le regardaient s'approcher : ce n'était pas possible, ils devenaient fous ! En une fraction d'instant, prenant la teinte livide de la craie, leur visage abasourdi changea de couleur.

Ce qu'ils voyaient n'existait pas.

C'était impensable, impossible.

Car cet homme, qui s'avançait vers eux, dix ans plus tôt, en Sibérie, ils l'avaient abandonné mort dans la neige après l'avoir tué de leurs propres mains : Vitaly !

Autour de la table, chacun avait conscience qu'il se passait quelque chose de sidérant. Les yeux du Don couraient du visage de son interprète à ceux de Vlassov et Talasski. Le silence devint insupportable. Le Don se racla la gorge.

– Vous vous connaissez ? intervint-il.

Le Russe dévisagea Oleg et Andreï d'un regard sans expression.

– Je ne pense pas, dit-il poliment.
Il s'installa à la place restée libre.
– La séance peut commencer, dit Don Angelo.

27

Lui eût-il dit: Saute par la fenêtre, elle aurait sauté. Lui aurait-il adressé un clin d'œil, sans hésiter une seconde elle se serait jetée au feu. Sa vie ne lui appartenait plus, le ciel n'était pas assez vaste: ils s'aimaient. Elle savait maintenant en quoi consistait ce que tant d'hommes et de femmes, au cours des âges et depuis que le monde était monde, avaient cru pouvoir expliquer, avec de la musique, des poèmes ou du bleu, sans en percer jamais l'énigme: le sens du mot aimer.

Tout ce qu'elle avait lu là-dessus, entendu, pressenti, espéré, était fade, était faux. Ils ne savaient pas, ils ne savaient rien. Elle, oui: pouvait-on jamais ressentir ce qu'elle avait ressenti et redescendre intact sur terre ? Y avait-il assez d'air sur la planète pour reprendre son souffle ? Très loin au-delà du plaisir, dans les zones sereines de la jouissance écarlate, là où les mots n'avaient plus accès, là précisément où elle était allée, existait-il un ailleurs ? Non, même pas la mort, même pas Dieu. Et pourtant, elle marchait, son cœur battait, elle avait soif, la rue était un tapis rouge élastique où rebondissaient ses pieds...

Sur son épaule, un grand sac de marin, cadeau d'un oncle.

Quand il avait fallu y fourrer ses affaires, elle s'était

aperçue qu'elle n'avait rien. Ou plutôt qu'en dehors de sa boîte bleue, elle ne tenait à rien. Une trousse de toilette, quelques nippes, son manteau rouge, qu'elle avait sur le dos.

Maintenant, il ne fallait pas qu'elle commette d'erreur. Pas plus son jugement que sa pensée n'étaient en cause, ni l'un ni l'autre ne lui appartenaient plus. Il s'agissait de sa mémoire.

Faire exactement ce que Vitaly lui avait dit. Aveuglément, sans comprendre. Plus tard, elle aurait tout le temps... Plus tard...

Vitaly... Vitaly... Après l'amour, il lui avait parlé. Et ils avaient refait l'amour. Et parlé encore... Vitaly lui avait tout dit.

Les trois heures passées dans sa chambre n'avaient pas plus duré qu'une allumette qui s'enflamme, que l'éclat d'une étoile filante dans la nuit... Pour que l'instant se prolonge, pour qu'il dure une éternité et leur appartienne, ou alors que tout retombe dans l'inertie de la mort, il s'en fallait de quelques secondes. Tout pouvait encore rater, à elle de ne pas les perdre...

Quatre à quatre elle grimpa les escaliers jusqu'au troisième et frappa à la porte : sa mère lui ouvrit.

– Maman, il faut que je te parle.

Sans attendre de réponse, elle laissa tomber son sac, se précipita sur le téléphone et composa un numéro. Elle dit trois mots et raccrocha.

– Liouba, qu'est-ce qui se passe ?

– Je vais te le dire, maman, je vais tout te dire...

– Pourquoi ce sac ?

– Maman, je te supplie d'attendre une minute !

Pour mieux se concentrer, elle lui tourna le dos et compta jusqu'à 30, comme Vitaly le lui avait demandé.

Elle forma un autre numéro...

On décrocha.

Pour que sa mère ne l'entende pas, elle avait masqué

le bas de l'appareil dans le creux de sa main. Elle prononça une phrase très courte, et coupa la communication.

– Liouba…

– Une seconde, maman.

Elle appela le *Rossia* et échangea quelques mots avec Vitaly. Elle s'empara de son sac, se retourna vers sa mère.

Mon dieu, qu'elle l'aimait !

– Je suis venue te dire adieu, maman. Je m'en vais.

Brusquement, les larmes lui brûlèrent les yeux.

Bonheur ? Chagrin ? Liouba aurait été incapable de le dire.

On était le 23 décembre.

Il était sept heures du soir. Elle pleurait, c'est tout.

Combien de temps peut-on tenir en face à face, les yeux dans les yeux, sans dire un mot ? C'était la première fois que Vitaly en faisait l'expérience. Toute sa volonté tendue dans le regard, il avait la sensation que ses globes oculaires s'étaient durcis jusqu'à devenir des billes d'agathe.

Mais maintenant, il en était sûr : l'épreuve dût-elle durer encore, il ne baisserait plus les yeux.

Andreï céda le premier : il détourna les siens.

Restait Oleg : il les baissa à son tour.

– Écoute, Vitaly…, dit Andreï.

La réunion s'était terminée par d'atroces menaces de mort. Le Fou avait craqué. Indifféremment, il avait frappé les uns et les autres jusqu'à ce que les éclats de voix et le tumulte de la bagarre alertent les gardes du corps du Don. Ils avaient jailli dans la pièce, arme à la main. Pour le mater, Carlo Sabatini avait lacéré le visage du Fou à coups de crosse pendant que Vittorio Amalfi tenait le reste du groupe en joue. Tous brûlaient du désir de se détruire… L'un après l'autre, à bout de souffle et de haine, toujours tenus en respect par Sabatini et

Amalfi, ils étaient sortis du salon sous le regard glacé de Don Angelo, titubants, ivres de vengeance. La porte avait claqué sur eux pendant que Don Angelo aboyait ses ordres. Dans le couloir, ils étaient trois : Vitaly, Oleg, Andreï. Nul n'avait envie de bouger.

– Vitaly... C'est bien toi ?

– Allons dans ma chambre, avait dit Vitaly.

En quelques secondes d'intensité furieuse, ils avaient épuisé toute leur violence. Vitaly avait tourné les talons. Andreï et Oleg l'avaient suivi sans prononcer un mot.

Ils s'étaient retrouvés dans la chambre.

– C'est bien moi, dit Vitaly.

– Je suis heureux que tu sois vivant, dit Oleg.

– Moi aussi, Vitaly, murmura Andreï.

Spontanément, Oleg amorça un mouvement pour aller vers lui, le prendre dans ses bras. Au dernier instant, quelque chose dans le regard froid de Vitaly le cloua sur place.

– Vitaly..., hasarda Andreï d'une voix rauque. Je voudrais te dire...

– Ne me dis rien, le coupa Vitaly.

– Si, tu vas m'écouter. Je ne sais pas comment tu es arrivé ici, je ne sais rien... Sinon que tu me rends la vie.

– Tu avais des remords d'avoir pris la mienne ?

Andreï baissa la tête.

– J'y ai pensé tous les jours. Oleg, dis-le lui.

Depuis qu'Oleg avait quitté la rue Sobinovsky, c'était la première fois qu'ils s'adressaient la parole.

– Moi aussi, murmura Oleg. Je n'ai pas oublié. C'est trop con... Nous étions des frères.

– Mais vous m'avez tué.

– Pas moi. Andreï.

– Et tu l'as laissé faire.

Oleg regarda la pointe de ses chaussures.

– Tu as ta place avec moi, Vitaly, dit Andreï. Reviens.

Reste à Moscou. Je voudrais réparer. Il n'y a que la mort qui soit irréparable.

– Inutile.

– Ne dis pas ça ! Nous sommes riches, Vitaly, immensément riches. À un point que tu ne peux imaginer.

Cette fois, il se tourna franchement vers Oleg.

– On était deux, maintenant, c'est part à trois. Oleg, tu es d'accord ?

– Oui.

– Le passé est le passé. Je ne veux rien de vous, dit Vitaly.

– Tu l'auras quand même !

Il prit le téléphone. Ses doigts jouèrent sur le cadran. Au bout d'un instant, il se racla la gorge.

– Kreiper ?... Talasski. Veuillez noter mes nouvelles instructions... Nous étions deux, nous sommes trois... Le troisième s'appelle Vitaly Chourikov... Oui, Chourikov... Nous lui donnons immédiatement le numéro et le nom de code du compte. Oui... Irréversible et irrévocable ! Désormais, il a les mêmes droits que nous.

Il écouta et haussa les épaules.

– Si vous voulez, dit-il. Restez en ligne.

Il tendit l'appareil à Oleg.

– Confirme.

Oleg le lui prit des mains.

– Kreiper, c'est Vlassov. Je suis d'accord et je confirme. Oui. Exactement comme nous, pleins pouvoirs sur le compte.

Il raccrocha. Vitaly gardait une immobilité de statue.

Andreï fit deux pas vers la table de nuit, s'empara d'un crayon et griffonna quelque chose sur un mini-bloc, en arracha la page et la glissa dans la main de Vitaly.

– Ne le perds pas, dit-il. C'est un bout de papier qui vaut plus de 3 milliards de dollars.

Vitaly le prit entre le pouce et l'index, sortit son briquet et y mit le feu.

Oleg et Andreï le dévisagèrent.

Andreï eut un geste fataliste.

– En tout cas, j'aurai essayé, dit-il. Au revoir, Vitaly.

Il tourna les talons et quitta la pièce.

Oleg prit un paquet de cigarettes dans sa poche. Avec une timidité maladroite, il ébaucha un geste pour en offrir une à Vitaly. Vitaly ne tendit pas la main. Oleg ficha une Pall Mall entre ses lèvres, l'alluma, exhala une bouffée de fumée et regarda Vitaly par la fente de ses yeux mi-clos.

– Au revoir, Vitaly. À bientôt.

Il fit volte-face, releva machinalement le col de son manteau, ouvrit la porte et disparut.

Il était six heures dix. Vitaly alluma une Camel et se laissa tomber sur le lit, un bras sous la tête. Les draps étaient imprégnés du parfum de Liouba.

Il resta longtemps immobile, les yeux au plafond, à fumer.

On devait le chercher. Il connaissait assez Don Angelo pour savoir que l'échec de la réunion et l'affront subi le pousseraient à rentrer à New York tout de suite. En ce moment, il devait être en train de boucler sa valise. Peut-être même était-il déjà en route pour l'aéroport ? Les horaires d'avion ne l'avaient jamais dérangé. S'ils ne lui convenaient pas, il payait n'importe quoi pour en affréter un sur place : irrésistible.

Au *Rossia*, Vitaly avait pris soin de louer une seconde chambre, la 847, où il se trouvait en ce moment. S'ils le cherchaient, les hommes du Don avaient dû frapper à la 836, attribuée d'office lors de son arrivée, cent ans plus tôt, le matin même : juste en face. Pour se rendre à loisir invisible, il lui avait suffi de traverser le couloir et d'utiliser une autre clef.

Maintenant, il ne pouvait qu'attendre.

Ses yeux se fermèrent. Il s'assoupit. Le téléphone sonna.

Vitaly s'ébroua : Liouba était en ligne.

– Oui, dit-il, oui, je t'aime... Tu n'es pas encore partie ?

– J'y vais tout de suite.

– Tu les as eus ?

– À l'instant.

– Quand tu seras arrivée, ne reste pas en vue, mets-toi dans un coin, cache-toi.

– Ne t'inquiète pas. Je t'aime.

Vitaly raccrocha. Il était sept heures une minute...

Contrefaisant sa voix, il appela alors, coup sur coup, trois correspondants différents.

À chacun, sans attendre de réponse, il dit la même chose.

Après quoi il remit un peu d'ordre dans sa tenue, alla chercher son sac dans la chambre d'en face et quitta l'hôtel.

Une telle chose lui serait arrivée à New York, c'en était fini de son crédit. Pour s'y faire craindre ou obéir, nul n'y élevait jamais la voix. Les condamnations à mort se formulaient sur un ton feutré. Mais les Russes étaient des voyous barbares incapables de s'imposer une loi commune.

Sans respect pour la personne de Don Angelo, ils lui avaient fait l'affront, alors qu'il était leur hôte, d'en venir aux mains comme des loubards, dans son propre appartement !

Aux États-Unis, beaucoup avaient été coulés dans du ciment pour moins que ça.

– Vittorio.

– Oui, Don Angelo.

– Qu'est-ce que tu as fait du flingue que le moujik t'a donné ce matin ?

Vittorio Amalfi tapota discrètement la poche intérieure de son veston.

Don Angelo hocha la tête d'un air dégoûté. Il rêvait

d'une planète dépourvue de crétins, mais où, dans quelle galaxie ?

– Tu as l'intention de le garder ?

Amalfi se méprit sur son sourire.

– Souvenir, dit-il avec un clin d'œil.

– Écoute-moi bien, *stupido*, tu as envie de te faire alpaguer par les flics pour port d'arme ?

– Non, Don Angelo.

– Tu ne sais pas encore qu'on te fouille avant de monter dans un avion ? On embarque dans cinq minutes ! Va aux chiottes et débarrasse-toi de cette saloperie !

– Il n'y a plus de chiottes, *Padrone*. J'en viens. C'est bourré de poivrots. Ils dorment dedans.

Don Angelo jeta un regard écœuré autour de lui.

Depuis le matin, rien n'avait changé dans l'aéroport de Cheremetievo. Toujours la même puanteur. Le même désastre de voyageurs naufragés campant sur place depuis des jours faute de kérosène. Heureusement, il y avait eu Kouliakov…

– Pas trop fatigué, Don Angelo ? demanda Folco Bellinzona qui se tenait debout près de lui.

Angelo Gatto n'avait pas fermé l'œil depuis vingt-quatre heures. Il renvoya à son *consigliere* un regard torve.

– Qu'est-ce qui te fait croire ça ?

Deux jours après son retour à New York, il allait devoir repartir pour le Moyen-Orient. Un voyage-surprise qui lui laissait à peine le temps de passer Noël en famille.

Il avait prévu un cadeau pour Francesco, une Porsche.

On annonça l'embarquement.

Noyé dans la foule, Vittorio Amalfi glissa discrètement son arme dans le cabas d'une femme qui rêvait de s'envoler pour Odessa.

En pénétrant dans l'entrée de la rue Sobinovsky, Vitaly eut à peine le temps d'apercevoir, sur sa droite, des petits rats faisant des exercices à la barre. En une vision instantanée, il entrevit aussi, assise sur une chaise au milieu de la salle, une dame d'âge vénérable scandant leurs flexions du bout de sa canne.

Mais déjà, trois hommes l'entouraient.

– Vous cherchez quelqu'un ?

– Anton Abalkine, dit Vitaly.

– Vous permettez ? demanda un grand type en casquette en lui subtilisant son sac.

Il le fouilla rapidement : en dehors d'un survêtement et de deux chemises froissées, rien. Pendant ce temps, le troisième, sans quitter Vitaly de l'œil, prononçait quelques mots dans un talkie-walkie.

– Quel est votre nom ?

L'homme en casquette lui palpait prestement les jambes, le tour de taille, les aisselles.

– Anatoli. On s'est vus ce matin.

Bientôt, Abalkine dévala les escaliers. Certes, il avait perdu une oreille, mais sa plaie était presque cicatrisée. Fixé à son emplacement, il ne portait plus qu'un morceau de gaze collé à la tempe par de l'albuplast. Les gardes s'écartèrent. Le Tartare serra la main du Russe.

Vitaly le tira à l'écart.

– Oleg Vlassov m'envoie. Il a besoin d'un dossier. Il l'a oublié dans son bureau.

Un dossier ?

– Un truc vert. À gauche, il m'a dit, sur la table, sous une pile de papier.

– Dans son bureau, tu es sûr ?

Vitaly éclata de rire.

– Moi, non. Mais lui, il en avait l'air.

– Viens.

Ensemble, ils attaquèrent l'escalier.

– C'est la guerre ? demanda Vitaly en évitant les gravats qui jonchaient les marches.

– Une bombe, dit sobrement le Tartare.

Ils arrivaient au quatrième. Sur le palier de chaque étage, un garde armé.

– Qu'est-ce que ça donne, la réunion ?

– Tout à l'heure, dit Vitaly, ils ont fait un entracte. Maintenant, ça a repris.

Depuis le début de l'après-midi, Abalkine n'avait pas bougé de l'immeuble. À six heures et demie, il avait vu Oleg passer dans le couloir sans un mot pour personne. Quarante minutes plus tard, il ressortait de la même façon, sans ouvrir la bouche. La veille, il avait découché…

Au bout d'une enfilade de couloirs, Abalkine poussa une porte.

– Vert, tu as dit ?

– Vert.

Abalkine parcourut des yeux le dessus de la table encombrée de paperasses. Dans son dos, Vitaly se rapprocha. Il leva brusquement le bras et dans un sifflement d'air abattit avec une violence inouïe le tranchant de sa main sur la nuque du Tartare. Sans davantage s'occuper de lui, il alla fermer la porte restée entrebaîllée, parcourut le bureau des yeux et repéra le coffre. Il le considéra une seconde. Puis, sans hésiter, il forma les six lettres de la combinaison qui en protégeait l'accès: L.I.O.U.B.A. La porte pivota sans un bruit. Vitaly ouvrit son sac, le vida des affaires qu'il contenait et y empila documents et micro-films rangés sur les rayonnages. Il referma le sac, jeta son linge sale dans le coffre et le reverrouilla d'une poussée.

Sans un regard sur Abalkine, il redescendit les étages sous l'œil dur des gardes. En passant devant la porte vitrée du rez-de-chaussée, des bouffées de musique lui parvinrent, les gammes d'un piano en mal d'accordeur. D'un signe de tête, il salua les hommes qui l'avaient fouillé, se retrouva dans la rue Sobinovsky, tourna deux blocs plus loin et monta dans le taxi qui l'attendait près d'un magasin de chaussures à la vitrine vide.

Après ce qui s'était passé la veille, Oleg aurait cru ne jamais revoir cette porte. Il avait de la chance. Normalement, lorsqu'il avait reçu l'appel de Liouba, il n'aurait pas dû se trouver rue Sobinovsky.

Mais qu'est-ce qui était normal ?

Revoir Vitaly vivant dix ans après sa mort ? Cela l'avait tellement secoué que, sur l'instant, il en avait presque oublié ses menaces de mort contre Andreï.

Au point de retourner rue Sobinovsky...

Liouba lui avait dit huit heures... Trois minutes d'avance.

Le cœur battant, il frappa. Pas de réponse. Une nouvelle fois, il tambourina doucement, du bout des doigts.

Machinalement, sa main caressait la poignée. Elle pivota.

La porte s'ouvrit.

– Liouba...

Il traversa le minuscule vestibule, entra dans le salon dont la fenêtre s'ouvrait sur la place Arbetskaïa. La lumière était allumée. Il y avait un verre d'eau sur la table. Posée sur une chaise, une écharpe beige. Sur une commode, la même gerbe de roses rouges qu'il avait vue la veille, lorsqu'elle l'avait expulsé.

– Liouba...

Il allait s'avancer dans la cuisine lorsque son instinct l'avertit qu'il y avait quelqu'un derrière lui. Un frisson courut sur ses épaules. Il pivota brutalement, plongea la main dans la poche de son pardessus et se retrouva à genoux, Mauser en main : braquant sur lui un colt Magnum, Andreï le dévisageait d'un air glacial.

– Qu'est-ce que tu fous ici !

Chacun, dans les yeux de l'autre, vit sa propre mort : ils allaient tirer, ils mourraient ensemble.

– Liouba m'a appelé, dit Oleg.

– Tiens, c'est drôle. Moi aussi. Elle m'a demandé de venir à huit heures.

– Tu mens ! s'emporta Oleg.

Tenant toujours Andreï en joue, il se redressa lentement.

– On va y passer tous les deux, Andreï.

– Où est Liouba ?

– Vas-y, regarde sous le lit ! Cherche !

– Liouba ! cria Andreï.

Il recula à pas rapides, le colt pointé sur Oleg.

– Liouba !…

D'un coup de talon rageur, il ouvrit tour à tour deux portes : deux chambres vides. C'était la première fois qu'il mettait les pieds ici. D'où il était, il apercevait le moindre recoin de la cuisine.

– La salle de bains est au fond du couloir, dit Oleg.

– Ta gueule ! gronda Andreï.

Pour y accéder, il fallait qu'il perde Oleg de vue. Il n'eut pas à réfléchir longtemps : au mépris de sa vie, le bousculant au passage, Oleg s'y précipitait.

– Liouba ! hurla-t-il.

La porte vola sous son épaule et ce fut pire que s'il avait reçu une balle dans la tête. Paralysé de stupeur, il vit, sur le rebord de la baignoire, une rose dans un vase bleu. À côté, posé sur un tabouret, un déshabillé blanc de Liouba. Et en face, sur le miroir qui lui renvoyait son image détruite, un mot terrible tracé de sa main, au rouge à lèvres :

VITALY

Oleg se retourna lentement. Andreï était derrière lui. Sidéré, bouche ouverte, il regardait l'inscription.

À pas lourds, Oleg traversa le salon. Plus rien n'avait de sens. Il fallait qu'il respire. La porte d'entrée était toujours ouverte. Il se figea soudain…

De l'extérieur lui parvenaient des bruits étouffés, chuchotements, murmures, raclements de semelles.

Au même instant, il sentit le froid du canon qu'Andreï lui braquait sur le cou.

– Adieu, Oleg...

Oleg se retourna à l'ultime seconde. Son regard empêcha Andreï de tirer. Il l'alertait... Il le laissa sortir à pas de loup dans le hall, le vit se pencher au-dessus de la cage d'escalier: une dizaine d'hommes escaladaient les marches... La plupart avaient des fusils à canon scié. À la tête du commando, le Fou, Lyssenko, Chataline: le piège absolu.

– On s'est fait blouser... chuchota Oleg avec un petit rire amer.

Andreï était auprès de lui. D'un même mouvement, tous deux s'accroupirent pour braquer leur arme dans la même direction: la mort qui montait vers eux.

Épilogue

À travers la vitre de la cabine téléphonique, Vitaly ne perdait pas Liouba des yeux. Sac au pied, elle l'attendait, debout dans le hall d'arrivée de l'aéroport de Zurich. Il était minuit. Ils venaient d'atterrir. L'aéroport était si propre qu'on y aurait volontiers mangé sur le dallage. Pendant que Vitaly composait son numéro, la phrase d'un Français lui revint en mémoire : « C'est formidable, la Suisse. Il lui manque seulement un peu de fumier. » Encore un intello qu'on aurait dû envoyer à Moscou.

– Allô…

Il avait Washington.

– Je voudrais Bleckley. C'est Anatoli.

– Ne quittez pas…

Il vit Liouba faire quelques pas dans sa direction. Elle le regardait. Il lui sourit.

– Anatoli ?

– Salut, Bleckley. Vol Delta Airliner 337 en provenance de Moscou, via Paris. Angelo Gatto est à bord.

– On peut le coffrer ?

– Et comment ! Dans le même appareil, la cassette vidéo qui va lui faire prendre trois cents ans de prison !

– Non !

– Le commandant de bord va vous la remettre. Tout

y est. Savez-vous qui dirigeait la filière du trafic nucléaire côté russe ? Stanislas Kouliakov ! Celui qui parle si bien de paix dans les conférences internationales.

– Merde !

– Tout son entretien avec Gatto est dans la boîte.

– Anatoli… Chapeau !

– Gardez vos salades, j'ai encore mieux : le contenu du coffre central du KGB.

Il y eut un silence. Vitaly crut qu'ils étaient coupés.

– Bleckley, vous êtes-là ?

– Vous êtes bourré ou vous vous foutez de moi ?

– Ça vous intéresse, d'avoir la liste de tous les pourris, les leurs et les nôtres ? Alors, faites-moi une fleur, Bleckley, depuis le temps, une seule ! La mafia, j'en ai ras le bol ! Et de la CIA aussi, je peux plus vous saquer ! Envoyez un autre con à ma place chez les parrains et lâchez-moi les baskets, je veux des vacances !

– Oui… Oui…

– Vous m'entendez ?

– Anatoli… Ce n'est pas possible ! Comment avez-vous fait ?

Vitaly vit Liouba coller ses lèvres contre la vitre de la cabine et lui envoyer un baiser. Il le lui rendit du bout des doigts.

– Vous savez comment on dit amour, en russe ? dit-il à Bleckley. Liouba.

– Je vous écoute, monsieur Chourikov, dit Hans Kreiper avec un sourire forcé.

Dès que Ute l'avait introduit dans son bureau, il avait bien senti que ce type blond ne lui amènerait rien de bon. Il était vêtu d'un jeans et d'une chemise bleue, mais à la façon dont sa veste absorbait la lumière, il ne pouvait s'agir que de cachemire.

– Mes associés et moi-même avons pris certaines dispositions à propos de notre compte commun.

– Je suis à vos ordres, l'encouragea Kreiper.

Il se crispa légèrement à l'idée de ce qui allait suivre.

– Vous allez transférer nos avoirs.

– Parfaitement. Quelle banque ?

– La Chemical de Genève.

Adieu pactole ! La manne allait fructifier dans un autre lit.

En se présentant, Vitaly lui avait fourni le numéro et le nom de code du compte. Il les connaissait par cœur, même si la veille, avant de brûler le papier sur lequel ils étaient inscrits, il avait feint de ne pas les voir.

En ce qui concernait Kreiper, les instructions de Vlassov et Talasski étaient formelles : nous étions deux, nous sommes trois. Il avala sa salive.

– Quand ?

– Sur-le-champ.

– D'accord. Ce sera fait ce matin même.

Vitaly le fixa de ses yeux clairs.

– Non, dit-il, maintenant.

La mort dans l'âme, Hans Kreiper s'empara du téléphone : 10 milliards de dollars changeaient de mains !

Liouba le savait, elle l'avait lu partout. Mais c'était un peu comme lorsqu'on vous parle de Dieu : il faut y croire. C'était la première fois qu'elle quittait Moscou. Elle était abasourdie par les scintillantes merveilles trônant dans les vitrines du hall de l'hôtel *Dolder*. Son superbe manteau rouge, soudain, lui sembla minable. Elle s'avança jusqu'aux baies vitrées. Au dehors, des drapeaux claquaient dans les rafales de vent qui courbaient puissamment les branches nues des arbres.

Vitaly n'allait plus tarder... Leur nuit avait été éblouissante.

Ils s'étaient gorgés l'un de l'autre. Parfois, Vitaly appelait un maître d'hôtel qui leur montait champagne et victuailles.

Au petit matin, quand Vitaly s'était endormi dans ses bras, Liouba avait continué à le regarder. Elle n'arrivait pas à se repaître de son visage. Jusqu'aux premières lueurs de l'aube, elle l'avait frôlé du souffle de ses lèvres. Puis elle aussi avait sombré. Au réveil, Vitaly n'était plus là. Il lui avait laissé un mot, signé d'un petit cœur où s'accrochaient deux ailes. « Une course à faire. Sois prête. Je reviens te prendre à dix heures. »

Le salon était embaumé par une profusion de fleurs, le plateau du petit déjeuner, où éclatait le rouge d'une rose, encombré d'accessoires, de marmelades et de chocolats : la vie était magique… Guettant la porte à tambour, elle s'installa dans un fauteuil. Son sac de marin était derrière le comptoir du concierge. Elle savait qu'ils repartaient, mais où ? Vitaly ne lui en avait rien dit. Du moment qu'elle était avec lui, quelle importance ? Elle sentit ses lèvres douces dans son cou.

– Tu es prête ?

– Je ne t'ai pas vu arriver.

– À quoi pensais-tu ?

– À toi. J'étais à Lomonossov. Tu voulais fonder un journal…

– Tu voulais bien être psychologue…

Il lui prit le bras et l'entraîna vers la sortie.

Avec 10 milliards de dollars, on ne fondait pas un journal.

Chaînes de télé comprises, on se payait dix groupes de presse. Mais il n'était pas obligé de le lui dire.

Pas tout de suite…

Ils franchissaient la porte à tambour.

Brusquement, Liouba se cabra.

– Regarde… murmura-t-elle avec stupéfaction.

Elle pointa le doigt vers une somptueuse limousine.

Garée devant le perron, elle miroitait de tous ses chromes.

– Qu'est-ce qu'elle a de spécial ? demanda Vitaly. C'est une Rolls…

– Elle est décapotable, souffla-t-elle. Et bordeaux !

Elle leva la tête et lui coula un regard méfiant. Du coin de l'œil, elle vit deux bagagistes placer son sac dans le coffre.

– Salaud…, dit-elle avec émerveillement.

Vitaly la prit par les épaules.

– Viens…

Les grooms du *Dolder* lui tenaient la portière ouverte.

Liouba s'installa timidement sur le coussin de cuir fauve.

Vitaly se glissa au volant. Il actionna le démarreur. Le moteur tourna dans un sourd bruit de gorge. Vitaly appuya sur un bouton. Lentement, la capote s'éleva au-dessus de leur tête.

La voiture démarra. Le vent de travers leur coupa le souffle : il faisait aussi froid qu'à Moscou.

Vitaly attira Liouba contre lui.

– Un fantasme, c'est un fantasme.

TABLE

DU MÊME AUTEUR

Aux Éditions Robert Laffont

Romans :

LE GREC
LA VEUVE
OUT
SUNSET
BLEU RITZ
PALM BEACH

Récit :

UNE SAISON CHEZ LACAN

Théâtre :

LA MIENNE S'APPELAIT RÉGINE
L'OPÉRA DU FOU

Le Livre de Poche Biblio

Extrait du catalogue

Sherwood ANDERSON
Pauvre Blanc

Guillaume APOLLINAIRE
L'Hérésiarque et Cie

Miguel Angel ASTURIAS
Le Pape vert

Djuna BARNES
La Passion

Adolfo BIOY CASARES
Journal de la guerre au cochon

Karen BLIXEN
Sept contes gothiques

Mikhail BOULGAKOV
La Garde blanche
Le Maître et Marguerite
J'ai tué
Les Œufs fatidiques

Ivan BOUNINE
Les Allées sombres

André BRETON
Anthologie de l'humour noir
Arcane 17

Erskine CALDWELL
Les Braves Gens du Tennessee

Italo CALVINO
Le Vicomte pourfendu

Elias CANETTI
Histoire d'une jeunesse (1905-1921) - *La langue sauvée*
Histoire d'une vie (1921-1931) - *Le flambeau dans l'oreille*
Histoire d'une vie (1931-1937) - *Jeux de regard*
Les Voix de Marrakech

Raymond CARVER
Les Vitamines du bonheur
Parlez-moi d'amour
Tais-toi, je t'en prie

Camillo José CELA
Le Joli Crime du carabinier

Blaise CENDRARS
Rhum

Varlam CHALAMOV
La Nuit
Quai de l'enfer

Jacques CHARDONNE
Les Destinées sentimentales
L'Amour c'est beaucoup plus que l'amour

Jerome CHARYN
Frog

Bruce CHATWIN
Le Chant des pistes

Hugo CLAUS
Honte

Carlo COCCIOLI
Le Ciel et la Terre
Le Caillou blanc

Jean COCTEAU
La Difficulté d'être

Cyril CONNOLLY
Le Tombeau de Palinure

Joseph CONRAD
A set of six

Joseph CONRAD et Ford MADOX FORD
L'Aventure

René CREVEL
La Mort difficile
Mon corps et moi

Alfred DÖBLIN
Le Tigre bleu
L'Empoisonnement

Lawrence DURRELL
Cefalù
Vénus et la mer
L'Ile de Prospero
Citrons acides

Friedrich DÜRRENMATT
La Panne
La Visite de la vieille dame
La Mission

J.G. FARRELL
Le Siège de Krishnapur

Paula FOX
Pauvre Georges !
Personnages désespérés

Jean GIONO
Mort d'un personnage
Le Serpent d'étoiles
Triomphe de la vie
Les Vraies Richesses

Jean Giraudoux
Combat avec l'ange
Choix des élues

Vassili GROSSMAN
Tout passe

Lars GUSTAFSSON
La Mort d'un apiculteur

Knut HAMSUN
La Faim
Esclaves de l'amour
Mystères
Victoria
Sous l'étoile d'automne

Hermann HESSE
Rosshalde
L'Enfance d'un magicien
Le Dernier Été de Klingsor
Peter Camenzind
Le poète chinois
Souvenirs d'un Européen
Le Voyage d'Orient
La Conversion de Casanova

Bohumil HRABAL
Moi qui ai servi le roi d'Angleterre
Les Palabreurs
Tendre Barbare

Yasushi INOUÉ
Le Fusil de chasse
Le Faussaire

Henry JAMES
Roderick Hudson
La Coupe d'or
Le Tour d'écrou

Ernst JÜNGER
Orages d'acier
Jardins et routes
(Journal I, 1939-1940)
Premier journal parisien
(Journal II, 1941-1943)
Second journal parisien
(Journal III, 1943-1945)
La Cabane dans la vigne
(Journal IV, 1945-1948)
Héliopolis
Abeilles de verre

Ismaïl KADARÉ
Avril brisé
Qui a ramené Doruntine ?
Le Général de l'armée morte
Invitation à un concert officiel
La Niche de la honte
L'Année noire
Le Palais des rêves

Franz KAFKA
Journal

Yasunari KAWABATA
Les Belles Endormies
Pays de neige
La Danseuse d'Izu
Le Lac
Kyôto
Le Grondement de la montagne
Le Maître ou le tournoi de go
Chronique d'Asakusa
Les Servantes d'auberge

Abé KÔBÔ
La Femme des sables
Le Plan déchiqueté

Andrzeij KUSNIEWICZ
L'État d'apesanteur

Pär LAGERKVIST
Barabbas

LAO SHE
Le Pousse-pousse
Un fils tombé du ciel

D.H. LAWRENCE
Le Serpent à plumes

Primo LEVI
Lilith
Le Fabricant de miroirs

Sinclair LEWIS
Babbitt

LUXUN
Histoire d'AQ : Véridique biographie

Carson McCULLERS
Le cœur est un chasseur solitaire
Reflets dans un œil d'or
La Ballade du café triste
L'Horloge sans aiguilles
Frankie Addams
Le Cœur hypothéqué

Naguib MAHFOUZ
Impasse des deux palais
Le Palais du désir
Le Jardin du passé

Thomas MANN
Le Docteur Faustus
Les Buddenbrook

Katherine MANSFIELD
La Journée de Mr. Reginald Peacock

Henry MILLER
Un diable au paradis
Le Colosse de Maroussi
Max et les phagocytes

Paul MORAND
La Route des Indes
Bains de mer
East India and Company

Vladimir NABOKOV
Ada ou l'ardeur

Anaïs NIN
Journal 1 - *1931-1934*
Journal 2 - *1934-1939*
Journal 3 - *1939-1944*
Journal 4 - *1944-1947*

Joyce Carol OATES
Le Pays des merveilles

Edna O'BRIEN
Un cœur fanatique
Une rose dans le cœur

PA KIN
Famille

Mervyn PEAKE
Titus d'Enfer

Leo PERUTZ
La Neige de saint Pierre
La Troisième Balle
La Nuit sous le pont de pierre
Turlupin
Le Maître du jugement dernier
Où roules-tu, petite pomme ?

Luigi PIRANDELLO
La Dernière Séquence
Feu Mathias Pascal

Ezra POUND
Les Cantos

Augusto ROA BASTOS
Moi, le Suprême

Joseph ROTH
Le Poids de la grâce

Raymond ROUSSEL
Impressions d'Afrique

Salman RUSHDIE
Les Enfants de minuit

Arthur SCHNITZLER
Vienne au crépuscule
Une jeunesse viennoise
Le Lieutenant Gustel
Thérèse
Les Dernières Cartes
Mademoiselle Else

Leonardo SCIASCIA
Œil de chèvre
La Sorcière et le Capitaine
Monsieur le Député
Petites Chroniques
Le Chevalier et la Mort
Portes ouvertes

Isaac Bashevis SINGER
Shosha
Le Domaine

André SINIAVSKI
Bonne nuit !

George STEINER
Le Transport de A. H.

Tarjei VESAAS
Le Germe

Alexandre VIALATTE
La Dame du Job
La Maison du joueur de flûte

Ernst WEISS
L'Aristocrate

Franz WERFEL
Le Passé ressuscité
Une écriture bleu pâle

Thornton WILDER
Le Pont du roi Saint-Louis
Mr. North

Virginia WOOLF
Orlando
Les Vagues
Mrs. Dalloway
La Promenade au phare
La Chambre de Jacob
Entre les actes
Flush
Instants de vie

Dans Le Livre de Poche

Extrait du catalogue

Personnalités du spectacle, de la télévision...

Aldo, Jean-Mi, Ludo
Coluche à cœur et à cris

Berteaut Simone
Piaf

Brassens Georges
Les Chansons d'abord

Buffet Annabel
D'amour et d'eau fraîche

Chancel Jacques
Le Désordre et la Vie

Charles-Roux Edmonde
L'Irrégulière *(vie de Coco Chanel)*

Closets François de
Toujours plus!
Tant et plus!

Coluche
L'Horreur est humaine

Contrucci Jean
Emma Calvé, la diva du siècle

David Catherine
Simone Signoret

Dechavanne Christophe
La Fièvre du mardi soir

Delbée Anne
Une femme *(vie de Camille Claudel)*

Depardieu Gérard
Lettres volées

Desanti Dominique
Sacha Guitry, cinquante ans de spectacle

Deschamps Fanny
Monsieur Folies-Bergère

Devos Raymond
Sens dessus dessous
Djura
Le Voile du silence
Douglas Kirk
Le Fils du chiffonnier
Girardot Annie
Vivre d'aimer
Grassin Sophie, **Médioni** Gilles
Patrick Bruel
Gronowicz Antoni
Garbo
Hallyday Desta
Johnny, ses tendres années
Hanin Roger
L'Ours en lambeaux
Higelin Jacques
Lettres d'amour d'un soldat de vingt ans
Higham Charles
La Scandaleuse Duchesse de Windsor
Hulot Nicolas
Etats d'âme
Jelot-Leblanc, J.-J., **Huet,** J.
Bourvil
Léotard Philippe
Portrait de l'artiste au nez rouge
Lesaffre Roland
Mataf
Magic Johnson
Ma vie
McLaren Lee
Michael Jackson
Mouloudji Marcel
Le Petit Invité
Nègre Mireille
Une vie entre ciel et terre
Ockrent Christine
et **Marenches** Alexandre de
Dans le secret des princes

Perret Pierre
Laissez chanter le petit
Poivre d'Arvor Patrick
Les enfants de l'aube
La traversée du miroir
Les femmes de ma vie
Pradel Jacques, **Perthus** Jean-Marie
Perdu de vue
Renaud
Dès que le chant soufflera
Sabatier Patrick
Mon tour de vérité
Salgues Yves
Gainsbourg ou la provocation permanente
Signoret Simone
Adieu Volodia
Simon Yves
L'Amour dans l'âme
Transit-Express
Océans
Le Voyageur magnifique
Jours ordinaires et autres jours
La Dérive des sentiments
Spada James
Grace *(vie de Grace Kelly)*
Trénet Charles
Le Jardin extraordinaire
Truffaut François
Correspondance
Verlant Gilles
Gainsbourg
Verneuil Henri
Mayrig
Vlady Marina
Vladimir ou le vol arrêté
Récits pour Militza
Le Collectionneur de Venise

La Pochothèque

Une série au format 12,5 × 19

LE LIVRE de POCHE

Classiques modernes

Lawrence Durrell. *Le Quatuor d'Alexandrie* : *Justine, Balthazar, Mountolive, Clea.*

Jean Giono. *Romans et essais* (1928-1941) : *Colline, Un de Baumugnes, Regain, Présentation de Pan, Le Serpent d'étoiles, Jean le bleu, Que ma joie demeure, Les Vraies Richesses, Triomphe de la vie.*

Jean Giraudoux. *Théâtre complet* : *Siegfried, Amphitryon 38, Judith, Intermezzo, Tessa, La guerre de Troie n'aura pas lieu, Supplément au voyage de Cook, Electre, L'Impromptu de Paris, Cantique des cantiques, Ondine, Sodome et Gomorrhe, L'Apollon de Bellac, La Folle de Chaillot, Pour Lucrèce.*

P.D. James. *Les Enquêtes d'Adam Dalgliesh* :

Tome 1. *A visage couvert, Une folie meurtrière, Sans les mains, Meurtres en blouse blanche, Meurtre dans un fauteuil.*

Tome 2. *Mort d'un expert, Un certain goût pour la mort, Par action et par omission.*

P.D. James. *Romans* : *La Proie pour l'ombre, La Meurtrière, L'Ile des morts.*

Carson McCullers. *Romans et nouvelles* : *Frankie Addams, L'Horloge sans aiguille, Le Cœur est un chasseur solitaire, Reflets dans un œil d'or* et diverses nouvelles, dont *La Ballade du café triste.*

Naguib Mahfouz. *Trilogie* : *Impasse des Deux-Palais, Le Palais du désir, Le Jardin du passé.*

François Mauriac. *Œuvres romanesques* : *Tante Zulnie, Le Baiser au lépreux, Genitrix, Le Désert de l'amour, Thérèse Desqueyroux, Thérèse à l'hôtel, Destins, Le Nœud de vipères, Le Mystère Frontenac, Les Anges noirs, Le Rang, Conte de Noël, La Pharisienne, Le Sagouin.*

Anton Tchekhov. *Nouvelles* : *La Dame au petit chien*, et plus de 80 autres nouvelles, dont *L'Imbécile, Mort d'un fonctionnaire, Maria Ivanovna, Au cimetière, Le Chagrin, Aïe mes dents! La Steppe, Récit d'un inconnu, Le Violon de Rotschild, Un homme dans un étui, Petite Chérie...*

Boris Vian. *Romans, nouvelles, œuvres diverses :* Les quatre romans essentiels signés Vian, *L'Écume des jours, L'Automne à Pékin, L'Herbe rouge, L'Arrache-cœur,* deux « Vernon Sullivan » : *J'irai cracher sur vos tombes, Et on tuera tous les affreux,* un ensemble de nouvelles, un choix de poèmes et de chansons, des écrits sur le jazz.

Virginia Woolf. *Romans et nouvelles : La chambre de Jacob, Mrs. Dalloway, Voyage au Phare, Orlando, Les Vagues, Entre les actes...* En tout, vingt-cinq romans et nouvelles.

Stefan Zweig. *Romans et nouvelles : La Peur, Amok, Vingt-Quatre Heures de la vie d'une femme, La Pitié dangereuse, La Confusion des sentiments...* Au total, une vingtaine de romans et de nouvelles.

Thomas Mann. *Œuvres (à paraître)*

Yasunari Kawabata. *Romans et nouvelles (à paraître)*

Ouvrages de référence

Le Petit Littré

Atlas de l'écologie

Atlas de la philosophie

Atlas de l'astronomie *(à paraître)*

Atlas de la biologie *(à paraître)*

Encyclopédie de l'art

Encyclopédie de la musique

Encyclopédie géographique

Encyclopédie des sciences
(à paraître)

Encyclopédie de la littérature
(à paraître)

Dictionnaire des lettres françaises : Le Moyen Âge

Le Théâtre en France
(sous la direction de Jacqueline de Jomaron)

La Bibliothèque idéale

HISTOIRE UNIVERSELLE DE L'ART

L'Art égyptien
(S. Donadoni)

L'Art de la Préhistoire
(L.R. Nougier)

L'Art du xve siècle, des Parler à Dürer
(J. Białostocki)

L'Art grec *(à paraître)*
(R. Martin)

Composition réalisée par INFOPRINT

IMPRIMÉ EN FRANCE PAR BRODARD ET TAUPIN
Usine de La Flèche (Sarthe).
LIBRAIRIE GÉNÉRALE FRANÇAISE - 6, rue Pierre-Sarrazin - 75006 Paris.
ISBN : 2 - 253 - 13504 - 6 31/3504/3